이규보의 불교인식과 시

주호찬 지음

보고사

머리말

　우리는 시간과 공간이라는 제한 속에서 현실을 살고 있습니다. 그러면서도 한편으로는 그 시공으로부터 벗어나고자 하는 초월을 꿈꾸며 살아갑니다. 누구든 자기가 처한 현실에 따라 초월에의 지향과 내용은 달라집니다. 불교에서는 '縛脫無二'라 하여 근본무명에 속박된 중생이나 그로부터 벗어난 해탈자인 부처(覺者)나 둘이 아니라고 합니다. 그러나 우리는 우리에게 주어진 현실을 속박으로 여기고 거기에서 벗어나기를 희망합니다. 저 또한 벗어나기를 희망하는 그 자체가 또 하나의 굴레가 되어 스스로를 속박하는 것인 줄을 잊은 채, 근본무명으로부터 벗어난다고 하는 '깨달음'의 소식이라는 것이 우리 중생에게 어떤 의미를 가지는지를 알고 싶어 했습니다.

　저의 불교문학에 대한 관심은 禪에서 추구하는 깨달음에 대한 궁금증으로부터 시작되었다고 할 것입니다. 그런 까닭에 불교문학 일반에 대해서보다는 禪詩, 그 중에서도 깨달음의 경지를 노래했다고 하는 悟道頌에 대해 관심이 기울어진 것은 자연스러운 일이었습니다. 그런데 禪에서 추구하는 바 實參實究를 통한 체험적 실증을 얻으려 했던 저의 개인적인 관심의 방향과 학문적 연구 방향과는 상당한 차이가 있었습니다. 실제의 수행과 학문의 길 사이에 존재하는 차이에 눈을 뜨게 된 것은 몇 년에 걸친 방황을 겪고 난 뒤의 일이었습니다. 애초에 마음먹었던 禪詩에 대한 체험적 접근은 오히려 더욱 멀어졌고, 불교에 대해서도 문학에 대해서도 학문적 모색이 이루어지지 못한 채 많은 시간을 보내야 했습니다.

석사 과정에서 박사 과정에 이르기까지 이 기약 없는 암중모색을 안타까운 마음으로 지켜보신 南海 朴性奎 선생님께서는 이규보의 불교관련시를 대상으로 불교시의 근간이 되는 시의식과 시적 특질을 밝히는 연구를 하도록 이끌어주셨습니다. 이렇게 해서 이제까지의 방법적 오류를 뒤로 하고 학문적 걸음마를 시작하여 산출된 것이 박사학위 논문이 되었고, 그것이 이 책의 제1부입니다.

제1부는 이규보의 불교관련시가 가지는 불교적 주제의 몇 가지 측면들이 불교시 일반의 시적 특질과 어떻게 관련을 가질 수 있는가를 살펴본 글입니다. 제2부는 주로 제1부의 내용을 근거로 하여 이규보의 시에 투영된 불교인식을 살펴보고자 한 것입니다. 첫걸음을 배우는 걸음마같이 위태위태한 논문들이지만 이규보의 불교관련시에 대한 연구는 결국 그의 불교인식을 구명하는 것이라고 생각하여 이것을 이 책의 제목으로 삼았습니다. 부족한 글이어서 부끄러움이 앞섭니다. 이 부끄러움을 앞으로 제가 불교시 연구를 수행함에 있어 게을러질 때마다 저 자신을 돌이켜보는 거울로 삼고자 합니다.

학위 논문과 몇 편의 관련 논문을 쓰면서 궁극적 목표라 할 불교시 일반의 이론적 토대를 마련하기 위해서는 연구의 범위가 이규보 개인에서 그칠 것이 아니라 고려 시대 전반의 불교관련시에 대하여 불교적 사유와 정서가 문인들의 시에 어떻게 나타나 있는지 폭넓게 살피고 그것을 집약해야만 한다는 점이 분명해졌습니다. 불교적 정서의 측면에서는 불교적 서정시로서의 가능성과, 불교적 사유의 측면에서는 禪的 사유로 귀결되는 선시로서의 가능성에 대한 立論을 바탕으로 고려 시대 문인들의 불교인식에 대한 연구가 수행될 때에야 이 글이 본래 의도했던 바 불교시의 시의식과 시적 특질에 관한 연구로서 의의를 가질 수 있을 것입니다.

이에 대한 보완 작업을 완성하고서야 비로소 이 글이 있기까지 성의를 다 해 지도해주신 고려대학교의 여러 은사님과 못난 아들을 믿어주신 부모님께 끼친 죄송스러운 마음을 조금이나마 덜어낼 수 있을 것입니다.

이 글의 출판을 흔쾌히 허락해주신 보고사 김흥국 사장님과 책을 만드느라 수고해주신 직원 여러분께 감사를 드립니다.

2006. 10. 15.
가을 햇살이 따사로운 안암 언덕의 연구실에서
저자 씀.

목차

제1부
이규보 불교관련시의 주제 연구

I. 서 론

1. 문제 제기

이 글은 李奎報의 佛教關聯詩를 중심으로 그와 비슷한 경향을 보이는 일련의 시를 佛教詩의 관점에서 조명함으로써, 불교적 사유와 정서를 근간으로 하는 불교시 일반의 특질을 찾아내는데 그 목표가 있다.

이규보의 불교관련시를 대상으로 하여 佛教詩의 詩意識과 詩的 特質을 밝힌다고 하는 이 글의 과제는, 한문학으로서의 이규보 문학 연구의 관점에서나 불교문학으로서의 불교시 연구의 관점에서 볼 때 색다른 양상을 지닌다. 우선은 이제까지 이규보 문학연구의 주된 과제였던 문학론과 연계된 詩世界와 主題에 관한 연구를 수용하면서도 佛教詩라는 다른 영역으로 나아가는 것이기도 하다는 점에서 그렇다. 또한 이규보 자신이 노년에 불교적 호칭인 長老를 자처하기는 하였으나 전문적인 불교인이라 할 수 없다는 점에서, 불교인이 아닌 일반 문인의 작품을 불교시 연구의 대상으로 한다는 것은 그 자체가 새로운 일이기도 하다.

이런 까닭에 이 연구의 주제는 연구의 대상과 방향 및 그 논의의

意義 자체에 대하여 몇 가지의 의문을 수반하게 된다. 본고에서는 그 것을 다음의 세 가지로 요약하고, 그에 대한 대답을 제시하기 위한 가설을 설정하는 것으로 논의의 실마리를 삼고자 한다.

기본적으로 제기되는 문제는 이규보의 시를 불교시의 범주에서 다룰 수 있을 것인가 하는 점이다. 이것은 이규보라는 인물이 불교시 작가로서 논의될 수 있을 것인가 하는 작가론적인 회의와, 그 작품의 범위를 불교관련시로 한정한다 하더라도 이규보의 한시가 불교시로 서 연구될만한 의의를 갖는가 하는 작품론적인 회의의 두 가지로 귀결된다. 그리고 이 두 가지의 의문이 해소되고 나서 얻어질 연구의 결과가 불교시의 특질을 이해하는 데 실제적인 도움이 될 수 있을 것인가 하는 것이 세 번째의 의문이다. 결국 이규보의 불교관련시가 불교시 일반과 상통되는 특질이 어디에 있는 지를 밝혀낼 수 있을 때 비로소 불교시 일반을 이해하는 통로로서의 연구 의의가 확보되는 것이다.

불교문학은 불교적 사상 또는 신념을 문학적으로 표현한 것이라든 지, 문학의 소재를 불교적 현상 또는 신앙에서 구한 것으로 설명하는 것이 일반적인 견해이다. 이에 따라서 불교문학의 범주는 ①불교의 경전 및 부처의 가르침에 관계되는 저작물 일체 ②불교 경전, 불교에 관련된 문헌 및 불교적인 것을 표현한 문학 일체 ③불교적인 관심을 문학 형식으로 창작해 낸 문학 등으로 분류하고 있다.[1]

---

1) 홍기삼, 「불교문학이란 무엇인가」, 이형기 · 이종찬 · 김태준 · 홍기삼 외 『불교 문학이란 무엇인가』, 동화출판공사, 1991, p.10.
   이 밖에 불교문학의 범주에 대해서는
   『한국불교문학 연구 上下』, 한국문학연구소편, 동국대학교 출판부, 1988.
   이상보 · 김영배 · 임기중 · 김갑기 외, 『불교문학 연구입문(율문 · 언어편)』, 동

  불교문학의 개념 및 범주의 규정에 있어 문학창작의 주체가 고려
되지 않고 있는 점에서 보듯이, 불교시의 경우에도 다른 문학의 갈래
에서와 마찬가지로 그 창작의 주체가 문제되지 않는 것은 오히려 당
연한 일이라 하겠다. 그런데도 이규보의 문학 연구에서 그의 한시가
불교시의 측면에서 연구된다는 것은, 한편 생소하기도 하고 나아가
서는 그 타당성의 검토가 요구되는 사안이 된다. 이런 실정은 이제까
지 수행된 한문학의 연구에서 그만큼 불교시의 연구가 소외되었다는
것의 반증이기도 하고, 불교시 작가에 대해서도 승려로 대표되는 불
교인의 작품을 주된 대상으로 삼고 있다는 점에 기인한다고 본다. 여
기에다가 한문학 분야에서 불교시 연구의 핵심으로 시도된 禪詩 연
구에서도 선시 창작의 주체로서 禪僧을 주목하였다는 점도 덧붙여진
다. 이런 결과로 불교시 또는 선시 창작의 주체는 불교적 사유에 심
취된 불교인이거나 선적인 수행을 성취한 선승이라는 도식이 당연한
것으로 여겨졌고, 따라서 이규보와 그의 시가 불교시 연구의 대상이
된다는 것이 낯설게 느껴지는 것이다. 이렇게 본다면, 앞의 두 가지
의문은 '과연 이규보는 불교시인이라 할 수 있으며, 그의 시 가운데
에는 불교시라고 할 만한 것이 있는가?' 하는 것이 된다.

  이제까지 이규보 문학의 연구에서 작가론적인 관점은 주로 유교사
상을 근간으로 불교와 유교를 함께 수용하는 사상적 다양성의 측면과,
詠物詩를 중심으로 살펴본 내면의식의 문제에 초점이 맞추어져 있
다. 여기서 한 가지 지적할 것은, 이규보의 시대와 사상을 바라보는

화출판공사, 1991.
  印權煥, 『한국불교문학 연구』, 고려대학교 출판부, 1999.
  李晉吾, 『한국불교문학의 연구』, 민족사, 1997.

시각이 무신정권이라는 정치현실과 儒·佛·仙의 포용이라는 단면적인 시각에서만 고려된다는 점이다. 그가 장년기 이후에 줄곧 관직 생활을 하였고 相國의 지위까지 영달하였던 점을 고려한다면, 그의 생애와 무신정권과의 관계는 충분히 고려되지 않을 수 없는 실정이다.

　그러나 유·불·선의 포용이라는 측면은 그가 불교에 대하여 보인 사상적 지향과 관련하여 본다면 불교적인 관점에서 평가되어야 한다. 이규보 자신이 퇴임 후의 생활에서 추구해야 할 대상으로 구상한 한가로움의 실질은 가야금을 타고 杜康酒를 마시며 白樂天의 시를 음미하는 것으로써 속세의 티끌을 씻어내고 楞嚴經을 외워 淨業을 닦으리라는 것이었다.[2] 詩·琴·酒 세 가지야 자신이 일찍부터 酷好했던 바를 그대로 이어가겠다는 것이지만, 만년에 관직이라는 현실을 벗어나면서 불교에의 침잠을 지향한 것은 새로운 국면이다. 그것은 그의 내면에 자신이 표면적으로 추구해온 유교적 입신주의와 결을 달리하는 불교적 사유에 대한 지향이 잠재되어 있음을 드러낸 것으로 보아야 한다. 이 점은 그가 만년에 『白樂天集』을 특히 애송하고 백낙천의 次韻詩를 즐겨 지었다는 것과 함께, 이규보의 내면의식과 관련하여 시사하는 바가 크다 할 것이다.

　儒·佛을 대립적으로 여기지 않았던 것은 신라시대 이래의 전통이었고, 외래 사상에 대한 포용력은 고려시대에도 유지되었다고 보는 것이 일반적인 견해이다. 고려 문인들도 예종·인종대의 문사인 郭輿(문종 12, 1058~인종 8, 1130)나 李資玄(문종 15, 1061~인종 3, 1125)의 경우에서 보듯이 불교의 영향과 함께 老莊의 색채를 아울러 가지고

---

2) 李奎報, 『東國李相國集』 後集 권 2, 「有乞退心有作」(이하에서, 『東國李相國集』 소재 작품의 출전은 全集과 後集으로 略記)

있었고, 이규보도 예외는 아니었다. 이규보는 문신으로서 文翰의 임무에 보람을 느끼고 현실적 처세에서도 유교적 입신주의에 충실하는 한편으로, 儒·佛이 同根이라는 견해를 가지고 많은 승려들과 널리 교유하였으며, 佛·老 諸書에 두루 관심을 가졌었다. 그런 그가 특히 만년에는 불심이 더욱 돈독해져서 불교적 신앙에 근거한 생활을 하였고, 임종을 당하여서는 불교적으로 맞이하기까지 하였다.3) 이렇게 본다면 이규보의 문학의 일면에는 그가 추구했던 정신세계의 한 축으로서 젊은 시절의 사상적 다양성에서 더 나아가 불교적으로 수렴된 사유와 정서를 근간으로 하는 문학의 세계가 구축되어 있으리라는 가설은 세워봄직한 일이다.

이규보가 불교에 친근했던 데에는 그가 만년에 보여준 불교적 사유에의 침잠이라는 개인적인 성향에 앞서, 시대적인 문화의식의 흐름과 무관하지 않다는 것도 고려되어야 할 것이다. 당시의 지식인 대부분이 유교를 현세를 다스리는 學으로 보고 불교를 내세에 구원을 가져오는 敎로 보았기 때문에 양자를 대립적인 것으로 생각하지 않았다. 이러한 경향은 이규보 자신이 어떤 이유로 만년의 정신경계를 불교적인 그것으로 승화시키고자 했는지를 설명하는 실마리가 되기도 하겠지만, 본고에서 주목하는 것은 그의 시대가 불교문화의 꽃을 피운 시기인 동시에 아직은 性理學이 전래되기 이전의 시기였다는 점이다.

고려 초부터 국교로서 존숭되기 시작한 불교는 국가적 신앙에 따

---

3) 全集, 「年譜」 辛丑年(74세)
　'越九月初二日 忽離常寢 向西而臥 以右脇著於席 至夜翛然而化…及臨大期 屏妻息等 勿令喧擾 自然逝世'

른 불교문화의 융성으로 그 꽃을 피웠지만, 고려 후기에 들어서면서
불교 일변도로 기울어지는 데서 비롯되는 자체적인 병폐를 드러내기
시작하였다. 게다가 여말의 정치 경제적인 혼란으로 모순이 극에 달
하면서 기존의 불교를 대치할만한 사상체계로서 성리학이 도입되어
연구되었음은 주지의 사실이다. 이규보의 시대는 그보다 앞서 있었
기 때문에 불교문화의 성숙과 병폐를 함께 안고 있었던 시기로 볼 수
있다. 이러한 시기적 특성은 불교시의 근간인 불교적 사유를 고찰함
에 있어 불교와 대척적인 사유체계로 자리 잡은 성리학의 영향이 있
기 전이라는 점[4]과, 불교문화가 쇠퇴하기 전의 성숙기였다는 점에서
불교시 연구에 중요한 의미를 지닌 시대로 보아야 할 것이다.

　불교시의 관점에서 볼 때, 이규보는 다음의 두 가지 점에서 특이한
위상을 지니고 있다. 첫째는 그가 불교적인 신앙이나 수행에 근거하
여 삶을 영위한 불교인이 아니고 오히려 유교적인 입신주의에 충실
했던 문인이면서도, 불교적인 사유의 경향과 그에 수반된 불교관련
시를 남기고 있다는 점이다. 둘째는 그가 불교적인 문화의식을 거부

---

4) 고려 전기에 불교문학의 면모를 살필 수 있는 자료로는 義天의 『大覺國師文集』
　이 있고, 이규보 시대에 와서는 『東國李相國集』과 慧諶의 『曹溪眞覺國師語錄』
　『無衣子詩集』이 있다. 고려 중기까지 불교관련 시문이 실렸을 것으로 추정되는
　일반 문사들의 문집이 전해지지 않는 상황에서, 불교 시문을 살필 수 있는 고려
　후기 자료로는 선승의 語錄과 李穡의 『牧隱集』을 비롯한 사대부 문인의 문집이
　있다. 『大覺國師文集』과 『曹溪眞覺國師語錄』을 비롯한 선승의 어록이 禪과 教
　의 대립적인 구도를 이루고 있다면, 『東國李相國集』과 『牧隱集』은 고려 후기 사
　대부의 문집으로서 성리학 도입 이전과 이후라는 대립적 구도를 형성하고 있다.
　이규보는 시기적으로 성리학의 도입 이전이었으므로, 그의 불교적 사유는 자신의
　자유분방한 사상적 다양성 속의 한 측면이면서도 성리학이라는 대척적인 사유체
　계로부터 자유로울 수 있었다는 점이 이 글에서 이규보의 시를 불교시 연구의
　대상으로 삼는 한 이유이다.

감 없이 수용한 마지막 시기를 살아간 문인으로서, 그의 문학이 성리학적인 관점으로부터 자유로울 수 있었으리라는 점이다. 이 점은 성리학적 세계관이 주류를 이룬 조선조 문인들에게서 불교시가 거의 지어지지 않았다는 점에 비추어 불교시 연구의 중요한 시대사적 의미를 지닌다. 결국 이규보는 불교적 사유가 사상적으로 대세를 이루던 시대의 정점을 불교인이 아닌 관료지식인의 입장에서 불교관련시를 짓고 자신의 문집에 수록하였다는 점에서 불교시 연구와 관련을 맺고 있는 것이다.

2. 연구 성과의 검토와 연구의 방향

1) 연구 성과의 검토

이규보와 그의 문학에 대한 평가와 연구는 염불시를 고찰한 徐首生[5]에 의하여 최초로 제기된 이래 주로 「東明王篇」에 대한 문학계와 사학계의 논의[6], 문학론과 관련한 논의,[7] 작가론에 관한 논의[8]에 이르기까지 다양하고 활발한 논의가 이루어졌다.[9] 이러한 논의는 주

---

5) 徐首生, 『高麗朝 漢文學 硏究』, 螢雪出版社, 1971.
6) 張德順, 「英雄敍事詩 東明王」, 『人文科學』5집, 연세대, 1960.
   李佑成, 「高麗中期의 民族敍事詩」, 『論文集』7, 성균관대, 1962.
7) 趙鍾業, 「高麗 詩論 硏究」, 『國文硏究』1집, 1963.
8) 金鎭英, 「李奎報 文學 硏究」, 박사논문, 서울대대학원, 1982.
   朴性奎, 「李奎報 漢詩의 硏究」, 박사논문, 고려대대학원, 1982.
   金時鄴, 「李奎報의 현실인식과 農民詩」, 『大東文化硏究』 제12집, 成大大東文化硏究院, 1978.
9) 李奎報와 그의 문학에 대한 고려와 조선조 및 근세 이후 비평가들의 견해에 대해서는 申用浩 : 『李奎報 詩의 意識世界와 文學論』, 국학자료원, 1990, pp.12~

로 이규보의 『東國李相國集』이 본격적인 문집의 시초가 된다[10]는 서지사적 의의에서 비롯되는 작가론적 연구와 「白雲小說」에 관련하여 新意論으로 대표되는 문학론에 관한 연구, 그리고 「東明王篇」을 비롯한 詠史詩와 農民詩・詠物詩 등에 관련한 작품론적 연구에 집중되어 상당한 연구 성과가 이루어졌다.

이에 비하여 불교문학의 시각에서 접근한 논의는 뒤늦게 제기되기 시작하였고 그 내용도 소략한 편이다. 이규보 연구에서 불교와 관련한 언급은 무엇보다 그의 삶에서 보인 불교적 성향에 주목하는 것으로부터 시작되었다. 이규보의 생애는 儒者의 그것으로 일관되었지만 젊은 시절의 사상적 放達과 만년에 그가 특히 불교에 침잠하였다[11]는 점에 근거하여 그의 의식세계나 작품에 있어 불교적 성향에 관련된 논의가 소략하게나마 언급되었다. 진축삼[12]은 이규보의 만년에 주목하여 관직에서 물러난 뒤에는 불교에 침잠하여 忘我의 경지에 올랐다고 평가하였고, 김진영[13]은 승려들과의 교유관계에서 산출된 시를 비롯하여 불교와 관련된 시가 250여 수라는 주장을 제기하여

15.와 李東喆 : 『李奎報 詩의 主題 硏究』, 국학자료원, 1990, pp.10~15. 참조.
　　안영훈 : 「高麗末 士大夫 文學 硏究(2)」, 『경희대학교 대학원 고봉논집』, 18집 (1996), p.27에 따르면 지금까지 나온 이규보와 관련된 연구논문은 133편이다. (강석근 : 『李奎報의 佛敎詩』, 이회문화사, 2002, p.20) 이에 대한 주요 논문의 소개는 앞에 언급한 논자들의 논문 참조.

10) 『東國李相國集』은 전집 41권과 後集 13권으로 된 이규보의 문집으로 최씨 정권의 협조를 얻어 아들 涵이 이규보 말년에 편집하고 沒年인 고종 28년(1241)년에 초간되었다.
　　朴性奎는 『李奎報 硏究』(계명대학교 출판부, 1982, p.8)에서 우리 문학사에 있어서 본격적인 문집출현은 『東國李相國集』부터라고 했다.

11) '…晩年尤信佛法 常誦楞嚴經…', 「誅書」, 後集, 卷 終.

12) 陳祝三, 「李奎報 硏究」, 박사논문, 성균관대 대학원, 1977.

13) 金鎭英, 「李奎報 文學 硏究」, 집문당, 1984.

불교시를 주목하게 하는 동시에 이규보의 불교를 포함한 광범위한 사상과 신앙적 바탕에 대한 논의를 하였으며, 김경수14)는 '詩僧과의 贈答詩'에서 시승과의 시적인 교유에 대해 언급하였다. 이러한 논의는 물론 이규보 문학의 전반을 해명하기 위한 자료의 일부로서 언급된 것이었고 이규보의 불교적 사유와 작품에 발현된 문학적 성과와의 관련에 대한 논의로 나아가지는 못한 것이지만, 이규보의 사상이나 문학에 보이는 일련의 불교적 성향에 대한 논의의 단초를 마련해 주었다는 의미를 지닌다.

한편 이동철15)은 작품 자체를 통하여 작가를 이해한다는 관점에서 이규보 시의 주제를 유형별로 나누어 분석함으로써 작품을 본질적으로 이해하고 나아가 이규보의 내면의식(민족관, 국가관, 현실인식, 자의식 등)을 도출하고자 하였다. 그는 여섯 가지의 주제와 열다섯 항목의 하위분류로 이규보의 시를 주제별로 분석하였는데 '謝禮', '讚佛', '脫俗'의 항목과 '理法', '探究'의 항목 등에서 불교관련시들을 언급하여 보다 진전된 논의를 하였다. 그러나 주제별 고찰을 전제로 하는 이 논의는 이규보의 시에 있어서 불교관련시가 본령이 아니라는 점에서 불교관련 사항이 두드러진 주제로 설정될 수 없다는 기본적인 한계가 있는데다가, 논자의 입장도 불교시에 대한 논의를 하려는 것이 아니었던 까닭에 불교적 주제가 적극적으로 다루어지지 못하고 말았다.16)

---

14) 金慶洙, 「李奎報 詩文學 硏究」, 아세아문화사, 1986.

15) 李東喆, 『李奎報 詩의 主題硏究』, 國學資料院, 1990.

16) 예를 들면 이규보의 시 「謙上人觀虛軒」를 분석하면서(이동철, 앞의 논문 pp. 276~277) 논자는 이 시의 주제가 空思想이라고 하면서도 그것을 이규보의 '局外者的 思考'에서 비롯된 것이라고 파악하는 동시에 '一切唯心造의 禪理'라고

불교적인 시각에서 이규보가 조명된 것은 한국 불교사에서 고려 전기 불교문화의 한 측면으로 李資玄과 郭興를 비롯한 거사불교가 주목되는[17] 데서 비롯되었다. 이에 따라 거사문학에 대한 관심과 고려 후기 성리학의 도입과 관련한 사대부의 불교시 관련 연구[18]와 맞물려 이규보의 불교관련시에 관한 논의도 이루어졌다. 이규보의 불교시를 하나의 주제로 독립시켜 최초로 논의한 조윤실[19]은 이규보의 시 가운데 禪的인 분위기를 표출하는 작품을 대상으로 하여 그것을 禪詩로 보는 시각에서 접근하였다. 이에 따라 그가 제시한 鏡・空・猿・酒・茶의 소재들을 깨달음의 경지에 이르는 심상으로 파악하였다. 이 논문은 이규보의 불교시에 대한 본격적인 논의를 열었다는 의의에도 불구하고, 하나하나의 개별적 심상을 지나치게 禪思想과 관련지으려는 데서 오는 작품해석상의 오류와 함께 이규보의 작가론적 위상이 마치 깨달음을 향해 모든 것을 집중하는 禪師의 그것으로 착각하게 하는 주장을 담고 있다. 이러한 측면은 이규보의 시를 禪詩의 입장에서 이해하려는 후발 논자들에게서도 같이 지적된다는 점에서 기본적인 시각에 대한 신중한 검토가 요구된다.

아마도 당시의 禪詩 연구의 경향에 영향을 받은 것이라 생각되는 이러한 경향은 박완식[20]에 이르러 더욱 심화되어 나타난다. 논자는

규정짓는 오류를 범하고 있다.
17) 徐景洙, 「高麗의 居士佛教」, 『한국불교사상사』, 박길진박사회갑기념논문집간행회, 1975, pp.586~595.
18) 申斗榮, 『李穡의 佛教詩 硏究』, 석사논문, 단국대학교 대학원, 1985.
周甲辰, 「牧隱 李穡의 佛教詩考」, 『동악한문학논집』 8집, 1996.
19) 趙胤實, 『李奎報의 禪詩 硏究』, 석사논문, 성심여자대학교 대학원, 1985.
20) 朴浣植, 『李奎報의 禪詩 硏究』, 석사논문, 전주우석대학교 대학원, 1992.

이규보의 일부 작품을 아예 禪詩로 규정하고 그 분석에 있어서도 선사들에 의해 쓰여진 선시를 분석하는 잣대를 그대로 적용하여 세밀한 분석을 시도하였다. 시의 분류에서도 마찬가지로 '이규보의 禪詩'를 '禪理詩', '禪典詩', '禪迹詩', '禪趣詩'로 나누어 禪詩 분류의 기준을 그대로 적용하고, 禪旨를 근거로 하는 禪理詩에 그 초점을 두고 있다.

이규보의 불교시 일부에 대해서 그것은 禪詩로 보는 박완식의 입장은 강석근도 지지하고 있는데,21) 선시의 분류에 대한 여러 논의에도 불구하고 선시의 개념이 정의되어 있지 않은 현 시점에서 이규보의 시를 선시로 규정하는 것은 조심스러운 일이며, 그러한 시도를 위하여 제기한 주장에 대해서는 동의하기 어려운 점도 있다.22) 게다가 이규보의 문학론인 新意論에 대해서도 그것이 頓悟漸修의 선풍에서 나온 것이라고 하는 견해에 이르러서는 禪詩 작가로서의 이규보의 면모를 禪旨를 갖춘 선사의 그것으로 이해하여 굳이 선시 작가로서의 위상을 만들어내려는 입장과 함께 받아들이기 어려운 면이 있다.

한편 이규보의 불교관련시를 선시로 규정하려는 무리한 입장에서 한걸음 물러서서 넓은 의미로 이해하려는 논의가 시도되었다. 신영순23)은 '불교시'라는 용어를 썼고, 김정숙24)은 '불교관련시'라는 보다

---

21) 姜錫瑾, 『李奎報의 佛敎詩』, 이회문화사, 2002.
  강석근은 이 책에서 박완식의 논문이 이규보의 선시에 관한 논의를 진전시킨 것으로 받아들이면서(p.30), 작품 분석에서도 이규보가 선의 본질에 가깝게 접근한 사람이라는 견해를 수용하고 있다(p.126).
22) 동의하기 어렵다는 것은 주로 이규보의 禪的인 경향을 보이는 시가 그의 선적인 생활로부터 비롯된 것으로 보는 견해이다. 이규보가 선에 대한 상당한 이해를 가지고 있었던 점은 인정할 수 있겠으나, 禪師로서의 삶을 영위한 것으로 볼 수는 없는 일이다.

넓은 함의를 가진 용어를 쓰게 되었다. 선시의 경우와 마찬가지로 불교시의 개념에 대해서도 개념규정이 없는 상황에서 양인은 선시로만 이해하려는 경향에서 벗어나려고 하였고, 하위분류에서도 선적인 경향의 시 이외에 찬불시와 교유시, 불경시의 분류를 시도하여 불교시의 외연을 확장하고자 하였다.

이러한 일련의 불교관련시에 대한 논의를 바탕으로 강석근[25])은 거사로서의 이규보가 보인 불교적 행보와 그의 불교시가 가진 문학적 가치에 대한 해명을 시도하였다. 논자는 이규보가 여느 선승보다 높은 수준의 불교시를 남긴 까닭은 불교에 대한 남다른 지식과 신앙이 있었기 때문이라고 전제하고, 선종 중심의 불교와 방편불교에 근거한 이규보의 불교관과 居士로서의 삶을 바탕으로 지어진 이규보의 불교시의 특징과 문학적 의미가 '禪理의 詩的 변용', '禪趣의 시적 승화', '불교적 문답과 시적 교유', '讚佛의 미학과 詩的 佛事'에 있다고 파악하였다. 이 논문은 불교시 작가로서의 이규보의 거사적 행보에 적극적인 의미를 부여하고 이규보 시의 선시로서의 가능성을 구체적으로 평가했다는 긍정적인 연구 성과와 함께 그에 따르는 부정적인 측면도 아울러 가지고 있는 것으로 평가할 수 있다. 이규보의 삶이 거사의 그것으로 의미를 가질수록, 그리고 그의 시가 선시로서의 가능성을 가질수록, 불교시 작가로서의 입지가 강화되고 불교시 연구의 의의가 확보되는 것은 바람직한 일이 될 것이다. 그러나 그러한 필요성에도 불구하고 과연 그의 생애가 거사로서의 불교적 신념에

---

23) 申永順, 『李奎報의 佛敎詩 硏究』, 석사논문, 숙명여대 교육대학원, 1992.
24) 金貞淑, 『李奎報의 佛敎關聯詩 硏究』, 석사논문, 고려대학교 교육대학원, 1996.
25) 姜錫瑾, 앞의 책.

충실한 삶이었고, 동시에 그의 시가 선시로서의 위상을 확보하고 있는지에 대해서는 충분히 해명되었다고 할 수는 없으며, 그에 관한 한 다른 논문에서와 같이 동의하기 어려운 주장도 포함되어 있다는 점에서 아쉬움을 갖게 한다.

이제까지 언급한 불교시로서의 이규보시에 관한 연구 성과는 넓은 의미의 불교시 연구에 있어 고려 말 선승들의 선시에 집중하여 그들의 시를 禪理로써만 이해하려는 경향을 반성하고, 새로운 작가층으로서의 거사문인에 주목하여 선시를 포함하는 넓은 범주로서 불교시 일반에 대한 연구로 시각을 넓힘으로써 고려시대 한시 연구의 외연을 확장하는데 기여하고 있다 할 것이다.

그러나 여기서 우리는 그동안의 禪詩 연구에서 쉽게 극복하지 못하였던 선시 분석의 한계가 그 양상을 달리한 채로 여전히 나타나고 있음을 지적하지 않을 수 없다. 선시 분석의 한계라는 것은 '선시는 깨달음의 노래'라는 도식을 증명하기 위하여 선시를 이른바 禪旨 내지는 禪理로써 재구성하거나 지나치게 '깨달음의 결과물'로 대응시키려는 데서 오는 논리의 비약으로 요약할 수 있다. 본고에서는 이에 대해 검토하는 것으로 연구 성과의 정리를 마무리하고자 한다.

이규보의 불교관련시에 관한 연구는 선시의 측면26)에서나 문학사상의 측면27)에서 주목을 받지 못하다가 그로부터 촉발된 '불교시'의 논의로서 주로 이규보가 불교와 관련된 시문을 남겼다는 점과 그의 사상이 불교, 나아가서는 禪에 관련되어 있다는 점, 그리고 유교와

---

26) 印權煥, 『高麗時代 佛教詩의 研究』, 高麗大學校 民族文化研究所, 1983.
   李鍾燦, 『韓國禪詩의 理論과 實際』, 이회문화사, 2001.
27) 趙東一, 『韓國文學思想史試論』, 지식산업사, 1978.

仙道 사상과의 연관 하에서 불교적 사유를 수용하고 있다는 점을 근거로 하여 불교시 연구의 대상에 들어가게 되었다. 그런데 이 과정에서 불교에 관련한 이규보와 그의 시문에 대한 관점이 불교적인 그것으로 지나치게 재단되는 경향이 생겨났다. 이제까지 이규보와 그의 시문을 이해했던 관점과는 달리 불교적인 기준을 적용하려다 보니 불교시 작가 내지 불교시로서 가지는 실체적 진실보다는 그것을 뒷받침하는 자료로서 가져야 할 것으로 생각되는 당위적 요구를 앞세웠던 것이다.

여러 선행 논문에서 흔히 발견되는 이러한 오류는 작가론적인 관점에서나 작품론적인 관점에서 불교시를 논의함에 있어 논자의 의도에 부합되기 위하여 일부의 단서를 가지고 문학전반의 현상으로 일반화시키는 방향으로 확대 재생산되었다. 그에 따라 이규보는 너무도 쉽게(혹은 당연하게) '禪의 奧義를 이해한 재가 수도자'[28]가 되기도 하고, '고려를 대표하는 居士로서 극단적으로 개인적이고 개별적인 자기구제에 머무른 거사'[29]이기도 하며, '선승과의 교유를 통해 禪風을 진작시킨 인사'[30]가 되기도 하고, 나아가서는 '종교적 法悅 속에서 자유롭고 自在한 삶을 산'[31] 거사로부터 '沙門들에게 法語를 내려 지도할 道力을 갖춘'[32] 道人의 경지로까지 이규보의 생애 내지 정신세계가 불교적으로 과장되어 해석되고 있다.

이러한 해석상의 오류는 논자들이 佛敎詩에 관한 논의의 필요에

---

28) 金鎭英, 앞의 논문, pp.56~64 참조.
29) 徐景洙, 앞의 논문, pp.586~595 참조.
30) 安啓賢, 『한국불교사 연구』, 동화출판공사, 1982. pp.270~276.
31) 姜錫瑾, 앞의 책, p.138.
32) 姜錫瑾, 앞의 책, pp.189~195.

따라 일정한 정도의 근거만을 가지는 논거들을 과도하게 해석하고 실제 이상의 의미를 부여하려고 하는 데서 기인한다. 이것은 불교시 작가층을 선승으로 대표되는 불교인으로부터 일반 거사문인으로 확대하고 禪詩 일변도의 불교시 이해로부터 벗어나고자 하는 본래의 연구 취지를 살리지 못하는 결과를 초래한다. 그리하여 애초에 의도했던 바 선시 연구의 한계를 극복하는 데로 나아가지 못하고, 거꾸로 그에 회귀하는 역기능으로 작용하게 되었다.

2) 연구의 방향

李奎報의 佛敎關聯詩에 대한 연구는 이규보 문학의 연구에 있어 佛敎詩 관련 연구의 타당성을 확보하기 위하여 이규보와 그의 불교 관련시와의 상관관계를 구명하는 데 집중되었으며, 이규보의 불교관련시를 禪詩로 파악하여 시작된 기존의 연구는 강석근의 논문에 이르러 이규보의 불교시가 가질 수 있는 문학적 성과와 그의 불교시 전모에 대한 전체적 조망이 이루어졌다고 볼 수 있다. 본고는 이 과정에서 이규보와 그의 시문에 대한 불교적 관점에서의 평가가 비약적으로 인식되고 있음을 주목하고, 그것을 극복하면서 불교시 일반을 이해하는 전체 구도에서 그의 불교관련시가 가지는 문학적 가치와 의미를 밝히고자 한다.

자신의 사상적 입지를 儒敎에 두고 그에 입각하여 立身行道하는 儒者로서의 삶을 추구했고 실제로 영위한 이규보와, 그런 그가 지은 詩文을 두고 불교문학의 관점에서 어떤 평가를 할 수 있을 것인가? 이규보 자신이 특히 만년에 거사로서 불교적 인식을 지니고 있었으

며, 그에 근거한 시문을 남겼다는 점은 그에 대한 불교적 평가를 함
에 있어 긍정적인 요소임에는 틀림이 없다. 그러나 문제는 그가 몇
편의 불교관련 시문을 남기고 있는가[33] 하는 것이 아니라, 그것이 어
떤 측면에서 불교시 연구의 대상이 될 수 있으며 되어야 하는가를 밝
히는 일이다.

앞에서 살핀 바 선행연구에서 이규보를 불교시 작가로서 자리매김
하는데 보인 논의의 비약은 그의 작품을 이해하는 데 있어서도 그대
로 나타난다. 그의 작품을 선시로 보려고 하는 기본입장에 따라 그의
佛敎關聯詩들은 禪師들의 禪詩와 다름없이 이해되고 있으며, 그것
과 같은 분류체계를 적용하여 논의되고 있다.

본고에서는 이규보의 불교관련시에서 불교시와 관련되어 있는 부
분에 대한 논의를 다음의 두 가지 측면에서 접근하려고 한다. 첫째는
이규보의 시에 있어서 불교관련시가 그 본령은 아니지만, 당대 불교
문화의 토양 위에 자리한 불교문학으로서의 의의는 인정되어야 한다
는 측면이다. 둘째는 이규보의 불교관련시가 고려시대 불교시 전체
의 구도에서 주도적인 위치에 있지는 않다 하더라도, 그의 불교관련
시는 고려시대 불교시의 연구에 있어 하나의 분기점이 된다는 문학
사적 측면이다.

사실『東國李相國集』에 실린 이규보의 전 작품을 대상으로 한다
면 불교관련시가 그 본령이 될 수 없음은 자명한 일이다. 그런데도
이 점에 대한 동의가 없이 그의 일련의 불교관련 작품을 불교시의 관
점에서만 논의하려고 한다면 무리가 따르게 되고, 앞에서 언급한 바

---

33) 金鎭英은 이규보의 불교시가 250여 수라고 하였는데(앞의 책 p.56), 姜錫瑾은
불교시 290제 403여 편과 불교 산문 127제 142여 편이라고 조사해놓고 있다.

와 같이, 기존의 연구에 이미 그러한 오류가 드러나고 있다. 본고에서는 이규보의 불교관련시를 대상으로 하여 불교적인 이해를 도모하겠지만, 그것을 불교시의 관점에서만 이해하려고 하거나 선시로 규정짓고 마는 무리한 분석은 하지 않을 것이다. 그 대신 불교적 주제를 갖고 있는 시 뿐 아니라 그렇지 않은 시에서라도 이규보가 살았던 불교문화의 토양 위에서 불교에 대한 작가로서의 의식이 반영되고 있는 양상을 파악하고, 그것이 이규보의 불교관련시에 어떤 의미를 갖는가를 밝힘으로써 이규보 불교관련시의 주제에 접근하고자 한다.

한편 이규보의 문학 전반을 불교시의 관점에서 조망할 수는 없다고 할지라도 그의 의식이나 문학에 있어 불교관련시가 일정 부분 자리하고 있음은 부인할 수 없으며, 그가 살았던 시대의 문화적 흐름과 관련하여 보더라도 그의 불교관련시가 고려되지 않는다면 그의 문학 전반을 파악할 수도 또한 없는 일이다. 게다가 불교문화가 이미 굳게 자리하고 있었던 그의 시대에 비추어본다면, 그의 문학에서 불교관련시를 제외하는 것은 온당치 못하다. 그의 불교관련시에 관한 연구는 당시에 이미 보편화되었던 거사문인들의 문학과 이구보 이후에 적극적으로 수용되었던 성리학의 영향을 받은 사대부 문인들의 문학을 연구하는 것과 같은 정도의 의의를 갖는 일이 된다.

특히 이규보의 불교관련시가 가지는 문학사적 위상은 거사 문인들의 불교 수용과 사대부 문인들의 성리학 수용이라는 두 시기의 중간 시기에 해당한다는 점과, 그러한 과도기적 측면이 그의 시문에 뚜렷이 나타난다는 점에서 의의를 지닌다. 본고에서 착안하는 두 번째 측면이 바로 이 점이다.

이규보의 불교관련시에 대한 이 두 가지 측면에서의 접근은 이규보 불교관련시의 문학적 가치를 단순히 그의 사상적 성향이나 불교적 인식의 부산물로서만 파악하는 데서 오는 일면적 이해에서 벗어나게 할 것이다. 그리하여 이규보 불교관련시에 대한 연구가 이규보 문학 안에서의 불교시 조명에 그치지 않고 고려시대 불교시 일반의 이해로 나아가는 통로를 마련해 주리라 생각한다. 나아가 이규보의 불교관련시가 불교문화의 전성기를 살았던 사대부 문인의 문학적 성과물로서만이 아니라, 고려시대 불교시 전체의 구도 속에서 승려의 시이거나 선시로서만 이해되는 불교시에서 나아가 불교시 일반의 특질과 의의를 확보하는 실마리가 되리라 기대한다.

Ⅱ. 고려 후기 시단의
불교시에 대한 시각과 논점

  이규보의 불교관련시를 불교시의 관점에서 논의한다고 하는 것은 이규보와 그의 시대, 그리고 그의 문학에 있어 불교적 사유와 정서가 어떤 역할을 하였는지를 밝히는 일로부터 시작되어야 하리라고 본다. 그것은 불교시의 근간인 불교적 사유와 정서가 그의 문학에 어떻게 자리잡고 있으며, 그러므로 해서 문학작품에 드러나고 있는 실질이 무엇인지를 밝히는 문제이다. 그리고 이러한 문제는 이규보의 시대에 문학활동을 했던 문사들로서 이규보 자신을 포함한 문인들의 불교시에 대한 평가로부터 찾아지리라 생각한다. 작품 자체에 대한 이해와 더불어 당대 또는 후대 문인들의 비평적 안목이 연구의 지남이 될 수 있으리라는 기대에서이다.

  그런데 고려 시대가 불교를 국교로 삼아서 왕실을 비롯한 지배계급과 승려들의 주도 하에 민중과 함께 종교와 문화를 이끌어 갔던 시대라는 점에 비추어 본다면 불교문화의 정화로서 한 요소가 되었을 불교시와 이에 대한 당시 문인들의 관심은 기대했던 것보다 매우 적은 편이다. 이 장에서는 이규보 당시 詩壇의 사정을 알아 볼 수 있는

李奎報의 『東國李相國集』, 李仁老의 『破閑集』, 崔滋의 『補閑集』, 李齊賢의 『櫟翁稗說』 등에 보이는 불교시에 대한 詩評에 착안하여 불교시 논의의 쟁점을 살피고, 그에 관련하여 이규보 및 관련 문인들의 시를 비교하고자 한다.

　이러한 작업은 이규보의 불교 인식과 불교시에 보이는 국면들이 이규보의 개인적인 성향으로서 뿐만이 아니라, 당시의 불교에 대한 일반적 정서 또는 불교문학적 성취와의 관계 속에서 어떤 위상을 가지고 있는지를 살피는 과정이 되리라 생각한다.34)

　무신난(1170) 이전 고려 전기의 불교시 자료로서 시적 면모를 살필 수 있는 자료는 많지 않다. 10세기 후반의 均如(신라 경명왕 7년. 923~고려 광종 24년. 973)와 11세기 후반의 義天(1055~1101)만이 각각 향가로서 <普賢十種願往歌> 11수와 『大覺國師文集』 23권, 『大覺國師外集』 13권의 비교적 온전한 자료를 남기고 있을 뿐이다. 그리고 의천 이후의 세대로서 숙종 대에서 의종 대까지 활동한 詩僧으로는 의천의 제자인 無碍智國師 戒膺(고려 예종 代)과 慧素, 大鑑國師 坦然(1070~1159), 龜山 曇秀 禪師에 관한 기록이 『破閑集』과 『補閑集』에 보인다. 이 시기에 승려의 신분이 아닌 거사로서 불교시적 의의를 갖는 인물로 李資玄(1061~1125)35)의 문집에는 상당량의 불교시문이 실렸을 것으로 추정되나 현존하지 않고, 金坵(1211~1278)·李承休(1224~1300)·李齊賢(1287~1367) 등의 문집은 작품의 일부만 전해지거나

---

34) 이규보 이전의 佛教詩史에 대한 고찰은 印權煥, 『고려시대 불교시의 연구』와 朴在錦, 『無衣子 慧諶의 詩 硏究』(박사학위 논문, 이화여자대학교 대학원, 1998)을 참고하였다.

35) 李資玄의 「追和百樂道詩」 1권과 「南遊詩」 1권, 「布袋頌」 1권이 이름만 전한다. 『한국불교찬술문헌총록』, 동국대학교 불교문화연구소, 1976. 참조.

문집의 편집 과정에서 누락되었을 것으로 추정된다.[36] 이후의 기록
으로 고려조 문학 유산을 총괄한 『東文選』에서도 편찬의 취지상 불
교적인 사유와 형이상학적 원리를 담고 있는 불교 시문은 상당 부분
배제되었으리라고 본다.[37]

  이런 사정으로 고려 시단에서의 불교시에 대한 시각은 자료의 영
성함을 전제하면서 『破閑集』·『補閑集』·『櫟翁稗說』 등의 시화집
과 이규보의 『東國李相國集』 및 『白雲小說』에 보이는 단편적인 언
급에 의지하여 살펴볼 수밖에 없다. 이들 자료에 보이는 시에 대한
이론적 관심은 다양하여 시의 본질론은 물론 작시론, 시인론과 작품
론에 이르기까지 관심이 주어지고 있다.[38] 본질론으로서 이규보의
主氣論과 최자의 기의론, 또 이규보의 시의 선천성 중시와 이인로의
후천적 기교의 중시 등은 물론, 작시론에 있어 이규보의 新意論과 이
인로의 用事論 등의 개진은 당시의 높은 시문학적 수준을 보인 것으
로 평가된다.[39]

  반면에 그들의 시론에서 보이는 불교시에 관한 언급은 미미하여
약간의 작품평 만이 있을 뿐 시론적 언급은 거의 없다. 백운거사를
자처하며 불교계 인사와 교류하면서 화답시를 나누고 儀式상의 필요
에 따라 唄讚詩에 이르기까지 많은 불교문학 작품을 남긴 이규보의
경우도 그의 시론에서 불교적 시론을 찾기는 어렵다. 이것은 그가 불

---

36) 姜錫瑾, 앞의 논문, p.17.
37) 『破閑集』에는 6명의 詩僧이 거론되어 있고, 『補閑集』에는 18명의 詩僧이 거론
   되어 있다. 그러나 『東文選』에는 승려 23명의 82편을 수록하면서도, 고려시대의
   대표적 禪詩 작가라 할 慧諶·白雲·普愚의 시는 한 편도 수록하지 않았다.
38) 全瑩大, 「高麗의 詩學」, 『韓國古典詩學史』, 弘盛寺, 1979, p.43.
39) 印權煥, 앞의 책, p.250.

교적 사유에 침잠하고자 했던 시기가 문인들과 활발한 교류를 하던
시기가 아니라 관직에서 물러난 만년에 집중되었던 데서 그 원인을
찾을 수도 있다. 그러나 문집이나 시화집 속에 불교인이나 불교적 작
품이 언급되면서도 불교시 자체에 대한 시론적 접근이 없었던 주된
요인은 당시의 시에 대한 이론적 관심의 향배에서 원인을 찾아야 할
것이다.

이와 같이 불교시에 대한 단편적인 언급들만이 존재하는 속에서나
마 불교시를 일반 문인들의 시와 구별하는 몇 가지의 논점은 크게 다
음의 세 가지로 나타난다. 첫째는 불교시의 양식상 두드러진 특징으
로 언급된 吾讚詩에 관한 것이다. 둘째는 승려의 시를 일반 문인들의
시와 비교하여 山人體라고 구별하고 있는 것이다. 셋째는 불교시의
品格을 들어 詩品上의 문제를 제기하는 경우이다.

1. 양식적 특성으로서의 음찬시

吾讚詩는 불교시의 형태 발전상 그 기원이라 할 불교 경전 중의
偈頌으로부터 살펴야 할 성질의 것이다.[40] 원래 讚의 형식적 기원은
불교 경전 十二分敎 중의 '祇夜'나 '伽陀'에서 유래한다. 부처의 일생
을 미려한 문체의 서사시로 표현하여 불교 창작 문학의 효시가 된 馬
鳴의 『佛所行讚』[41]과 같이 경전 전체가 시 문체로 되어 있는 경우도

---

40) 이에 대하여는 ① 印權煥, 앞의 책, p.34. ② 박찬두, 「경전문학의 가능성과 경
   전의 문학성」, 『불교문학이란 무엇인가』(앞의 책), pp.160~162. ③ 임기중, 「불
   교 속의 문학과 문학 속의 불교」, 『불교문학이란 무엇인가』(앞의 책), pp.85~86
   참조. ④ 裵奎範, 『불가 시문학론』(집문당, 2003), pp.56~71 참조.

있지만, 대부분의 경전에는 시적인 운문이 삽입되어 불교시가의 원류를 이루고 있다.

일반적으로 불교 경전은 기술 형식과 내용에 따라 9部經이나 12部經으로 분류하고 흔히 3藏 12分教라는 말로 총괄해서 지칭한다. 3장은 經藏·律藏·論藏을 말하고 12분교는 12分經과 같은 말로 契經·應頌·記別·諷頌·自說·因緣·譬喩·本事·本生·方廣·希法·論議의 12분류를 말한다. 이것은 佛說의 모든 것이기도 하며 경전에 보이는 문학적 형식의 전부이기도 하여 불교 경전기 가지는 문학성을 보여주는 것이다.

이 중에서 諷頌은 문학적 운문이고 應頌은 문학적 산문과 문학적 운문으로 되어 있어, 시적인 양식과 결부되는 것은 응송과 풍송이다. 應頌(geya; 祇夜; 偈頌)은 契經(sutra, 修多羅)에서 산문으로 길게 내려 쓴 다음에 운문(게송)으로 그 뜻을 거듭 말한 것을 말한다. 이런 까닭에 重頌이라고도 한다. 즉, 앞에서 길게 쓴 산문의 내용을 운문으로 거듭하여 요약하거나 부연한다는 뜻이다. 따라서 經의 중간 또는 끝에 위치한다. 이것의 기능은 운문[誦詠] 문학으로서 경전의 음악성을 높여주는 데 있다.

諷誦(gātā; 伽陀)은 중송처럼 산문에 뒤따르는 운문이 아니고 전체가 단독으로 나온다는 의미에서 孤起頌이라고 하는데, 처음부터 끝까지 산문은 없고 운문의 형태로만 되어 있는 것을 말한다. 불경 가운데 대표적인 시문학이라 할 수 있다.

이들은 대체로 4언, 5언, 혹은 7언의 시형을 지니고 있고, 이들이

---

41) Buddha‐carita, 부처의 일생을 서사시 형태로 노래한 것. 불교 창작 문학의 효시로 꼽힌다.

합쳐져서 4구 또는 5·6·7구를 이룰 때 이를 一頌이라 한다. 이처럼 범어 원전에서부터 佛典에 있었던 운문들이 중국에 와 한역되면서 한시의 형태를 띠게 되었고 이를 바탕으로 불교 운문문학이 발전되어 나아갔던 것이다.

偈頌으로 대표되는 불교 운문은 경전의 일부로서 그 내용을 전달하는 것이 주된 목적이었던 까닭에 한시의 경우와는 다르게 글자 수나 평측 및 운자의 사용에 있어 한시의 틀에서 벗어나는 것이지만, 점차로 고시나 근체시의 율격을 지킨 정형시의 형식에 맞춰지기도 하여 그것이 선가에 수용되면서부터는 詩偈·頌古·歌頌 등을 통칭하여 쓰는 말이 되었다.

게송이 한시의 형식을 따르게 되면서 한편으로는 내용의 측면과 표현의 측면에서도 佛法을 표현한 것으로부터 서정시적인 표현에 이르기까지 다양성을 지니게 되었고, 개인적인 창작으로 전환되어 頌이나 讚으로 발전되면서 불교시·선시의 창작에까지 나아가게 되었던 것이다.

고려시대에 불교가 국가적 차원에서 존숭되면서 讚佛詩의 성격을 지닌 것으로 불교의 의식에 관련된 음찬시가 많이 지어졌던 사정은 崔滋의 글에서 발견된다.

> "매년 봄가을로 대장경을 轉經하고, 이와 아울러 消災道場을 열면 誥院의 모든 詞臣들에게 명하여 四韻의 音讚詩를 짓게 한다.··(중략)···首聯에서는 설법의 자리를 베풀게 된 인연을 말하고 頷聯과 頸聯에서는 다같이 三寶를 찬탄하며 落句에서는 (그로 인하여 얻어지는 공덕으로서의) 福利를 말하는 것이니 이것이 音讚詩의 모범이다."42)

이 글은 音讚詩의 개념과 그 양식의 모범을 제시하고 있는 것이지만, 우선 음찬시가 지어지는 경위에 대한 언급으로서 의의가 있다. 음찬시는 당시에 국가적인 행사로 행하여지던 크고 작은 불교 의식에서 왕명에 의해 대신들이 부처의 공덕을 기리고 佛法을 찬미한 불교시로 지어졌던 것이다. 또한 부처의 공덕을 찬미하되 그 구성이 法席이 베풀어지게 된 緣起[首聯] – 三寶 찬탄[頷·頸聯] – 讚佛로 얻어지는 복리의 언급[尾聯]으로 이루어지는 음찬시의 구도는 경전의 체재인 序分 – 定宗分 – 流通分의 구성과 맥을 같이 하고 있음을 볼 수 있다.

이처럼 음찬시는 내용에 있어서 三寶의 찬탄이라는 제한과 함께 형식에 있어서도 일정한 규범을 지닌 儀式用의 시라 할 수 있다. 따라서 자유스런 시상이나 시적 영감에 의해 지어지는 시와는 거리가 있었고, 기승전결의 일반적인 한시 작법과도 차이가 있었기 때문에 일반적인 시론으로서 입론되기에는 한계가 있었으리라그 본다.

현전하는 음찬시의 작자와 작품으로는 『保閑集』에 李仁老·金仁鏡·蔡寶文·陳澕·李奎報·崔瀣·趙文拔의 작품이 보이고 『東文選』에 金良鏡의 <宣慶殿道場音讚詩應製>, 崔滋의 <宣慶殿行大藏經道場音讚詩>, 金坵의 <宣慶殿行大藏經道場音讚詩>. <中例消災道場音讚詩>, 『東國李相國集』에 李奎報의 <大藏經道場音讚詩>, <消災道場音讚詩> 등이 전하고 있다.[43]

---

42) '每歲春秋 轉大藏經 及與消災道場 皆命詰院詞臣 作四韻音讚詩 … <중략> … 前一聯言設席 頷聯頸聯皆讚三寶 落句言福利 此音讚詩之範也' 『補閑集』 中卷, 31항.
43) 印權煥, 앞의 책, p.253.

2. 불교시의 시격으로서의 산인체

불교시의 형식에 관한 언급은 음찬시의 경우와 같이 표현상의 특성이 고려되고 있다. 그 중에서 승려의 시로서 시적 완성도를 이룬 시에 대한 평가로 이규보가 평하는 '山人體의 體得'이 있다.[44] 그러나 이규보는 산인체에 대한 구체적인 언급을 하지 않은 채 산인체를 갖추었다고 할 만한 시로서 惠文 禪師의 시 「題普賢寺」[45]를 들고 '그윽한 맛이 절로 갖추어져 있음'[46]을 그 기준으로 제시하고 있다. 따라서 그가 언급한 「題普賢寺」를 분석함으로써 산인체의 실질에 접근할 수 있을 것이다.

그런데 그에 앞서 『保閑集』에는 승려의 시를 세 가지의 품격으로 지적한 글이 들어 있다. 이것을 먼저 살피면 산인체가 무엇인지를 이해하는 데 도움이 될 것이다. 崔滋는 直講 尹字一의 말을 빌려 다음과 같이 말하고 있다.

> "스님네의 시에는 그 詩格에 세 가지가 있다. 詩語가 經論에 널리 통하여 있는 偈頌體의 시격을 豆湯痕이라 하고, 生硬하고 까다로운 말로 시 짓기를 좋아하는 시격을 捨水滴(스님들이 식사를 마친 뒤에 鉢盂를 씻는 물을 捨水라 한다. 原註)이라 하며, 말을 寒枯하게 다루는 시격을 蔬笋氣라고 한다."[47]

---

44) '禪師惠文 固城郡人也 … 嘗住雲門寺 爲人伉直 一時士名大夫 多從之遊 喜作詩 得山人體' 「白雲小說」, 『詩話叢林』(洪萬宗編, 아세아문화사, 1973), pp.23~24.

45) 『詩話叢林』, p.24.
   『補閑集』에는 제목이 「天壽寺詩」로 되어 있다.(『補閑集』, 下卷, 31항.)

46) '幽致自在', 「白雲小說」, 위와 같음.

두탕이란 豆乳라고도 한다. 또 두유는 우유제품의 일종인 酥酪으로 여기서는 열반경의 醍醐喩[48]를 빌어서 쓴 말이다. 다시 말하면 두탕은 최상의 珍味인 제호에 버금가는 것으로 맛있는 음식이나 훌륭한 요리를 가리킨다. 여기에 쓰인 豆湯痕이니 捨水滴이니 蔬笋氣 (나물끼라고 새긴다)니 하는 말은 대개 승가의 음식에 빗대어 시의 상품, 중품, 그리고 하품을 비유한 말이다.

여기서 詩語가 경론을 두루 섭렵한 데서 나오는 게송의 체에 관련된 것을 上品으로 들고 있는데, 이것은 당시의 승가에서 앞에서 살핀 바 12분교의 경전을 근거로 하여 게송을 비롯한 운문과 산문의 형식이 문학작품으로 창작되고 있었음을 시사한다. 그 가운데 승려의 시로서 훌륭한 것으로 평하는 말이 이규보의 '山人體'이다.

이규보는 자신의 詩友인 惠文 禪師의 시를 평하는 글에서 "시 짓기를 좋아하였는데 산인체를 체득했다"[49]고 하여 산인체를 언급하였다. 山人이란 山僧의 다른 말로 속세를 떠나 입산수도하는 승려를 지칭하는 말이다. 앞에서 인용한 『補閑集』의 글에서 '蔬笋氣'라는 말이 승가에서 채소와 죽순만을 먹고 기름진 음식을 먹지 않는다는 데에서 시어의 표현에 윤기가 없음을 지칭한 것으로 쓰인 것처럼, '山人體'는 시에 俗氣가 없어서 화려하거나 번잡하지 않은 가운데 담박한 기운이 있어 '그윽한 운치가 있음'을 가리키는 말로 생각할 수 있다.

한편 이규보는 山人體와 같은 말로 '山人之格'이라는 말도 하고

---

47) '僧家詩格有三 語涉經論偈頌體 謂之豆湯痕 好作生酸語 謂之捨水滴(僧家飯訖 流鉢水名捨水) 立語寒枯 謂之蔬笋氣' 『補閑集』, 下卷, 36항.

48) 『涅槃經』 권14에 나오는 비유. 涅槃經이 가장 殊勝한 경전임을 우유 제품 가운데 제호가 가장 맛이 좋음에 비유한 것.

49) 註) 45.

있는데 그에 관한 개념의 정의는 말하지 않으면서도 그 품격만은 淸
苦로써 體를 삼는다고 하였다.50) 최자 역시 산인체에 대하여 그 구
체적인 특징을 언급하지는 않고 있으나 '平淡'이나 '淸苦'라는 품격을
말하고 있다. 이로 보아 당시의 시단에서나 승려들 스스로도 山人體
내지 山人之格이라는 詩格으로써 세속인의 시와 구별되는 기준을
삼고 있음을 알 수 있다.

여기서 이규보가 산인체를 체득한 시로 들고 있는 惠文 禪師의「題
普賢寺」를 예로 들어 고려 시단에서 산인체로 일컬어지는 승려들의
시에서 주목하는 것이 무엇이고, 그 평가의 논점이 무엇인지를 살펴
보기로 한다.

爐火烟中演梵音	향 연기 속으로는 독경소리 가득한데
寂廖生白室沈沈	아무도 없는 빈방은 낮이 되어도 조용하기만
路長門外人南北	문 밖으로 이어진 길엔 사람들이 오가고
松老巖邊月古今	바윗가 늙은 소나무엔 달빛이 변함 없네
空院曉風饒鐸舌	빈 절에 이는 새벽바람에 목탁소리는 넉넉하고
小庭秋露敗蕉心	뜨락에 내린 가을 이슬에 파초 속은 시들어간다
我來寄傲高僧榻	나 여기 고승 탑에 와서 한껏 정회를 푸노라니
一夜淸談直萬金	하룻밤 맑은 이야기 귀하고 귀하여라

惠文 禪師(? ~ 1235)는 이규보와 절친했던 詩友로『東國李相國集』
에 서로 주고받은 시와 여러 사연들이 실려 있고, 최자도 이들의 사
귐과 시를 주목하여『補閑集』에서도 여러 번 거론하고 있는 당대의

---

50) '純用淸苦爲體 山人之格也',「白雲小說」,『詩話叢林』(同上), p.30.

詩僧이다.

이규보는 이 시에 대하여 山人體를 얻었다고 평하면서 "그윽한 운치가 갖추어져 있으니 頷聯은 사람들이 전하여 외우는 바 되었으며, 이 싯구로 인하여 그를 松月和尚이라고 불렀다"51)고 소개하고 있다.

사찰을 제재로 한 다른 시와 비교할 때 이 시에서 두드러지는 점은 불교적 정서를 사찰의 분위기에 의탁하여 표현하되 그것에 동화된 정서로 표출하고 있다는 점이다. 그 주된 정서는 시적 화자가 사찰의 적막함에 동화된 심경에서 오는 空寂感이다. 1·2구에서는 아무도 없는 절간과 텅 빈 공간을 채우고 있는 독경소리를 대비시켜 적막한 분위기가 제시되어 있고, 3·4구에서는 세속이라는 분주한 공간과 그 분주함에서 벗어나 있는 노송과 달의 무한시간이 대비되어 있다. 이를 통하여 1·2구의 공간적 고요함은 3·4구에 와서 태고의 공적감으로 이어진다.

사찰이라는 공간은 그 寂寞感으로 인하여 세속으로부터 벗어나 있는 듯이 보이지만, 문 밖으로 이어져 있는 길은 세간과 출세간과의 뗄 수 없는 연관성을 암시한다. 반면에 사람의 손길이 닿지 않는 바위 위에 고고히 서 있는 노송과 저 멀리 떨어져서 無始無終의 세월을 비추고 있는 달은 劫外의 무한공간과 무한시간을 상징한다. 이 둘의 대비를 통하여 인간 존재의 유한함에 대한 시적 화자의 정서가 고조된다. 그윽한 향 내음 속에 독경소리만이 고즈넉한 절의 풍경에서 부각되는 고요함이 인간관계에서의 그것으로 이어지지 않고 영겁의 세월을 함께 하는 태고 이전의 공적감으로 연결되고 있는 것이다.

---

51) '幽致自在 頷聯爲人傳誦 因號松月和尚', 「白雲小說」, 『詩話叢林』(同上), p.24.

저 멀리서 유구한 세월을 벗하여 서 있는 노송과 그것을 비추고 있는 달에서 느껴지는 고고함은 세속과 교섭하되 그에 물들지 아니하고 출세간의 삶을 영위하는 산승의 청정한 풍모를 형상화한 것으로 부족함이 없다. 이규보가 지적한 '그윽한 운치가 자재하다'는 평가도 주로 이 구절에 기인하는 것으로 보인다.

그러나 頸聯에 보이는 목탁소리의 넉넉함과 파초의 시들어감으로 이루어진 對는 이른바 '그윽한 운치'로서는 頷聯과 어울리지 못하는 어색함이 있다. 나아가 이 시는 시의 화자가 山僧이 아니라 오히려 탐방객으로서의 세속인인 것처럼 느껴진다. 시적 화자가 산중 혹은 寺中에 머물러 사는 주인으로서가 아니라 탐방객의 입장으로 나타나 있는 데서 감지되는 시적 화자의 정서 또한 사찰이라는 공간이 지니는 공적한 분위기에 압도되어 자신을 내맡기고 있는 것으로 파악된다. 이러한 정황은 절을 찾아서 정회를 푼다고 하는 '한 밤의 淸談'이라는 데에서 두드러진다. 세속을 떠난 산중에서 청아한 이야기를 나눈다는 것도 운치가 있는 일이겠지만, 시의 전반부에서 불교적 소재를 적절히 활용함으로써 불교적으로 형상화된 시적 자아의 정신경계가 '이야기'로 전환된 것은 기대 밖의 반전이다.

앞에서 한껏 고조되었던 공적감에서 한담이라는 평범함으로의 전환은 시인의 정서가 앞에 제시된 공적감에 상응할 만한 정신경계로 나아가지 못한 것으로 보게 하는 대목이다. 더구나 尾聯에서 시적 화자가 절에서 느끼는 정회를 '萬金에 해당한다'고 한 비유적 표현은 淸新함을 주요한 속성으로 하는 산인체로서 俗氣가 없다고 하기에 적절치 못하다. 이런 까닭에 이규보도 頷聯만을 지적하여 산인체의 예로 들고 있는 것으로 보인다.

이규보는『詩話叢林』에 수록된「白雲小說」에서 당시 시단에 널리 쓰인 시의 품격으로 淸苦를 위주로 하는 體를 山人之格이라 하고, 姸麗를 위주로 하는 체를 宮掖之格이라 하여 한쪽으로 치우치는 것을 부정적으로 보고 있다.52) '山人之格'은 승려들의 詩格을 말하는 것으로 여기서 말하는 山人體와 비슷한 것으로 보인다. 다만「白雲小說」에서의 山人之格이 淸苦에 치우치는 것이라면 긍정적 의미로서의 산인체는 거기에다 淸警과 平淡의 품격을 더 갖춘 것으로 이해하는 것이 옳을 듯하다.

---

52) '純用淸苦爲體 山人之格也 全以姸麗裝篇 宮掖之格也 唯能雜用淸警雄豪姸麗 平淡 然後體格備 而人不能以一體名之也'「白雲小說」,『詩話叢林』(同上), p.30.

Ⅲ. 불교시의 보편적 주제와 이규보의 불교관련시

1. 불교시의 보편적 주제로서의 공사상

불교시의 개념이 정립되지 않은 상태에서 불교시라는 잣대로 이규보의 시를 논의하는 데에는 관점의 차이에서 기인하는 기본적인 한계가 따르게 된다. 기존의 논문에서는 이규보의 시 가운데 불교적인 소재를 지닌 시, 승려와의 교유관계에서 지어진 시, 사찰이나 부속 건물을 제목으로 한 시, 불교에서 숭앙하는 대상을 찬미하는 音讚詩 등을 대상으로 하여 佛敎詩 혹은 禪詩의 관점에서 다루고 있다.

이러한 분류에 의한 접근은 불교 또는 불교에 관련된 사항과 연관되어 있다는 이유만으로 불교시로서 다루기에는 내용상 적절치 못한 詩까지도 불교시의 범주 안에 포함시키게 하는 하나의 원인이 되었다. 그 결과로 불교시에 관한 논의가 불교시 분류에 그치고 말게 되는 현상을 초래하였다.

본고에서는 불교시를 보는 데 있어 찬양의 의도가 두드러지고 의례적으로 지어지는 음찬시가 불교시의 갈래에서는 빠질 수 없지만, 의도를 가지고 의례적으로 지어진다는 점에서 불교시의 전범이 될 수 없다는 점을 전제한다. 그리고 이러한 관점의 연장선상에서 이규보의 불교관련시가 지니는 주제를 살피고자 한다.

그에 앞서 불교시 일반이 보편적으로 가질 수 있는 주제가 무엇인지, 그리고 그것은 이규보의 시와 어떻게 관련되어 있는 지를 살펴야 할 것이다.

1) 공사상의 시적 수용

이규보가 접한 불교는 물론 대승불교이고, 대승불교의 핵심이 되는 사상은 緣起說에 근거한 空思想이다. 세상의 모든 존재는 自存的 實體性[自性]이 없이 상호 의존관계에 놓여져 있으며, 일정한 원인과 조건에 의해 생겨나서[因緣生起], 변화하고, 사라진다고 성찰하는 緣起說은 대략 3C 경의 인물인 龍樹(Nagarjuna AD 150~250, 추정)의 『中論』53)으로 체계화되어 대승불교의 핵심사상이 되었다. 또한 이것은 원시불교의 단계에서부터 수행의 원리로서 뿐만이 아니라, 세계의 모습을 이해하는 인식론적인 원리로서도 대강의 내용이 형성되어 있던 中道의 원리에 근거한다.

中道의 원리는 佛說의 요체로서 원래는 두 가지의 극단[兩邊]을 거부하고 그것을 떠났을 때에야 비로소 성취되는 것으로 제시된 것이다. 그것은 修行에 있어서는 극단적인 고행과 안락함이라는 兩邊

---

53) 이에 대해서는 다음을 참고하였다.
　① 梶山雄一・上山春平 저, 鄭滈泳 역,『空의 論理 - 中觀思想』, 民族史, 1989.
　② 安井廣濟 저, 金成煥 역,『中觀思想研究』, 弘法院, 1989.
　③ 쟈야데바 싱(Jaideva Singh) 저, 金石鎭 역,『龍樹의 마디아마카 哲學』, 民族史, 1987.

을 떠나 원만한 수행을 이룰 것을 촉구하고, 認識에 있어서는 常見과 斷見에서 벗어나 萬有의 참모습을 바로 볼 것을 촉구한다. 여기서 전자의 수행론보다 후자의 인식론을 심화하여 세계(및 그 안의 모든 현상과 自我)는 恒常하는 실체[常住]도 아니요, 그렇다고 해서 전혀 존재하지도 않는 허무[斷滅]도 아니라고 통찰하는 것이 龍樹 中論의 근간이다.

불교시의 개념을 잠정적으로 '불교적 사유를 바탕으로 하여 불교적 정서를 문학적으로 표출하는 詩'라고 정의할 때, 불교적 사유의 핵심에는 대승불교의 空思想이 있다. 공사상의 다른 측면으로서 인과론이나 연기론 또는 중도론의 입장에서 이해될 만한 주제가 있을 것이지만, 그것들은 결국 공사상과 연계되어 있고 공사상으로 수렴될 수 있다. 이런 까닭에 불교시의 보편적 주제로서 공사상을 설정하는 데에는 무리가 없을 것이다.

2) 이규보 불교관련시의 경우

본고에서는 불교시 일반을 다루려는 것이 아니므로, 이규보의 불교관련시를 이해하는 기본전제로서 불교시의 보편적 주제가 되는 空思想이 어떻게 이규보의 시에 수용되고 있는 지를 이 장에서 살피고자 한다.

앞에서 공사상을 체계화한 『中論』은 수행론보다는 인식론의 측면을 심화한 것이고, 그 인식론은 斷見과 常見에서 벗어나 만유의 참모습[實相]을 통찰하는 것이라고 하였다. 사물에 대한 본질적인 이해를 바탕으로 하여 이러한 인식론적 사유를 내비치고 있는 것이 다음의 시이다.

「저녁나절 山寺의 우물에 비친 달을 노래하다(山夕詠井中月 二首)」54)

<其一>

漣漪碧井碧巖隈	이끼 덮인 바위 틈 맑은 우물에
新月娟娟正印來	방금 떠오른 예쁜 달이 또렷이 비쳐 있네
汲去瓶中猶半影	물길은 항아리에도 떠 있는 반쪽 그림자는
恐將金鏡分半廻	둥근 달을 반쪽만 건져 가는 건 아닌지

저녁 나절의 山寺 앞산에 막 달이 떠올랐다. 마침 반달이었던 모양이다. 이 달은 절에서 물을 길어다 쓰는 맑은 우물에도 비쳐서 바람을 따라 잔물결 지는 물결 위에 예쁜 자태를 가늘거리고 있다. 이것은 달이 우물에 비친 하나의 實景이다.

그 다음 순간 시인의 시선은 물길은 항아리 속에 비쳐진 반달의 반쪽 영상으로 옮겨가고, 시인은 그로부터 달의 원래 모습인 둥근 달을 떠올린다. 그렇다. 달의 본 모양은 사실 언제나 둥근 원형이다. 달이 모습을 바꾸어 초승달로 떠오르든 반달로 떠오르든 달의 본 모양은 둥근 모양이 아니던가? 시인의 생각은 바로 이 점에 미치게 되고 물 항아리에 비쳐 있는 이 반달도 본래는 온전히 둥근 것이라는 사실을 잠깐 잊고 눈에 보이는 형상에만 매달려서 반쪽으로 보고 있는 것은 아닌지 의심해보는 것이다.

이 시를 이해하는 관건은 바로 이러한 회의가 어디로부터 오는 것인가를 파악하는데 있다. 고요한 우물에 달이 비친다. 맑은 물 위에

---

54) 後集, 권 1.

는 달 모양이 그대로 비쳐 있다. 달은 하늘에 있지만 우물에도 떠있다. 그 물을 긷고 보니 이번에는 물동이에도 달이 떠있다. 그 달은 반달이다. 물론 이것은 하늘에 반달이 떠있는 까닭에 그 모습이 비쳐진 것이다. 지극히 당연한 일이다. 시인은 이 당연한 일에서 무엇인가를 놓치지 않고 있다. 그것은 본질에 대한 자각이다. 하늘에 뜬 달은 그 모양이 어떻든 간에 그것이 우물의 물에 비쳤다고 해서, 혹은 물동이에 담긴 물에 옮겨져 비쳤다고 해서 달라질 것은 없다. 하늘에 있는 달이요, 물에 비친 달이다. 그런데 시인에게는 문득 물동이에 비친 달이 반쪽만 비쳐진 반달이라는 것이 새삼스럽다. 시인은 달의 본질적인 모습으로서의 둥근 모양과 때에 따라 다른 모습으로 달라 보이는 현상과의 벌어짐을 바로 물동이 속의 반달로부터 파악해내고 있다. 그리하여 자신이 보고 있는 달이 참으로 반쪽짜리 달이어서 반달로 보이는 것인지를 회의하는 것이다.

시인은 하늘에 있는 달과 물에 비쳐 있는 달과의 관계를 변화의 흐름 속에 잠시 기탁하고 있는 현상과 그 현상을 존재하게 하는 근원인 실상과의 관계로 파악하고 있다. 눈에 보이는 현상 이전의 본원에 대한 성찰은 눈에 보이는 사물 너머에 있는 본질에 대한 직관으로 연결된다. 그 대상 자체와 똑바로 마주쳐서 그것의 본질을 파악해내는 시인의 직관은 다음의 시에서 물을 긷고 있는 山僧에게로 옮겨가서 空的 思惟로 전개된다.

<其二>

山僧貪月色   산승이 달빛을 탐내어
幷汲一瓶中   물 한 동이에 달을 함께 길었네

　　到寺方應覺　　절에 가서야 알게 되겠지
　　瓶傾月亦空　　물 쏟아내면 달도 따라서 없어지는 줄을

　　앞의 시에서 살핀 물과 달의 관계가 이 시에서는 불교의 근본 진
리관이라 할 空에 관한 사유로 전환되어 전면에 나타난다. 우물에 비
친 영롱한 달빛은 그 아름다움으로 해서 산승으로 하여금 자신의 처
소로 가져가고 싶은 욕구를 일으키게 한다. 이에 대하여 시인은 달빛
이라는 것이 그 자체로서 존재하고 있는 실체가 아니라 물에 의지하
여 존재하는 것일 뿐이라는 사실을 거듭 환기시키기 위하여 우물물
뿐 아니라 물동이에 비친 달까지 동원한다. 하늘의 달과 우물에 비친
달에서 보이는 달과 우물물과의 관계는 물동이에 길은 물에 비친 달
과 물동이속 물과의 관계에서와 같이 서로를 의지함으로써만이 존재
할 수 있게 된다는 점에서 불교의 緣起論에 닿아 있다.

　　불교적 진리의 근본이 되는 緣起論은 생성의 원리가 아니라 존재
의 원리로서 말해진 것으로 '이것이 있으므로 저것이 있고, 저것이
있으므로 이것이 있다'는 말로 표현된다. 이는 '이것'과 '저것'이라는
상대적인 두 존재가 대립적으로 관계지어진 것이 아니라 서로 평등
한 입장에서 서로에게 의지하여 존재하고 있다고 하는 우주만물의
존재방식에 관한 설명이다.

　　다시 말하면 우주만물이 어떻게 생겨났는가를 설명하는 것이 아니
라, 만물이 어떤 방식으로 존재하고 있는가에 관한 기본원리가 緣起
論이다. 불교에서의 만물은 어떤 본질적인 것이 선행하여 먼저 존재
해 있고 그것에 따르는 지말적인 것이 따로 있어서 本體로부터 枝末
이 생겨난다고 보지 않는다. 만물은 다만 서로 의지해서 존재하고 있

을 뿐이다. 연기론을 지탱하는 중심축은 空性과 함께 이 相依性이다. 또한 이 연기론은 '諸法無我'와 다름 아닌 空思想을 바탕으로 하고 있다. 불교에서 말하는 空은 色(물질) 자체가 없다는 것이 아니라, 色의 자성이 空하다는 色性空을 근본으로 한다. 눈에 보이는 모든 존재, 곧 色은 그것들을 그것 자체로 존재하게 하는 상주불변의 자성이 없이 서로가 인연화합에 의해 조건지워져서 끊임없이 변화해 가는 無常한 緣起的 존재라는 것이다.

이 시에서는 불교적 사유의 핵심이라 할 空과 緣起의 문제를 물에 비친 달빛을 들어서 형상화하였다. 물 위에 비친 달은 물에 인연하여 존재하는 것이니 因緣生起의 色으로서 그 자성이 空한 것임을 의미하는 소재이다. 그런 까닭에 이 달은 色이 그대로 空이며 空이 그대로 色이라는 설명을 대신하는 불교적 소재로 쓰였다. 그 소재는 色은 色대로 色이면서 空을 여의지 아니하고, 空은 空대로 空이면서 色을 여의지 아니하여, 空이나 色에 치우쳐 그 둘을 대립적인 상태로 만들지 아니하고 둘이 서로 융화됨으로써 하나의 참된 空性을 수립한다고 하는 불교적 주제로 수렴된다. 그러면서도 한편으로는 여기에 그치지 않고 있다. 이 불교적 소재는 한 걸음 더 나아가 一切法이 空하다는 하나의 眞諦가 수립됨으로 해서 파생되는 그것에의 집착을 경책하는 데로 나아간다.

이 경책은 시의 첫머리에, 달빛을 길어오려는 산승의 천진스런 탐심을 지적하는 듯한 표현을 함으로써 훨씬 애교스러워지고 있기는 하다. 그러나 그 애교스러운 질책의 실질은 자못 준엄하다. 산승은 도의 실체인 달은 놓치고 그것의 허상인 물위의 달빛에 집착하는 것으로 그려지고 있다. 이것은 자기 마음의 본질은 내버려두고 그것의

외적인 허상을 추구하는 수행상의 오류를 의미하는 것으로 해석할
수 있다. 자기 내면의 본성을 향해서가 아니라, 밖을 향해서 구하려
는 잘못을 지적하는 것이다. 요컨대 밖으로 구할 것이 아니라 자기의
마음에 이미 갖추어진 본유의 佛性, 즉 청정자성을 깨닫는 것으로 수
행의 방향이 전환되어야 한다는 준엄한 경책이다.

　이규보는 이 시에서 진리를 체득하기 위한 수행이라는 것도 그것
이 고식화 되면 물동이 속에 달을 담고서 그것을 달의 실상으로 잘못
아는 것처럼 엉뚱한 방향으로 흐를 수 있음을 지적하고 있다. 수행인
이 깨닫고자 하는 궁극적인 진리라는 것도 그것에 집착하면 오히려
수행에 장애가 된다 함이다.

　이규보는 대승불교의 중심사상인 空과 緣起에 관한 자신의 이해
를 이 시로써 간명하게 보여주고 있다. 시인은 불교적 자성으로서의
眞如光明, 혹은 깨달음의 경지를 상징하는 소재로 보편적으로 쓰이
고 있는 평범한 소재인 달을 쓰고 있지만, 그것을 가지고 시를 구성
하는데 있어서는 매우 비범한 안목을 지니고 있음을 알 수 있다. 불
교적 진리라는 원관념의 본체라 할 하늘의 달을 우물물에 비친 달빛
과 대립시키되, 산승을 통하여 그 달을 다시 물동이 속의 달로 설정
한다. 이러한 설정을 통하여 물동이 속의 달이 그 실체로서의 달과
다시 대립되는 이중의 대립구도를 형성한다. 이러한 이중의 장치와
함께 후반부에 보이는 경책은 달이 가지고 있는 불교적 소재로서의
상투성을 벗어나게 해주고 있다.

　시적 구도에 있어서도 산사라는 불교적 배경과 산승이라는 불교적
인물을 등장시켜 보조관념을 드러내는 동시에 달과 달빛과의 관계를
가지고서 원관념을 드러내지 않는 상징의 수법을 살리고, 이 모든 구

도와 상징을 맨 마지막의 '空'이라는 글자에 집중시킴으로써 불교적 사유를 시로 형상화하고 있다.

결국 이 두 수의 시는 불교적인 소재로서 맑은 물과 밝은 달을 택하되 물에 비친 달빛이라는 허상에 주목하여 허상 속의 본질을 포착해냄으로써 불교적 사유라는 사상성을 문학적으로 형상화하는 데 성공하고 있다. 신라 시대 이래로 달은 매우 친숙한 불교적 소재이다. 그러나 이 시에서는 그 달을 가지고서 空思想이라는 불교적 주제로 승화시키고 있다. 달을 소재로 한 한편의 서정시 속에 불교의 근본진리인 空과 緣起의 사상성을 생경하지 않게 형상화하고, 나아가서는 그것의 국집을 경책하는 데까지 나아감으로써 불교적 진리와 그것을 향한 수행의 실질까지를 형상화해내고 있다. 이 시는 이렇게 시로서의 문학성과 불교적 사변성이 어느 한쪽으로 치우치지 않고 조화되어 있다는 점에서 불교시의 전범으로 삼을 만하다고 하겠다.

앞의 인용시에 보이는 달의 이미지는 앞에서 지적한 대로 眞如光明을 상징하는 소재로 쓰였으되, 이중의 대립구도를 형성하여 불교적 소재로서의 상투성을 벗어나고 있다. 그렇지만 달을 소재로 하는 이규보의 다른 시를 살펴보면, 뛰어난 사찰의 경관과 그 절에 살고 있는 스님의 드높은 마음의 경지를 달에 견주고 있는 시[55]와, 더없이 맑은 마음의 상징으로 달이 쓰이고 있는 시[56]에서와 같이 평범한 불교적 소재로만 쓰이고 불교적 주제의식을 담고 있지 않는 시들이 보

---

55) '境絶未曾看 心高索句難 故人唯月在 入詠已娟娟'(「山寺詠月」, 全集, 권 12)
56) '蒲團睡熟落冠巾 空室寥寥不見人 更坐觀心融萬想 炯然明月自無塵'(「訪應禪師方丈 其三」, 全集, 권 13)
　'…何人命其名 明月以標榜 欲將月澄心 豈爲月可望…'(「與寮友諸君遊明月寺」, 全集, 권 15)

이기도 해서 불교적 소재로 차용하는 수법에 있어서는 별다른 차이
를 보이지 않고 있다.

그런데 다음의 시에서는 다시 불교적 소재가 空思想의 함축으로
서 불교적 주제로 이어지고 있음을 보여준다.

「華亭의 船子스님(華亭船子和尙)」[57]

夜寒江冷得魚遲	한밤의 차가운 강물에 고기 잡히지 않아
棹却空船去若飛	빈 배에 노를 저어 나는 듯 떠나감이여
千古淸光猶不減	천고의 맑은 빛이야 줄어들지 않으리니
亦無明月載將歸	밝은 달을 싣고 돌아온다고 할 것조차 없어라.

이 시에서도 더 없이 맑은 마음의 상징으로 밝은 달[明月]과 거기
서 나오는 맑은 빛[淸光]이라는 소재가 불교적 함의를 가지고 채택되
어 있다. 달은 우리 자신의 佛性인 眞如自性으로, 달의 맑은 빛은 진
여자성의 본체에서 나오는 묘한 작용으로 해석된다. 물론 이 두 가지
의 소재 뿐 아니라 한밤중의 차가운 강물의 서늘함은 惺惺한 마음의
상태를 의미하는 소재로 쓰이고 있다. 이것을 불교적으로, 특히 禪的
으로 이해하자면, 고요하면서도 無記空[58]에 떨어지지 아니하고, 또
렷하게 깨어있는 마음을 '빈배'로 비유한 것이 된다. 이 빈배는 번뇌
를 여읜 사람의 청정무구한 마음의 경지를 거듭 표현해 놓은 것이다.
그런데 1·2 구에 제시된 惺惺寂寂하고 淸淨無垢한 마음 상태는

---

57) 全集, 권 11, 「任景謙의 寢屛에 六詠을 쓸 적에 尹同年 등 몇 사람과 함께 짓
다(題任君景謙寢屛六詠與尹同年等數子同賦)」의 다섯 번째 시이다.

58) 無記空 : 眞空이 아닌 頑空無別의 상태. 惺惺寂寂한 상태가 아니라 혼몽·혼미
한 상태. 坐禪할 때 話頭를 놓치고 마음이 공적하기만 한 상태에 떨어지는 것을
경계하는 말이다. 『六祖壇經』 참조.

이규보 자신의 마음 상태가 그러하다는 뜻이 아님을 유의해야 한다.
이 점을 이해하기 위해서는 제목에서 언급된 船子和尙의 偈頌인 「漁
父詞」에 대한 이해를 필요로 한다.

이 게송은 唐代의 船子 德誠禪師가 깨달음을 얻은 뒤 華亭 나룻
터에서 뱃사공으로 지내면서 깨달음의 생활을 어부의 생활에 빗대어
노래한 것이다. 후대에 같은 제목으로 여러 편이 지어질 만큼[59] 널리
받아들여져 애송되었고, 우리에게는 조선 초 月山大君에 의해 '無心
한 달빛만 싣고 빈 배 저어 오노매라'라고 의역한 時調로 잘 알려져
있는 게송이다.

　게송은 다음과 같다.[60]

　　　千尺絲綸直下垂　　긴 낚시줄을 곧게 드리움이여
　　　一波纔動萬波隨　　한 물결 일렁이매 끝없이 퍼짐이로다
　　　夜靜水寒魚不食　　밤은 고요하고 물은 차가와 입질조차 없으니
　　　滿船空載月明歸　　빈 배 가득 달빛만 싣고 돌아온다

이 게송에서 船子 화상은 華亭에서의 悟後 생활을 단도직입으로
제시하고 있다. 낚시를 드리운다는 것은, 말하자면 '내가 이곳에서 法

---

59) 이와 관련하여 강석근(앞의 책, p.126)은 眞覺國師 慧諶의 「漁父詞」와 이승휴
의 詩 「次韻李兩令公唱和詩」, 그리고 月山大君의 時調를 소개하였다. 박완식
(앞의 논문, p.127)도 慧諶의 「漁父詞」를 자세히 분석하였다. 그리고 이에 근거
하여 지어진 이규보의 「華亭의 船子스님(華亭船子和尙)」에 대하여 강석근은 이
규보의 문학적 재능과 禪學에 대한 수준을 드러낸 시로 보았고, 박완식은 이 시
를 통하여 이규보가 禪의 본질에 접근한 사람만이 가질 수 있는 탁월한 식견과
안목을 보여준 것으로 보았다.

60) 慧諶, 『禪門拈頌』 古則 533.
　　杜松柏, 『中國哲學』 6권, 金林文化事業有限公司, 1978, p.398.

席을 펴고서 無心의 경지를 얻은 사람을 기다리고 있으니 체득한 사람이 있거든 누구든 와서 거량(擧揚)을 해보라'는 공개적인 제안이다. 그리고 3구의 물고기가 입질조차 하지 않음은 사방을 돌아보아도 깨달은 사람이 없음에 대한 탄식과, 그 사람을 만나고자 하는 간절한 기다림의 표현이다.61) 선자화상은 깨달은 사람을 만나려고 낚시를 드리우고 있지만, 그런 사람은 좀처럼 나타나지 않는다. 그러면 어찌할까? 4구의 '배에 가득 空을 싣고 맑은 달빛 아래 돌아온다'는 것은 無心의 경지를 함께 할 사람이 없어 달빛만을 마주한 채 기다리고 있을 뿐이라는 안타까움의 토로이다.

　이규보는 이 점을 정확히 짚어내고 있다. 선자화상이 한낱 어부의 삶을 살고 있는 것이 아니라 어부로서의 삶 이면에 있는 道人의 법거량에 대한 숨은 의도를 파악해내고는, 자신의 견해를 제시한다. 진정한 空이라면 不增不減에서 나아가 空하다는 그것조차 없어야 할 것이라는 一針이 그것이다.62)

　다시 이규보의 시로 돌아가 보자. 1・2구는 '달 밝은 밤에 빈 배로

---

61) 한국 선종의 중흥조인 鏡虛 惺牛 禪師(1849~1912)의 悟道歌는 그 시작과 말미에 '四顧無人 衣鉢誰傳 衣鉢誰傳 四顧無人'이라 하여 이와 비슷한 맥락의 심정을 토로하고 있다. (『鏡虛集』) 이에 대한 이해는 李興雨, 『空性의 피안길』, 동화문화사, 1980, pp.111~141 참조.

62) 깨달음의 실질에 대한 이규보의 이해는 「昌福寺談禪牓」(全集, 권 25)에서 볼 수 있다. 그 내용은 다음과 같다. '크도다, 禪의 道됨이여! 비록 지혜로 미칠 수 있는 바가 아니고 말로 다할 수 있는 바가 아니기는 하지만, 대략은 마음을 완전히 깨달아 마치는 것으로 종지를 삼는다. 마음을 깨달아 마치고자 한다면 無心이라야 마음을 완전히 깨달을 수 있으니, 완전히 깨달아 마쳤다고 하는 것이 없는 깨달음이라야 바로 참된 깨달음이다. 깨달아 마치면 그대로가 마음이니, 마음 밖에 부처가 없다.(大哉 禪之爲道也 雖智所不能及 言所不能窮也 大略以了心爲宗 若欲了心 無心可了 無了之了 是爲眞了 了則是心 心外無佛.)'

나는 듯이 돌아온다'는 것으로 요약된다. 이규보가 파악한 선자화상의 일상이다. 물고기를 잡지 못하여 배가 텅 비었다는 것은 일체의 번뇌가 사라져 空寂한 마음의 경지를 비유한 것이다. 이 공적한 경지는 고요하기만 한 것이 아니라, 그 공적함에서 생겨나는 지혜광명이 法界를 환하게 비추는 本地風光을 드러낸다. 이것을 비유한 것이 '배에 가득 달빛을 싣고 돌아오는' 빈 배이다. 이 빈 배야말로 매인 바 없이 본래면목을 수용하고 있는 깨달은 이의 삶을 상징한다. 또한 달과 달빛은 眞如自性과 그로부터 발현되는 지혜를 상징하는 불교적 소재로서의 역할을 충실히 하고 있다. 이 시를 짓는 동기가 된 선자화상의 「漁父詞」에 들어 있는 '달빛만 싣고 돌아오는 빈 배'가 의미하는 것이 번뇌망상에 끄달리지 아니하여 한 마음도 일어나지 않는 까닭에 자신의 본래면목인 본지풍광을 드러내는 선사의 行裏인 줄을 이규보는 파악하고 있는 것이다.

이렇게 선자화상의 삶을 청정무구한 마음의 경지를 수용하여 空의 세계에서 자유자재하는 삶으로 긍정한 이규보는 거기서 그치지 않는다. 3·4구에서 그는 자신이 수립하고 있는 空的 思惟에 근거하여 깨달음의 실질에 대한 자신의 견해를 제시하는 일을 빼놓지 않고 있다. 그는 진여자성을 의미하는 밝은 달빛은 千古에 줄어들지 않음을 지적하고, 이 달빛을 들어서 不生不滅의 空性을 환기시킨다. 그런 뒤에 그에 근거하여 자신의 견해를 제시한다. 이 空性에 입각하여 보자면, 달빛은 여전히 달빛 그대로의 모습에서 한 치도 벗어남이 없는 것이므로 달빛을 싣고 돌아온다고 할 것조차도 없어야 한다는 것이다.

앞에서는 空에 입각하여 선자화상의 삶을 긍정하고, 뒤에서는 다시 法空의 차원으로 한 걸음 나아가서 화상의 삶을 부정한다. 이것은

'밝은 달빛(淸光)'은 번뇌망상이 쉼에 따라 일체가 空하였다는 것이지만, 일체가 空하다는 생각 그것조차 없어야(다시 말하면, 달빛을 싣고 돌아온다고 할 것조차 없어야) 참으로 空한 경지를 수용하는 깨달음의 삶이라는 것을 지적한 것이다.

이렇게 보자면 이규보의 시는 船子 和尙의「漁父詞」를 통하여 그의 삶을 파악하고, 나아가 긍정과 부정을 통하여 자신의 空的 思惟에 바탕을 둔 자신의 견해를 제시해 놓은 것으로 이해할 수 있다.

이상에서 불교시의 보편적 주제에 대한 예비적 검토로서 이규보 시에 있어서의 空思想의 詩的 受容에 관하여 살펴보았다. 공사상은 대승불교 교리의 근간으로서, 불교적 사유를 바탕으로 하는 불교시에 보편적으로 수용될 수 있는 주제임은 이론의 여지가 없다. 이규보의 불교관련시에서도 모든 시가 공사상을 배경으로 지어지지는 않았을 것이지만, 그의 시 가운데에 불교 교리를 바탕으로 하여 불교적 사유가 투영되어 있는 시가 있음을 앞에서 살펴보았다. 이 사실은 그의 불교관련시가 연구되어야 할 하나의 기본 전제가 갖추어졌음을 의미하는 것으로 이해될 수 있다.

여기서 한 가지 더 생각할 것은 불교시가 종교시의 영역으로서 가지는 종교성에 관한 문제이다. 이규보의 시에 불교적 사유를 배경으로 하는 시가 있다면, 더 나아가 그 불교적 사유를 행동으로 옮겨서 (다시 말하면, 확고한 신앙으로 받아들여 생활화하여) 종교성을 운위할 만한 작품세계까지 그의 시세계가 확장된다면, 그의 시를 불교시라는 일반적인 개념으로써 논의하는 데로 무리 없이 나아갈 수 있을 것이기 때문이다.

2. 불교적 구원에의 지향

1) 종교적 구원으로서의 해탈

佛敎詩는 불교라는 종교와 관련이 있는 시인만큼 기본적으로 종교적인 시이다. 따라서 불교시가 종교적인 시로서 지녀야 할 속성으로서 빠질 수 없는 요소가 종교성이다. 불교시를 논의함에 있어 앞에서 다룬 사상적 측면으로서의 空思想과 함께 불교시로서 가지는 종교성에 관한 문제가 다루어져야 하는 것은 이와 같은 맥락에서 필수적이라 할 것이다.

또한 불교시가 空思想을 바탕으로 대승적 존재론과 인식론에 관한 철학적 사유를 기반으로 하고 있다면, 그 철학적 사유는 궁극적으로 불교적 깨달음이라 할 해탈(열반, Nirvāṇa)로 지향될 때 비로소 불교시로서의 온전한 의의가 성립된다 할 것이다.

본고는 이러한 의미에서 불교시가 가지는 보편적 주제에 대한 예비적 고찰로서 불교적 구원(해탈, 열반)에의 지향이라는 문제를 생각해보고자 한다. 원시불교에서는 佛說의 궁극적인 지향으로서의 해탈이 四聖諦63)의 가르침으로서 제시되었고, 이것은 대승불교를 거쳐

---

63) 불교에서는 모든 존재를 다섯 가지 요소인 五蘊으로 이루어진 것이라고 한다. 그런 까닭에 모든 존재[諸法]는 실체로서 자존적으로 존재하는 것이 아니라 조건지어진 존재로 본다. 즉, 모든 존재는 조건지어진 것이기 때문에 무상한 존재이다.[諸法無我] 四聖諦(Cattari Ariyasaccani : 네 가지의 고귀한 진리)는 모든 존재는 무상하며 무상한 것은 무엇이든 괴롭다는 의미에서의 苦(Dukkha), 괴로움의 원인인 集(Samudaya), 괴로움의 소멸인 滅(Nirodha), 괴로움의 소멸에 이르는 길인 道(Magga)를 이르는 말이다. 이에 대한 이해는 Walpola Rahula, 「불타의 가르침」, 이재창·먹정·월포라 라후라 외 저, 『현대사회와 불교』(한길사, 1981), pp.29~62 참조.

禪宗에 이르러서는 깨달음이라는 말로 일반화되었다.

그런데 불교시가 가질 수 있는 종교적 구원, 다시 말하면 불교적 의미에서의 해탈(열반)에 대한 그릇된 인식이 있음을 보게 된다. 열반은 이 세속의 세계(속세)를 벗어나서 세상 일을 뒤로 한 채 세상을 등진 어떤 곳에서 세상에 대한 모든 집착을 끊는 형식으로 추구될 때 얻어지는 것이라는 생각이 그것이다. 열반에 대한 이 잘못된 인식은 너무도 일반화되어 있는 까닭에, 하나의 편견을 넘어서 불교의 가르침 자체를 잘못 이해하게 하는 요인이 된다. 이러한 생각은 불교에서 제시하는 열반의 참모습에서 매우 멀리 벗어나 있다.

우리에게 전해진 대승불교에서 열반이 획득되는 진정하고도 바람직한 모습은 世間과 出世間을 여의는 出出世間的인 것으로 말해진다. 세간의 삶을 불완전한 세계 안에서 오욕의 삶을 사는 것으로만 파악하는 것은 하나의 斷見이다. 세속의 삶을 버리고 종교적인 수행만을 진정한 가치라고 여기거나, 현실공간을 떠나 어떤 궁벽한 공간을 고집하는 出世間은 하나의 常見이다.

이 두 가지의 버려야 할 극단[兩邊]을 떠나 中道를 실천하는 것이 出出世間의 길이다. 열반은 세간과 출세간을 떠나 건강하고 온화한 마음이 평정을 이루는, 다시 말하면 마음이 양변으로부터 벗어나, 있는 그 자리에서 평형을 이루어 고요한 상태를 유지하는 것이다. 이것이 禪宗에서 말하는 卽心卽佛的 淸淨心이다.

열반에 대한 이러한 생각은 원시불교로부터 대승불교와 선종에 이르기까지 일관되게 이어져서 '열반이 곧 생사요, 생사가 곧 열반이라'는 생사와 열반에 관한 不二論的 관점이 수립되었다. 열반은 세간과 출세간의 문제, 즉 재가와 출가에 관계없이 건강하고 온전한 마음이 평정을 이루어 고요한 상태를 유지하는 것이다. 이러한 상태는 생사를 벗어나 있는 것이지만, 동시에 生死를 떠나서 따로 涅槃이 존재할 수 없다는 것이 불교의 가르침이다.

불교에서 모든 존재는 조건지어져 있는 까닭에 무상한 존재이다. 그런 이유로 불교에서는 '조건지어진 것은 무상하고, 무상한 것은 무엇이든 괴롭다'라는 의미에서 '一切皆苦'의 괴로움을 말한다. 그 괴로움의 원인으로 가장 기본적이고 보편적인 것이 탐욕이다. 따라서 열반은 '탐욕을 완전히 끊는 것이며, 탐욕의 버림이며, 탐욕의 포기이며, 탐욕에서 벗어남이며, 탐욕에서 분리되는 것이다'[64]라고 정의되기도 하며, 따라서 '모든 조건지어진 것이 고요해지고, 모든 더러움이 없어지고, 탐욕이 꺼져버린 離欲이 열반이다'[65]라고 설명되기도 한다. 무상한 實在에 집착하여 그것이 영속하기를 바라는 것은 無知(불교에서 말하는 根本無明)에서 비롯된다. 존재의 실상을 명료하게 볼 때 사람은 비로소 헛된 집착과 욕망의 굴레에서 벗어나 마음의 자유와 평정, 즉 열반을 성취할 수 있다.

그런데 여기서 주목할 것은 열반이 어떻게 설명되든지 생사와 열반과의 관계가 서로 별개가 아니라 緣起되어 있는 것으로 파악된다는 점이다. 생사와 열반과의 관계는 龍樹(150~250)의 <中論>에 와서 다음과 같이 노래된다.

> 생사의 소용돌이를 떠나서
> 따로이 열반이 있지 않나니

---

64) 『律藏犍度部』, 월포라 라후라, 앞의 책, p.49에서 재인용.
65) 『雜阿含經』, 앞의 책 p.49에서 재인용.

實相의 이치가 이러하거늘
어찌하여 분별을 일으키는가[66]

龍樹에 따르면 '모든 法의 實相인 第一義諦에서는 生死를 떠나서
따로 涅槃이 없다'고 한다. 이 말은 모든 법의 실상 안에서 그렇다는
것이므로, 생사에 끄달리는 범부의 삶이 그대로 열반이라는 말은 아
니다.[67]

우리는 앞에서 불교시가 가져야 할 종교성의 요건으로서 종교적
구원, 즉 열반(해탈)에 관하여 살펴보았다. 불교사적으로 우리 민족이
받아들인 불교는 大乘佛敎이고, 불교시에 있어서도 선인들의 시 의
식에 바탕이 된 것은 대승불교적 사유였을 것이다. 그런 까닭에 불교
시의 종교성으로서 열반에 관한 의식이 반영되었다면, 그것은 앞에

---

66) 龍樹, 「中論」, 『한글대장경』 126 : 中觀部 (동국역경원, 1972), p.102.
67) 이 명제에 대하여 김홍규는 「님의 所在와 진정한 歷史」(『문학과 역사적 인간』,
  창작과 비평사, 1980, pp.20∼29 참조.) 에서 한용운의 <님의 침묵>에 보이는
  '님'의 所在에 대한 중관론적인 이해를 도모하는 관점에서, 세속의 삶이 지니는
  가치에 관한 의미 있는 지적을 하고 있다.
   "열반이 곧 생사요, 생사가 곧 열반이라는 명제는 열반이니 깨달음이니 구원이
  니 하는 것이 이 세상 안에서의 삶을 떠나서는 이루어질 수 없는 경지임을 분명
  히 한다. '생사'라는 말로 요약된 세속의 삶은 그 자체가 열반은 아니지만 열반이
  얻어질 수 있는 유일한 근거이다"
   한용운의 시를 불교시로 이해하는 데 있어서 이러한 불교적 사유로서의 中觀
  論에 대한 이해가 필요한 까닭은, 현실적 불우에 시달릴수록 '번뇌에 물들어 있
  는 현실의 삶이야말로 해탈을 향한 크나큰 소망이 일어나는 터전이자 바로 그
  소망을 실현하는 세계'라는 중관론적인 현실인식이 불교적 사유에 뿌리를 둔 한
  용운이라는 불교시인의 시 정신을 이루는 틀이 되었다는 점을 이해하는 데 도움
  이 되기 때문이다. 시인의 삶의 현장인 역사적 현실과 그 속에서 시인이 추구했
  던 정신세계의 표출인 시와의 관계에서 양자를 매개하는 사유로서 불교적 사유
  가 어떻게 자리 잡고 기능하였는지에 관한 논의는 불교시의 보편적 주제에 관한
  검토로서도 의의를 지닌다 할 것이다.

서 살핀 바 '열반이 곧 생사요, 생사가 곧 열반'이라는 중관론적 사유
가 될 것이다. 이 열반을 주제로 하는 시의 형식은 불교 경전 안에서
불교적 진리, 곧 열반을 내용으로 하는 伽陀에서 찾아졌다. 그리고
시로서 노래될 가능성은 그것이 불교적 개념이라는 이유에서 아무래
도 불교인의 시에서 찾아졌고, 그런 맥락에서 깨달음(해탈)의 노래로
서 禪詩가 일찍부터 주목을 받았다.

　그런데 이 열반이라는 말은 대승불교에서는 주로 '윤회로부터의
벗어남'이라는 의미로서 해탈이라는 말로 일반화되었고, 선종이 확산
되면서는 주로 번뇌로부터의 벗어남이라는 의미로서 깨달음이라는
말이 일반화되었다.

　우리에게 통일신라 이후의 시대는, 중국에서는 大乘 敎學의 시대
가 마무리되고 새로이 등장한 禪宗의 시대에 해당한다. 이로 인하여
우리에게는 대승불교와 아울러 선종이 함께 받아들여졌고, 고려시대
부터는 禪敎 兩宗이 양립하였다. 대승불교의 敎學을 의미하는 敎는
고려시대까지도 주류를 형성하고 있었으나, 조선시대에 와서는 선종
의 禪만이 명맥을 유지한 것은 주지의 사실이다. 이러한 사정으로 불
교시는 곧 선시로 여겨졌으며, 선시는 깨달음(해탈) 내지는 깨달음에
의 지향을 노래한 것으로 받아들여졌다.

　불교시의 종교성으로서 열반에의 지향에 관한 문제를 살피는 것이
선시의 깨달음에의 지향과 구별하여 논의하는 것과 동시에 같은 맥
락에서 논의되어야 하는 까닭은 여기에 기인한다. 열반이라는 용어
만을 두고 보더라도 불교학에서는 해탈이나 깨달음과 다르지 않지만,
그것의 쓰임에는 불교발달사에 따른 시대적인 차별성이 부여되어 있
는 것이다.

2) 이규보 시에 나타난 해탈에의 지향과 그 한계

본고에서는 李奎報의 佛敎關聯詩를 염두에 두고 불교시 일반의 종교성이라는 측면으로 불교적 구원을 涅槃의 의미로 해석하되, 그 용어는 解脫이라는 말을 쓰기로 한다. 해탈이라는 말에 수반되는 함의가 이와 같음을 전제하고 난 뒤에 우리가 논의할 문제는 불교시의 보편적 주제로서 해탈에 관한 의식이 시에 어떻게 반영되어 있는가 하는 점이다. 본고는 이것을 이규보의 시에 보이는 해탈에의 지향이라는 관점에서 살피기로 한다.

이규보는 20代의 젊은 시절에 法華經을 외우고 공부한 일이 있고, 관직에 진출하여서는 재앙을 물리치기 위한 의례문인「釋道疏」·「佛道疏」의 많은 疏文과 談禪法會 행사의 취지문 성격을 띤「談禪法會文」등의 글에서 그의 불교에 관한 지식이 해박함을 보여주고 있다. 그런데 자신이 대승불교의 敎學이나 禪宗의 宗旨에 관한 독자적인 저술을 한 일은 없다는 점, 그리고 주로 직분에 관련하여 쓴 글이라는 점과 의례적인 글이 가지는 상투적인 문장 규식에 매인 측면을 고려한다면 그의 불교인식을 살피는 자료로서의 가치는 떨어지는 글이 대부분이다.

그럼에도 그가 이해하고 있는 禪에 대한 이해의 정도가 상당한 수준임을 알게 하는 글이 곳곳에 실려 있다.

> 달마대사가, "천만 가지의 經典과 論書가 다만 마음을 밝혔을 뿐이다. 한 마디 말에 계합하여 깨치는 것이니 경전을 가져다가 어디에 쓰겠는가?" 하고 말하지 않았던가? 크도다, 禪의 道됨이여! 비록 지혜로 미칠 수 있는 바가 아니고 말로 다할 수 있는 바가 아니기는

하지만, 대략은 마음을 완전히 깨달아 마치는 것으로 종지를 삼는다. 마음을 깨달아 마치고자 한다면 無心이라야 마음을 완전히 깨달을 수 있으니, 완전히 깨달아 마쳤다고 하는 것이 없는 깨달음이라야 바로 참된 깨달음이다. 깨달아 마치면 그대로가 마음이니, 마음 밖에 부처가 없다. 자기의 分上에 신령스런 광명의 큰 보배가 있음을 모르고 남에게서 이것을 찾을 것 같으면 종일토록 바쁘게 구한다 하더라도 그저 자신만 괴로울 뿐이다.[68]

이 글은 禪을 참구함에 있어 마음 밖에 부처가 없으므로 자기 마음의 신령스러운 광명(眞如光明)을 깨칠 뿐이요, 마음 밖을 향해서 구하는 것은 깨닫는 일과는 어긋나는 것이라는 선종의 수행에 관한 견해를 소개하고 있는 글이다.[69]

그런데 이 글은 이규보의 선종에 대한 이해의 정도를 보여주기는 하지만, 이 글을 통하여 그의 선종에 대한 지향과 관점을 파악하는 데에는 한계가 있다. 이 인용문의 全文인 「昌福寺談禪牓」은 禪法을 선양하기 위한 글이라기보다는 최충헌이 禪法을 진작시켰다는 점과

---

68) '達摩不云乎 千經萬論 只是明心 言下契會 敎將何用 大哉禪之爲道也 雖智所 不能及 言所不能窮也 大略以了心爲宗 若欲了心 無心可了 無了之了 是爲眞了 了則是心 心外無佛 如迷自己分上 有靈光大寶 向人求索 終日奔忙 祇自苦耳' 「昌福寺談禪牓」, 全集, 권 25.

69) 이 점에 대하여 姜錫瑾은 보조 지눌의 「牧牛子修心訣」을 인용하여 적절히 지적하고 있다. (강석근, 앞의 책, pp.99~101 참조) 다만 이 글에 관한 논의를 확장하여 이규보가 선종의 관점을 자신의 논리로 수용하여 유심주의적 불교사상으로 승화시켰다는 평가는 지나친 해석이라고 본다. 이러한 해석은 앞장의 「華亭船子和尙」에서 본 것처럼 화정선사의 삶에 대한 이규보의 이해를 이규보의 삶으로 규정하는 것과 같은 오류라고 본다. 이규보가 언급하고 있는 것들은 그 자신이 체득하고 있는 것이라기보다는 선종의 일반적인 견해를 대변하는 것 이상이 아니기 때문이다. 이에 대해서는 이어지는 글에서 더 설명하기로 한다.

그에 힘입어 禪宗의 心要가 敎家들의 견해를 굴복시킬 정도로 융성
해졌다는 점을 드러내기 위한 글이다. 인용된 글 역시 禪이 敎보다
우월함을 말하기 위해 선종의 일반적인 견해를 거듭 인정하고자 하
는데 중점이 주어진 글이다. 따라서 이 글의 성격은 선 자체에 대한
논의라기 보다는 실권자에 대한 정치적 배려가 담긴 의례문으로 보
는 것이 타당하다.70)

그러나 의례적인 글이라 하더라도 「談禪牓」을 비롯한 여러 글에
서 언급하고 있는 禪法에 대한 존숭과 禪理에 대한 이해의 정도가
상당한 수준임은 또한 간과할 수 없는 부분이다. 본고에서는 그에 대
한 지나친 해석을 경계하면서도, 당시에 일반화된 선종의 종지에 대
한 이해에 있어 이규보 역시 일정한 수준의 이해를 가지고 있었다는
점에서 그의 선에 대한 인식을 살피는 자료로 삼고자 한다. 그리고
그것을 근거로 이 장에서 논의할 과제인 '해탈에의 지향'이라는 과제
를 禪的 깨달음에 대한 이해의 범주 안에서 진행하려 한다.

이규보는 '마음이 그대로 부처(心卽是佛)'라는 禪의 宗旨에 대해 자
신의 견해를 저술한 일이 없고, 그러한 이해를 전제로 참선 수행을
했다는 근거도 없다. 그런데도 그가 쓴 의례적인 글에서는 한결같이
그에 대한 공감을 표시하고 있다. 이로 보아 禪에 대한 기본 인식은
그만큼 보편화되어 있었던 것 같고, 이규보 역시 그로부터 크게 벗어

---

70) 武臣政權의 禪宗에 대한 육성 내지 지원에 관한 史學界의 논문(「정혜결사의
   시대적 배경에 대하여」, 진성규 / 「정혜결사의 취지와 창립과정」, 최병헌, 『보조
   사상』 제5·6 합집, 1992, 불일출판사)에서는 이규보의 글이 주요 논거로 제시
   되지는 않았다.
   그러나 이규보의 글에 보이는 선종 관련 언급(全集, 권 25에 실려 있는 「昌福
   寺談禪牓」, 「大安寺同前牓」, 「西普通寺行同前牓」)을 살펴보면, 그가 실권자인
   최충헌·최우에 의한 선종의 지원책에 동조하고 있음이 분명하다.

나지 않는 인식을 가졌던 것으로 보는 것도 무방하리라 생각한다.

이규보에게 있어 선에 대한 이해와 그를 통한 자아탐구에의 관심은 주로 만년의 楞嚴經 암송에 관련한 시에 나타난다. 그러나 젊은 시절이라고 해서 그런 관심이 상대적으로 적었던 것도 아니다. 다만 그는 일찍부터 다양한 사상에 관심을 기울였고 어디에 매이기를 싫어하는 성격의 소유자였던 까닭에 불교에 있어서도 禪에서의 修行보다는 학문적인 敎學의 측면에 관심이 기울었던 것으로 보인다. 그리고 불교 교리를 통한 자아탐구에의 관심도 젊어서부터의 일이며, 그 것은 대개의 경우 스님과의 교류를 통하여 촉발되었던 것으로 나타난다.

「璨師의 韻에 次하다(次韻璨師)」71)

咄咄浮生隙駒馳　아아! 너무도 빨리 지나는 덧없는 인생이여!
病於杯酒老於詩　술에 병들고 시에 늙어가는 것을
誰將明鏡來相照　누가 밝은 거울로 나를 비춰주려나
珠在皮膚自不知　구슬이 살갗에 박혀 있음을 스스로는 모르나니

이 시는『東國李相國集』전집 권 1에 실려 있는 것으로 보아, 일단 젊은 시절의 작품으로 추정된다. 이 시를 주고받은 璨 首座와의 교분도 젊은 시절부터 장년의 시기까지 이어진 것으로 보인다.72)

이 시의 전반부에 제시된 苦는 일반적인 것이기는 하나 이 시의

---

71) 全集, 권 1.
72) 찬 수좌와의 교분은 20代에 천마산에 우거하던 시절(全集, 권 1의「龜山寺璨師方丈十五夜玩月以詩律輪君一百籌爲韻予得律字」,「次韻璨師」)부터 장년기 시절(全集, 권 21의「送璨首座還本寺序」)까지의 시문에 나타난다.

전반적인 기조가 불교적인 사유에 바탕을 두고 있다는 점을 지적할 수 있는 단서가 된다. 짧은 인생의 덧없음에다가 病·老에 따르는 苦를 제시한 것은 불교에서 말하는 生老病死의 苦에 다름 아니다. '立身行道하여 揚名於後世'하리라는 자신의 포부도 스쳐 지나가는 찰라에 불과한 삶의 덧없음 앞에서는 부질없는 것이요, 그토록 좋아하는 술도 자신의 존재확인이기도 한 시 짓는 일도 그저 병들고 늙어가는 육신의 괴로움을 보태는 것일 뿐이다.

이렇게 본다면 이 괴로움(苦)에 대한 인식은 앞에서 살핀 바 불교의 苦(Dukkha)에 관한 인식과 상통한다. '무상한 것은 무엇이든 괴롭다'는 의미에서의 '괴로움(苦)'이다.

'일체는 모두가 괴롭다'는 불교의 가르침은 그 苦로부터의 벗어남인 해탈에의 촉구로 귀결된다. 불교에서 말하는 인과론이란 그 결과에 대한 원인을 설명하는 것이기도 하지만, 그 설명이 의미하는 것은 결과를 있는 그대로 인식하고 결과가 있게 한 원인을 찾아서 제거함으로써 그런 결과가 거듭해서 존재하는 일이 없게 하는 데에 적극적인 의의가 있다. 三法印의 하나인 '一切皆苦'의 苦에 대한 인식도 일체가 苦이기 때문에 인생이 고통스럽고 괴로운 것 이외에는 아무 것도 아니라고 말하려는 데 뜻이 있는 것이 아니다. 석가모니는 앞의 언명에서 일체가 苦라 할 때, 苦라는 것은 무엇을 의미하며(苦), 그것의 원인이 무엇이며(集), 그것은 어떻게 소멸되는 것이며(滅), 그것의 소멸, 즉 열반(해탈)에 이르는 길이 무엇인가(道)를 제시한다. 일체가 苦라는 것에서 그치지 아니하고 그로부터 벗어나는 열반의 길을 제시하고 안내하는 것이다. 이와 같이 불교의 교리와 수행이 해탈에 이르는 길을 발견하고 보여주기 때문에, 불교는 구원의 종교가 될 수

있다. 생로병사의 괴로움 때문에 우울하고 슬픈 상태로 빠져드는 것
이 아니라, 그 괴로움이란 어떤 것이고 어떻게 생겨나며 어떻게 소멸
되는가 하는 문제를 이해해서 괴로움을 없애는 것이 苦에 대한 불교
적 의미의 이해이다.

이러한 맥락에서 인용된 시로 가보자. 이 시에서 전반부에 제시된
苦에 대한 불교적 인식은 후반부에서 '苦로부터의 벗어남'으로 전환
되어 있다. 그리고 그것은 大乘佛敎的이고 禪的인 이해를 바탕으로
하고 있다. 3·4 구의 표면적인 진술은 '지금은 모르고 있지만 구슬
은 이미 살에 박혀 있으므로, 누군가 밝은 거울로 비춰주기만 한다면
그것이 본래 자기에게 갖추어져 있음을 알게 될 것이다'라는 것이다.
이 구슬은 중생이 본래로 가지고 있는 佛性이요 眞如自性을 의미하
는 말이다.

이 구슬의 비유는 선종에서 도를 證得함(깨달음)은 수행의 漸次와
는 별개라는 의미로 楞嚴經에 실린 비유73)를 인용하여 쓰였고, 이와
같은 비유는 능엄경보다 성립시기가 앞서는 法華經74)에도 실려 있
는 비유이다.

여기서 菩提 達磨로부터 비롯된 禪宗의 曹溪 正傳으로서, 臨濟宗
의 宗祖 臨濟 義玄의 스승인 黃檗 希運(?~850)의 語錄인 <傳心法
要> 法門을 들어 본다.

---

73) '譬如有人 於自衣中 繫如意珠 不自覺知 窮露他方 乞食馳走 雖實貧窮 珠不曾
失 忽有智者 指示其珠 所願從心 致大饒富 方悟神珠 非從外得', 般刺密諦 譯
『大佛頂如來密因修證了義諸菩薩萬行首楞嚴經』, 卷第四.(李耘虛, 『능엄경 주해』,
동국역경원, 1993, p.168에서 재인용)
74) 『法華經』, 五百弟子授記品.

　　세상 사람들은 모든 부처님께서 마음법[心法]을 전한다는 말을 듣고는 마음 외에 따로이 깨닫고 취할만한 法이 있다고 여긴다. 그리하여 마음을 가지고 법을 찾으면서도, 마음이 곧 법이고 법이 곧 마음인 줄을 알지 못한다. 마음을 가지고 다시 마음을 찾지 말아야 한다. 그래가지고는 천만 겁을 지내더라도 끝내 깨칠 날은 없을 것이다. 그 자리에서 당장에 無心함만 같지 못하니 이것이 곧 본래의 법이다.

　　마치 힘 센 사람이 자기 이마 위에 보배 구슬이 있는 줄을 모르고, 밖으로 찾아서 온 시방 세계를 두루 다니며 찾아도 마침내 얻지 못하다가 지혜로운 이가 그것을 가르쳐주면 본래의 구슬은 예나 다름없이 이마에 있음을 스스로 아는 것과 같은 일이다.

　　도를 배우는 사람이 자기의 본심을 미혹하여 스스로가 부처임을 인정하지 아니하고 드디어는 밖으로 찾아다니면서 모든 노력을 다하고 차제(次第)[75]로 증득함에 의지하여 여러 劫에 걸쳐 부지런히 구하여도 영원히 도를 이루지 못하나니 그 자리에서 당장에 無心함만 같지 못하다.

　　결정코 一切의 法이 본래로 있는 것이 없으며 본래 얻을 것도 없고, 의지할 것도 머무를 것도 없으며 주관도 없고 객관도 없음을 알아서 妄念을 움직이지 않으면 곧 菩提를 증득한다.

　　道를 證得한 때에 가서는 다만 마음의 부처를 증득하는 것이요, 많은 세월을 거친 노력은 모두 헛된 수행이다. 마치 힘센 사람이 구슬을 얻은 것은 다만 본래 이마 위에 갖고 있던 구슬을 얻은 것일 뿐, 밖으로 구해 찾아다닌 노력과는 관계없는 것과 같다.[76]

---

75) 次第 : 三賢・十聖의 지위 절차를 밟아 成佛한다는 漸修의 門을 말한다.
76) 『傳心法要』, 大正藏 48권, p.380下.
　　『禪林寶典』, 禪林古鏡叢書 1, 白蓮禪書刊行會 譯, 藏經閣, 1988, p.246.

衆生이 마음을 깨치면 곧 부처인데 마음 밖에서 부처를 구하는 것은 모두 부질없는 일이라는 말이다. 다시 말하면, 부처라는 것이 마음을 여의고 따로 존재하는 것이 아니므로 마음 속의 부처를 찾아야지 마음 밖의 부처를 찾아서 分別妄想을 가지고 모양[相]에 집착하여 시방 세계를 두루 돌아다닌다 해도 그것은 헛된 수행일 뿐이라는 것이다. 여기서 특히 강조하고 있는 것은 누구든지 분별망상을 여의고 모양을 완전히 떠나서 마음을 바로 닦아 나가면, 자기에게 본래 갖추어진 구슬이 바로 이마에 있음을 아는 것과 같이 單刀直入으로 究竟覺을 성취하여 부처를 이룬다는 것이다.

禪에서 成佛의 대전제는 중생이 부처가 된다는 것이 아니라 '본래 부처인 중생'이 스스로가 본래로 부처임을 확인한다는 것이다. 깨치고 보면 자신이 부처임을 아는 것이지 자기 자신을 버리고 또 다른 자신으로서의 부처를 이루는 것이 아니다. 이것이 선의 宗旨이며, 앞서 인용한 「昌福寺談禪牓」의 인용부분과 같은 의미이다.

과연 이규보가 선에 대해서 이와 같이 철저하게 인식을 하고 있었는지는 알 수 없다. 다만 그가 이런 정도의 이해를 갖추고 있었음은 구슬의 비유와 연관해 살펴보더라도 의심할 여지가 없어 보인다. 그가 능엄경을 외우고 탐독한 시기는 만년이라는 점을 고려한다면, 이 시에 인용된 구슬의 비유는 법화경에 있는 비유에 근거한 것으로 볼 수 있다. 이 시가 만년의 작품이든 젊은 시절의 작품이든 이 비유는 불교 경전에 이해의 바탕이 있음은 분명하다.

이제 인용시로 돌아가 시의 후반부를 근거로 해탈에의 지향이라는 측면을 살피는 것으로써 이 장의 논의를 마치기로 한다. 이 시에서 해탈을 비유한 것은 밝은 거울로 비추는 것이고, 그것이 의미하는 것

은 번뇌망상을 여읜 眞如自性, 곧 佛性의 徹見이다. 여기서 번뇌망
상이라고 하는 것은 앞에서 살핀 苦의 禪的인 변용이다. 敎學에서
말하는 苦가 禪에서는 번뇌망상으로 대체될 수 있겠기에 바꿔서 이
해될 수 있을 것이다. 그리고 불성을 마음 밖이 아닌 자기 마음 안에
서 찾는다고 하는 것은 구슬의 비유가 의미하는 바, 일체 중생이 본
래로 부처임을 깨닫는다고 하는 本來成佛로 파악된다. 이것은 선종
의 見性觀과 다르지 않다.

결국 이규보는 이 시에서 불교 경전이나 禪語錄에 두루 채용되고
있는 '珠在皮膚'의 고사를 원용하여 苦의 본질을 인식하고 苦로부터
벗어나기를 추구하는 해탈에의 지향을 시화한 것으로 볼 수 있다. 이
점은 이규보의 불교관련시가 불교시의 범주에서 살펴질 수 있는 까
닭이기도 하고, 동시에 불교시의 보편적 주제로서 해탈에의 지향이
종교성의 측면에서 고려되어야 하는 근거가 된다 할 것이다.

이제부터는 이 종교성의 측면에 관하여 이규보의 불교관련시가 가
지는 종교적인 지향의 가능성과, 그것을 넘어서지 못하는 한계에 대
해 살피기로 한다. 앞에서 살핀 해탈에의 지향은 이규보가 70이 넘은
나이에 관직에서 물러나면서 불교에 더욱 관심을 보임으로써 젊어서
보다는 좀 더 종교적인 성향이 심화된다. 그는 자신이 바라던 대로
재상의 자리에 올라서 명예롭고 순조롭게 관직 생활을 마무리할 수
있었다. 墓誌 관련 글에서 보이는 것처럼 致仕 이후에도 주요 외교
문서를 작성할 만큼 신망이 두터웠고, 그에 대한 자부도 남달랐던 그
이다.

그런 그가 인생을 마감하는 삶으로 희망한 것은 시・술・거문고에

대한 애호와 함께 楞伽經·楞嚴經으로 대표되는 불교 경전에의 탐
닉이다.[77) 이규보는 자신을 長老 내지는 居士라고 자칭하여 노년의
생활이 불교적 삶에 근거하고 있음을 표방하였고, 실제의 생활에서도
자신의 집을 南軒이라 하고 불경을 읽으면서 자신을 南軒 長老라고
자칭하였다.[78) 불교 경전을 읽는 데 있어서도 지적 욕구의 충족이라
기보다는 來生을 위해 淨業을 닦는 것으로 인식함으로써 젊어서와는
달리 자신이 불교에 대해 종교적으로 접근하고 있음을 드러내었다.

또한 시에 있어서도 불교에 대한 이해와 신앙심을 지녔던 시인으
로서 唐의 白樂天을 전범으로 삼아 그의 시집인 『白樂天集』을 즐
겨 읽고, 많은 次韻詩를 지으면서 불교에 대한 공감에 호의를 표시
하였다.

「백낙천의 '老來生計' 詩에 차운하다(次韻白樂天老來生計詩)」[79)

殘身不省老侵尋　약한 몸에 늙음이 닥쳐옴을 생각 않고
度日唯知覓句吟　날마다 시구나 찾아 읊조릴 뿐이로세

---

77) '쇠잔한 이내 몸 벼슬에서 물러나/허리에 찬 印綬를 풀고자 하네/한가히 집으
로 물러가/무엇으로 나날을 보낼까 하니/때로는 가야금을 타며/연달아 두강주를
마시리/무엇으로 때묻은 흉금 씻어낼까/백낙천의 시를 펴보리/무엇으로 수양을
할까/능엄경을 외우네(我欲乞殘身 得解腰間綬 退閑一室中日用宜何取 時弄伽
倻琴連斟杜康酒 何以祛塵襟 樂天詩在手 何以修淨業 楞嚴經在口', 「사직할 생
각이 있어서 짓다(有乞退心有作)」, 後集, 권 1.
　　이규보가 노경에 읽은 책으로는 『列子』의 다른 이름인 『沖虛經』으로 말해지
는 道家書도 들어 있다.(「南軒戲作 二首幷序」, 後集, 권 2) 그러나 능엄경을 외
운 일에 비추어 본다면 그에 대한 언급 내지 기록들은 불교 경전에 비해 상대적
으로 적은 편이다.
78) '予常居室偏之南軒 澹如也 因自號南軒居士 或自稱南軒長老云', 「南軒戲作 二
首幷序」, 後集, 권 2.
79) 後集, 권 3.

但有忘憂盈甕酒	근심 잊게 하는 술만 독에 가득하면
何思遺子滿籯金	무엇하러 자손에게 남겨줄 재산을 걱정하리
一錢無蓄塵情少	한 푼도 여축이 없으니 세속 일 관심 적고
萬事都抛道味深	만사 떨쳐 버리니 도의 맛이 깊어가네
誰導吾生無長物	누가 내 인생에 좋은 것 없다는가
本來明鏡在中心	본래의 맑은 거울 마음속에 들어 있네

이규보는 70세이던 丁酉年 12月 29日에 乞退表를 允許받아 門下
平章으로 致仕하였다. 노령이었던 까닭에 그 이전부터 물러날 뜻을
표명하였는데, 이 시기에 학사인 李百全과 주고받은 시어는 능엄경
에 관한 언급이 자주 보이고 그와 함께 白樂天의 시에 차운한 시가
자주 지어진 것도 이 시기이다.

이 시에서 말하는 이규보 자신의 老年의 생활이란, 시를 지으면서
육신의 노쇠를 잊고 술을 마시면서 세속 일의 근심을 잊는 것이다.
그렇다고 술타령 시타령이나 하겠다는 것이 아니라, 세속적인 관심
사로부터 벗어나 도의 세계에 놀면서 노년을 보내겠다는 의지의 표
명이다. '이미 衲衣를 걸쳐 長老가 되었으니 꿈속 같은 서상 일은 다
시 말씀 마오'80)에서 말하고 있는 것처럼, 남헌 장로를 자칭하여 불
교에 뜻을 두고 이제까지 현실의 문제에 노심초사하던 삶에서 벗어
나 새로운 삶을 지향하겠다는 것이다. 그것은 마음 속에 본래부터 존
재하는 맑은 거울, 즉 불교에서 말하는 자성의 진여광명을 찾는 것으
로 제시되어 있다. 이 시에서 우리는 이규보가 적극적으로 불교에 뜻

---

80) '已著衲衣爲長老 夢中宰相莫重論', 「삼월 이십일 남헌에서 우연히 읊다(三月二
    十日南軒偶吟)」, 後集, 권 3.

을 두고 불교적인 수행까지 하겠노라는 老年의 불교에 대한 지향을 살필 수 있다.

　노년에 이르러 불교에 대해 적극적인 관심을 갖게 되었다고는 하지만, 자신의 현실적 처지를 온전히 바꿀 수 있는 것은 아니었다. 수행에 대한 의욕과 재가자로서의 처지 사이에서 고민하게 될 때 둘 사이의 입장을 조화시키는 대안이 在家出家이다. 이규보는 <白樂天集>에서 「在家出家」시를 보고 자신의 처지를 전제로 하여 재가자로서의 수행에 대한 소회를 시로써 밝히고 있다.

　우리는 이 시에서 이규보의 종교적 지향을 알아볼 중요한 단서를 만나게 된다. 이 점을 염두에 두고 시를 보기로 한다.

「白樂天의 '在家出家' 詩에 차운하다(次韻白樂天在家出家詩)」[81]

端坐觀空萬慮澄	단정히 앉아 空을 관찰하니 온갖 생각 맑아지고
老禪肌骨髮惟仍	머리만 길렀을 뿐 늙은 선승의 모습일레
在家未礙先成佛	집에 있어도 부처되기 거리낄 것 없는데
披毳何須要作僧	무엇하러 袈裟 입고 중노릇을 하랴
自始腰抛丞相印	허리의 政丞印을 버렸을 적부터
廻看心有祖師燈	돌이켜보면 마음엔 조사의 등불 켜져 있었네
箇中一段堪嘲事	그런 중에 한 가지 웃지 않을 수 없는 일은
妻置杯呼忽錯應	술상 차렸다는 아내의 소리엔 나도 모르게 대답함이라오

　70세 겨울에 비로소 정식으로 관직에서 물러난 이규보는 71세가

---

81) 後集, 권 3.

된 이듬해에는 늙음을 의식한 듯 오는 봄을 반가워하고 가는 봄을 아쉬워하는 시를 많이 짓고 있음이 눈에 띈다.[82] 이 시는 봄을 제재로하는 시의 다음 부분에 위치하고 있는데, 봄에 대한 상심을 노래했던것과는 달리 종교적 열정으로 노년의 의기소침에서 벗어나 禪 修行을 통한 맑은 정신의 획득에서 오는 건강함을 바탕으로 하고 있다. 그리고 그 정신적 건강함은 在家者로서 '端坐觀空'하여 佛祖의 法燈을 이을 수도 있으리라는 당당함으로 이어진다. 시의 결말 부분인 미련에서 자신의 재가출가자로서의 면모를 술상을 반기는 해학적인 태도로 설정함으로써 수행자로서의 相을 넘어선 참된 수행을 하고 있다는 과시로 맺고 있는 것도 이 건강함과 당당함에 닿아 있다. 이 시의 이해와 관련하여 특히 눈에 띄는 것은 시의 미련에 보이는 해학적설정이다.

그런데 이 설정의 전후 사정을 살펴보면 그저 해학적이라고 만은할 수 없는, 시인의 종교적 지향에 대해 시사하는 바가 있음을 알게된다. 시의 전반부에서 시적 화자는 자신의 노년 생활이 머리만 길렀을 뿐, 외모에 있어서나 내면의 정신세계에 있어서나 출가한 禪僧의경지와 다름이 없다는 자부심을 내비친다. 이러한 자부심은 재상의직책에서 물러났을 때에 이미 마음 속에는 祖師의 法燈이 켜져 있었다는 데까지 이르고 있다. 관직에 매어 있을 때야 어쩔 수 없었지만,그로부터 벗어난 뒤에는 마음 속으로는 이미 조사의 경지와 다르지않았음에 대한 자부이다. 그렇기 때문에 在家의 입장으로서도 마음이 청정할 것 같으면 成佛에 거리낄 것이 없고, 따라서 굳이 가사를

---

82) 後集 권 3은 戊戌年이라는 註가 붙어 있고, 앞부분에는 봄을 제재로 한 시가많이 실려 있다. 무술년은 1238년으로 이규보가 71세이던 해이다.

입고 머리를 깎아 出家라는 형식을 갖춰야만 成佛할 수 있다고 고집할 것이 없다는 것이다.

도를 이루는 데 있어 출가와 재가를 분별하는 分別心을 여의는 것83)이 수행의 본질이라면, 재가자이든 출가자이든 수행자라는 생각[相]에서 벗어나야 비로소 '應無所住 而生其心'84)하는 깨달은 이의 참된 마음 씀에 이를 수 있을 것이다. 출가자는 자신이 출가자라는 相에 매여서 자신이 추구하는 바 수행의 본질이 규범이라는 형식 안에서의 수행에 갇혀서는 안 될 것이고, 재가자 또한 재가자라는 相에 매여서 생계를 책임지는 삶이 청정한 본래의 마음을 드러내는 본분사를 수행하는 데 장애가 되어서는 안 된다는 것이다. 이것이 외적 조건에 매이지 않는 참된 수행으로서의 재가 수행이 가져야 할 본모습이다.

이 시의 首·頷·頸聯에 대해 이와 같은 이해를 한다면, 尾聯에서 그려지고 있는 상황에 대한 이해는 이규보의 종교적 지향을 살피는 데 있어 상당한 의미를 갖는다. 이규보는 시적 화자의 입을 빌어 이렇게 말한다. "그런 중에 한 가지 웃지 않을 수 없는 일은 / 술상을 차렸다는 아내의 말에 나도 모르게 대답함이라오"

가부좌를 하고 단정히 앉아 禪定에 들어 있는 모습과 술을 반기는 모습은 얼핏 보기에 매우 이질적이어서 당황스럽기까지 하지만, 이 반전에서 오는 신선함은 술을 좋아하는 사람이라면 누구나 미소를

---

83) 불교에서 말하는 分別心이 재가와 출가를 분별하는 마음으로 한정되어 있는 것은 물론 아니다. 분별심을 여읜다고 하는 것은 금강경에서 말하는 我相·人相·衆生相·壽者相을 여의는 것이다. 여기서는 출가와 재가를 분별하는 것 또한 분별심이라는 의미로 써 본 것이다.

84) 『金剛經』, 莊嚴淨土分 第十.

짓게 하기에 충분하다. 그런 만큼 친근한 생활 주변의 일상사를 가지고서 절실하게 속내를 표현하는 훌륭한 솜씨를 발휘했다고 할 수 있다. 또한 앞부분에서 祖師의 傳燈 문제까지 언급하며 재가와 출가가 다르지 않음을 말하던 무거운 주제를 친근한 일상사를 들어서 가볍게 처리하면서도 자신의 재가출가에 대한 입장을 분명하게 제시하는 방법은 자못 禪的이기까지 하다.

이에 대하여 강석근은 자신의 본성대로 상황에 순응해 나가는 것이 道人의 본모습이라는 점을 들어 '嗜好的인 일상사의 굴레에서 초탈하기가 쉽지 않다는 자기 고백적 내용'이라는 이동철의 견해를 비판적으로 지적하고, 이규보가 反常合道의 경지를 통하여 그의 정신적 경지가 탈속과 자재로 이어져 있음을 보여주는 대목이라고 평가하였다.[85] 이동철의 견해는 기호적 일상사에 대한 친근한 이해를 얻고 있다는 점에서, 강석근의 평가는 禪的인 이해에 접근하였다는 점에서 의의가 있다 하겠다. 그러나 전자의 경우는 수행에서 겪게 되는 일상사의 의미를 간과하였고, 후자의 평가에는 이규보를 분별심도 번뇌도 일으키지 않는 도인으로 설정해놓고 시를 이해하려는 의도가 전제되어 있음을 지적할 수 있다.

술상에 대한 반가움의 무의식적인 탄로는 시적 화자가 시의 앞부분에서 보여준 노년의 정신적 경지와 상반되는 듯이 보인다. 不飮酒의 계율은 말하지 않더라도 술에 대해 오히려 간절하게 생각하고 있는 속내를 들켜버린 것 같은 내용을 시의 결말로 삼을 까닭은 무엇이며, 그것은 어떻게 이해될 수 있을까? 그 의미를 파악하기 위해서 이

---

85) 姜錫瑾, 앞의 책, p.136.

시의 창작동인이 된 백낙천의 「在家出家」시를 참고하도록 한다.

「몸은 집에 두고 (마음으로) 출가하다(在家出家)」[86]

衣食支分婚嫁畢　먹고사는 일이며 아이들 혼사를 다 해결했으니
從今家事不相仍　이제부터는 집안일을 상관하지 않으리
夜眠身是投林鳥　잠들 때에는 숲에 깃드는 새와 같은 몸이고
朝飯心同乞食僧　아침을 먹으면서는 걸식하는 스님과 같은 마음
　　　　　　　　이니
淸唳數聲松下鶴　학의 울음소리는 소나무 아래에 청아하고
寒光一點竹間燈　한줄기 불빛은 대나무 숲 사이로 맑아라
中宵入定跏趺坐　한밤중에는 결가부좌하고 禪定에 들어
女喚妻呼多不應　딸아이며 아내가 불러도 대답할 줄 모른다.

　　이 시를 통해 먼저 알 수 있는 것은, 이규보 시의 尾聯에 실려 있
는 시적 상황이 백낙천 시의 미련에 상응하여 이루어졌다는 점이다.
두 사람은 재가자의 수행이 가지는 단면을 식구들과의 교감하는 방
식으로 표현하려고 한다는 점에서 공통점을 보이고 있다. 그런데 백
낙천의 시에는 그 방식이 밤늦도록 禪定에 들어서 식구들과 어울리
지 않는 것으로 나타나 있다. 백낙천은 비록 재가자라 하더라도 수행
에 몰두해 있는 모습이 수행자 본연의 모습이라는 입장이다. 이것으
로 본다면, 몸이야 집에 있다 하더라도 수행만 제대로 한다면 있는
곳이 그대로 도량이라 출가자와 다름이 없다고 생각하는 것이 백낙
천의 재가출가에 대한 생각이라 할 것이다.

---

86) 朱金城 箋校, 『白居易集箋校』 4책, 35권, 상해고적출판사, 1998, pp.2426~
　　2427.

그러나 이규보는 이 점에 대하여 견해를 달리하였음을 이 시를 통하여 알 수 있다. 그렇게 식구들과 떨어져서 별도의 생활을 하는 것이라면 그것은 오히려 출가자의 입지와 다를 것이 없게 된다. 몸이 집에 있다고는 하나 식구들과의 교감이 허용되지 않는다면, 그것은 집을 떠나 절에 있는 것과 다르지 않다. 따라서 재가자로서의 수행이 가지는 의미는 그만큼 줄어드는 것이다.

이규보는 이점에 대하여 자신의 재가출가에 대한 인식기 백낙천의 그것과 다른 점이 있음을 나타내기 위하여 尾聯의 발상을 백낙천과 비슷하게 하되, 그 실질은 의도적으로 다르게 설정한 것으로 보인다. 백낙천의 경우와 달리 재가수행자로서 집안 식구 중에서도 특히 아내와 자연스럽게 주고받는 일상을 통해서 차별성을 부각시키고, 나아가 자신의 술상을 반기는 태도가 수행을 이유 삼아서 외면하는 것보다 재가수행자 본연의 모습에 가까운 것이라는 점을 은연중에 강조하고 있는 것이다.

이렇게 본다면, 이규보의 「次韻白樂天在家出家詩」는 일상생활에서 느끼는 일상의 굴레에 대한 고백이라고 하기에는 무거운 주제가 되고, 脫俗과 自在의 정신경지를 보여주는 것이라고 하기에는 次韻詩로서 재가출가의 문제를 재미있게 표현해 본 정도의 가벼운 주제가 된다. 이러한 측면은 이 시가 재가출가라는 주제가 가지는 의미의 경중보다는, 오히려 이규보의 불교적 수행에 대한 성향 또는 의식의 정도에 초점이 맞추어져 있는 시라는 것을 의미한다. 그리고 이러한 관점에서 양인의 시를 비교함으로써 이규보의 시가 가지는 종교적 성향을 살필 수 있게 하는 근거가 된다.

백낙천의 시에서 재가수행자의 요건으로 지목하고 있는 것은 생계

문제의 해결과 자녀의 혼사문제를 마치는 것으로 제시되어 있다. 재가자로서 가사에 대한 기본적 의무를 마친 뒤에 비로소 재가자로서의 수행이 가능하다고 생각하는 것이다. 이점에 있어서는 이규보도 마찬가지이다. 이규보는 歸田園과 관련하여 젊어서부터 늘 위의 두 가지 문제가 해결되면 관직을 그만두고(혹은 관직에 나아가지 않고) 전원으로 돌아가겠다는 말을 하곤 하였다. 그는 끝내 관직을 그만둘 수 없었고, 재가자로서의 수행을 생각해 볼 수 있게 된 것도 이 시에서 보는 것처럼 관직에서 물러난 후에야 가능한 일이었다.

　어떻든 가정사에 대한 기본적인 책무를 마치고 난 뒤에야 재가자로서의 수행이 온전해질 수 있다고 보는 점에 있어서는, 두 사람이 비슷한 생각을 가졌던 것으로 볼 수 있다. 그런데 재가 수행을 말하면서 가정사에 대한 책임 문제를 전제하는 것은, 달리 보면, 재가자로서 수행에만 전념할 수 없었음에 대한 고백이다. 이 점에서 백낙천은 수행에 대하여 보다 적극적인 의지를 가졌었고(다시 말하면 家事를 돌보지 않을 수 있게 된 뒤에는 가사는 잊은 채 수행에만 몰두했을 것이라는 말이다), 그에 따라 재가자로서 겪는 갈등도 심했었다는 사정이 시에 반영된 것으로 보인다. 재가출가라는 주제로 시를 지으면서 그에게 가장 먼저 떠오르는 문제는 무엇보다도 家事에 대한 책임이었을 것이라는 점은 가정사에 대한 고민으로 시상을 일으켰다는 점에서 알 수 있는 일이다. 그리고 그것이 해결된 후 고민으로부터 벗어나 수행에만 전념하고 있는 모습으로 시를 마무리하고 있는 것도 그에 대한 근거가 될 수 있을 것이다. 재가출가의 문제에 대하여 백낙천이 실질적인 고민을 전제했다는 것은, 그만큼 그가 실질적으로 재가수행의 문제를 고민했었다는 점을 반영하는 것이다. 따라서 백낙천 시의 尾聯에 나타나 있는 수행의 모습은 위선적이라거나 현실로부터 괴리된 수행자의 왜곡된 모습이 아니라, 수행에 대한 갈구 끝에 얻어진 수행 생활이 그만큼 값지고 간절한 것이었음을 의미하는 것으로 이해되어야 한다. 그는 자신에게 주어진 이 값지고 간절한 수행을 '딸이며 아내가 불러도 대답할 줄 모르는' 禪定의 깊이로써 표현해 놓은 것이다.

이에 비하여 이규보의 시는 차운시라는 점을 감안한다고 하더라도 자신의 재가자로서의 입장과 재가수행의 실질에 대해서보다는, 수행의 겉모습에 초점이 맞추어져 있음이 두드러진다. 시의 앞부분에서 '머리만 길렀을 뿐 모습은 그대로 禪僧'이라고 하는 것은, '在家出家' 문제에서 재가자로서 겪게 되는 갈등이 상대적으로 도외시되었다는 점에서 그의 시적 발상이 겉모습에 기인하고 있음을 보여준다. 그런 시적 발상 뒤에 곧바로 몸은 집에 있지만 그 실질에서 뿐 아니라 외형상으로도 자신은 출가자와 다르지 않다고 말한다. 이것도 이규보가 젊은 시절 이래로 기회 있을 때마다 언급해 온 가정사에 대한 책임 문제에 비추어 본다면 평소에 고민했던 정도가 그렇게 절실하지 않았던 것으로 추정하게 하는 근거가 된다.

결국 이 시를 통하여 추정해 볼 수 있는 것은 이규보의 종교적 지향이 그렇게 철저한 것은 아니었다는 점이다. 비록 불교에 뜻을 두어 자신을 거사로 자인하고, 불교적 수행을 통하여 노년의 삶을 종교적으로 마무리하려 고는 하였지만, 그는 백낙천의 경우처럼 수행에만 전념할 수는 없었다. 또한 자신의 정신적 입지에 있어서도 평생을 지탱해 온 유가적 지향으로부터 불교적 지향으로 완전히 전환할 수는 없었다. 이 시에서 이규보는 이 두 가지의 사정을 술에 관한 이야기로 마무리된 결말을 통하여 암시하고 있다고 보아야 할 것이다.

　이러한 의식의 일단은 그가 재가수행의 가장 중요한 부분으로 삼았던 楞嚴經을 읽는 태도에서도 비슷하게 나타난다.

「佛經 읽기를 마치고 다시 짓다(看經終又作)」[87]

讀終經一卷　　불경 한 권 읽기를 마침은
猶似出齋時　　재계를 마친 때와 같아라
始可親觴酌　　이제야 술을 마실 수 있게 되었는데
斟來何大遲　　어이 이리 술상이 더디 오는고

　불교 경전 읽는 것을 재계하듯이 생각하여 경전을 읽는 동안에는 술을 입에 대지 않는다. 읽기를 마치고서야 술을 마신다는 것이다. 이 시에는 불경을 읽는 마음가짐 못지않게 술에 대한 애호가 비슷한 정도로 나타나 있다. 이 시에서 말하는 경전이란 이규보가 치사 후에 읽고 외우는데 힘쓴 楞嚴經을 말한다. 그는 능엄경을 읽기 시작한 뒤로 불교에서 꺼리는 음식인 五辛菜와 肉食을 끊기도 하였는데,[88] 이 시는 그에 앞서 더 일반적인 계율로서 五戒의 하나인 不飮酒戒를 불경 읽는 동안이나마 지키려고 노력하였음을 보여준다. 노년에 이르러 淨業을 닦는 방법으로 능엄경을 읽었던 이규보가 그에 관련된 계율도 함께 지키려고 하였을 것은 예상할 수 있는 일이다. 그런데 워낙 술을 좋아했던 그에게 불음주계는 상당한 걸림이 되었을 것

---

87) 後集, 권 5.
88) 「처음으로 五辛을 끊고서 짓다(始斷五辛有作)」(後集, 권 5) 및 「쇠고기를 끊다
　　(斷牛肉 幷序)」(後集, 권 6) 참조.

이고, 경전을 읽는 마음가짐이 엄숙하면 할수록 술에 대한 생각도 더욱 간절해졌던 모양이다. 이 시에는 이규보는 자신이 불경을 읽으면서 노년을 보내고 있다는 사실보다도, 경전 읽기만 마치면 조바심치며 술을 찾곤 하던 노년의 모습을 누구나 공감할 수 있도록 잘 그려놓고 있다.

술에 대한 어쩔 수 없는 이끌림은 다른 시에서 언급하고 있는 '前習' 또는 '前塵'[89]이다. 이것은 수행에 장애가 되기도 하고 마땅히 배척되어야 할 대상이지만, 이규보에게는 음주가 배척해야 할 수행의 장애물로서보다는 수행의 한편에서 동행해야 할 자신의 일부라는 사실을 말하고 있는 것으로 보인다. 淨業을 닦으려는 이규보가 평생을 즐겨온 술에 대한 애호를 끊임없이 자신의 시에 반영하고 있다는 사실은 그의 시에서 불교에 대한 종교적 지향을 억누르고자 하는 의식이 작용한 것으로 보아야 할 것이다.

그러나 그의 종교적 지향을 보다 근본적으로 억누르는 것은 자신을 儒者로 인식하는 그의 의식이 더욱 본질적이었던 것으로 파악된다.

「南軒에서 客에게 答하다(南軒答客)」[90]

我昨於南軒　　내 어제 남헌에서
晏起日已暾　　일어나니 벌써 아침 해가 솟았더구려
盥嗽執經卷　　세수를 마친 다음 佛經을 들고

---

89) '⋯一門超出妙蓮花　喜君近者得冥會　元明本覺若廓開　對境前塵從此退', 「이학사가 다시 內字 운의 시를 화답하여 부쳐준 것에 화답하다(次韻李學士復和內字韻詩見寄)」(후집, 권 4) 및 '三者皆前塵　明暗互欺眞　前塵却斷遣　慧眼自然新', 「눈이 흐려져서 우연히 읊다(目瞖偶吟)」(後集, 권 5) 참조.

90) 後集, 권 6.

方向手中飜	책장을 막 뒤적이는데
客有枝木冠	枝木冠을 쓴 객이
謁我仍有言	나를 보고 하는 말이
以正不以雜	잡되지 않고 바름으로 하는 것이
君子義所敦	군자의 돈독한 의인데
而此浮屠法	이런 佛法을
奚爲於丘門	어찌 孔門에서 하는가 하기에
我言男兒者	나는 이렇게 말했네 사나이란
各有懷抱存	제각기 포부가 있는 것이기에
士方顯仕時	선비가 높은 벼슬에 오르면
經緯以人文	人倫과 制度로 다스리고
詩書與禮樂	詩書와 禮樂으로
輔相千載君	千載의 임금을 輔弼하다가
旣老退閑居	늙으면 물러나와 한가히 살면서
有或事琴樽	거문고나 술을 즐길 수도 있는데
此輩吾敢望	내야 감히 이런 이를 따를 수 있으랴
無功補毫分	털끝만한 공도 없는 몸으로
琴樽已非分	거문고 술은 이미 분에 맞지 않으니
事佛有何痕	부처님 섬긴 것이 무슨 흠이랴
況復儒與釋	더더구나 儒道와 佛道는
理極同一源	궁극의 이치는 하나이거니
誰駁又誰純	어느 것이 잡되고 어느 것이 순정하단 말인가
咄哉渠所論	괴이하다 네 말이

儒者인 자신이 佛經을 외우는 일에 대한 변명으로 지어진 시이다. 불경을 외우는 일에 대하여 자신의 입장을 밝히려 했다는 것은, 그만큼 자신을 유자로서 자임하는 의식이 깊었음을 반영한다고 볼 수 있

다. 그 변명의 개요는 儒道와 佛道가 궁극의 이치는 하나인 까닭에,
궁극에 있어서는 잡박하고 순정함을 따질 것이 없다는 것이다. 이점
은 앞의 「次韻白樂天在家出家詩」에서 보이는 재가자로서의 치우친
수행에 대한 예리한 비판과 재가수행에 대한 인식의 정도에 비추어
본다면 뜻밖의 대응이라 할 만큼 지극히 평범하고도 일반적인 견해
이다.

그런데 우리는 이 시가 능엄경에 대한 공부가 단순한 讀經의 정도
를 넘어서 楞嚴經 전 10권 가운데 제 6권까지를 외우고 난 뒤의 시
점에91) 쓰여졌음에 유의할 필요가 있다. 이규보는 능엄경으로 대표
되는 불경을 암송하는 일에 남다른 노력을 기울였다. 그런데도 유가
의 도가 불가의 그것과 다르지 않다는 자신의 가치관에 근거하여 끝
내 유자로서의 입지를 버릴 수는 없었음을 이 시는 보여주고 있다.
결국 이규보가 노년에 불교에 기울었다고는 하나 불교에만 침잠할
수 없었던 근본적 이유는 기본적으로 자신을 儒者로 자임하는 인식
이 깊었던 데에 원인이 있다고 해야 할 것이다.

이러한 인식은 그가 73세이던 庚子年(1240년)에 쓴 다음의 시와 並
序에 절실하게 드러나 있다.

---

91) 『東國李相國後集』의 편차 상 이 시의 앞에 다음의 시가 있다. '일권부터 육권
까지 유창하게 외었는데/ 나머지도 어디 있는지 외고야 말리라/ 마음속에 담아
두지 못하고 죽는다면/ 저승에서야 어디서 책을 구하랴 (從初至六誦如流 餘復
何存了却休 若不貯心歸去也 泉臺何處紙中求)', 「능엄경을 제 육권까지 외고 짓
다(誦楞第六卷有作)」, 後集, 권 6.

「學士 金敵에게(寄金學士敵, 並序)」[92]

　　나는 들으니, 儒門의 先賢들이 十二徒를 만들어 徒마다 齋를 설
치하고 그 문도가 많건 적건 간에 늘 여름에 한 차례씩 모여 課業을
익히며 그 명칭을 夏天都會라 하였다 하는데, 요즈음에는 국가가 다
난하기 때문에 이 풍습이 거의 없어졌다. 그런데 지금 우리 재에서
夏課를 이루게 되었다 하니 이 얼마나 기쁜 일인가. 다른 재에서는
비록 이와 같이 못한다 하더라도 이는 곧 儒風이 다시 일어날 조짐
이라, 다른 재도 이 때문에 흥기될 것이니 다시 무엇을 걱정하랴?
이는 모두가 尙書學士가 지도하고 이끈 덕택이다. 이 어찌 경사가
아니랴? 삼가 古詩를 지어 보낸다.

自卜新京今幾年	새 서울을 선택한 지 이제 몇 해던가
吾徒舊範危墜地	우리들의 옛 법도 떨어지는 위기였네
賴予不死餘喘存	내 죽지 않고 남은 목숨 보전하여
得聞夏課群學子	학자들 모여들어 夏課함을 듣게 됐네
遙知林林白面生	알겠노라 많고 많은 그 서생들
夫子影前成拜起	공자님 영전에 배례하리
有川能似歸法無	흐르는 시냇물이 있으니
想見冠童浴沂水	沂水에 멱 감는 관동들을 보는 듯
有如霖雨彌數旬	장맛비가 오랫동안 지리하게 내리다가
忽見晴陽出明媚	갠 하늘 햇빛을 보는 것 같고
又如嘉穀垂欲枯	좋은 곡식 싹이 거의 말라죽다가
一朝沐雨得生意	하루아침 비에 젖어 소생하듯
細思此是君之力	생각하니 이 모두 그대의 노력이라
感古喜今還拉淚	감격하고 기쁜 맘에 눈물 흐르네

---

92) 後集, 권 7.

我今已歷三事聯	내 이미 잇달아 三公을 거쳤는데
子亦幸登丞相位	그대 또한 다행히 승상에 올랐구려
原其所自此其根	근원을 따진다면 이것이 바로 근본이라
根若不牢安所恃	근원이 허술하면 어느 곳에 의지하랴
君知體莫重於斯	그대 몸 이에 더 중할 수 없거니
公卿縉紳多出是	공경과 진신들이 여기서 배출되네
鄕猶有校家有塾	고을엔 학교 있고 사가엔 서당이라
況可國中無是事	서울에 이것이 없어서야 될 것인가
勸公更礪成人心	學行을 갖추는 마음 힘쓰길 또 다시 권하노니
激起後生毋少弛	후생 격려함을 조금도 게을리 말겨
我於此時雖就木	내 이때 이미 죽었다 하더라도
地下猶能抃舞喜	지하에서 오히려 춤추며 기뻐하리

고려 문종 이후 開京에는 崔冲의 九齋를 모방하여 11인의 儒臣들이 私學을 열어 가르쳤는데, 이 11인의 生徒에 최충의 文憲公徒를 합하여 일컬은 것이 十二公徒이다. 이 시의 並序에 따르면 강화도에 천도한 이래 십이공도의 학풍이 거의 없어지게 되었다가, 尙書學士들이 주동이 되어 그 전통을 되살리려는 노력이 있었음을 알 수 있다. 이 시는 그 일환으로 夏課를 다시 시작하게 되었다는 소식을 듣고 기뻐하여 지은 시이다.

夏課는 과거에 대비하기 위하여 여름에 한 차례씩 모여 詩賦를 익히는 공부[93]를 말하고, 齋는 이규보가 어려서 공부했던 誠明齋인 듯

---

93) 「김학사가 화답해 온 夏課詩에 차운하다(次韻金學士見和夏課詩)」(後集, 권 7)의 주에 '夏課는 과거에 대비한 詩賦를 익히는 공부이다(夏課習赴擧詩賦)'라 하고 있다.
  夏課에 관련된 시는 <歸法寺川邊>, 「憶舊京三詠」(後集, 권 1)이 있다.

하다.94) 이규보는 이 소식을 듣고 儒風이 다시 일어날 조짐이라 여기고 죽지 않고 오래 살아서 이런 기쁜 소식을 듣게 되었노라고 감격하고는, 죽어서라도 춤을 출 일이라고 기뻐하고 있다.

이규보는 나이 70을 넘긴 고령으로 불교에 뜻을 두고 능엄경을 외우는 한편으로 五辛菜와 肉食을 금하는 등의 계율을 지키면서 불교에서 말하는 淨業을 닦았다. 노년에 이르러 그의 종교적 지향을 담고 있는 시를 많이 지은 것은 앞에서 살핀 대로이다. 그러나 그가 來生을 위한 淨業으로서 불교에 뜻을 두었다고는 하더라도, 한편으로는 자신이 끝내 유자일 수밖에 없었음을 비슷한 시기에 지은 이 시에서 잘 보여주고 있다.

이제까지 이규보의 노년기 작품을 대상으로 그의 종교적 지향과 그 한계에 대해 살펴보았다. 평생을 유자로 살아온 그가 내생을 위한 종교적 구원으로서 불교에 기울어졌던 것은 당시의 불교문화적 토양속에서 자연스러운 일이라 할 것이다. 문제는 그의 사상적 지향과 시작품에 불교가 어떻게 수용되어 나타나는가 하는 점이다. 이점을 살피기 위하여 먼저 전제되어야 할 것은 이규보와 불교와의 관계를 그의 사상 전반에서가 아니라 시 속에서 파악하되, 그 반영된 불교의 영향이 어떠하였는지를 살피는 것으로 제한해야 한다는 것이다. 그의 생애에 있어 노년기에 접한 불교가 그의 사상 전반을 바꿔놓지는

---

94)「年譜」, 辛丑年 條(1181년, 공의 나이 14세).
'이해에 비로소 文憲公徒가 되어 誠明齋에 들어가 학업을 익혔다. 해마다 夏課 때면 先達들이 諸生을 모아 놓고 정한 시간 안에 韻을 내어 詩를 짓도록 했는데 이 명칭을 急作이라 하였다. 공이 계속 일등으로 뽑히므로 모든 선비가 비로소 공을 뛰어나게 여겼다(是年始籍文憲公徒 誠明齋隸業 每夏課 先達輩會諸生 刻燭占韻賦詩 名曰急作 公連中牓頭 諸儒始奇之'

못했던 것으로 보이기 때문이다.

　노년에 보여준 이규보의 생활과 작품에서 불교적인 측면은 능엄경의 암송으로 대표되는 신앙생활과, 이규보가 백낙천의 시집을 가까이 하여 많은 차운시를 지었다는 작품 경향에서 찾아진다. 이규보는 백낙천이 일상에서 坐禪과 誦經을 생활화했던 점에 대하여 호감을 가지고 그에 공감하는 차운시를 지었다. 그러나 불교적 신앙심을 바탕으로 돈독한 신앙생활을 영위하였던 백낙천에 비하여 이규보의 불교에 대한 신앙심은 적극적으로 해석되기에 적절치 못한 측면이 있다는 점이 고려되어야 한다.

　이와 관련하여 살펴야 할 것이 이 장에서 논의한 종교적 지향의 深淺 문제라 할 것이다. 이규보는 三寶에 귀의하고 도솔천에 往生하기를 발원한 백낙천의 경우95)와 같이 불교의 來世觀에 입각하여 불교에 적극적으로 귀의하였다고는 할 수 없다. 그가 여러 시문에서 스스로 밝히고 있는 것처럼, 끝내 자신의 유자적 입지를 벗어 놓을 수 없었던 것은 분명하다. 그가 관직에서 물러난 노년의 생활에서 坐禪을 하고 誦經을 하는 등의 불교적 취향을 보인 바 있지만, 그것이 그의 종교적 신앙과 열정으로써 잘 온축되어 시 작품에 반영되었다고 보기에는 그의 신앙과 시 작품에 투영된 종교적 지향이 너무 취약하다. 그렇기 때문에 그의 불교에 관련된 시를 불교시의 관점에서 논의하는 데에는 논의의 폭이 매우 한정된다. 그가 만년에 보여준 불교적

---

95) 谷響 「詩人白居易的佛敎生活」, 唐大圓・姚寶賢 等著 『佛敎文學短論』, 臺灣, 大乘文化出版社, 1981, p.222 참조.
　　白樂天의 생애와 시에 대하여는 金在乘, 『白樂天詩 硏究』, 서울대 박사논문, 1985. 참조.

사유와 신앙에 대한 취향은 젊은 시절 현실과의 갈등을 겪으면서 그 것을 초극하고자 하여 모색되었던 歸田園 의식만큼이나 한정되어 있 기 때문에 그것이 불교관련시의 근간이 된다고 보기는 어렵다.

그리고 그의 능엄경에 관련된 많은 언급들에 비하여 그의 능엄경 관련시가 지닌 시적 인식에 능엄경으로 대표될만한 佛敎的인 또는 禪的인 사유가 그다지 큰 상관관계를 가진 것으로 찾아지지 않는다 는 사실은 언뜻 이해하기 어렵다. 그가 詠物詩에서 보여준 직관적인 통찰96)을 염두에 둔다면, 그의 만년의 시에서조차 佛敎的인 사유가 적극적으로 형상화되지 않았다는 사실은 그의 불교관련시를 살피는 데 중요한 국면이다.

이것은 앞장에서 살핀 해탈에의 지향이라는 측면과 관련하여 이해 할 수 있겠는데, 그것은 대체로 이규보가 生死 문제에 대하여 전적으 로 불교적인 이해로만 접근하지 않았던 데서 기인한다고 보아야 할 것이다. 삶을 객관적으로 이해하여 진정한 해탈을 얻고자 한다면, 삶 에 있어서의 즐거움뿐만 아니라 괴로움과 슬픔, 그리고 苦樂에 관한 이해를 얻는 것이 불교적인 방법이다. 이규보는 이에 대한 관심을 기 울이지 않았던 것이다. 노년에 이르러, 그것도 관직의 부담으로부터 벗어난 뒤에야 접한 楞嚴經의 경우에 젊어서 접했던 法華經의 경우 와는 달리 그가 어떤 연유로 능엄경을 공부하였으며 그로부터 신앙

---

96) 詠物詩에 대하여는 ① 朴性奎, 앞의 책. 그리고 「이규보의 詠物詩 硏究」『東國 李相國集』(一潮閣, 2000), pp.113~143. ② 金慶洙, 앞의 책, pp.135~149. ③ 李 東喆, 앞의 책, pp.289~338. ④ 柳在一, 「李奎報의 詠物詩에 나타난 卽物的 開 放性에 對하여」『연세어문학』13집(연세대 국문학과, 1981). ⑤ 孫政仁, 『李奎報 古詩硏究』, 석사논문, 영남대 대학원, 1982. ⑥ 孫政仁, 「李奎報의 詠物詩의 題 材와 內容」, 『영남어문학』 제 12집(영남대 영남어문학회), 1985.

적으로나 사상적으로 어떤 영향을 받았는지에 대한 언급은 뚜렷이 나타나지 않는다. 능엄경에 관해 의견을 주고받은 사람은 學士인 李百全이었는데, 그를 통해서 능엄경도 법화경의 경우와 같이 경전을 '외우는 일'에 더 큰 관심이 있었던 것으로 생각될 정도이다.[97]

이러한 사실은 그의 불교적 지향이 종교성으로까지 나아갈 만큼 투철하지 못하였다는 것을 의미한다. 따라서 이 점을 간과한 채, 법화경과 능엄경을 외웠다는 사실과 불교의 교리에 해박하였다는 정도의 근거로 그의 시를 불교적으로 재단하는 것은 온당치 못하다. 그가 작품 소재로서 불교적 소재를 썼다거나 시어로서 불교적 용어를 써서 자신의 불교적 사유를 시화하고 불교적 정서를 노래하는 것에서 나아가, 작품 안에 그에 상응할 만한 종교성이 바탕이 되어 있어야 비로소 불교시라는 틀에서 논의될 수 있을 것이다.

이 장에서 불교시의 보편적 주제로서 해탈에의 지향을 논의하면서, 이규보의 시가 가지는 종교적 지향의 한계를 지적하는 것은 본고에서 무슨 이유로 이규보의 시를 佛敎詩로 보지 않고 굳이 佛敎關聯詩라고 하는가에 대한 해명이다. 그것은 결론적으로 이규보의 불교관련시는 불교시라고 하기에는 종교적 지향이 결여되었다는 것이다. 이것을 지적하는 까닭은 불교적인 관련성을 가지고 있다는 점이 지나치게 확장되어서 이규보의 불교관련시를 불교시로서만 이해하려

---

97) 이규보는 능엄경을 6권까지 외우고 난 뒤에 지은 시(「誦楞嚴經第六卷有作」)를 비롯하여 많은 작품에서 능엄경을 외운 일을 언급하고 있다. 물론 경을 외우는 일은 쉽지 않은 일이고, 실제로 많은 공을 들였던지 꿈속에서까지 능엄경에 관련된 정신경계를 경험하기도 하였다. 그러나 이규보의 관심은 지식에 관한 욕구의 측면이 종교적 지향보다는 더욱 강했던 것으로 보인다. '지식에 대한 욕구'의 측면은 金慶洙도 지적하고 있다. (金慶洙, 앞의 책, pp.200~201 참조.)

는 경향을 반성하고, 그의 시가 가지고 있는 종교적 주제에 근거하여 불교관련시를 새롭게 해석하기 위함이다. 이를 통하여 불교시의 관점으로 이규보의 삶과 시를 규정하는데서 기인하는 불교적 왜곡과 과장을 걷어내고 참모습을 찾는 한편으로, 불교관련시를 넘어서서 불교시 전반을 이해하는 논의의 틀을 마련하고자 하는 것이 이 글이 의도하는 바이다.

IV. 불교적 정서의 발현과 정신적
한가로움의 추구

1. 불교적 정서의 발현

이규보의 시대는 승려와 사대부 사이의 교류가 매우 브편적이었으며, 그 내용면에서는 주로 시를 주고받는 문학적 酬唱[98]이 주가 되었음을 알 수 있는 글들이 『破閑集』과 『補閑集』에 실려 있다.[99] 두

[98) 사대부와 승려들의 교유 관계는 그 내용이나 쌍방의 인식에서 고려 시대와는 비교가 되지 않을 정도였던 조선 시대에도 교유의 매개가 되었던 것은 단연 시문을 통한 문학적 교류였다. 이러한 사정은 승려와 유자의 관계에서 이미 유자들이 확고하게 주도적인 입장에 있었던 16C에도 두드러져서 西山 休靜의 글에도 나타난다.

'옛날에 부처 배우는 이들은 부처님의 말씀이 아니면 말하지 아니하고, 부처님의 행실이 아니면 행하지 아니하였다. 그러므로 보배로 여기는 것은 오직 貝葉(佛經)의 거룩한 글뿐이었는데, 지금의 부처 배우는 이들은 전하여가며 외우는 것이 사대부의 글이요, 청하여 지니는 것이 사대부의 시뿐이다. 이것을 울긋불긋한 종이에 쓰고, 고운 비단으로 꾸며서 아무리 많아도 족한 줄을 알지 못하고 가장 큰 보배로 생각한다. 아! 예와 지금의 부처 배우는 이들의 보배로 삼는 것이 어찌 이다지도 같지 않은가? …' <'古之學佛者 非佛之言 不言 非佛之行 佛行也. 故所寶者 惟貝葉靈文而已 今之學佛者 傳而誦則士大夫之句 乞而持則士大夫之詩 至於紅綠色其紙 美錦粧其軸 多多不足以爲至寶 吁 何古今學佛者之不同寶也…'>, 西山 休靜, 『禪家龜鑑』 序文, 선학간행회, 1978.

책의 관점은 교유의 실질보다는 시의 표현면에 초점을 맞춘 風格의
측면에 주어져 있지만, 이를 통하여 東晉의 廬山 東林寺에 있었던
慧遠의 白蓮結社를 儒佛交遊의 전범으로 여겨 승려와의 酬唱詩에
관용적으로 인용되고 있을 만큼 승려와 사대부 사이에 자연스럽고
보편적인 교유가 이루어졌음을 알 수 있다.

물론 그 교유의 주된 장소는 山寺이며, 여기에는 山이 가지는 자
연친화적 공간으로서의 의미와 寺刹이 가지는 종교적 공간으로서의
의미가 복합되어 있다. 본고에서는 이 두 가지 점을 주목하여 이규보
의 불교적 정서를 표출하게 한 山寺라는 공간이 의미하는 바가 무엇
인지를 먼저 살펴 볼 것이다. 그리하여 山寺라는 공간에서 비롯되는
자연친화적 정서와, 山寺를 종교적 공간으로 인식하는 데서 비롯되
는 '정신적 고뇌로부터의 벗어남' 이라는 두 가지 정서에 대하여 살
펴려고 한다.

1) 산사라는 공간의 의미

이규보가 사대부로서 승려들과의 교유를 통하여 주고받은 시를 개
괄하면, 山寺라는 공간이 술자리와 관련되어 나타나는 특징적인 국
면이 있음을 보게 된다. 그것은 주로 교유의 장소가 된 사찰이라는
공간과 교제의 대상인 승려들에 대한 이규보의 인식에서 비롯되는데,
이 두 가지는 또한 교유의 성격에 관련되어 있다.

이규보의 불교관련시에서 사찰이라는 공간은 물론 玄談을 주고받

---

99) 두 책의 불교관련 사항은 『破閑集』(柳在泳 역주, 일지사, 1978), 卷中(앞의 책,
pp.113~149)과 卷下(앞의 책, pp.240~241)에, 『補閑集』(朴性奎 역, 계명대학교
출판부, 1984), 卷中(pp.303~335)에 실려 있다.

고 불교의 교리, 혹은 禪理에 대한 法談을 주고받는 장소이기는 하
다. 그러나 그렇게 法談의 계기가 되고 법담이 베풀어지는 장소로서
의 의미를 압도하는 것이 술자리로서의 교제장소라는 의미이다. 이
규보의 시 전반에서 불교적 정서가 표출되는 계기로서 山寺에서 베
풀어지는 술자리가 차지하는 비중은 너무도 두드러져서 얼핏 보기에
종교적 공간으로서의 사찰이라는 일반적인 인식과 크게 동떨어져 있
는 것으로 보이기까지 한다. 사찰에서 술을 빚는 것을 국법으로 금한
일이 있을 정도이니100) 사찰에서의 술자리가 그만큼 일상적이기는
하였을 터이지만, 이규보의 불교적 정서의 표출에 관련하여 보자면
그러한 주변 사정으로만 이해하고 넘어가서는 안 될 측면이 있다.

　특히 젊은 시절 주로 관직을 얻지 못한 데서 기인하는 현실적 불
우에서 오는 울분을 해소하기 위하여 山寺를 자주 찾았던 이규보에
게 술은 승려와의 교제에서도 주요한 매개가 되었다. 이점은 그 현실
적 불우가 상당부분 해소되었던 재직 시절에도 술을 매개로 한 山寺
에서의 교유가 지속되었음에 비추어 본다면 더욱 지나칠 수 없는 의
미를 갖는다. 이규보로 하여금 山寺를 찾게 했던 내면적 요인이 山寺
라는 공간에서 얻는 심리적 위안과 연관되어 있다는 점에서, 산사라
는 공간이 가지는 의미를 별개의 것으로 이해할 수는 없는 일이다.
그리고 평생 동안 시와 술을 끝내 놓을 수 없었던 이규보에게는, 불
교적 정서의 표출이라는 측면에서 山寺라는 공간이 가지는 의미와
그곳에서 얻은 정신적 위안감이 무엇인지를 파악하는 것은 그의 시
를 이해하는 데 중요한 실마리가 될 것이기 때문이다.

---

100)「佛恩寺의 雲公을 찾아갔다가 절에서 술 마심을 國令으로 금한다는 말을 듣
　　고(訪佛恩寺雲公聞國令禁僧家飮)」, 全集, 권 7.

우선 그가 山寺를 찾는 이유가 시에는 어떻게 나타나 있는지 살펴
기로 한다.

「北山에 놀다(遊北山)」[101]

重峯複嶺翠磨空	겹겹이 둘러싸인 봉우리와 고갯길은 하늘에 닿아 푸르르고
路入招提一線通	길은 한 줄기로 山寺에 잇닿아 있다.
信步從教巾墊雨	발길 닿는 대로 걸으면서 두건일랑 비에 젖든 말든
閑吟不覺笠欹風	한가로이 읊조리노라니 갓이 바람에 기울어도 모른다
山花染出燕脂爛	산 꽃은 물이라도 들여낸 듯 연지처럼 타오르고
野燒橫來漢幟紅	들불은 들판을 가로질러 한나라 깃발처럼 붉다
三尺樵童吹葦笛	나무하는 어린아이 불어대는 갈피리 소리에
太平都在此聲中	천하의 일 없는 태평스러움이 모두 들어 있어라.

첩첩한 산중, 하늘에 닿을 듯 높은 산과 고갯마루. 산과 길은 이렇
듯 험하지만 산사에 찾아가는 길은 다만 한 줄기 뿐이다. 그런 길이
란 그저 길을 따라 가기만 하면 절에 도착하기 마련이어서 아무 번거
로울 일이 없다. 山寺에 찾아가는 마음 또한 그 길만큼이나 번잡하지
않고 한가로와서 마음에 아무 부담이 없는 것으로 표현되어 있다. 시
인은 그 한가로움에 흠뻑 젖어 내리는 비에도 부는 바람에도 아랑곳
하지 않는다. 그저 발길 닿는 대로 걷고 흥에 겨운 대로 노래하며 길
을 간다. 절에 가는 길의 풍광에 대한 묘사는 시인의 한가로운 정서

---

101) 全集, 권 3.

와 아울러, 흐드러진 봄날의 넘치는 생명감으로 어우러진 내면상태를 형상화하는 데 부족함이 없다. 시인은 이런 정경이 바르 어떤 내적 갈등도 없이 含哺鼓腹하는 태평성대의 이상이라고 인식하고 있으며, 그것을 초동의 피리소리에 의탁하여 제시하고 있다. 특히 尾聯의 상투적인 표현은 시인이 현실 정치에 기대하는 이상적인 기대치의 반영으로 해석할 수 있다.

연보에 따르면 이 시는 과거에서 여러 번의 낙방 끝에 급제를 하였던 일과, 司馬試에 급제한 이듬해엔 禮部試에서 同進士라는 낮은 등급으로 급제한 것을 탐탁히 여기지 않았던 일로 아버지의 꾸중을 들었던 일, 그리고 그 이후 부친상을 겪고 나서 天磨山에 寓居하던 시절에 지어진 작품이다.102) 이 사이에 이규보는 과거를 둘러싸고 자신의 재능에 대한 자부로부터 비롯되는 갈등을 겪기는 하였지만, 그래도 급제 후 거의 20년에 이르는 동안 관직에 진출하지 못하였던 30代 후반에 비하면 자신의 재능에 대한 자긍심이 월등히 앞서 있었던 시절이어서 현실적인 世事에서 오는 갈등이 두드러지지는 않았던 것으로 보인다. 이 시에서도 그런 갈등은 산사에 가는 길에 느끼는 한가로움과 도도한 시적 흥취, 그리고 충만한 생명력으로 승화되는 한편 태평성대로 표명되는 정치적 이상에 대한 기대에 의해 다독거려져서 갈등의 측면이 두드러지게 표출되지 않고 있음을 알 수 있다.

다음의 시에는 갈등이 순화되어 있는 양상이 보다 더 山寺의 풍경

---

102) 연보에 따르면 14세에 文憲公徒가 되어 誠明齋에서 공부를 하며 夏課를 통하여 詩才를 드러냈으나, 16세부터 20세에 이르기까지 司馬試에 합격하지 못하다가 22세에야 비로소 첫째로 뽑혔다. 이듬해인 23세에 禮部試에 응시하여 同進士에 뽑혔는데, 이규보는 그 科第가 낮은 것을 못마땅히 여겨 사양하려 하였다가 아버지의 꾸지람을 받았다. 24세에 부친상을 당하여 천마산에 우거하였다.

에 동화되어 나타난다.

　　「北山에서의 雜題(北山雜題)」

　　　　<其二>103)
　　　　巖僧不浪出　　산승은 방에 들어앉아 나오지 아니하고
　　　　溪鳥自閑飛　　계곡에는 새들만 저대로 한가로운데
　　　　日暮松間霧　　해 저무는 소나무 숲 속의 안개가
　　　　霏霏欲濕衣　　부슬부슬 옷깃에 젖어든다

　　이 시는 고즈넉한 산골 암자의 정경을 대상으로 하여 고요한 가운데에서도 미세하나 생기를 머금은 산중의 경색을 소나무 숲의 안개의 색조를 바탕으로 그림을 그리듯 묘사하고 있다. 고요함과 그 고요함을 더욱 도드라지게 하는 보일듯 말듯 한 생기발랄함, 이 두 가지의 산뜻한 대비가 소나무 숲의 푸르름에 녹아든 안개 빛의 색조에 의해 은근히 받쳐진다. 시적 화자도 드러나 있지 않은 이 은근한 고요함은 산골의 암자가 비었기 때문에 생겨나는 것이 아니라, 산승이 자신의 본분에 충실하여 온종일 방에 들어앉아 수행에 전념하는 데에서 오는 긴장감의 산물이다. 고요함 속의 긴장감은 한가로이 날아다니는 새들의 날개짓에 의해서 그 고요함이 도드라지는 반면 긴장감은 완화되고 있다.
　　산승은 산승대로 수행에 전념하고 새들은 새들대로 한가로이 날고 있는 정경에서 느끼게 되는 긴장감과 긴장의 이완은 고요함(靜)과 그 속에서의 움직임(動)의 대비라는 형식으로 형상화되고 있으며, 그 속

---

103) 全集, 권 5.

에서 시인은 그윽한 숲 속의 안개에 휩싸여 자신도 모르게 짙푸른 기운에 젖는 듯한 정취에 빠져 들어가고 있는 것이다.

이러한 정취는 산중의 암자라는 공간을 세속의 티끌에서 벗어난 理想境界로 전환시키는 매개가 되어, 시인이 추구하고 있는 정신적 지향이 무엇인지를 가늠해 볼 수 있게 한다. 시인은 그 공간에 空寂한 의경을 담아 고요함을 형상화해내고 있는데, 그 공적함은 한가로운 새의 날개짓이라는 동적인 움직임에 의해 두드러지고 있다. 動과 靜의 대비를 통해 정을 강조하는 이러한 구성은, 외면에 드러나는 운동변화를 다만 감각의 찰라적인 幻影에 지나지 않는 것으로 보아 실재성[實相]을 부정하는 불교의 空思想에 기반하고 있는 것으로 이해할 수 있다.104) 고요함이 표상하는 바 寂滅이야말로 항구불변하는 실상으로서 시인이 추구하는 정신적인 지향인 것이다. 이것은 우리가 지각하는 일체의 운동변화는 존재의 본질이 아니라 모두가 찰라적인 생멸현상일 뿐으로, 그 본질은 空한 것이어서 우리가 보고 느끼는 감각 또한 실상이 아닌 허망한 환영이라는 공적 사유에 근거하고 있다.

위의 시에서 보이는 動과 靜의 대립적인 구도 또한 본질적으로 항구불변인 實相을 더욱 두드러지게 강조하고 있다. 시인은 움직임 가운데의 고요함과 고요함 가운데의 움직임을 대비시킴으로써 움직임

---

104) 陳允吉은 詩佛로 일컬어지는 王維의 시에 내재된 불교사상을 動靜의 대비를 통하여 이해하고 있는데, 이러한 이해는 王維와 白樂天의 불교시를 분석하는 기본 도구로 받아들여지고 있다. 이에 대하여는
　陳允吉 저, 一指 옮김, 『中國文學과 禪』, 민족사, 1992.
　朴三洙, 『王維詩 硏究』, 성균관대학교 박사논문, 1995.
　金在乘, 앞의 논문, 참조.

의 찰라성을 가지고서 고요함의 영원성을 부각시킨다. 이러한 주제
를 시에 반영시키기 위하여 시인은 시의 기본 구도를 空思想에 두지
않을 수 없었던 것으로 보인다. 동과 정의 대비를 통하여 표현된 공
사상은 찰라생멸의 환영인 현실 속에 그대로 깃들어 있는 영원성을
파악하여, 탈속이 아닌 현실 이대로에서 영원한 이상의 구현태를 찾
아내어 수용한다는 禪的인 사유에 닿아 있다고 할 수 있다.

　그러나 앞의 시에서와 같이 현실과의 갈등이 한가로움의 경지로
승화되어 표출되는 양상은 과거 급제 후 십 년 세월을 벼슬길에 나아
가지 못한 채 서생으로 지내면서 현실적 곤궁함이 더해질수록 그 결
을 달리하여 나타난다.

　　　「거듭 北山에서 놀 때 지은 두 수(重遊北山二首)」[105]

　　　<其一>
　　　俯仰頻驚歲屢更　　문득문득 세월의 빠름에 놀라나니
　　　十年猶是一書生　　십 년토록 나는 여전히 한 書生이어라.
　　　偶來古寺尋陳迹　　우연히 옛 절에 와서 묵은 자취 찾다가
　　　情却對高僧話舊　　고승을 마주하여 옛정을 나누네
　　　半壁夕陽飛鳥影　　반쯤 석양이 비낀 담장엔 둥지로 깃드는 새의 그
　　　　　　　　　　　　림자
　　　滿山秋月冷猿聲　　가을달이 가득한 산엔 잔나비 소리 구슬퍼라
　　　幽懷壹鬱殊難寫　　겹겹이 쌓인 근심 다 풀기 어려워
　　　時下中庭信步行　　뜰에 내려가 발 가는 대로 거닐어도 보건만

---

105) 全集, 권 1.

남다른 재능에 대한 자부심도 세월의 흐름 앞에서는 어쩔 수 없었다고 고백이라도 하는 듯이, 이 시에는 그 세월 속에서 겹겹이 쌓인 근심을 풀지 못하고 이리저리 배회하는 시적 자아의 방황이 배어 있다. 자부심이 컸던 만큼 포부가 실현되지 못하는 데에 대한 실망은 더욱 커져가고, 세월의 흐름은 더욱 빠르게 느껴져서 초조해져만 간다. 이렇게 현실의 벽에 부딪쳐 우울해 하는 모습은 저녁나절에 둥지로 돌아가는 새의 날개짓과, 달빛만 가득한 가을 산에 적막감을 더해주는 잔나비 우는 소리에 잘 투영되어 있다. 때가 되면 돌아갈 곳이 있는 새에게서 느끼는 부러움은 마땅한 지위를 얻지 못하고 있는 자신의 처지에 대한 연민이고, 그것은 적막한 달밤에 온산을 울어대는 원숭이 소리에도 실려 있다.

뜻은 학처럼 높았으나 과거에 급제한 후 십 년이 지나도록 얻은 것이라고는 뜬 이름뿐인106) 자신의 우울한 심사를 달래려고 찾은 곳이 山寺이다. 그러나 산중의 분위기는 그 우울의 정도만 깊게 해줄 뿐이고, 스님과 주고받는 情談으로도 회포를 풀 길이 없어 이리저리 배회해볼 뿐이다.

이렇게 해소되지 않는 방황에 대하여, 시인은 굳이 그 원인을 과거에 급제하고도 관직을 얻지 못하는 데 있는 것으로 한정시켜 놓고 있는 것으로 보인다. 특히 山寺를 찾았을 때 관직에 대해 느끼는 감회는, 벼슬길에 나아가 태평성대를 보익하는 儒者로서의 정치적 이상

---

106) '俯仰頻驚歲屢更, 十年猶是一書生, 偶來古寺尋陳迹, 却對高僧話舊情, 半壁夕陽飛鳥影, 滿山秋月冷猿聲, 幽懷壹鬱殊難寫, 時下中庭信步行, 得僅毫氂喪似崖, 十年檻籠困徘徊, 如今逸鶴知誰繫, 粗慰驚猿遲我廻, 塵世舊顔風拂盡, 煙溪新隱月迎來, 山僧莫問還山意, 寸草浮名安用哉', 앞의 시 其二.

이라기보다는 관직을 얻는다는 것도 결국은 생계를 해결하자는 것이라는 정도로만 의미를 부여하고 있다.107) 그런데도 그 생계조차 해결하지 못하는 이규보의 처지는 그것이 깊어질수록 현실적인 대처를 하기보다는 세상과 어긋난 天性의 문제로서 인식하게 되고, 나아가 자괴감으로 이어진다.

「느낌이 있어 우연히 시 두 수를 짓다(偶吟二首有感)」108)

<其一>

拙直由天賦	옹졸하고 곧기만 함은 타고난 성품이라
艱難見世情	고생을 겪고 보니 세상의 인정을 알겠네
杜門妨客到	문을 닫아 찾아오는 사람 사절하고
釀酒對妻傾	술을 빚어서는 아내를 대해 마시누나
苔徑少人跡	이끼 낀 오솔길엔 인적이 드물고
松園空鳥聲	소나무 동산엔 새소리만 들리는구나
田園歸計晚	전원으로 돌아갈 계획 늦어만 가니
慙愧晉淵明	도연명에게 부끄럽기만 하다

이 시는 전집 8권에 실려 있는데 『東國李相國集』의 편차상 이 시와 비슷한 시기의 무오년(1198)에 지은 「呈內省諸郞幷叙戊午年」109)

---

107) '久爲紅塵客, 浪走無時休, 到山本無意, 偶爾得玆遊, 無奈愛山人, 獨往嫌無儔, 相逢許聯轡, 出郭行悠悠, 雲煙漸掩靄, 始覺向林丘, 苒苒松上霧, 冷冷石間流, 相將入僧舍, 小酌語綢繆, 已愜幽居趣, 又欲便成留, 酒知中下性, 反覆隨所由, 趨世悅紛華, 入山樂淸幽, 明朝返都城, 又縛營生謀, 嗟哉更何言, 未免塵緣拘, 要當婚嫁畢, 始脫籠中囚', 「우연히 산중에 노닐다가 石壁에 쓰다(偶遊山中書壁上)」, 全集, 권 5.

108) 全集, 권 8.

109) '某天地之間一微喘也 偶落女媧綑土之戲 不奈愚貧 懊師匡衡鑿壁之勤 頗窮書

에 참고할 만한 것이 있다. 이 글에서 이규보는 과거에 급제한 지 9
년이 되도록 벼슬을 얻지 못하였다가 內省의 諸郎·學士들이 자신
을 추천한다는 소식을 듣고 그들에게 간절히 벼슬을 구하고 있다. 이
때가 그의 나이 31세였고, 이듬해인 己未年(1199)에 32서의 나이로
비로소 全州牧司錄兼掌書記로 부임하였으니, 급제 후 십 년 세월의
곤궁함은 그로 하여금 관직에 나아가고자 하는 마음을 절실하게 하
던 때라 할 수 있다. 게다가 이 시를 짓기 두 해 전인 丁巳年(1197)에
는 家宰인 趙永仁 등이 聯名箚子를 올려 이규보를 천거하였으나, 이
규보를 좋게 보지 않은 사람의 개입으로 무산되었던 일이 있던 터였
다.110) 이규보도 자신의 狂簡한 성품에 대한 세인들의 평이 좋지 않
다는 것은 익히 알고 있었으며, 그런 일을 겪고 난 뒤에는 벼슬길에
나아가기 위해서는 그런 좋지 않은 평에서 벗어나야 한다고 생각했
던 것으로 보인다. 실제로 요직에 있는 사람에게 벼슬을 구하는 글을
쓸 때에는 자신의 과거 행적을 반성하기도 하고, 그렇게 된 원인이
능력은 있는데 이를 발휘할 수 없었기 때문이라고 변명도 하며, 자신

史 自登一第 已換九霜 陸沈之恨劇焉 途窮之哭痛矣 朝庭豈不好音 臺閣豈無知
音 然性本散疎 加之迂闊 徒自守轉胞之懶 未嘗追炙手之炎蝸角纔生 見人卽縮
蟬腸自潔 與物無營 緘口如瘖 掩顔自拙 然則雖窮且苦焉 執唱之而執憐之耶 近
者伏聞 內省諸郎學士閣下 視草之暇 言及人物 不以爲僕淺薄無取 雌黃潤澤 將
欲薦進於國家 僕竊自以爲古人所謂至公之道 廢之已久 不意復行於今日矣 僕旣
疎懶迂闊 不敢以長喙頑肩自鳴自叫 而學士諸郎 特置於齒牙之間 至以薦違爲心
況萬萬賢於僕者哉 口嘗笑而不闔 舌嘗託而不停 躍躍然若已得美官豊祿矣…’,
全集, 권 8.
110) ‘冬十二月日 家宰趙永仁 任相國濡 崔相國詵 崔相國讜 聯名上箚子 薦公請補
外寄 以備將來文翰之任 上遂允可 掌奏承宣某 以嘗有微憾 至是奪箚子 不付天
曹 佯稱惚失 家宰亦以箚子不付爲解 便不調之…’, 「年譜」, 丁巳年(承安 二年,
公年三十) 條 참조.

을 미쳤다고 비웃는 사람들을 비난하고 항변도 하면서, 앞으로 관직을 주어서 능력을 발휘할 수 있게 해달라고 간원하기도 하였다.[111]

그에 따르면 자신이 미치광이로 지목된 직접적인 이유는 젊어서부터 술을 많이 마시고 放曠한 생활을 했다는 점이고, 그에 대한 자신의 변명은 자신의 포부를 펼칠 벼슬을 얻지 못했기 때문이라는 것이다. 이러한 이규보의 생각은 이제 살펴볼 詩에서 제시하고 있는 것과는 다르다. 벼슬을 구하는 글에서는 세상의 평가를 긍정하고 그것을 해결하는 길이 관직에 나아가는 일이라고 하였지만, 자기 스스로를 돌이켜볼 때에는 벼슬이 아닌 天性의 문제로 인식이 전환되어 나타나는 것이다. 남들이 보기에는 狂簡한 성품이지만 그것은 겉으로 드러난 행적이요, 그 실질은 자신의 품은 뜻이 바르기 때문에 빚어지는 오해라는 것이다.[112] 게다가 세상 일에 迂闊한 자신이 뜻을 바르게 하자니 권력 있는 사람에게 아첨도 하지 못할 뿐 아니라,[113] 세상의 인심을 얻지 못하여 벼슬길에 나아가지 못하고 온갖 고생을 겪게 되지만 이 또한 타고난 성품인지라 어쩔 수 없다고 여긴다는 것이다. 결국 이 시에서 이규보는 자신의 불우는 세상의 인정과 어긋난 天性의 문제이며, 그 천성을 지키고 살기 위해서는 전원으로 돌아가야 할 것인데 그렇게 하지 못함을 부끄러워하는 것으로 마무리하고 있다.

이 부끄러움은 벼슬을 구하는 글에서와는 달리 현실에 적극적으로 대처하지 못하고 자신이 먹는 일에 매여 속박을 받는 것에 대한 자괴

---

111) 申用浩, 앞의 책, pp.76-77 참조.

112) '…噫 世之人多有此狂 而不能救己也 又何假笑居士之狂哉 居士非狂也 狂其迹而正其意者也', 「狂辨」, 全集, 권 20.

113) '僕旣疎懶迂闊 不敢以長喙頑肩自鳴自咻', 「呈內省諸郞幷叙戊午年」, 全集, 권 8.

감으로 나타난다.

    <其二>
    環顧六尺身   사방을 돌아봐도 조그마한 한 몸이
    一日能幾食   하루에 먹는 것이라야 얼마나 되랴
    尙營口腹謀   그런데도 먹고사는 일에 매여
    未去雲山碧   구름 낀 푸른 산으로 떠나지 못하는구나.

   앞의 시와 같은 제목의 연작시인 이 두 번째 수는 앞에서 말한 도연명에게 부끄러워할 만한 일이라는 것에 대한 부연이다. 자신이 전원으로 돌아가지 못하는 것은 따지고 보면 먹고사는 일을 해결하려는 것일 따름이고, 그러자니 天性에 맞는 삶을 영위하지 못하게 된다는 것이다. 시인은 이에 촉발되어 일어나는 자괴감을 토로하고 있다. 현실에서 어긋날수록 성정은 더욱 오연해져서 세상을 우습게 여기던 20代의 방광한 태도가 현실의 벽에 부딪치면서 수그러지고 있는 것이다.

   그에 따라 이규보가 자신의 天性대로 살면서 현실과의 괴리를 감당해보려는 공간으로 여기는 곳이 전원이다. 그는 때로 '快哉農家樂 歸田從此始'[114]를 노래하며 세상의 속박, 특히 홍진 가득한 서울(개성)에서의 가식적인 삶으로부터 벗어나 四時의 운행에 맞추어 春耕夏耘 秋收冬藏하는 농촌의 생활을 진실된 삶의 형태로 여기기도 하였으나, 그것은 그야말로 넉넉한 토지를 가지고 衣·食·住 三件事가 무난히 해결될 때[115]에나 가능한 일이었다.

---

114) 全集, 권 2, 「遊家君別業西郊草堂」 二首 中 第一首 참조.

농촌에 대한 그의 이런 생각은 그의 歸田園에 대한 의식을 알아보는 데 참고로 삼을 만하다. 그가 생각한 농촌 생활은 온갖 세금과 수탈에 시달리며 생계를 꾸려야 하는 농민의 현실에 대한 배려가 결여되어 있다. 그는 고달픈 현실 속의 농부로서가 아니라 자신의 토지를 둘러보는 지주의 입장에 서 있었기 때문에 농촌의 실생활을 외면하고 있는 것이다. 그저 모든 것이 갖추어진 태평성대의 농촌을 대상으로 하여 농가의 즐거움을 찬탄하는 것은 농촌 실상을 있는 그대로 인식하는 것이 아니다. 이런 까닭에 농촌의 생활을 진실한 자연에 합일된 삶으로까지 파악하는 그의 태도는 하나의 전원취향에 불과한 것으로 보아야 할 것이다.

이규보가 이렇게 농촌의 이상적인 측면만을 가지고서 귀전원의 전범으로 삼는 것에서 보는 것처럼, 그가 생각하는 '구름 낀 푸른 산'으로의 귀자연 또한 허구적이다. 그는 결국 늙어서까지도 자식들의 혼사를 마치고 나서야[116] 전원으로 가겠다고 말하는데 그치고 만다. 전원으로 돌아가겠다는 생각은 관직에 나가가지 못하는 현실을 달래는 하나의 위안일 뿐, 그는 끝내 전원행을 이루지 못하였다.[117] 그 이유는 그 '구름 낀 푸른 산'에 衣食住의 모든 것이 갖추어져 있다면 몰라도, 그것이 해결되지 않는 한 그에게 귀자연은 생각 속에서나 그려보는 희망사항으로 남을 수밖에 없기 때문이다.

---

115) 이런 의식은 西郊에 있는 草堂의 이름을 '有田可以耕而食 有桑可以葺而衣 有泉可飮 有木可薪可吾意者有四'라는 뜻으로 四可齋라 하고, 「四可齋記」에서 '予居是齋也 若有得田園之樂則其唾棄也世網 拂衣裹足 歸老故園 作太平農叟 擊壤鼓腹 歌詠聖化 以被于管絃 亦何有不可哉'라고 하는 데서 살필 수 있다.

116) 「偶遊山中書壁上」, 全集, 권 5.

117) 申用浩, 앞의 책, p.121 참조.

그는 世緣에 속박된 생활에 부담을 느낄 때마다, 현실의 삶이 자신의 天性에 반한다는 점을 내세우면서 귀전원에의 이루ズ 못할 희망을 노래하고 있다. 박성규는 이규보의 자연관을 고찰하면서 그의 은둔지향은 때가 오면 治國平天下하기 위한 준비나 기다림을 위하여 林泉에서 獨善其身하는 儒家의 一時的・條件的인 은둔과는 다르다118)고 파악하였다. 그렇다고 해서 이규보가 생각하는 귀자연 그 자체가 그의 궁극적 목적이며 절대적 가치관이라고 볼 수는 없다. 그의 일생을 통해서 추구한 관직 생활에서 보듯이 그는 어쩔 수 없이 서울생활이 체질에 맞았으며, 지방으로 좌천되었을 때에는 중앙이 아닌 지방관이라는 사실 외에도 시골생활에 대한 혐오119)를 내보이고 있기 때문이다. 그가 귀자연을 말하는 표면적인 이유는, 자신이 儒者로서 立身行道의 이상과 하늘로부터 타고난 性命을 보전하기 위한 安心立命의 이상으로부터 너무도 멀어져 있기 때문이라고 말한다.

그런데 여기서 간과할 수 없는 것은 인용시에서 보듯이 이 두 가지의 표면적 이유에는 늘 생계문제가 덧붙여져 있다는 점이다. 그가 꿈꿨던 입신행도의 원대한 이상은 한갓 생계를 해결하기 위한 필요조건으로서의 벼슬살이로 전락해 있는데다가 그조차도 얻지 못하고 있으며, 자신의 天性을 보전하며 安心立命하리라던 내면적 이상도 입을 만족시키고 배를 불리는 기본적 욕구를 해결하지 못하여 이루어지지 못하고 있다고 하여 생계문제와 결부시키고 있는 것이다.

이 점은 이 시의 이해뿐만이 아니라 이규보의 귀전원 의식을 이해

---

118) 朴性奎, 앞의 책, pp.90~103 참조.
119) '…好去莫遠來 我行疾奔川 爾邑誠困我 二年如百年', 「發州有作 示餞客」, 全集, 권 15.

하는 데 일정한 의미를 지닌다. 그가 벼슬을 얻지 못하는 불우에 시달리면서도 한편으로는 귀전원을 꿈꾸고 그것을 실행하지 못하는 현실을 슬퍼하는 것은 관직을 얻지 못하는 현실적 불우에 대한 불만을 표출하는 하나의 방편으로 보아야 할 측면이 있다. 그는 실제로 전원을 자신이 궁극적으로 돌아가서 安心立命할 곳으로 여기지도 않았으며, 그에게는 부친으로부터 물려받은 전답이 있었다[120)는 점에서 전원으로 돌아가지 못하는 이유가 오직 생계문제에만 달려 있었다고 볼 수는 없다.

　요컨대, 문제는 벼슬길이 열리지 않으면 생계조차 해결할 수 없다고 여기는 데에 있다고 보아야 한다. 그렇게 생각하는 한 그가 말하는 생계란 곧 관직에의 진출이다. 결국 그에게는 먹고 사는 생계 때문이 아니라, 관직이 주어지지 않았기 때문에 전원으로 돌아갈 수가 없는 것이 된다. 물론 뒷날 관직에 나아가서도 끝내 전원으로 돌아가지는 않았지만, 이 시를 쓸 당시에 그가 궁극적으로 원하던 것은 귀전원이 아니라 관직에의 진출이었던 것은 분명한 사실이다. 그런 그에게 벼슬길이 열리지 않았을 때, 이규보는 그에 대한 울분의 해소로 귀전원을 표방하였고, 그 표면적인 이유의 우회적인 진술이 생계의 어려움과 거기서 비롯되는 자괴감을 토로하는 것이었다.

　결국 이 시에서 노래되고 있는 자괴감의 실질은 생계를 책임지지 못하는 생활인으로서의 그것이 아님을 알 수 있다. 그 자괴감은 자신

---

120) 이규보에게는 고향인 黃驪(京畿道 驪州)에도 농토가 있었고, 開京의 城西에도 농토가 있었으며, 몇 명의 노비까지 있어서 경제적으로 크게 곤궁한 생활은 하지 않은 것으로 보인다.
　李佑成, 「高麗中期의 民族敍事詩」, 『成大論文集』 7輯, 1962. pp.92~95 참조.

이 추구했던 바 관직에의 진출이 이루어지지 않는 데서 오는 것이고, 그 대안으로 말해지는 귀전원에의 희망은 현실의 불우를 해소할 구체적인 대안이라기보다는 오히려 관직에 진출하지 못하는 것에 대한 불만의 우회적 표현으로서 그만큼 관직 진출에의 간절한 희망을 호소하는 것으로 기능하고 있다고 할 것이다.

　이상에서 이규보의 시에 보이는 山寺의 의미와, 그가 끝내 山寺에 머물 수만은 없었던 그의 내면 의식의 한 측면을 귀전원의 문제와 함께 살펴보았다.

　다음으로 '산사에서의 술자리'에 대해 살피기로 한다.

　이규보 시대의 사대부들에게도 사찰은 어린 나이의 修學期에 독서를 했던 장소로서의 기억으로 남아 있거나 과거 급제 후에 독서하는 공간으로 기억되는 경우가 많다. 이규보의 경우는 14세에 文憲公徒가 되어 九齋의 하나인 誠明齋에서 공부를 하였으므로,121) 사찰에서 공부했던 추억으로서의 감회가 두드러지지는 않는다.122) 그리고 과거에 급제는 하였으나 등용되지 못하여 불안한 시절을 보낸 20代에도, 사찰은 그에게 있어 독서와 사색의 공간이라기보다는 근심을 풀기 위해 찾아가는 공간으로 나타나 있다. 10代의 어린 나이 때부터 선배 문인들과 술자리를 함께 했던 그의 시에 나타난 사찰은 술을 통

---

121) 연보에 따르면, 14세부터 誠明齋에서 공부하는 동안 매년 夏課에서 뛰어난 詩才를 과시하였던 것을 알 수 있다. 그 이후 16, 18, 20세에 각각 과거에 응시했으나 매번 낙방을 하였는데, 그 4~5년 동안 술에 쏠려 멋대로 놀면서 마음을 검속하지 않고 시 짓기에만 일을 삼았으며 과거를 준비하는 글은 조금도 연습하지 않았기 때문이라고 하고 있다.

122) 全集, 권 15, 「歸法寺川上有感」의 詩註에 보면 귀법사는 冠童들이 夏課를 하던 곳으로, 자신도 소년 때 공부한 일이 있다고 술회하고 있다.

하여 현실의 답답함을 달래는 장소가 되곤 한다. 이점을 고려한다면
그의 시에서 사찰과 술과의 관계가 뗄 수 없는 것으로 나타나는 것도
이상한 일이 아니다. 그의 시에는 절에서 보내준 숯이며 쌀 등의 생
필품으로부터 부채에 이르기까지 이런저런 물품들을 보내준 데 대한
사례의 시가 많은데,[123] 상대적으로 생필품을 보내준 데 대한 답례보
다는 술자리를 마련해준 데 대한 감사의 시가 더 많다.[124]

이것으로 미루어 본다면 이규보가 사찰에서 승려와의 교제를 함에
있어 그 만남의 중요한 매개가 된 것이 술이라는 것은 부인할 수 없
는 사실이다. 그와 교분을 가졌던 대표적인 승려로서 惠文 禪師의
경우처럼 평생을 두고 詩를 통한 만남에 비중이 주어지는 경우도 있
다. 그러나 혜문선사를 포함하여 대개의 경우는 부담 없는 술자리가
교제의 중요한 매개가 된다. 실례로 젊은 시절 天壽寺의 大禪師 智
覺에게서 법화경을 외우고 배운 일이 있는데, 그 경우도 경전 공부를
위하여 사찰에 갔던 것이 아니라 술에 이끌려 마음을 검속하지 않아
스님에게서 경책을 받은 일이 계기가 되었다.[125] 이 점을 감안한다면
사찰에서 차를 마시는 일보다 훨씬 빈번하게 등장하는 술의 의미를
살펴볼 필요가 있다.

---

123) 「走筆謝文禪老惠炭」(全集, 권 13), 走筆謝希文禪師惠米」(全集, 권 7), 「走筆
謝希禪師惠米」(全集, 권 7), 「謝文禪老惠米與綿」(全集, 권 10), 「走筆謝大王寺
文師送炭」(後集, 권 1), 「玄上人饋桃以詩謝之」(全集, 권 15), 「謝珍丘佳老謙公
惠綿」(全集, 권 14), 「謝蜜谷住老寄布袴」(全集, 권 12), 「又別成一首謝惠燭」(全
集, 권 17), 「謝其禪師送細餛飩」(後集, 권 7).

124) 「謝應禪老雨中邀飮」(全集, 권 7)
　「訪覺月禪師用東坡詩韻各賦」(全集, 권 11)

125) 「法華經에 대한 頌과 止觀에 대한 贊 幷序(法華經頌止觀贊幷序)」, 全集, 권
19.

그가 평생을 두고 술을 즐겼다는 점 이외에도, 그의 시에 나타난 사찰에서의 술자리는 대개 심적 부담이 없는 유쾌한 만남의 의미로 해석된다. 그 자리에서는 고담준론을 해야 할 필요도, 현실적인 문제에 대한 고뇌를 할 필요도 없이 오히려 그것들로부터 벗어나 마음껏 긴장을 풀고 쉬는 데 필요한 것이 술이었던 것이다. 가끔은 술이 아니라 차를 마시며 격조 있는 茶談을 나눈 경우의 시126)도 있다. 그런 자리에서 지어진 시에는 그윽한 茶談과 함께 三昧의 경지를 추구하는 한편으로, 수행하는 庵主에게 미안해하는 배려까지를 담고127) 있는 것으로 보아, 이규보는 그의 시에서 차와 술을 구별하고 있음도 알 수 있다.

여기에서는 정신적 고뇌로부터 벗어나는 촉매제로서의 술, 또는 술자리의 의미를 살피려고 한다. 그로부터 술을 마시는 자리로 비하되어 나타나 있는 사찰이라는 공간이 세속의 번거로움으로부터 벗어나는 한적함을 추구하는 공간이 되는 동시에, 심리적으로 世事의 매임으로부터 벗어나 한적한 탈속의 경지를 체험하는 공간으로 기능하였음을 살피고자 한다.

「佛恩寺의 雲公을 찾아갔다가 절에서 술 마심을 國令으로 금한다는 말을 듣고(訪佛恩寺雲公聞國令禁僧家飮)」128)

萬事皆同薦福雷　　나의 일이라는 것이 모두 薦福碑의 일과 같아라
書生性命信微哉　　벼슬 없는 서생의 性命이 어찌 이리도 궁박한가.

---

126) 「天和寺에 놀며 차를 마시고 동파의 시운을 쓰다(遊天和寺飮茶用東坡詩韻)」, 「또 동파의 시운을 쓰다(又東坡詩韻)」, 全集, 권 3.
127) '玆遊豈偶然 宿債負幽獨', 「또 동파의 시운을 쓰다(又東坡詩韻)」, 全集, 권 3.
128) 全集, 권 7.

平生多向僧家飮　평생토록 많이도 절에 와서 술을 마셨더니
又被僧家禁酒來　그나마 절에서도 술을 마시지 못하게 되었네

　이규보는 어린 나이에 술을 마시기 시작하여 평생을 술과 가까이 하였다. 시에서 '평생토록'이라고는 하지만 『東國李相國集』의 편차로 보아 이 시는 尙州에 다녀온 뒤이고 벼슬을 하기 전에 지어진 것이니 많아야 30代 초반으로 추정되는 나이이다. 이규보에게는 어떤 식으로든 절과 술과의 관계가 이어진다. 그 이전에 지은 시를 보면 젊어서부터 술 뿐 아니라 여러 가지 일로 승가와는 인연을 맺고 있던 터이니, 그가 절에서 술을 마셨다는 언급 이외에 특이한 것은 이 시에 나타나 있지 않은 것으로 보인다.

　그런데 두드러지는 점은 절에서 술 마시는 일을 국법으로 금하는 일을 당하여 자신의 신세를 한탄하는 그 정도가 자못 심각하다는 점이다. 좋아하는 술을 마음껏 마실 형편이 되지 못하여 절에 가서라도 술을 마셔왔는데 그나마 하지 못하게 된 곤궁한 처지를 천복비의 고사129)를 들어 극대화시키고 있다. 마음 놓고 술을 마실 데라고는 절밖에 없는데 이제는 그 절에서까지 술을 마시지 못하게 되었다는 이 신세한탄에는 과거에 급제하고도 벼슬길에 나아가지 못하는 울분이 들어 있다.

---

129) 薦福碑는 중국 饒州에 있었던 비석으로, 唐의 李北이 글을 짓고 歐陽詢이 글씨를 썼다. 宋의 范希文이 요주의 태수로 있을 때 어떤 書生이 찾아와서 "평생에 한 번도 배불러 본 적이 없었으니, 세상에 나처럼 춥고 배고픈 자가 어디 있겠습니까?" 하였다. 그 당시에 薦福碑文墨本의 값이 천금이었다. 희문이 생각하기를, '薦福碑文 천 장을 탁본하여 이 사람에게 주어 서울에 가서 팔아 가난을 면케 하리라' 하고는 종이와 먹을 준비해 놓았더니 그날 밤에 벼락이 떨어져 천복비를 부숴 버렸다.

「判官 閔光孝의 집에 머물러 마시다가 주인이 시를 청하기에 走筆로 기증하다(留醉閔判官光孝家主人乞詩走筆贈之)」130)

白雲居士今已衰	백운 거사가 이제는 벌써 힘이 빠졌는지
羞逐長安輕薄兒	서울의 경박한 자들과의 사귐이 부끄러워라
浪效揚雄草太玄	太玄經 짓던 揚雄이나 되는 대로 본받아 보건만
無人載酒肯相隨	술 싣고 찾아와 어울려주는 사람이 없네
揭來偶訪先生家	지나는 길에 우연히 선생의 집 찾았더니
剝剝扣戶烏巾斜	똑똑 문 두드리는 행색이 비뚤어진 烏巾일레
主人一笑生春溫	주인의 한바탕 웃음소리에 봄날의 온기가 돌아
頑冬十月堪開花	추운 겨울 시월에 꽃을 피울 법도 하다.
十分美醞傾如泗	잘 익은 술을 기울여 좔좔 쏟아 붓고
蘸甲杯心撥浮蟻	가득 부은 술잔에서 거품을 걷어낸다.
霞明日色正鎔紅	밝아지는 노을 사이의 햇빛이 참으로 붉고
雨霽山光如滴翠	비 개이는 산 빛은 비취빛에 적셔낸 듯
握手論心淚洒袍	손잡고 마음을 헤아림에 눈물이 옷깃에 떨어지니
人生一世何太勞	태어나 한 세상을 사는 것이 어찌 그리 수고로운가.
作賦我嫌無狗監	시를 짓는 나는 그것을 추천해 줄 사람이 없고
得官君恨猶馬曹	벼슬길에 나서는 그대는 보잘것없는 미관말직
同是人間薄遊客	우리는 세상에 잠깐 머무는 나그네인데
相逢曷不浮大白	서로 만났으니 어찌 술잔 띄우지 않으랴.
酒酣四顧心飛揚	술이 거나하여 사방을 둘러보니 마음이 커져
天地六合爲之窄	天地 六合이 좁아만 보인다.
忽呼侍婢鋪蠻牋	문득 계집종 불러 시 짓는 종이를 펼치게 하고
請我快放詩中顚	시에다가 울분을 풀어보라고 청하니
塡胸壯憤吐乃已	가슴을 메우고 있는 울분을 토해내어
因之留贈狂歌篇	미친 노래를 지어 남겨 둔다.

---

130) 全集 권 3.

이 시는 山寺에서 지어진 것은 아니지만 다음의 사실을 분명하게 전달하고 있다. 곧 이규보가 겪고 있는 현실의 괴로움은 그 뿌리가 과거에 급제하고서도 관직을 얻지 못하는 데 있다는 점이다. 이 젊은 시절의 괴로움은 그로 하여금 술을 마시게 하고, 술의 힘을 빌어서야 어찌할 수 없는 울분을 토해내는 '狂歌'를 짓게 된다고 이 시는 말하고 있다.

이규보는 다른 시에서 출가 사문으로서 住持자리를 얻지 못하고 雲水로 떠도는 스님을 만나 동병상련의 슬픔을 노래한 일이 있다.[131] 머물러 살 절도 없이 떠도는 사문에게 빗대어 과거 급제자로서 그에 상응하는 벼슬자리를 얻지 못하는 아픔을 동병상련의 심정에서 노래했던 것이다. 그런데 여기서 우리는 이규보가 말하는 '세상살이의 괴로움'의 실질에 대한 그의 인식을 엿볼 수 있다. 그는 출가 사문의 본분이 '上求菩提 下化衆生'의 대승적 이상을 실현하는 데 있다고 여기기보다는, 현실적으로 주지 자리를 얻어서 일신의 안녕을 보장받고 品階를 밟아 신분이 상승하는 世間的 가치의 실현에 보다 큰 의미를 부여하고 있음을 보게 되는 것이다. 출세간을 지향하는 사문에게서조차 세간적인 가치를 우선시하는 점에서 이규보의 현실지향적인 인식이 더욱 두드러진다.

이 시에서도 판관이라는 하급 직위에 머물러 있는 벼슬아치의 처지를 위로하면서 자신의 울분을 토로하고 있다. 비록 관직을 얻기는

---

131) '벼슬 없고 절 없는 한가한 두 사람/노상에서 만나 손을 비벼댄다/손잡는 뜻 깊으니 누가 알랴/해질 녘 거리에 말없이 섰네/無官無寺兩閑人/路上相逢撫掌頻/撫掌意深誰會得/夕陽無語立街塵', 「文長老가 路上에서 만나 口占한 것을 차운하다(次韻文長老路上相逢口占)」, 全集, 권 3.

하였으나 하찮은 자리에 있는 민광효를 만나, 자신의 최대 자부심인 詩的 재능에도 불구하고 그 능력을 천거해 줄 사람이 없음을 한스러워 하고 있다.

2) 정신적 고뇌로부터의 벗어남

앞에서 이규보가 山寺라는 공간에 대하려 종교적인 의미보다는 술자리로서의 의미를 부여하게 된 까닭이 주로 그의 현실적 불우에 기인하고 있음을 살펴보았다. 이제부터는 술자리와 함께 나타난 山寺라는 공간이 현실적 불우와 울분을 토로하는 장소로서가 아니라, 정신적 고뇌로부터 벗어나 心的 한가로움과 탈속적 정신경계를 지향하는 공간으로 노래되는 시를 살피기로 한다.

「應禪老가 雨中에 나를 맞아 술 권함을 사례한다(謝應禪老雨中邀飮)」[132]

數年飄散各西東	제 각기 흩어진지 몇 해가 되었더니
今日樽前一笑同	오늘에야 술잔을 앞에 두고 함께 웃어보는군요
乍把銅人相話舊	銅人을 어루만짐은 세월의 무상함을 말함이요
更憑石女苦談空	石女를 근거삼음은 空의 이치를 달함이라
篆畦終日淸抽穗	온종일 사룬 향로에는 맑은 연기 피어올랐고
燈蘂侵宵巧綴蟲	밤새 타고남은 등잔 심지는 벌레 모양 되었네.
濃翠滴窓垂柳雨	버드나무 내리는 비에 푸른 물방울 창가에 떨어지고
暗香撲地落花風	꽃 지는 바람에 그윽한 향기 땅에 가득하구나
醉翁情興狂於白	취한 늙은이의 홍취는 이백보다 더하고

---

132) 全集, 권 7.

禪老行裝懶似融	禪師의 느릿느릿한 동작은 融師와도 같아라
他日不辭參入社	뒷날 모임에 참여함을 사양하지 않으리니
遠公沽酒引陶公	慧遠 스님 술을 사서 陶潛을 부름이라.

몇 해 만에 스님을 다시 만나 술잔을 함께 하며 이루어지는 유쾌한 만남을 노래하고 있다. 이 시에는 만남의 기쁨만큼이나 술자리의 도도한 흥취가 가득하다. 따라서 앞의 시에서 보인 울분의 감정 같은 것은 들어 있지 않다. 온종일 낮과 밤이 다하도록 이어지는 情談은 그 반가움의 정도를 대변하고, 푸른 버들잎이 비처럼 내리는 속에 스며 있는 그윽한 향기는 스님과의 만남에 대한 운치를 대변한다. 술을 나누는 자리이기는 하나 반가움과 운치가 곁들여져 격조있는 술자리로서 부족함이 없다. 그 속에서 이루어지는 이야기는 세월의 무상함133)과 眞空妙有의 禪的 眞理134)로 이어진다. 이러한 분위기를 통하여 시인은 자연스럽게 자신과 스님의 만남을 晉의 고승인 慧遠법사가 廬山의 東林寺에서 맺었던 白蓮社의 모임으로 격상시키고 있다.

이 시에는 世事의 고뇌가 전혀 드러나 있지 않다. 오히려 그보다 더한 우울과 울분이라 하더라도 스님과의 격조 있는 만남과 술을 통한 운치 있는 어울림을 통해서 해소될 것 같은 시적 구도가 연출되어 있다. 우리는 이 시에서 山寺를 찾아와서도 술을 마시며 '狂歌'를 부

---

133) 銅人은 구리로 만든 사람. 薊子가 長安의 동편 覇城에서 한 노인과 함께 銅人을 어루만지면서 서로 "우리가 이 동인을 주조하는 것을 본 지도 벌써 오백년이나 되었다" 하며 세월의 무상함을 말했다고 한다.(『後漢書』, 「方術傳」)

134) 禪家에서는 분별과 망상을 초월한 眞無心의 절대 경지를 흔히 '石女가 아이를 낳고 木人이 춤을 춘다'고 표현한다. '大死却活'과 함께 眞空妙有의 경지를 뜻한다.

르지 않을 수 없었던 이규보가, 그 현실적 불우의 감정을 울분의 토
로로서만이 아니라 격조 있는 만남과 운치로 승화시키고 있는 면모
를 만나게 된다.

「靈通寺에서 놀다(遊靈通寺)」[135]

線路縈紆接翠微　실낱같은 길은 구불구불 산등성이로 닿아 있건만
不煩問寺逐僧歸　가는 길이야 스님을 따라갈 뿐 물을 것도 없어라
到山才聽淸溪響　산에 이르자마자 들려오는 맑은 물소리
春破人間百是非　세간의 온갖 是非가 그 속에 녹아드네

　제 1구에 묘사된 길은 절에 가는 길로서는 자못 험난하게 그려져
있지만, 이것은 제 2구의 속내를 효과적으로 드러내기 위한 장치인
것으로 보인다. 산등성이까지 구불구불 이어지는 험한 그 길을 따라
서 절에 찾아가는 방법은 단순하기 그지없는 것으로 나타나 있기 때
문이다. 그저 스님을 뒤따라가기만 하면 절은 나타나기 마련이어서
번거롭게 길을 물을 것도 없다. 여기서 그저 스님의 뒤를 따라가기만
하면 된다는 것은, 절을 찾아가는 시적 화자의 마음이 아무런 갈등
없이 안정되어 있는 상태임을 의미한다. 그렇게 마음의 평화로움을
얻고 있는 그에게 세상의 모든 시비까지 잊게 해주는 것은, 다름 아
닌 산길에 접어들자마자 들게 되는 물소리이다. 마음을 평화롭게 해
주는 주변 풍경에다가, 온갖 소리들을 하나로 수렴하며 흘러가는 물
소리까지 보태져서 시적 화자를 이런저런 世緣의 얽힘으로부터 벗어
나게 해주는 것이다.

---

135) 全集, 권 11.

이 시에 묘사된 山寺라는 공간의 의미는 일체의 是非聲이 떨어진 곳으로서 내면의 갈등이 사라진 사람이 만나게 되는 평화로움과 한적함이다. 이것은 최치원이 가야산의 독서당을 두고 '겹겹한 산중을 메아리치며 내달리는 물을 일부러 둘러쳐서, 세상의 是非聲으로부터 벗어나고자'[136) 했던 데에서 보이는 내면의식과는 사뭇 다른 경우이다. 이미 是非聲으로부터 벗어나 있을 것 같은 공간을 찾아서, 시비성이 없기를 희망하는 시적 화자가 들어가는 것이기 때문이다.

靈通寺는 개풍군 영남면 용흥리 五冠山 기슭의 靈通洞에 있는 사찰로, 고려 顯宗 18년(1207)에 창건된 이래 고려 왕실과 밀접한 관계를 맺었다. 특히 仁宗은 이 절에 크게 관심을 두어 자주 行香하였으며, 그의 24년(1146) 정월에는 華嚴會를 열게 하고 친히 지은 佛疏를 신하들 앞에서 설하기도 하였다.[137) 또 『東國李相國集』에 따르면 이 절에 大藏經이 있어 당시에 修補披覽되기도 하였다.[138) 이러한 사실로 미루어 본다면, 이 절은 그 위치나 분위기가 속세와의 인연으로부터 유달리 단절되었던 것은 아니라고 할 만하다. 이 점은 개경의 주변에 있었던 다른 사찰의 경우도 크게 다르지 않았을 것이다. 그런데도 시인에게 절에 이르는 길은 실낱같이 산등성이로 이어져서 세속으로부터 멀어져 있는 것으로 여겨지고, 절의 분위기는 작은 시냇물 소리에도 세상의 시비를 가리는 아우성을 수렴하여 용해하는 공간으로 느껴지는 것이다.

---

136) '常恐是非聲到耳 故敎流水盡籠山', 「題伽倻山讀書堂」

137) 李東歡, 「五冠山의 靈通寺」, 『寺刹, 樓亭, 그리고 漢詩』(민병수 외, 태학사, 2001, p.139 참조.

138) 「靈通寺를 보수하고 나서 大藏經을 披覽하는 疏(靈通寺修補大藏披覽疏)」, 全集, 권 41. 참조.

그리하여 이 시에서 보는 것처럼 사찰은 이규보에게 세상의 번거로움과 현실의 시비분별을 떠난 공간으로서, 자신을 의탁해서 마음의 한가로움과 평화로움을 누려보고자 하는 장소가 되고 있다. 이와 같은 맥락에서 다음의 시를 생각해 볼 수 있다.

「甘露寺에서(甘露寺)」[139]

金碧樓臺似翬翬　　단청 입힌 누대는 오색의 꿩이 나는 듯하고
靑山環遶水重圍　　푸른 산 둘러친 곳에 물은 겹겹이 에워쌌네
霜華炤日添秋露　　서리 내린 꽃에 햇빛 비치니 가을 이슬이 맺힌
　　　　　　　　　　듯하고
海氣干雲散夕霏　　바다 기운 구름을 찌르니 저녁 안개 흩어진다
鴻雁偶成文字去　　기러기 날아가는 것은 문자를 써 놓은 듯
鷺鷥自作畫圖飛　　백로의 날개짓은 절로 그림이 되었네
微風不起江加鏡　　실바람도 일지 않는 강물은 거울 같고
路上行人對影歸　　행인은 물에 비친 그림자를 짝하여 돌아간다

가을의 저녁나절에 호젓한 山寺에서 바라본 풍경이다. 푸른 산 맑은 물이 겹싸고 도는 곳에 자리한 절에는, 꿩이 날개를 펼친 듯 날렵한 추녀를 가진 누대가 있어 나그네의 발길을 머물게 한다. 기러기는 저녁 안개 퍼지는 하늘 끝으로 글자를 쓰듯이 날아가고, 저물녁 백로의 날개짓은 저절로 그림의 한 부분이 된 듯하다. 이렇게 호젓한 분위기의 山寺에서 내려다 본 강은 거울처럼 맑은데, 이 아름다운 정경 속에 시인은 하나의 시적 장치를 보태놓고 있다. 강에 비친 그림자를

마주하여 매인 데 없이 길을 가는 행인을 삽입하여 놓은 것이다. 이러한 구도는 시를 읽는 사람으로 하여금 마치 자신이 한 폭의 그림 속에 들어가서 행인이 되어 있는 듯한 착각을 불러일으키게 한다. 이것은 그 평화로움을 한층 더 부각시키고자 하는 시인의 의도적 장치로 해석된다.

寺名을 제목으로 하는 다른 시의 경우와 달리, 이 시는 사찰 주변의 경물이 가지고 있는 아름답고 정겨운 풍경의 묘사에 집중한다. 그리고 그러한 정경에 동화되어 있는 어떤 인물을 등장시킨다. 이 제 3의 인물은 주변의 경관에서 느껴지는 편안함을 시를 읽는 이와 공유하게 하는 역할을 하고 있다. 시인의 느낌을 시적 화자가 아닌 제 3의 인물에 이입시켜 놓음으로써 시를 읽는 사람으로 하여금 직접 그 그림 같은 정경 속으로, 혹은 시인의 느낌 속으로 들어간 듯한 느낌을 갖게 하여 현장감 있는 해석을 가능하게 하는 것이다.

이러한 묘사의 방식은 金富軾이 '부끄러워라 평생토록 공명을 찾는다는 것이 겨우 달팽이의 촉수 위에서의 일인 것을'[140]이라고 노래한 것에 보이는 것과 같은 직접적인 정서의 토로보다도 더욱 직접적인 방식으로 山寺에서 느끼는 정서를 전달하는 데 성공한 것으로 평가할 수 있다.

앞의 두 시에 나타난 사찰은 그곳을 찾는 이로 하여금 世事의 번거로움에 찌든 마음을 누그러뜨리고 세상을 돌아보게 하는 심리적 거리를 두게 함으로써 위안감을 제공받는 장소로서 역할을 하고 있다.

---

140) '自慚蝸角上, 半世覓功名', 「甘露寺次惠遠韻」.

3) 자아 성찰

이규보의 생애는 儒敎的 입신주의로 일관되어 삶의 지향이 유가
적 立身行道라는 현실적 목표에 집중되었고, 전체적으로 보아 자신
이 목표했던 바에서 크게 벗어나지 않은 삶을 영위하였다. 그렇다고
는 하더라도 그에게 현실적인 고뇌가 없었던 것은 아니었다. 젊은 시
절에는 과거 급제에 비해서 그의 出仕는 매우 늦은 편이었던 까닭에
자신의 재능에 대한 자부와는 달리 그에 상응하다고 여길만한 벼슬
이 주어지지 않는 것에 대한 불만과 그로 인한 방황이 떠나질 않았
다. 또한 出仕 이후 노년의 致仕에 이르기까지는 비록 得意의 시절
이기는 하였지만 영욕의 정치 현실을 헤쳐나가면서 현실적인 고뇌로
부터 자유로울 수만은 없었다.

그 번거로운 世緣으로부터 한 걸음 물러나서 일정한 거리를 두고
자신의 삶을 객관적으로 바라보고자 했던 시인으로서의 정신적 고뇌
와 그에 대한 해소가 불교관련시 주제의 한 축이 된다. 현실로부터의
'거리두기'라는 이 고뇌 해소의 방법은 주로 山寺를 찾아가는 것으로
詩에 반영되어 있으며, 그 경우에 山寺는 그의 정신적 고뇌가 해소되
는 공간으로서 설정되어 있음은 앞에서 살핀 것과 같다.

이 장에서는 이규보의 정신적 고뇌가 주로 사찰이라는 공간에서
불교적 사유에 관련되어 나타나는 시를 대상으로 하되, 그 불교적 사
유의 일단이 특히 楞嚴經의 이해와 관련이 있음을 주목하여 그것이
그의 시에 어떻게 반영되어 있는 지를 먼저 살피고자 한다.

「奇尙君댁에서 성난 원숭이를 보고 짓다(奇尙君宅賦怒猿)」[141]

猿公有何嗔	원숭이가 무슨 성낼 일이 있는지
人立向我嘷	사람처럼 서서 나를 향해 울부짖네
爾思巴峽月	너는 파협의 달빛을 생각하고
厭絆朱門高	높직한 朱門에 얽매임을 싫어해서이겠지
我戀碧山隱	나는 벽산에 은거함을 생각하면서도
浪受紅塵勞	부질없이 홍진의 시달림을 받는구나
我與爾同病	너나 내나 다 같은 병을 앓고 있는데
胡爲厲聲咆	무엇 때문에 나에게 사납게 울부짖느냐

이 시는 『東國李相國集』의 편차로 보아, 아직 관직을 얻지 못하던 때의 작품이다. 巴峽은 중국 湖北省 巴東縣 서쪽에 있는 계곡인데, 원숭이의 처량한 울음소리로 시에 자주 인용되는 곳이다. 이 시에서는 원숭이가 본래 있어야 할 곳, 다시 말하면 고향을 의미한다. 어울리던 무리를 떠나서 붉은 색칠을 한 부귀한 집의 우리에 갇혀 지내는 원숭이는 홍진에 시달리면서도 청산으로 돌아가지 못하고 세속에 매여 있는 시인의 처지를 대변한다. 원숭이가 매여 있는 곳은 인간의 눈으로 보면 부귀함을 누리는 화려한 곳이지만, 원숭이의 입장에서는 한낱 자신의 타고난 본성을 속박 받는 곳일 뿐이다. 고향을 떠나 있는 원숭이의 처지를 자신의 처지에 빗대고 있는 시적 화자에게 있어, 자신의 본성을 마음껏 추구하며 살 수 있는 곳은 권모술수와 생존경쟁으로 얼룩진 '紅塵'이 아니라 '碧山'으로 지칭되는 자연이다. 이와 마찬가지로 갇혀 지내는 원숭이에게서 동병상련을 느끼는 자기

---

141) 全集, 권 9.

자신의 모습은 시적 화자가 생각하는 자아의 참모습과는 너무도 동떨어진 것이다.

그런데 이로 인하여 앓게 되는 시적 화자의 '病'은 본성의 문제라기보다는, 관직진출이라는 현실적 욕구와 그것이 실현되지 못하는 현실과의 괴리에서 오는 喪失感으로서 다분히 개인적인 것이라고 보아야 할 것이다. 이 점은 앞의 여러 시에서 살핀 것과 마찬가지이고, 관직에 진출하기 전에 지은 그의 여러 시에 일관되게 나타나는 것이어서, 이규보의 시에 나타나는 기본적인 고뇌이자 풀리지 않는 숙제였던 것으로 이해할 수 있다.

이 장에서 살피려고 하는 自我省察의 주제도 이러한 그의 현실적 고뇌와 번민에서 비롯되는 것으로 보인다. 그의 개인적이고 현실적인 출세 욕구에 기인하는 갈등은 그에게 관직이 '주어질' 때까지 끊임없이 그를 따라다니는 것이었다. 그러나 그 관직이라는 것이 이미 과거를 통해 입증된 자신의 능력에 의해서 주어지는 것이 아니었다. 그것은 전적으로 권력자에 의해서 결정되는 것이 어쩔 수 없는 그의 현실이었다. 이에 대하여는 이규보 자신도 잘 아는 터이었으므로 때로는 술에 의지하여 울분을 토로하는 한편으로, 요로에 있는 고위관료들에게 벼슬을 구하는 시를 지어 올리기도 하고, 자신의 문제점으로 지적된 몸가짐도 검속하면서 애를 써 보았지만, 상당기간을 無職으로 떠돌아야 했다. 그런 와중에 이 풀리지 않는 고뇌와 번민이 촉매가 되어 자아 성찰의 시가 지어진다.

　「이 날 金洞寺의 堂頭인 枯師를 방문하다(是日訪金洞寺堂頭枯師)」[142]

　踏泥行觸道途艱　　진흙길 걷노라니 길마다 험난한데

日浸殘紅界遠山	석양의 붉은 빛 먼 산에 걸렸네
乘馴飛裝雖似迫	말 타고 달리는 행장이야 쫓기는 듯하지만
尋僧高趣乍如閑	스님 찾는 고상한 흥취 잠시나마 한가로와라
飢猿撥雪寒彌叫	눈 속을 헤치는 주린 원숭이는 추울수록 울부짖고
獨鶴穿雲晩自還	구름 가에 나는 외로운 학은 저물녘에야 돌아오네
賴有故人精舍在	아는 이의 절이 이곳에 있기에
相逢一笑暫開顔	서로 만나 한 번 웃으니 얼굴빛이 환히 열리네

　　제목에 있는 '이 날'이란 이규보의 최초 부임지인 전주에서 斫木使
로서 나무를 베러 邊山으로 가던 12월의 어느 날을 이른다.[143] 이규
보는 32세이던 己未年(1199) 5월에 최충헌의 집에서 시를 지은 일[144]
이 계기가 되어 그 해 6월에 全州牧司錄으로 보임되고, 9월에 전주
에 부임하였다.[145] 관직을 얻기는 하였으나, 같은 날 이 시를 짓기 전
에 지은 시에서는 '호위로 인솔하니 영광을 자랑할 만하지만 斫木使
라 불리니 수치스럽기만 하다'[146]고 한 것으로 보아 속내로는 그렇게
탐탁스럽게 받아들이지 않았던 벼슬길의 시작이었다. 그나마 이듬해

---

142) 全集, 권 9.

143) 「십이월 어느 날 斫木하러 가면서 처음으로 扶寧郡 邊山에 갔다가 그때 馬上
　　에서 짓다(十二月日因斫木初池扶寧郡邊山馬上作二首)」, 全集, 권 9.

144) 「年譜」 및 「기미년 오월 어느 날에 知奏事 崔公(뒤에 晉康公이 되었다) 댁에
　　서 千葉榴花가 활짝 피었으니 세상에서 보기 드문 것이라 특별히 內翰 李仁
　　老·內翰 金克己·留院 李湛之·司直 咸淳과 나를 불러 시를 짓게 하다(己未年
　　五月日知奏事崔公宅(後爲晉康公)千葉榴花盛開世所罕見特喚李內翰仁老金內翰
　　克己李留院湛之咸司直淳及予點韻命賦)」, 全集, 권 9.

145) '…夏六月頒政 補全州牧司錄 兼掌書記 秋九月 赴全州…', 「年譜」己未年(公
　　年三十二)條.

146) '權在擁軍榮可詫 官呼斫木辱堪知'「十二月日因斫木初池扶寧郡邊山馬上作二
　　首」全集, 권9.

12월에는 보임된 지 불과 18 개월 만에 같이 근무하던 **관리의** 무고로 파직을 당하였다. 파직 후 서울로 돌아가는 길에 廣州에 들러 지은 시에 ‘우연히 하찮은 봉록을 바라고 강남에 갔었구나’[147]라 한 것으로 보더라도, 그토록 갈망하던 관직이었으나 미관말직인 것을 흡족히 여기지 못한데다가 동료들과의 불화까지 겹쳐서 내내 마음이 편치 못하였음을 알 수 있다. 파직된 후에는 다시 십 년이 가까운 세월을 무직으로 떠돌아야 했다. 이것으로 본다면 이 시는 재직 중에 쓰여지긴 하였으나, 대체로 과거 급제 후 20년에 이르는 불우한 시절의 가난하고 외로운 신세를 반영하고 있다는 점에서는 無冠의 시기에 지어진 것과 큰 차이를 보이지 않는다.

같은 날 이 시보다 앞서 지은 시[148]에서는 좋은 재목을 가려서 동량으로 쓰리라는 직분에 대한 자부에도 불구하고 상당한 실망감이 토로되어 있다. 최초의 관직이 자신의 기대에는 너무도 미치지 못하는 것이고, 그 일이라는 것도 나무를 베어 올리는 末職임을 수치스러워 하는 마음을 감추지 못하고 있다. 이 인용시도 대개 비슷한 감회가 들어 있다. 바쁘게 내쫓기는 관직 생활 중에서도 틈을 내어 스님을 찾는 것을 고상한 흥취로 여기는 자긍심에도 불구하고, 자신의 처지는 굶주린 원숭이와 같이 가련하고 저물녘에 돌아가는 학과 같이 외로운 신세라는 한탄이 들어 있는 것이다.

이 시는 1·2구에서 진흙길의 험난함과 석양 무렵의 다급함으로

---

147) ‘偶霑微祿宦江南’, 「年譜」 庚申年(公年三十三)條 및 「이십구일 廣州에 들어가 書記 진공도에게 주다(二十九日入廣州贈晉書記公度)」(全集. 권 10) 참조.

148) ‘權在擁軍榮可詫 官呼斫木辱堪知 邊山自古稱天府 好揀長村備棟樑’, 「十二月日因斫木初指扶寧郡邊山馬上作二首」 全集. 권 9.

시작하고 있다. 이것은 제 3구에서 말하는 公務의 고달픔을 암시하는 것이고, 제 4구의 '한가로움'을 더욱 두드러지게 하는 것으로 보인다. 1·2·3구에 표출된 고달픈 현실과 제 4구의 현실에서 벗어난 한가로움의 대비는, 이어지는 경련과 미련에서 詩的인 여과를 거치면서 현실에서 겪는 갈등과 그것의 해소로 구체화되어 나타난다. 公的인 업무에 시달리는 데서 오는 현실적 괴로움은 눈을 헤치고 있는 원숭이의 울부짖음으로, 저 높은 곳에 뜻을 두고 있으면서도 미관말직으로서 자신의 포부를 펼치지 못하는 고뇌는 저물녘에 돌아오는 학의 외로움으로 표현되어 있다. 게다가 그 원숭이는 굶주림으로 시달리고 있는 것으로 그려지고, 학은 구름을 짝하여 하늘 높은 곳으로 날지 못하고 돌아올 수밖에 없는 처지로 그려지고 있다. 이것은 자신의 재능에 대한 자긍심과 그에 따라 얻어질 것으로 기대되었던 원대한 포부가 현실의 벽에 부딪쳐 좌절되고 있는 것에 대한 갈등의 표출로 이해할 수 있으며, 이러한 갈등은 미련에 와서 스님을 만나 환하게 웃는 웃음으로 해소되는 것으로 마무리된다.

이튿날 절을 떠나면서 지은 시에는 '절에서의 한가로운 氣味가 공무에 시달리는 괴로움을 씻어 주었다'[149]고 하는 데에서도 같은 감회를 내비치고 있다. 이것으로 보아 이규보는 관직을 얻지 못하였을 때나 관직에 나아갔을 때나 현실에서 겪는 고뇌와 번민을 잠시 잊고 정신적인 여유를 찾는 공간으로서 山寺를 찾고, 그곳에서 스님과 교유하면서 그나마 번뇌에 시달리는 자신을 돌아볼 수 있었던 것으로 여겨진다.

---

149) '昨夜睡鄕閑氣味 倍償顚倒簿書勞', 「그 이튿날 떠날 때에 과객이 써 놓은 시에 차운해서 주다(明日臨行用過客所留詩題贈之)」, 全集, 권 9.

이렇게 끊임없이 이규보를 따라다니는 현실적 불우에 대한 고뇌와 번민은, 위의 인용시에 보이는 것처럼 자신을 돌아보게 하는 계기로 작용한다. 그렇지만 그것이 불교관련시의 주제로서 다루어질 만큼 불교적 의미에서 자아성찰의 의미로 이해될 만한 경우는 쉽게 찾아 지지 않는다.

이 자아성찰의 계기는 뜻밖에도 스스로를 돌아보고 달라는 시에서 보다는, 스님들과의 교유를 통하여 접하게 되는 출가사문의 번뇌를 경책하는 데에서 찾아진다.

「雲上人이 산으로 돌아가면서 시를 청하기에(雲上人將還山乞詩)」150)

空門本絶去來想 佛門에서는 본래 과거와 미래의 망상을 끊는 것
臨別何須更黯然 이별을 한다 해서 새삼 슬퍼할 게 무어랴
莫恐紅塵隨白足 깨끗한 발에 세속의 티끌 묻혀갈까 걱정 마오
洗廻還有出山泉 씻고서 돌아가면 山에서 흘러나오는 샘이 또 있
　　　　　　　　을 테니

이 시에서 이규보는 속세에 내려왔다가 다시 산으로 돌아가면서 이별을 아쉬워하는 스님에게 세간에 있다거니 세간을 벗어난다거니 하는 분별심을 벗어 놓기를 당부하고 있다. 이것은 동시에 세속에서 는 세속에서 대로 출세간에서는 출세간대로 본분에만 충실할 것을 촉구하는 것으로서의 의미를 가진다.

1구에 보이는 '去來想'은 1차적으로 오고 감에 있어 온다는 생각과 간다는 생각을 가지고서 오고 가는 일을 의미하는 것이겠지만, 空門

---

150) 全集, 권 10.

이라는 말에 근거하여 불교적 의미로 확대하자면 '과거와 미래라고
하는 망상'으로 이해해도 좋으리라고 본다. 불교에서는 이미 지나간
일에 대해 이런저런 미련을 버리지 못하고 생각하는 것을 煩惱라고
하고, 앞으로 다가올 일에 대해 이럴까 저럴까 앞서서 생각하는 것을
妄想이라고 한다. 이것은 태양을 가리는 구름으로 비유되는데, 구름
이 걷히면 태양이 드러나는 것과 같이, 이 두 가지를 여의면 우리의
眞如自性인 本來面目이 그대로 드러난다고 한다. 그런 까닭에 이 앞
생각(번뇌)과 뒷생각(망상)을 여의고 다만 현전해 있는 '지금 여기의
일'에만 주의를 집중하라고 한다. 지난 일은 지난 일로서 이미 돌이
킬 수 없는 일이고, 앞으로 다가올 일은 그 일대로 닥쳐서야 알 수
있을 뿐 미리 생각한다고 해서 달라질 것이 아닌 까닭이다.

　이렇게 본다면 이별을 당하여 지난 情을 아쉬워하고 앞으로의 그
리움을 슬퍼하는 것은, 出世間을 지향하는 沙門으로서는 하지 말아
야 할 일이다. 시적 화자는 이 점을 지적하여 속세에 처하여서는 그
것은 또한 세속에서의 일이었을 뿐이고, 산에 돌아가서는 돌아가서
의 일일 뿐이라 세속에서 있었던 일은 산에 나는 샘물에 씻고 잊어버
리면 그 뿐이라고 말한다. 이 '산에서 나는 샘물'은 출가사문으로 하
여금 出世間의 본분으로 돌아가게 하는 하나의 계기인 동시에, 자기
자신을 비추어 되돌아보는 거울로서 이해할 수 있다.

　그러나 이 시는 과거와 미래의 번뇌와 망상을 끊지 못하는 沙門의
예를 타산지석으로 삼아 시적 화자 자신이 자아성찰을 하는 것으로
나아가지는 못하기 때문에, 자신의 자아성찰을 노래하는 것으로 해
석하기에는 부족한 점이 있다. 게다가 과거와 미래가 아닌 바로 지금
의 일을 중시하는 의미도 불교적인 三世意識으로 나아가지 못하고

있고, 비슷한 생각을 보이는 다른 시에서는 삼세의식과 다른 방향으로 나타나는 경우가 많아서 이규보가 불교적인 의미의 자아성찰을 적극적으로 의식하고 있었다고 보기에 어려운 점이 있다.

그 한 예를 보기로 한다. 미리 말하자면, 이 시는 술자리에서 지은 시이기는 하나 절에서의 술자리였는지 대상이 沙門이었는지는 알 수 없다. 다만 과거·현재·미래에 대한 생각이 내비쳐져 있다고 해서 그것을 그대로 불교적인 三世意識으로 해석해서는 안된다는 실례로서 들어보는 것이다.

「술을 마시며 지은 시를 함께 앉은 손에게 보이다(飮酒有作示坐客)」[151]

平生我所悲 　 내가 평생에 슬퍼하는 것은
今日逝成昨 　 오늘이 가면 어제가 되는 것이네
昨積便成昔 　 어제가 쌓이면 곧 옛날이 되어
應戀今日樂 　 오늘의 즐거움을 그리워하게 되리니
欲爲後日忘 　 뒷날 오늘이 잊히지 않으려거든
今日極歡謔 　 오늘 한껏 재미있게 놀아야 하리

불교에서 三世를 말하는 것은 과거·현재·미래가 서로 의지하고 있다는 緣起的 세계관과 그것에 근거한 因果律의 業思想에 닿아 있다. 나아가 禪宗에 이르러서는 '三世心 不可得'[152]이라는 卽自的인 自我와의 만남을 촉구하는 것으로 수용된다. 자아성찰의 항목에서 본고가 살피고자 하는 것이 이 점이다.

---

151) 全集, 권 10.
152) 『碧巖錄』 제 4칙, 「德山挾複」 참조.

　이 시에서 시적 화자는 오늘은 지나고 나면 그리워하게 되는 과거
이며, 과거의 입장에서 보면 그 오늘은 과거의 미래라는 인식을 내비
치고 있다. 그렇기 때문에 오직 오늘이 중요할 뿐이라는 것이다. 이
점은 불교적 三世意識과 관련지어 이해할 수는 있겠지만, 오늘이 중
요하기 때문에 오늘을 마음껏 즐겨야 한다고 하는 점에서는 불교적
인 삼세의식과는 현격한 차이를 보인다. ‘바로 지금 이 자리’로서의
‘오늘’을 중시하기는 하지만 三世를 떠나 의식하는 자아에의 성찰로
서 귀결되지는 못하는 것이다.

　이규보에게 현실적 고뇌와 번민이 촉매가 되어 갖게 되는 자아성
찰이 개인적인 것에서 대승적인 것으로 나아가고, 유교적 입신주의
에서 벗어나 諸行無常에의 불교적 인식에 기인하는 자아성찰로 나아
가는 실마리는 그의 만년에 지은 시에서 살필 수 있다.

「病中에(病中丁酉九月)」[153]

造物在冥冥	조물주는 먼 하늘에 있으니
形狀復何似	무엇으로도 모양을 그릴 수 없는 것
必爾生自身	조물주야 자신의 몸을 자기가 만들었으리니
病我者誰是	나를 병들게 한 자가 그 누구이겠나
聖人能物物	성인은 物을 物로 여겨서
未始爲物使	본래부터 物의 부림을 받는 일이 없거늘
我爲物所物	나는 物에 의해 物이 되었는지라
行止不由己	행동거지를 내 마음대로 하지 못하고
遭爾造化手	조물주의 조화부리는 재주에 걸려

---

153) 後集, 권 1.

折困致如此	이렇듯 고생스럽게 되었구나
四大本非有	四大는 본래 空한 것
適從何處至	어쩌다가 어디로부터 와서 합해졌나
浮雲起復滅	뜬구름 나타났다가 다시 사라지듯
了莫知所自	끝내 그 근원은 알 수 없는 것
冥觀則皆空	그윽히 관조하면 일체가 空이니
孰爲生老死	태어나고 늙고 죽는 것은 누구인가
我皆堆自然	나는 자연으로 뭉쳐진 몸이니
因性循理耳	본성대로 이치에 따를 뿐이다
咄彼造物兒	저 녀석의 조물주야
何與於此矣	어찌 여기에 관여하랴

　이 시는 내용상 두 부분으로 나뉜다. 1구에서 10구까지의 전반부에서는 육신의 병이 어디에서 오는 것인가 하는 의문을 제시하고, 시적 화자가 겪고 있는 고통이 조물주의 조화에 의한 것이라는 기존의 통념에 입각한 견해를 제기한다. 자신의 내면을 주재하는 주체적 실재인 마음이 육신의 부림을 당하여 자기 자신을 마음대로 제어하지 못하기 때문에 병에 걸려서 고통을 받는데 그것이 조물주의 조화라고 보는 것이다. 여기에는 그가 지극한 경지로 생각하는 聖人에 대한 인식이 들어있다. 그에 따르면 성인이란 육신의 부림을 당하지 않아서 마음을 스스로 제어하고, 外物을 외물대로 차별화 하여 자기 마음을 마음대로 주재하는 존재이다. 그래서 聖人이라면 조물주의 조화로부터 자유로울 것이지만, 자신은 그렇지 못하여 조물주의 조화부리는 재주에 걸려든 것이라는 설명이다.

　그러나 이렇게 제시된 일반적인 이해는 또 다른 근거를 대기 위하여 마련된 것이다. 이것은 끝 부분인 19·20구에 가서 조물주의 조화 자체를 부정하는 데서 확인된다. 이러한 구성은 이 시의 맨 앞부분(1 구~4구)에서 조물주의 존재는 인정하되, 자신의 병이 조물주와는 관계없다고 하여 조물주의 작용(기능)을 부정한 것과 상통되는 결론을 도출하기 위한 구도인 것으로 이해된다. 시적 화자는 그러한 결론의 근거로 후반부에서 불교의 空思想을 도입하고 있다. 병으로 고통을 겪고 있는 이 몸은 地·水·火·風의 四大로 이루어진 것일 뿐이고, 그 사대라는 것은 본래로 空한 것이어서 이 몸 또한 空한 것이다. 따라서 육신의 병에 따르는 고통 뿐 아니라 태어나고 늙고 죽는 주체인 이 몸이 空하므로, 인간의 생로병사는 근원적으로 조물주의 조화라는 것과는 아무 관계가 없는 일이 되는 것이다.

앞에서 조물주의 조화로부터 벗어나 있는 聖人을 제외하고는 물로부터 자유롭지 못하고, 자신의 병 또한 조물주의 조화에 기인하는 것이라고 했던 입장과는 전혀 다른 방향으로 인식이 전환되어 있다. 조물주의 역할은 전적으로 부정되고, 그 대신에 '一切皆空'이라는 불교적 사유로써 生老病死의 근원을 파악하고 있는 것이다.

나고 죽는 주체인 것으로 보이는 이 육신은 그 자체로서 실존하는 존재성이 확보되는 것이 아니라, 다만 地·水·火·風의 원소가 인연을 따라서 모이고 흩어지는 것일 뿐이다. 항존하는 實相이 없는 空인 것이다. 이것은 세상의 일체 사물과 존재들은 '자존적 실체성[自性]'이 없고, 일정한 원인과 조건에 의해서 생겨나고 변화하고 소멸된다고 하는 緣起說에 근거한다. 뜬구름이 나타났다 사라지듯이 어떤 조건에 의하여 四大가 모이면 육신이라는 有形의 존재[色]가 생겨나게 되고, 흩어지면 그것은 다시 無形의 존재[空]로 사라진다. 육

신의 生老病死를 관조하여 육신의 형성 요인인 四大가 본래 空한 줄
을 알고, 四大의 모임인 육신이 인식하는 근거인 色·受·想·行·
識의 五蘊이 다만 因緣으로 生起하는 것이어서 모두가 空인 줄을 깨
달아 알면, 생로병사의 모든 고통이 그 자체로서 고통이 아닌 것으로
된다는 것이다. 이와 같이 안다면 '인간의 생로병사에서 조물주가 어
떻게 관여할 수 있겠는가?'라는 결론이 얻어지는 것이다. 이것이 후
반부에서 말하고 있는 '본성대로 이치를 따라서' 생로병사라는 인간
의 근원적 문제에 대처하는 방식이다.

　이 시는 丁酉年(1237) 九月에 지은 것으로 기록되어 있다. 그 해는
이규보의 나이 70세가 되던 해로, 같은 해 12월에는 致仕를 하였으니
실로 만년의 작품이다. 늙어가면서 옛 친구들은 세상을 하직한 이가
많았고,154) 귀가 어두워지는 것155)을 시작으로 이곳저곳 병도 들어
서 그 좋아하는 술도 줄이게156) 되던 시기이다.

　벼슬길에서 멀어지는 것에 대한 울분을 달래야 했던 젊은 시절의
방황도, 늦기는 하였지만 비교적 순탄한 관직 생활을 영위한 장년기
이후의 得意도, 이제는 그러한 영욕으로 점철된 생애를 돌아보고 정
리할 때를 맞이한 것이다. 진작부터 자신의 늙음을 의식하기는 하였
지만, 늙어 가는 육신에 따르는 病苦 앞에서는 그 모든 것이 한낱 실
체 없이 나타났다 사라지는 뜬구름과 같은 것이라는 無常感이 더해
졌던 것으로 볼 수 있다.

---

154) 「동년인 한추밀의 부음을 듣다(聞同年韓樞密薨　丁酉年作)」, 全集, 권 18.
155) 「왼쪽 귀가 약간 어두워지다(左耳秒聾)」, 後集 권 1.
156) 노년에 술을 마시지 못하는 것에 대한 소회는 「경자년 중구어(庚子年重九)」
　　(後集, 권 7)과 「병으로 수십일 동안 술을 금하였다가 이제 반 잔을 마시면서(以
　　病止酒累旬今飮半盂有作)」(後集, 권 7)에 보인다.

그러나 이규보는 이 무상한 삶을 허망하게 여기고 슬퍼하기보다는, 그가 만년에 가까이한 불교적 사유에 힘입어 生老病死라는 인간의 근원적 문제에 관심을 돌림으로써 노년의 無常感을 극복하고 담담하게 生을 마무리하려고 했던 것으로 보인다.

연보에 따르면 이 시를 짓기 전에도 乞退表를 올려 사직을 준비하고 있었는데, 비슷한 시기에 지은 시 「사직할 생각이 있어 짓다」[157]에는 그의 사상적 전환이 엿보이는 구절이 들어 있다. 그는 이 시에서 노년의 한가함을 얻게 되면 자신이 평생을 즐긴 詩·琴·酒를 앞으로도 즐기겠다고 하고, 楞嚴經을 외는 것으로써 淨業을 닦겠다고 하고 있다.

楞嚴經은 고려 중기 거사불교의 흐름을 연 李資玄(1061~1125)에 의해 널리 유포되어 僧俗 간에 많이 읽혀진[158] 禪宗系 불경으로, 선 수행의 실제적인 내용을 주로 하고 있는 경전이다. 이규보가 무슨 연유로 능엄경을 외는 일로 자신의 수행을 삼았는지는 알 수 있는 자료는 없다. 그러나 그는 실제로 전 10권 중 제 6권까지를 외우고 기꺼워하는 시[159]를 남기고 있으며, 노년에는 능엄경을 중심으로 한 불교적 취향을 보이는 시를 많이 지었다. 그런데 이러한 경향은 그가 불교적 사유에 관심을 기울였다는 점 이외에도, 그가 來生에 대한 관심을 드러냈다는 점에서 그의 불교관련시와 관련하여 특별한 의미를

---

157) '我欲乞殘身, 得解腰間綬, 退閑一室中, 日用宜何取, 時弄伽倻琴, 連斟杜康酒, 何以祛塵襟, 樂天詩在手, 何以修淨業, 楞嚴經在口, 此樂若果成, 不落南面後, 耆舊餘幾人, 邀爲老境友', 「有乞退心有作」, 後集, 권 1.

158) 趙明濟, 『高麗後期 戒環解 楞嚴經의 盛行과 思想史的 意義』, 부산대학교 석사논문, 1987, pp.17~26 참조.

159) '從初至六誦如流 餘復何有了却休 若不貯心歸去也 泉臺何處紙中求', 「楞嚴經 제 6권까지를 외고 짓다(誦楞嚴第六卷有作)」, 後集, 권 6.

지닌다. 淨業을 닦는다는 것은 그에게 來生에 대한 의식이 분명히 자리하고 있음을 시사하는 것이기 때문이다.

그는 젊어서부터 儒·佛·仙의 다양한 사상을 폭넓게 수용하였고 그것을 바탕으로 達士的 삶을 영위하고자 하였지만, 來生에 관련한 의식을 드러내 보인 일은 없다. 그리고 스님들과의 교유를 통하여 많은 시를 주고받았지만, 내생에 관한 생각을 수용하거나 반영한 시를 짓지는 않았다. 그런 그가 능엄경을 외워 정업을 닦겠다고 하는 것은, 그가 이제까지와는 달리 來世를 염두에 두고 종교적 구원을 의식하게 되었음을 시사하는 것이다. 이 종교적 구원에 관한 의식이야말로 본고에서 다루는 불교관련시가 본격적인 불교시로서 자리매김될 수 있는 결정적 실마리가 되는 것이라고 본다.

이 시는 육신의 고뇌와 병고 앞에서 겪게 되는 무상감을 생로병사의 근원과 맞닥뜨려 불교적으로 극복하려는 의식이 두드러지게 나타나 있는 시라고 볼 수 있다.

2. 정신적 한가로움의 추구

1) 현실적 불우에 기인하는 탈속에의 선망

이규보는 젊은 시절에 계절의 변환을 보면서 人生의 덧없음을 떠올리고, 이 짧은 인생에서 삶의 행로를 일찍 정하지 못한 자신을 한탄하는 시160)를 남기고 있다. 그는 이 시에서 자신의 삶의 지향을

---

160) '…吾生如寄耳 百年行欲休 胡爲長首鼠 去就不早謀 而於方寸地 鬱此無窮愁',
　　「7월 10일 새벽에 느낌을 읊어 東皐子에게 보이다(七月十日曉吟有感示東皐子)」,

두 가지로 제시하고 있다. 하나는 마음먹은 목적을 달성하기 위해 남달리 노력을 하여 公侯의 작위를 성취하는 것이고, 다른 하나는 名利를 잊고 인간의 본연으로 돌아가 농사일에나 힘쓰는 것[161]이 그것이다.

이 중에서 후자의 경우는 대개 전자의 목표가 이루어지지 않고 있을 때, 스스로를 위안하는 정도로서 환기되는 것이 대부분이다. 실제로 이규보는 삶의 어느 시기에서라도 인간의 본연에 충실하겠다는 차원에서 농사짓는 일을 진지하게 생각해보고 실천한 일은 없다. 이것은 그가 현직에 있으면서도 늘 꿈꾸었던 歸田園의 이상도 관직에서의 여건이 여의치 못했을 때의 상실감을 달래기 위한 방편이었던 점과 상통되는 부분이다. 자신의 남달랐던 문학적 재능에 대한 자부심도 그를 농사짓는 일로써 功名에의 추구라는 현실을 잊게 할 수 없게 하는 기질적인 요인이었겠지만, 그는 끝내 立身行道라는 유교적 이상을 버릴 수는 없었으며, 결과적으로 보더라도 그의 삶은 두 가지 지향 중에서 앞의 것을 성취하는 것으로 마무리되었다고 할 수 있다.

그런데 그러한 삶의 현실적 지향이 분명하였음에도 그가 인간의 본연으로 돌아가는 일로서 농사짓는 일을 상정하였다는 사실은, 그 자체로서 그의 시를 이해하는 데 일정한 의미를 갖는다. 그가 평생을 추구한 유교적 입신행도의 이상이 결국은 현실적 功名의 일일 따름이며, 그것은 인간 본연의 일에서 벗어나 있는 것이라는 인식의 근거이기 때문이다. 그의 삶의 지향은 설정단계에서부터 하나로 집중되

全集 권 2.

161) '努力勗素志 唾手取公侯 不然反初服 力穡事田疇', 앞의 시 제 19구~22구.

어 설정되지 못하고 서로 상반되는 두 가지로 나뉘어 있고, 이러한 경향은 삶의 지향 문제에만 국한되지 아니하고, 그의 생애 전반을 통하여 줄곧 표출되고 있다.

본 항목에서 살펴보려는 '정신적 한가로움의 추구'라는 주제도, 그가 삶의 목표를 功名의 실현에 두는 한 끝내 피할 수 없는 정신적 고뇌에 뒤따르는 필연적인 것이다. 달리 보면 그의 시에 정신적 한가로움을 추구하는 시가 주로 山寺를 배경으로 하여 하나의 흐름으로 형성되어 있다는 것은, 그가 그만큼 한가롭지 못한 일상에 시달리고 있었다는 반증이기도 한 것이다.

자신이 추구하는 바 삶의 지향과 삶의 실제와의 괴리에 대한 고뇌는 이규보의 시에서 '탈속에의 선망'이라는 주제로 나타난다.

> 대저 浮屠 중에 한번 청산에 들어가면 나물 먹고 물 마시며 일생을 마치도록 紅塵을 밟지 않는 자가 있는데, 이는 실로 스님의 직분이 그래야 하는 것이다. 그러나 大道로써 본다면 그러한 행위도 또한 孤立獨行하여 일세의 細節을 지키는 데 불과할 뿐이니, 어찌 족히 논하랴?
>
> 達人은 그렇지 않고 능히 物과 함께 어울리되 물에 물들지 아니하고, 능히 세상과 함께 살아가되 세상에 집착하지 아니한다. 그러므로 그 높은 행실에 손상되지 않고 또한 慈液이 사람들에게 두루 미치는 것이다.
>
> 우리 스님의 행세하는 것은 이 방법을 따라서 王宮·帝殿에 나아가 설법하는 것도 사양하지 않고, 相門·侯邸에 찾아가서 시주를 받는 일도 거절하지 않으며, 또한 우리 무리와 함께 詩社에 드나들고 술자리에 참석하여 자유자재로 노니는데 가함도 불가함도 없으니

참으로 達者라고 할 만하다.

　그렇지만 서울에 오래 머물러 있으면 桑下의 戀慕가 없지 않을 것이니, 세상 사람을 일일이 효유시킬 수 없으매 그들이 어찌 스님더러 인간 세상을 못 잊는다고 하지 않겠는가?

　그런데 지금 스님은 산수가 淸幽한 곳에 좋은 절을 얻어, 손에는 지팡이 하나를 들고 머리에는 굴갓 하나를 얹고서 마치 한가한 구름이 산봉우리로 돌아가듯이 가볍게 떠나가니, 세상 일에 골몰한 우리와 같은 무리들이 어찌 마음속으로 부러워하지 아니하랴? 그러나 나도 역시 늙었으니, 또한 어찌 세상을 영원히 떠나 백운 청산의 사이에서 스님을 모시지 않게 되겠는가? 전송의 자리에 시를 지어 작별하는 자가 있으므로 늙은 居士는 서문을 쓰는 바이다.[162]

　이 글에서 璨 首座는 出世間의 沙門임에도 世間에 처하여서는 王宮의 설법에서 酒席에 이르기까지 可함도 不可함도 없이 達者的 풍모를 보여준 인물이다. 출가인이면서도 세간에 살게 되었을 때에는 세간의 일이라 하여 도외시하지 아니하고, 세속을 뒤로하고 山으로 돌아감에 있어서는 마치 매인 데 없는 구름처럼 미련을 두는 일도 집착하는 일도 없이 초연히 출세간의 본분으로 돌아간다. 이것이 '세상

---

162) '夫浮屠者有一入靑山 草喫泉吸 竟一生不迹紅塵者 是誠髡首被緇者之所職然也 然以大道觀之 此亦孤立獨行 守一世之細節耳 又安足遵哉 □則不爾 能與物推移而不染於物 能與世舒卷而不滯於世 故不傷高行 而其滋液之及人也亦周矣 吾師之行乎世 遵此道也 赴經筵於王宮帝殿 不辭也 受檀施於相門侯邸 不拒也 亦與吾輩 入詩社參酒場 遊戲自在 無可無不可 眞可謂達者也 然久於京輦 不能無桑下之戀 則世之人不可戶曉 焉知不以師爲不能無眷眷於人間世耶 今也得名籃於山水淸幽之地 手一節頂一笠 飄飄若閑雲之返岫 則汨汨如我輩 得無羨乎心耶 雖然 僕亦老矣 亦豈不能豁然長往 陪杖屨於白雲靑嶂之側耶 餞席有賦詩以寵者 老居士以序也',「本寺로 돌아가는 璨首座를 전송하는 序(送璨首座還本寺序)」, 全集, 권 21.

일에 골몰한 세속인의 입장에서 마음속으로 부러워하지 않을 수 없는' 삶의 방식이다.

이규보는 이 達者的 삶을 살고 있는 인물의 표본으로 沙門인 璨首座를 지목하고, 그의 삶을 자신의 탈속적인 삶의 전범으로 삼고 부러워하고 있다. 璨首座는 '산에도 머물지 않고 하늘에도 매이지 않는 구름'163)처럼 어디에 미련을 남기는 일도 집착을 하는 일도 없이, 속세를 떠나 그대로 山中으로 돌아갈 수 있는 삶의 태도를 견지하고 언제든 실천하고 있기 때문이다. 더구나 그러한 삶의 방식은 몸을 담고 있던 세간을 떠나 출세간으로 돌아가는 데에만 적용되는 것이 아니었다. 왕궁에 나아가 설법을 하는 일로부터 속인들과 어울려 詩社에 드나들고 술자리에 동석하는 일에 이르기까지 능히 物과 함께 어울리되 물들지 아니하고, 세상과 함께 살아가되 世情에 집착하지 않는 達者的 풍모를 보였다.

불교식으로 말하자면 隨處作主하고 處染常淨하는 대승적인 삶의 전형이다. 그럴 수 있었기에 찬 수좌는 사문으로서의 高行을 상하지 아니하고 세상 사람에게 두루 慈液을 미칠 수 있었다. 한번 청산에 들어가면 나물 먹고 물 마시며 평생토록 홍진을 밟지 않는다고 하는 沙門의 일면적 모습에만 매이지 않고, 下化衆生하는 大乘的 理想의 구현자로 제시된 것이 찬 수좌의 삶이다.

이규보의 입장에서는 儒者로서의 본분에 충실하면서도 세상에 나

---

163) '대저 구름이란 것는 한가롭게 떠서 산에도 머물지 않고, 하늘에도 매이지 않으며, 나부끼면서 동서로 떠다녀도 그 형적은 구애받은 바가 없다.(夫雲之爲物也 溶溶焉洩洩焉 不滯於山不繫於天 飄飄乎東西 形迹無所拘也)' 「白雲居士語錄」, 全集, 권 20.

아가서는 立身行道하고 處하여서는 獨行其善하여 出處에 매이지 않는 達士的 삶의 전형으로 삼을 법한 일이다. 이규보는 어려서부터 立身行道라는 유가적 현실주의를 삶의 지향으로 삼아 끊임없이 지향하였다. 그러나 젊은 시절에 그의 이상이 현실의 벽에 부딪쳤을 때 그는 주로 老莊的 사유에 의지하여 일시적으로나마 그 불우를 달래려고 하였는데, 그것이 그의 「白雲居士語錄」에 보이는 達士的 삶이다.164) 그는 구름이라는 것을 '한가롭게 떠서 산에도 머물지 않고, 하늘에도 매이지 않으며, 나부끼어 동서로 떠다녀도 그 형적을 구애받는 바가 없다'165)고 하여 구름처럼 매이지 않는 자취를 본받아 世緣에 매이지 않는 삶을 자기의 달사적인 삶으로 구현하기를 희망하였다.166)

이 글에서 이규보는 자신이 꿈꾸는 달사적 삶의 면모가 찬 수좌라는 禪僧에게서 구현되고 있음을 보고, 그것을 칭송하며 부러워하고 있다. 세속에 몸을 두었다가도 아무 집착 없이 떠날 수 있는 무집착의 처신과 세속의 삶에 물들지 않는 處染常淨의 행리에서 그 자유로운 정신을 보고 있는 것이다. 이규보가 '세속의 삶에 골몰해 있는' 자신의 처지에서 세속의 일에 어울리되 그것에 물들지 아니하고, 세속에서 살아가되 세상 일에 집착하지 않는 삶의 방식에 대한 선망을 가지고 있었음이 이 글에서 확인된다.

그러한 선망은 그의 시에서 脫俗的인 삶에 대한 선망으로 이어진

---

164) 全集, 권 21, 「七賢說」에도 방달한 기상에의 흠모가 나타나 있다.
165) 앞의 註.
166) 그러나 이규보의 생애를 전반적으로 평가한다면 이러한 희망을 일관되게 지향했다고 할 수는 없다. 그것은 주로 세상에서의 입신출세를 백안시할 수 없었던 내면의식의 한 부분에 지나지 않는다고 보아야 할 것이다.

다. 그는 끝내 세속을 아무 미련 없이 떠날 수는 없었다. 그러나 山寺를 방문하고 돌아갈 때마다 그의 내면에는 '풍경의 아름다움을 사랑하여 / 말에서 내려 다시 머뭇거리고 서성이며'[167] 세속으로 돌아가는 길을 못내 아쉬워하는 마음이 자리하고 있었다. 그런 까닭에 불교의 출세간적 삶의 방식을 수용하고 있는 스님들의 삶을 보면서 생각 속에서 만이라도 자신이 바라던 탈속적인 삶에의 이상을 심정적으로나마 느껴보고자 했을 것이다. 그리고 그를 통하여 현실에서 시달리는 삶에 위안을 찾고자 했던 것으로 보인다. 이러한 희망은 벼슬길이 열리기 전 뿐만 아니라 관직에 진출한 이후에도 끊임없이 내면의식의 일부로서 표출되고 있으며, 이것은 그의 시에 보이는 하나의 경향이다. 탈속적으로 살고자 했던 바램은 우선 별천지 같은 뛰어난 경치를 만났을 때, 그 속에서라면 세상사를 잊을 수 있으리라는 희망으로 나타난다.

> 「내가 일이 있어 守安縣 西華寺에 도착하여 上方 南營에서 간단히 술을 한 잔 마시고 강산을 멀리 바라보니 이곳보다 나은 곳이 없으나 지대가 깊숙하고 길이 외져서 유람하러 오는 자가 드물었기 때문에 시를 남긴 사람이 없었다. 住持 노장이 시를 청하기에 한 편을 남긴다」[168]

<前略>

領得壺中景	별천지의 경치인 줄 알고 보니
都忘世上拘	세상사의 모든 얽매임은 간 데 없네
但緣無客到	다만 찾아오는 사람이 없었기에

---

167) '爲憐風景好 下馬更低徊', 「遊竹州萬善寺次板上諸學士詩韻其二」, 全集, 권 10.
168) 「予以事到守安縣西華寺小酌上方南營江山遠眺莫有過玆者然以境幽路僻來遊者盖寡故無有留題住老請詩爲留一篇」, 全集, 권 15.

不見有詩留　남겨 놓은 시가 눈에 뜨이지 않을 뿐
何日抛腰印　어느 때에나 벼슬을 그만두고
閑來正狎鷗　한가로이 저 갈매기와 친해볼까

　제목에서는 '술 한 잔을 마시고 멀리 강산을 바라보니 경치가 이곳
보다 나은 곳이 없다'고 하였으나, 시에 묘사된 자연 경관은 강가에
자리 잡았다는 것 말고는 그리 뛰어난 것으로 나타나 있지는 않다.
그 정도의 경치만으로도 시적 화자에게는 세상사의 얽매임을 모두
잊게 해주기에 충분하다는 뜻으로 해석할 수 있는 대목이다.

　무릉도원 식의 별천지는 하나의 이상향으로서 현실에 구현될 수
없는 몽환적 공간에 지나지 않는다. 따라서 현실주의적 이상을 가진
이규보에게 그것이 세속을 벗어난 새로운 삶의 터전이 될 수는 없었
다. 勝景으로서의 별천지의 효용은 세상사의 번거로움을 잊게 해주
는 정도에서 그칠 뿐이다. 시적 화자에게는 잠시나마 그 경치에 마음
을 맡겨두고 세속의 일을 잊게 하는 것이 별천지의 경치가 가지는 의
미이다. 그런데도 그것에 고무되어 시적 화자는 속세를 떠나 物我가
혼연한 경지에서 갈매기와 친하게 지내는 탈속적인 삶을 그리워해
본다. 그러면서도 이러한 희망은 벼슬을 그만둔 뒤에나 생각해볼 수
있을 뿐이라는 점도 분명하게 전제하고 있다. 이규보 자신이 무슨 까
닭에 탈속적인 삶에 뜻을 두게 되었는지에 대하여는 다음의 시에 단
서가 보인다.

「거듭 北山에서 놀 때 지은 두 수(重遊北山二首)」[169]

<其二>

得僅毫氂喪似崖	얻은 것은 털끝만 하고 잃은 것은 산더미 같아
十年檻籠困徘徊	십 년 세월을 우리에 갇혀 곤궁히 지내왔구나
如今逸鶴知誰繫	날지 못하고 있는 학을 뉘라서 거두어줄까
粗慰驚猿遲我廻	그나마 놀란 원숭이가 내 돌아오기를 기다리는 것에서 위안을 삼네
塵世舊顔風拂盡	속진에 더럽힌 얼굴을 바람에 씻어내고
煙溪新隱月迎來	좋은 경치에 숨으려니 달도 반기는 듯
山僧莫問還山意	산으로 돌아온 뜻 스님은 묻지 마오
寸草浮名安用哉	보잘것없는 뜬 이름을 어디에 쓰랴

20代에 白雲居士를 자처하며 天磨山에 우거하던 시절의 작품이다. 1·2구에서는 과거에 급제하고서도 십 년 세월이 지나도록 벼슬을 얻지 못하고 塵世를 배회하는 시적 화자의 현실에 대한 회의가 과장되게 토로되어 있다. 이 과장된 표현에서 시적 화자가 名利와 得失의 세계에서 겪는 고뇌가 잘 드러난다. 뜻은 학처럼 높고 능력에 대한 자부 또한 남달랐으나 그에 걸맞는 벼슬이 주어지지 않았던 그에게, 벼슬은 오히려 자신을 가두는 굴레가 되어 자신을 더욱 옭아매었다. 그 속에서 얻은 것이라고는 과거급제자라는 虛名 뿐, 그에 따라야 할 어떤 실익도 얻지 못한 불우에서 오는 자탄이 짙게 배어 있다.

3·4구에서는 그러한 불우가 쉽게 끝나지 않을 것임을 자신이 익

169) 全集, 권 1.

히 잘 알고 있다는 사실과 함께, 그로부터 오는 고뇌와 슬픔을 자연에게서 위안 받고 싶어 하는 바램이 비유적으로 나타나 있다. 세간에 서야 아무도 자기를 알아주지 않았지만, 그래도 자연에서는 자기를 기다려주는 원숭이가 있다는 사실로 인해서 그나마 위안을 받는다. 이것은 자신이 현실로부터 외면을 당할 때, 그 세속이 아닌 자연으로 더불어 위안을 찾고 그 속에서 머물고자 했던 탈속적 지향이 그의 내면에 늘 자리하고 있었음을 암시하는 것으로 해석된다.

5・6구에서는 속진에 찌든 俗氣를 탈속의 세계에서 불어오는 바람으로 말끔히 씻어내고 세속을 떠나려는 시적 화자와, 그를 반겨주는 달이 등장한다. 시인은 이 탈속의 맑은 세계를 상징하는 달을 내세워, 시적 화자가 기꺼이 몸을 맡길 수 있는 곳이 山中으로 대표되는 탈속의 세계임을 암시하고 있다.

결국 이 시에서 말하고 있는 것은 名利의 세계에서 살고 있는 시인 자신이 그 名利를 얻지 못하였을 때 갖게 되는 탈속에의 지향이다. 명리로 구축된 세계에서 명리를 추구하여 획득하였을 때, 그 세계는 물고기가 만난 바다와 같이 자신의 뜻을 무한히 펼칠 수 있는 기회의 세계로 의미지워 진다. 그러나 그 명리를 아무리 추구해도 얻어지지 않을 때에는 명리로 구축된 세계는 오히려 자신을 구속하는 굴레가 되어 속박하게 되고, 자신은 우리 안에 갇힌 짐승처럼 끝내 그로부터 벗어나지 못하게 된다. 이러한 때를 당하여 이규보는 '窮途 哭'170)을 불러보기도 하지만 그것으로는 상처받은 마음을 달랠 수 없

---

170) '十年痛哭窮途淚 與爾朱脣血孰多', 「달밤에 자규가 우는 소리를 듣다(月夜聞 子規)」, 全集, 권 6.

'得坎乘流渾是夢 阮公何必哭途窮', 「다시 화답하다(復和)」, 全集, 권 8.

다. 그리하여 자신이 그토록 추구해마지 않던 名利를, 이번에는 도리어 아무 데도 쓸 데가 없는 것으로 치부해버리기에 이르른다.

이렇게 되면 名利로부터 상처받은 자신을 달랠 수 있는 곳이라고는 명리로부터 벗어나 있는 세계, 곧 탈속의 세계 밖에 남지 않게 된다. 그러나 이렇게 명리에 의하여 왜곡된 탈속지향은, 자신이 추구하는 명리가 획득될 때에는 언제든지 무너져 내릴 태생적 한계를 스스로 가지게 된다. 종교적 구원을 향한 탈속과는 달리, 그것은 名利의 세계에서 명리를 매개로 하여 명리의 획득 가능성 여부에 따라 외면될 수 있는 가상적인 탈속지향일 뿐이기 때문이다.

실제로 이규보의 생애를 통하여 탈속적인 생활이라는 것은 끝내 달성할 수 없는 시한을 전제하고171) 생각 속에서만 추구되었을 뿐, 실제의 생활로 실현되지는 못하였다. 그러나 그의 탈속적 지향의 촉매가 된 현실적 불우라는 것이 비단 벼슬길이 주어지지 않는 것에만 국한되는 것은 아니었고, 관직에 진출하여서도 끊임없이 제기되는 갈등으로 재생산되었으므로 탈속에의 지향도 계속되었다. 현실의 생활에서 오는 갈등에서 벗어나 탈속적인 세계에서 정신적인 위안을 찾고자 하는 탈속에의 지향은 가상적인 것으로나마 꾸준히 지속되었던 것이다.

이제 이규보가 꿈꾸던 탈속적 삶의 모습이 무엇이었는지를 살피기로 한다.

---

171) '…嗟哉更何言, 未免塵緣拘, 要當婚嫁畢, 始脫籠中囚', 「偶遊山中書壁上」, 全集, 권 5.

「黃驪의 井泉寺에 있는 誼師의 野景樓에서 짓다
(題黃驪井泉寺誼師野景樓)」[172]

吾師於物取之廉	우리 스님 물질에는 검소하지만
獨向溪山不忌貪	山水를 탐내는 일에만은 욕심도 많아라
幻出一樓高突兀	묘하게 얽어 놓은 누각은 높이 솟아 있고
驅來萬景摠包含	온갖 경치를 몰아다가 두루 갖추었네
耕犁細雨村情樂	가랑비 속에 밭갈이하는 村情이 즐겁고
樵笛殘陽野興酣	저물녘 초동의 피리소리에는 野興이 무르익어
朝暮鳥聲門外樹	문 밖 나무에는 朝夕으로 새들의 지저귐이요
古今人影路傍潭	길가의 못에는 고금의 사람 그림자로다.
貼雲歸雁工先後	구름을 따라 돌아가는 기러기는 앞뒤로 기묘하게 날고
出水浮鷗忽兩三	물 위에 떠오른 오리는 언뜻 두 세 마리가 있는 듯
壤品須看原膴膴	토양의 품질은 땅의 비옥함에서 볼 것이요
寺名都在井涵涵	절의 이름은 우물의 넘실거림에 있도다
月窺深室閑僧睡	달빛 비쳐 있는 깊은 방엔 한가한 스님 잠들어 있고
谷答虛堂坐客談	빈 마루엔 객이 앉아 이야기하는 소리가 울린다
陶暑涼軒何必北	陶潛의 더위 물리치던 涼軒이 하필 北窓이기만 할까
召風巍榭最宜南	召公의 바람 쐬던 높은 정자는 南向으로 들어맞았네
霽天霞色殷於火	개인 하늘의 노을은 불빛보다 붉고
曉店煙光翠似藍	새벽녘 주점의 연기는 쪽빛처럼 푸르러
早占淸幽君自適	일찍 맑고 그윽한 경치를 차지하였으니 그대는

유유히 즐기고

晚逢佳勝我方慙　늦게야 좋은 경치를 만났으니 나는 부끄러워라
洗心投社如同隱　마음 씻고 절에 들어가 스님과 함께 숨어산다면
汲水煎茶尙可堪　물 긷고 차 달이는 일이라도 감당하리니
儻有話頭鑽味處　어쩌다 話頭에 음미할 곳이라도 있으면
不妨時喚老龐參　때로 이 늙은이 불러 참여시켜도 좋으리

이규보는 63세인 庚寅年(1230) 11월에 八關會의 규례에 관한 일로
猬島에 유배되었다. 그 이듬해인 辛卯年(1231)에 고향인 黃驪縣으로
量移되었다가 그 해 7월에 서울(개성)로 돌아왔고, 65세인 壬辰年
(1232) 4월에 유배에서 풀려나 知制誥에 제수되었다.[173] 나이 40이
넘어서 늦게 열린 벼슬길은 뛰어난 재능에다가 자신의 처신에 대한
노력으로 비교적 순탄하게 이어졌다. 한 차례의 좌천과 한 차례의 유
배를 겪었지만, 자신의 직접적인 과실에 의한 것은 아니었고 그 기간
도 길지 않았다. 그러나 이규보에게 좌천과 유배는 참기 힘든 고통이
었다. 그는 그 기간 동안 자신의 처지를 재갈이 채워지고 굴레가 씌
워진 말에 비유하여[174] 참을 수 없어 하였고, 끊임없이 서울을 그리
워 하며[175] 유배 생활로 불같은 수심이 겹쳐서 밤낮으로 겪는 고통

---

173) 「年譜」 庚寅年, 辛卯年, 壬辰年條 참조.
174) '君看繫馬思馳驟 口有金銜首有羈' 「스스로 답함(自答)」, 全集, 권 17.
175) 유배 시절 서울에 대한 끊임없는 그리움을 토로하고 있다. '此身去實猶無用
何苦懸懸望玉京' 「漫成」(全集, 권 17). 그리고 황려로 양이 되었다가 유배에서
풀리지 않은 채로 서울에 돌아와서 있는 동안 胡兵에 대비하기 위한 軍務에 백
의종군하면서 그렇게라도 서울에서 지내는 것이 유배지에서 지내는 것보다 낫다
고 소회를 밝히기도 하였다. ('猶勝炎州嵐瘴地 折腰甘向海村民' 「이 해 9월에
胡兵을 막기 위하여 白衣로 保定門을 지키며(是年九月因備禦胡兵以白衣守保定
門)」, 全集, 권 17.

을 하늘에 호소하기도 하였다.176)

　이러한 번민 속에서 자신의 답답한 심사를 조금이나마 풀 수 있게 하는 것이 절을 찾아가 山中의 한적한 분위기에 젖어 번뇌로 끓어오르는 마음의 불을 식혀보는 일이었다. 이 시에는 이규보 자신이 세속의 번뇌에 찌든 자신을 정화할 수 있는 곳으로 생각하는 두 가지의 공간과, 그 공간이 주는 이미지에 주의가 집중되어 있다. 하나는 勝景 속에 자리 잡은 山寺와 그 절의 한가로운 분위기에서 느껴지는 탈속적인 정취이고, 다른 하나는 그에 버금가는 것으로서 풍요로와 보이는 농촌과 그곳의 여유로운 흥취이다.

　이 두 가지 중에서 농촌의 여유로운 흥취는 이 시의 제재가 된 野景樓에서 바라본 농촌의 한가한 정경에 촉발되어 일어난 것으로, 야경루의 경치에 이어 제 5구에서 제 8구 사이에 나타나 있다. 길가의 못에 비치는 분주한 그림자는 마을이 예로부터 번성하였음을, 문 밖 나무숲에서 아침저녁으로 지저귀는 새소리는 마을이 활기에 차 있음을 각각 암시한다. 그리고 마을에서 가랑비를 맞으며 밭갈이하는 농부의 마음은 반가운 봄비만큼이나 즐겁고, 저녁에 나무를 한 짐 가득 지고 돌아오는 나무꾼의 바쁠 것 없는 피리소리만큼이나 여유롭다.

　그런데 시적 화자의 시선은 멀리 보이는 농촌 마을보다는 그 여유로운 농촌마저 멀리하고 산 속에서 유유자적하는 스님에게 집중되고, 결국은 농촌보다는 山寺 쪽으로 초점이 맞춰진다. 온갖 경치의 아름다움을 다 갖추고 있는 山中에 사는 것만으로도 족할 것인데, 스님은 그 정취를 즐기기 위해 높다란 누각까지 지어 놓았다. 그렇다고 해서

---

176) '如何流謫地 遭此百端匈 死亦非所懼 天胡令我窮'「더위를 괴로워하며(苦熱)」, 全集, 권 17.

물질에 대한 욕심을 그런 식으로 대치해 놓고 위안을 삼는 비속한 인물은 아니다. 야경루를 만든 것은 누구든지 아름다운 경치를 함께 즐기게 하겠다는 배려이다. 그런 만큼 스님은 청아하고 그윽한 마음으로 유유자적하고 있다. 오직 산수간의 경물에만 마음을 두어 세간의 모든 욕심을 던져두고 유유히 지내는 스님의 일상은 시적 화자에게 자신의 부질없이 바쁜 내면을 반조하는 거울이 되어 스스로 부끄러움을 느끼게 한다.

스님의 유유자적함은 제 13구에, 자신의 잠 못이루는 마음은 제 14구에 나타나 있다. 고요한 산중에 밤이 깃든다. 밝은 달빛은 방안에까지 깊숙이 들어와 비치고, 그렇지 않아도 고요한 절간에서 더욱 고요함을 느끼게 하는 계곡의 물소리는 객을 잠들지 못하게 한다. 세간의 모든 시끄러운 일을 덮어버릴 것 같은 적막감과 그것을 비추고 있는 달빛에, 객은 잠을 이루지 못하고 주인 없는 빈 마루에 앉아 이야기로 밤을 새운다. 이런 곳에 와서야 비로소 世事의 번뇌에 들끓는 마음을 가라앉히고 모처럼 한가로운 마음으로 돌아가 보는 것이다.

반면에 주인인 스님은 그렇지 않아서 방안에 잠들어 있다. 달빛에 취하고 물소리에 반하여 잠못들어 하는 것은 그 달빛과 물소리가 새삼스러운 客의 일이고, 그것을 언제나 함께 하는 스님은 새삼스러울 것도 잠못들어 할 것도 없다. 모처럼 한가로운 마음으로 돌아갈 수 있다는 것도 한가롭지 못한 처지에 놓여 있는 객의 일일 뿐이요, 애초에 한가로운 마음으로 사는 스님이야 한가로운 마음으로 돌아가고 말고 할 것이 없는 것이다. 이것이 시적 화자가 스님에게 부끄럽고 자신에게 부끄러운 까닭이다.

이러한 羨望과 自慚은 끝 부분인 제 21구~24구에서 스님의 일상사인 물 긷고 차 마시는 일에서부터 스님의 본분사인 화두 참구에 이르기까지 모든 생활을 스님과 함께 하고픈 욕구로 귀결된다. 세속을 뒤로하고 탈속적인 생활을 꿈꾸어 보는 것이다.

여기서 우리는 이규보가 생각하는 탈속적 삶의 실질이 스님의 생활에 닿아 있음을 보게 된다. 그는 山中의 절에서 탈속의 공간을 보고, 스님의 생활에서 탈속인의 삶을 보는 것이다. 그러나 이러한 설정은 그에게는 끝내 실현될 수 없는 성질의 것이었다. 비록 그가 만년에는 재가 불자의 생활을 하였다고는 하나, 그것을 가지고 만년의 생활이 불교적인 것이었다고 규정지을 수는 없을 정도이다. 그나마 退仕 이후에나 가능한 일이었고, 생애 전반에 걸쳐 탈속적인 생활로 돌아갈 수 없는 한계가 너무도 분명한 것이 그의 현실이었다.

그러나 그런 가운데에도 山僧의 일상사뿐만 아니라 本分事까지도 자신의 생활로 삼아보고 싶어 하는 탈속에의 지향은 그것을 실현하지 못하게 하는 현실의 벽이 높았기 때문에 그만큼 쉽게 포기할 수 없는 것이기도 하였다. 그런 그가 주목하게 되는 것이 山僧들의 세속을 벗어난 생활상이다.

> 「外院의 可上人을 찾아서 벽 위에 걸린 古人의 韻으로 짓다
> (訪外院可上人用壁上古人韻)」177)
>
> 方丈蕭然古樹邊   고목나무 옆 한적한 方丈室
> 一龕燈火一爐煙   감실엔 등잔 하나 향로 하나
> 老僧日用何須問   노승의 일상사야 물어볼 것 있으랴
> 客至淸談客去眠   객이 오면 얘기 나누고 객이 가면 조는 것을

---

177) 全集, 권 3.

이 시에서 老僧의 일상사는 찾아오는 객이 있으면 상대가 되어 淸談을 나누고, 그마저도 없으면 앉아서 졸고 있을 뿐 아무 일도 없고 무엇인가를 일삼아 하지도 않는 것으로 제시되어 있다. 이규보가 聆首座를 방문하여 그의 방장실에서 접한 '배고프면 밥 먹고 피곤하면 눕는'178) 禪僧의 일상 그대로이다.

이 표현은 禪家에서 '絶學無爲, 閑道人'179)의 일 마친 경계를 표현하는 말이다. 여기서는 山僧의 일상사를 나타내는 말로 그대로 빌려쓰고 있다. 이 말이 본래 의미하는 바는 話頭를 참구하는 禪修行者가 화두를 打破하고 난 뒤에 자기의 眞如自性을 수용하는 일상의 모습으로서, 일상생활 내면의 정신경계이다. 마음의 본래면목이 드러나기 전에는 밝히고자 하는 화두 참구에만 오로지 하여, 밥을 먹으나 잠을 자나 行住坐臥 語默動靜에 화두만을 생각하고 의심하여 참구하는 것이 선수행자 본연의 일상이다. 그러나 화두가 타파되어 本地風光180)이 드러나면 自身의 本來面目과 山河大地 萬象森羅의 본래

---

178) '不用蓮花空作漏 飢湌困臥是朝昏', 「訪聆首座夜臥方丈次聆公韻二首」, 全集, 권 2.

179) '君不見 絶學無爲閑道人 不除妄想不求眞', 『證道歌』. 이에 대한 이해는 拙稿, 『太古 普愚 悟道詩의 硏究』, 고려대 석사논문, 1994. pp.79~81 참조.
　　이에 대하여 西山 休靜은 다음과 같이 풀이하고 있다. '생각을 끊고 반연을 쉰다는 것은 마음에서 자득함을 가리킴이니, 이른바 일삼음이 없는 도인이다. 아! 그 사람됨이 본래 얽힘이 없고 본래 일이 없어, 배고프면 밥을 먹고 고단하면 잠을 자며, 綠水靑山에 마음대로 오고 가며, 어촌과 주막에 걸림 없이 지내간다. 세월이 가나오나 알 바 아니건만, 봄이 오면 언제나 그렇듯 풀이 절로 푸르구나. 이것은 특별히 한 생각을 돌이켜 반조하는 자를 찬탄함이다. 絶慮忘緣者 得之於心也 所謂閑道人也. 於戱 其爲人也 本來無緣 本來無事 飢來卽食 困來卽眠 綠水靑山 任意逍遙 漁村酒肆 自在安閑. 年代甲子 總不知 春來依舊草自靑. 此 別歎一念廻光者.', 『禪家龜鑑』, 앞의 책, pp.37~38.

180) 本地風光 : 自己 心性의 本分을 이르는 禪家의 말. 迷悟니 凡聖이니 하는 이

면목이 둘이 아니어서 밥을 먹으나 잠을 자나 一切處 一切時에 본래 면목이 현현되어 있다고 한다. 일체가 다 본지풍광 그대로인 것이다. 깨닫기 전에는 화두를 참구하는 가운데 밥을 먹고 잠을 잤지만, 깨닫고 난 뒤에는 밥을 먹을 때는 그저 밥을 먹을 뿐이고, 잠을 잘 때에는 그저 잠을 잘 뿐으로 아무 분별 망상이 없는 그 속에 깨달음의 경지를 그대로 수용하고 있는 것이다. 이것은 화두를 참구하면서 밥을 먹고 잠을 자는 수행자의 일상은 물론이거니와, 온갖 번뇌 망상 속에서 일상생활을 영위하는 세속인의 그것과는 천지현격이다. 그러면서도 밥을 먹고 잠을 자는 겉모습만은 일반인의 그것과 다름이 없다. 대체로 이런 정도의 의미로 이해되는 것이 禪家의 '주리면 먹고 곤하면 잠을 자는' 閑道人의 行裏이다.

이 시에서 이규보가 산승의 일상에 대하여 이 표현을 차용한 것은, 깨달은 이의 일 마친 경계를 자신의 경계로 삼겠다고 표방하는 것이 아니다. 다만 세속인인 그의 눈에 비친 山僧의 한가로운 일상이 단출한 살림살이와 함께 너무도 신선하고 감격적으로 받아들여져서, 자신이 생각하는 탈속적인 생활을 표현하는 것으로 빌려 쓴 것일 뿐이다.

이 시에는 산승의 걸림 없는 삶에 대한 자신의 놀라움이 매우 간결하면서도 강도 있는 필치로 그려져 있다. 가진 것 없는 살림살이와 하는 바 없이 수행되고 있는 일상이 그것이다. 세속인에게는 세속인의 일과가 있고, 출세간의 세계라 해도 그에 따르는 그 나름의 일과가 있기 마련이다. 그런데 世緣에 매여 바쁘기만 하던 客의 눈에 들

름조차 붙일 수 없는 깨달음의 境界. '本來面目', '空劫以前의 消息', '父母未生前의 消息'과 같은 말로 쓰인다.

어온 산승의 살림살이와 일상은 그에게 너무도 신선하다. 절을 찾아온 객은 일상의 바쁜 일과와 그에 따르는 반연으로 겪게 되는 정신적인 부담으로 시달리던 처지이다. 그런 그가 그 절의 가장 어른 스님이 기거하는 方丈室에 들렀을 때, 그의 눈에 들어오는 것이라고는 등잔 하나와 향로 하나뿐이다.

이 無所有의 삶에서, 객은 몸은 부자이지만 마음은 가난한 자신의 정신적 '살림살이'를 돌아본다. 온갖 번뇌와 망상으로 조금도 쉴 틈이 없이 온갖 생각들을 쌓아 놓고 있지만, 돌아보면 그것은 다 남에게 보이기 위한 것일 뿐 진실로 자신에게 소용될만한 것이라고는 없다. 또한 치성하는 번뇌망상도 진실로 본연의 자기 자신과 짝하여 자신의 본모습을 찾는데 도움이 될 만한 생각이라고는 없다. 이것이 날마다 바쁘지만 자기 자신에게는 아무 소득도 없는 세상사이다. 이와는 반대로 산승의 살림살이는 어둠을 밝히는 등잔과 마음을 가라앉히는 향로일 뿐이지만, 텅 빈 마음의 여유는 텅 빈 그 자체로서 번뇌로 꽉 차 있는 세속인의 마음을 비우게 해주고 있는 것이다.

이러한 山僧의 일 없는 한가로움에 마음을 뺏겨 그의 일상을 선망하는 이규보의 시선은 다음 시에서처럼 道人의 천진난만함에도 닿아 있다.

「山中의 봄비(山中春雨)」[181]

| 雨聲偏與睡相宜 | 빗소리가 낮잠 자는 데에는 제격이라 |
| 一榻蕭蕭日暮時 | 한 번 자리에 누운 것이 빗소리 속으로 해가 저무네 |

---

181) 全集, 권 2.

無限人間有年憙   모든 사람들이 다 풍년들겠다고 기뻐하는데
山僧獨詫菜苗滋   山僧은 그저 채소모종이 잘 자라게 된 것만을
                자랑한다.

봄 가뭄 끝에 비가 내렸다. 봄에 밭갈이를 하고 나서 애를 태우던 모든 사람들이 한 시름을 덜고 이제는 비가 왔으니 곡식의 싹이 윤택해져 올 가을에는 풍년이 들겠다고 기뻐하는 단비이다. 그 비가 山中에도 내린다. 그런데 비로 인하여 생동감 넘치는 바깥 세상에 비하여 산중의 정경은 조용하기만 하다. 산에 있는 시적 화자에게 비는 다만 봄날의 낮잠을 즐기게 해주는 정도의 것일 뿐, 들떠 있는 세상 사람들과 달리 시적 화자의 마음 상태는 한가롭다 못하여 나른하기까지 하다. 비 오는 봄날의 나른함에 빗소리마저 더해져서 잠깐 눈을 붙인다는 것이 그만 해 저물 때까지 낮잠이 이어졌다. 비가 내린다고 논에 나가 물꼬를 볼 일도, 밭에 나가 채소밭을 가꿀 일도 그에게는 없다. 이 시에서 낮잠은 일 없는 한가로움에서 오는 나른함과 함께 여유롭기 그지없는 마음상태를 의미하는 소재이다.

이런 한가로움이 어디서 오는 것인지를 알 수 있는 근거는 시에 나타나 있지 않다. 이 시에는 다만 '거 봐라. 내가 비 올 줄을 미리 알고 채소 모종을 잘 심었지!' 하고 으쓱거리는 山僧을 바라보는 시적 화자만이 그려져 있을 뿐이다. 비가 산중에만 내렸을 리 없고, 온 천지에 고르게 내려 만물이 다 그 윤택함을 누리게 되었을 터이다. 그런데도 산승은 그저 자기만의 일인 양, 자기 채소밭의 채소가 가뭄을 타게 되지 않은 것만 기꺼워하고 있다. 그리고 채소를 비 오기 전에 잘 심었노라고, 그것이 다 자기의 덕이라고 자랑스러워 한다.

그런 모습은 어찌 보면 우습기 짝이 없는 노릇이지만, 이에 대하여 이규보는 시적 화자의 입을 빌려 내렸을 법한 어떤 평가도 하고 있지 않다. 산승은 손바닥만한 자기의 채소밭만을 생각하고, 시적 화자는 그런 어린애 같은 산승을 담담히 바라본다. 이것은 제 3구의 '모든 사람들이 세상에 풍년이 들겠다고 기뻐하는' 것과는 대조적인 시적 구도이다.

이규보는 이 대조를 통하여 스님의 천진난만함을 부각시키고, 그러한 스님의 심성에 시적 화자가 심정적으로 동화되어 있음을 은연 중에 드러내고 있다. 스님의 천진함이야 山僧의 본분으로 그렇다 치고, 거기에 동화되어 있는 시적 화자를 통하여 탈속의 정취가 다름 아닌 산승의 천진난만함에 닿아 있음을 드러내려고 하는 것이 이규보가 이 시에서 제시하고 있는 한가로움의 의미이다.

이렇게 천진난만함으로 귀결되는 한가로움의 정서는 禪的인 淸淨心에 연결되기도 한다.

「燕默堂」[182]

一堂虛白映山明	방이 비어 밝음은 산 빛의 밝음이 비쳐 듦이요
隱几冥觀滌世情	안석에 기대어 入定함은 세속의 정을 씻어냄이라
谷鳥那能啼破寂	골짜기 새 울음이야 어찌 고요함을 깨뜨릴 수 있으랴
心空萬物本無聲	마음이 空하면 만물은 본래 소리가 없는 것을

이 시는 제목이나 이 시가 지어진 배경을 고려하지 않고 표현만으

---

182) 全集, 권 2.

로 본다면, 특히 끝구인 '心空萬物本無聲'으로 인해 禪定에 들어 있는 마음상태를 나타낸 것으로 보인다. 텅 비어 있는 밝은 방에 고요히 禪定에 들어 있는 시적 화자의 모습이 그려진 것으로 보이기 때문이다. 이 시를 우선 그러한 내용만으로 보면, 대략 다음과 같은 이해를 할 수 있을 것이다.

시적 화자는 텅 비어 있으면서도 밝은 방에 고요히 앉아 禪定에 들어 있다. 방안의 고요함만큼이나 집 밖의 분위기도 고요하고 평안하다. 골짜기에서 새 울음소리가 들려오기는 하지만 그것은 주위를 시끄럽게 하는 소리라기보다는, 고요한 가운데 이따금씩 들려오는 소리로 인하여 고요함을 확인시켜주고 적막감마저 느끼게 하는 소리이다. 방 안팎의 고요하고 편안한 분위기는 시적 화자의 심적 상태를 반영한다. 이것을 표현한 것이 '心空萬物本無聲'이다. 텅 비어 있는 방은 시적 화자의 내면이 虛心의 상태에 있음을 의미하고, 방에 비쳐 들어오는 밝은 빛은 그 고요한 마음에서 생겨나오는 광명을 의미한다.

禪的으로 이해하자면 '고요하면 맑아지고 맑아지면 통한다'[183]는 것이다. 마음을 비우고 고요해졌다고 해서 空寂하기만 하고 아무 작용이 없는 상태는 '無記空'에 지나지 않을 뿐, 깨달음으로 나아갈 수 없다. 이것을 이 시에서는 텅빈 방과, 그 방에 비쳐 들어오는 밝은 빛, 그리고 고요함 속의 새소리를 통하여 표현해 놓은 것이다. 고요히 마음을 비우고 앉아서 맑은 마음에서 나오는 광명(이것은 지혜를 의미한다)으로 세속의 妄情을 씻어낸다. 마음이 고요하기만 한 것이

---

183) '淨極光通達 寂照含虛空', 『楞嚴經』 第六卷.

아니라 고요한 가운데 또렷하고, 또렷하면서도 고요한 상태184)에서 자기의 본래 모습을 비추는 지혜의 광명이 생겨난다. 그 광명은 번뇌 망상으로 들끓는 세속의 정을 씻어내는 마음의 작용이다.

이와 같이 이해한다면 이 시에서 묘사되고 있는 마음의 상태는 禪宗에서 말하는 眞如自性의 淸淨心이다. 앞의 시에서와 같이 禪的인 표현을 원용하여 시로 풀어놓은 것이다. 제 4구에서는 '心空'이나 '本無聲'같은 개념적이고 상투적인 용어를 그대로 쓰기는 하였지만, 道家的인 虛心과 구별되는 禪的인 眞空妙有의 상태를 비유적 표현으로 시화해 놓은 것으로 보는데 무리가 없어 보인다.

그러나 이러한 표현을 가지고서 이규보가 禪的인 체득을 일상생활에 수용하고 있는 것으로까지 이해하는 것은 지나친 해석이다. 이 시는 奇尙書의 집에 있는 退食齋의 여덟 가지 경물을 대상으로 하여 시를 지어 붙인 것이다. 이 시도 「燕默堂」이라는 退食齋 안의 한 건물에 대하여 '燕默'이라는 堂號의 의미를 禪的으로 부연한 것이다.

燕默堂은 글자 그대로 한가하여 몸과 마음이 편안한, 그리하여 담담히 心身의 편안함을 누리는 집이라는 뜻이다. 이규보는 이 집의 堂號가 의미하는 대로 한가함에서 오는 심신의 편안함을 집주인이 누릴 수 있기를 바란다는 뜻으로 당호를 풀이하는 시를 지어 집주인인 奇尙書에게 헌정한 것이다.

다시 말하면 자신의 심적 경계를 주제로 시를 지은 것이 아니라, 집주인에 대한 기원의 뜻으로 시를 지은 것이다. 다만 그 한가로움과 편안함의 의미를 자신의 禪的 이해를 가지고서 풀이하고 있는 것은

---

184) 惺惺寂寂을 말한다.

사실이다. 전체적으로 이 시에 보이는 禪的인 이해는 물론 그의 선에 대한 관심과 이해에서 비롯된 것이며, 젊은 시절의 때묻지 않은 心地의 반영이기도 할 것이다.

그러나 그것을 가지고 그대로 그의 마음상태에 대입하여 이 시를 그의 禪的인 경지를 반영하고 있는 것으로 이해하는 것은 곤란하다. 여기서는 다만 그의 탈속적인 지향에 禪的인 이해가 반영되기도 하였음을 알 수 있는 예로서만 보기로 한다.

한편 이규보는 자신의 禪에 대한 관심을 실행으로 옮겨 실제로 禪師를 찾아가서 參禪을 하기도 한 것으로 보인다.

> 「應禪師의 方丈을 尋訪하다(訪應禪師方丈三首)」[185]
>
> <其三>
>
> | 蒲團睡熟落冠巾 | 방석 위에 졸음이 깊어 두건은 벗겨지고 |
> | 空室寥寥不見人 | 빈방은 고요하여 인기척도 없네 |
> | 更坐觀心融萬想 | 고쳐 앉아 마음을 觀하니 온갖 잡념 사라지고 |
> | 炯然明月自無塵 | 휘영청 밝은 달 티끌 한 점 없어라 |

1·2구에 묘사된 방안의 풍경은 禪師를 찾아 方丈室에 갔다가 벌어진 일이다. 禪定에 든 스님을 따라 방석 위에 좌선을 한다고 앉아 보았는데, 그만 자기도 모르는 사이에 잠이 들었다가 문득 깨어난 정황이다. 선방에 앉아서 화두고 선정이고는 간 데 없고 정신 없이 졸고 있는 이 모습에는 선 수행자가 아닌 시적 화자에게는 마냥 한가로운 모습으로만 비쳐지고 있다. 世緣에 얽힌 번뇌로부터 벗어나 잠깐

---

185) 全集, 권 13.

동안이나마 누려보게 된 한가로움의 극치이다.

참선 수행에 있어 마음의 거친 번뇌186)가 조금 가라앉으면서 먼저 찾아오는 것이 졸음이다. 우리의 의식은 거친 번뇌(麤煩惱)가 마음자리를 가리고 있는 까닭에, 추번뇌를 조복받지 못한 상태의 수행에는 두 가지의 장애가 따른다고 한다. 정신이 흐리멍텅하게 되어 졸음에 빠지게 되는 昏沈이 그 하나이고, 이런저런 번뇌망상에 끄달려 마음이 흩어지는 散亂心에 빠지는 것이 다른 하나이다. 선수행자에게는 극복해야 할 1차 과제이다.

그러나 이 시에 나타난 방석 위에서의 졸음은 시적 화자에게 갈등을 일으키는 요인이 아니다. 시적 화자는 그저 모처럼 가져보는 한가로운 여가에 한 번 좌복에 앉아 본 것뿐이다. 그런 까닭에 졸음에 떨어져 자세가 흐트러지고 의관이 정제되지 못하였다고 해도, 문득 졸음에서 깨어났을 때 놀라거나 부끄러워할 일이 아니다. 그저 자세나 추스리고 고쳐 앉으면 그만이다. 장군죽비를 들고 지켜 서서 경책을 하는 선방도 아니고, 방의 주인인 應禪師 역시 잠시 한가르움을 빌려주고 방을 나가 보이지 않는다.

아무런 부담이 없는 한가로움이 3·4구에서는 고쳐 앉아서 밖으로 향하는 마음을 다잡고 고요히 내면을 觀照하는 모습으로 진행된다. 졸음을 떨치고 단정히 앉아서 선정에 든다. 혼침도 산란심도 모든 잡념도 사라진 상태에서 투명하게 자신의 속마음을 들여다본다. 禪宗에서 말하는 '廻光返照'187)에 해당하는 이 때의 마음 상태를 제 4구

---

186) 『起信論』에서는 根本無明에 의해 眞如가 起動되고 모든 生滅流轉의 妄法(迷의 현상)을 출현하는 상태를 세 가지의 미세한 번뇌(三細)와 여섯 가지의 거친 번뇌(六麤)로 설명한다. 거친 번뇌를 麤煩惱라 한다.

에서 '한 점 티끌 없이 밝은 달'에 비유하고 있다.

불교에서 마음을 지칭하는 소재로 '달'은 늘 쓰이는 것이지만, 禪家에서는 특히 '한 번 뛰어 넘어 如來地에 들어가서 自性을 깨치면 內外心境, 곧 안의 마음과 밖의 경계 전체가 원융무애하여 통연히 명백하다'[188]는 것을 비유하여 '如淨瑠璃含寶月'[189]이라고 한다. 마음의 본래면목을 깨쳐서 바로 알면 거기서 나오는 진여의 광명은 맑은 유리병 속에 달이 들어 있는 것과 같이 안팎이 분명하고 밝아서, 내외에 투철하고 무장무애하여 시방세계를 두루 비춘다 함이다.[190]

이규보는 만년에 특히 楞嚴經을 즐겨 읽었는데, 그렇다고 해서 이 시의 3 · 4구가 능엄경의 '如淨瑠璃含寶月'에 그대로 대응되는 것으로 보는 것은 또한 지나친 해석일 것이다. 하지만 꼭 그렇지 않다 하더라도 젊어서부터 불경에도 많은 관심을 가졌던 그였으므로, 밝은 달을 가지고 선정에 든 마음상태를 표현하는 것이 어색한 것은 아니다.

앞에서 이규보가 탈속적인 지향을 보인 것이 주로 현실적인 불우에 기인한 것으로 파악하였다. 그는 입신행도라는 유교적 입신주의를 이상으로 하여 삶을 영위하였고, 그것이 뜻대로 성취되지 못하였

---

187) 廻光返照 : 한 생각이 일어날 때 곧 그 일어나는 곳을 돌이켜 살펴본다는 뜻으로, 佛法은 밖으로 구하지 말고 안으로 자신의 마음을 돌이켜 찾아야 함을 이르는 말이다.
188) 永嘉 玄覺, 『證道歌』.
　　이에 대한 이해는 退翁 性徹, 『信心銘 · 證道歌 講說』, 藏經閣, 1987, pp.175∼179 참조.
189) 如淨瑠璃含寶月 : '맑은 유리병 속에 보배달을 넣어 둔 것과 같다'. 『楞嚴經』에 있는 말로 究竟의 妙覺을 성취하여 內外가 明白한 경계를 표현한 것.
190) 性徹, 앞의 책, p.178 참조.

을 때 山寺를 찾아 그 번민을 달랬다. 그렇기 때문에 그의 탈속지향
에는 근원적인 한계가 있게 되었다. 山寺의 한적한 분위기에서 일시
적으로 세속의 일을 잊을 수는 있었지만, 결국 그에게는 들어가야 할
현실이 너무도 분명하였기 때문에 그의 탈속적인 지향이 그의 현실
로 실현될 수는 없는 한계가 분명하였던 것이다. 그러한 한계 속에서
나마 그가 보인 탈속적인 지향은 일시적인 현실외면으로브터 禪的인
清淨心의 경계를 지향한 경우에 이르기까지 山寺를 배경으로 다양
한 양상으로 나타났다 할 것이다.

2) 정신적 여유에서 비롯되는 무욕의 삶에 대한 희구

진흙을 잘 구워서 깨끗이 만든 까닭에 변하지도 않고 새지도 않
으며 공기가 잘 통해서 목이 막히지 않으므로 따라 넣기도 좋고 부
어 마시기도 편리하다. 잘 부어지는 까닭에 기울어지거나 엎어지지
도 않고, 잘 받아들이는 까닭에 계속 술이 저장되어 있다. 한평생 동
안 담은 것을 따진다면 몇 섬이나 되는지 헤아릴 수가 없다. 마치 謙
虛한 君子처럼 떳떳한 덕이 조금도 간사하지 않다.

아, 재물에 도취한 저 小人들은 斗筲와 같이 좁은 극량으로써 끝
없는 욕심을 부리고 있다. 쌓기만 하고 남에게 줄줄 모르면서 오히
려 부족하다 하니 자그마한 그릇은 쉽게 차서 금방 엎어진다. 나는
이 항아리를 늘 옆에 놓고 너무 가득 차면 넘치게 되는 것을 경계한
다. 타고난 분수에 따라 한 평생을 보내면 몸도 온전하고 복도 제대
로 받을 것이다.[191]

---

191) '由陶熟而且精 故不淪而不漏 由旁通而不咽 能出納乎醇酒 由能出故不傾不覆
由能納故貯酒斯續 顧一生之攸盛 亮難算其幾斛 類君子之謙虛 秉恒德而不惑 嗟

술을 담는 작은 질항아리를 두고 마음을 비유하여 지은 賦 작품이
다. 화려하게 금으로 만든 그릇은 아니지만 술맛이 변치 않아서 아끼
는 질항아리이다. 이 작은 그릇에 술이 넘치지도 않고 부족되지도 않
아서 언제나 술맛이 일정한 까닭은 그릇의 크기에 맞게 언제나 술이
채워지고 비워지기 때문이다. 채워졌을 만하면 비우고 비웠다 싶으
면 다시 채우되 넘치지 않게 하여, 언제든 알맞은 정도만의 술이 그
속에 채워져 있기 때문이다.

이규보는 이 항아리의 쓰임새를 두고 군자의 덕성도 그래야 한다
고 여긴다. 언제나 변하지 않는 겸허한 덕을 갖추는 것이 군자로서
함양해야 할 덕성이라는 것이다. 재물에 도취된 소인배는 자신의 局
量을 헤아리지 않고 욕심껏 채우기만 하고 남에게 베풀 줄을 모르는
까닭에 금방 엎어지게 된다. 복이 오면 복에 겨워서 함부로 하다가
그것을 감당하지 못하여 복을 엎어버리고, 화가 닥치면 작은 고통을
견디지 못하여 화에 부림을 당하게 된다는 것이 이규보의 생각이다.
그래서 이 작으면서도 넘치지 않는 질그릇을 옆에 두어 겸허한 군자
의 덕을 기르고, 그로써 타고난 분수를 지키며 살고자 한다. 이규보
가 생각하는 達士的 삶의 지표로서의 守分知足이다.

그러나 하늘로부터 부여받은 바의 분수를 지키고 그에 따라 주어
진 여건에 만족할 줄 안다고 하는 삶의 자세는, 그가 설정한 삶의 1
차적 목표인 立身行道의 이상을 실현하고자 했던 현실에서는 지켜지
지 못한다. 그것은 오히려 공명의 추구라는 현실적 목표가 달성되지

小人之徇財 昧斗筲之局促 以有涯之量 赴無窮之欲 積不知散 猶謂不足 小器易
盈 顚沛是速 予置斯甖於座右 戒滿溢而自勗 庶揣分而循涯 儻全身而持椽', 「陶
甖賦」, 全集, 권 1.

못할 때, 현실로부터 멀어진 이상을 대신하는 또 하나의 가상적 이상으로서 기능을 하게 된다.

다시 말하면 그가 생각했던 달사적 삶이란 그가 적극적으로 추구했던 삶의 전형이 아니라, 그것이 실현되지 못할 때 겪게 되는 좌절감을 달래는 데 필요한 예비적 성격의 삶의 형태인 것이다. 이러한 해석은 이규보 자신이 立志의 입각처로 삼은 立身行道의 이상이 자기의 삶으로 실현되지 못하고 현실로부터 멀어질 때, 그리고 자신의 불우를 달래며 정신적 위안을 삼고자 할 때, 그가 달사적 삶을 운위하였다는 점에서 확인된다.

그는 「問造物」192)에서 조물주의 입을 빌어 다음과 같이 말한다.

> 대저 사람의 태어남은 본래 스스로 태어날 뿐이요, 하늘이 시켜서 태어난 것이 아니며, 五穀과 桑麻의 생산도 본래 스스로 생산된 것이요, 하늘이 시켜서 생산된 것이 아니다. 그런데 더구나 무슨 利와 毒을 분별하여 그 사이에 놓아두었겠는가? 오직 道가 있는 자는 利가 오면 순수히 받고 구차히 기뻐하지 아니하며, 毒이 이르면 순수히 당하고 구차히 꺼리지 않아, 외물을 대하되 빈 것처럼 하므로 외물도 그를 해치지 않는다.193)

도가 있는 자는 자신에게 이로움이 되는지 害惡이 되는지를 분별하지 아니하여 利가 닥치면 순순히 받아들이되 구차스레 기뻐하지

---

192) 後集, 권 11.
193) '夫蒸人之生 夫固自生而已 天不使之生也 五穀桑麻之産 夫固自産也 天不使之産也 況復分別利毒 措置於其間哉 唯有道者 利之來也 受焉而勿苟喜 毒之至也 當焉而勿苟憚 遇物如虛 故物亦莫之害也', 「問造物」, 後集, 권 11.

않으며, 害毒이 이르면 이르는 대로 순순히 당하고 구차하게 꺼리지 않는다. 따라서 外物을 대하되 빈 것처럼 대하는지라, 外物이 道 있는 자를 해칠 수 없음을 말하고 있다. 조물주는 자신이 물건을 만든다는 생각도 없고, 따라서 자신을 조물주라고 여기지도 않는다. 物의 생겨남은 누구의 作爲로 만들어지는 것이 아니라는 것이다.

사람의 태어남도 이와 같을진대 사람이 받는 吉凶禍福 또한 누가 시켜서 생겨나는 것이 아니라, 제 스스로 생겨서 사람에게 닥쳐오는 것이다. 따라서 복이 되었든 화가 되었든 그저 닥치는 대로 순순히 그것에 응함으로써 그것에 부림을 당하지 않고 담담히 받아들인다. 이것이 이규보가 생각하는 達士的 삶의 태도이다.

그러나 이러한 달사적 삶에의 지향은 앞에서 언급한 대로 실제로 그렇게 살겠다는 것이라기보다는, 그의 유교적 입신주의의 이상이 실현되지 않을 때 스스로를 달래는 사상적 지향으로서의 성격이 강하다. 또한 그가 현실적인 욕구로부터 벗어나는 달사적 지향이 강했다는 것은 그만큼 현실적 부귀공명에의 성취욕구가 강하였음을 반영하는 것이기도 하다.

이규보는 자신의 인생목표가 功名의 추구에 있음을 말하면서도, 동시에 인간본연의 자세로 돌아가 농사를 짓겠다는 뜻을 표명하고 있다.194) 그러나 그가 말하는 농사짓는 일이란, 그에게 실현불가능한 일이었다는 실제적 정황 외에도, 그에게는 다른 의미로 쓰이는 말이었다. 그에게 있어 농사짓는 일이 언급되었던 것은 인간의 본연으로 돌아가는 일로서라기보다는, 자기 인생의 제 1의 목표가 功名을 추

---

194) '努力勗素志 唾手取公侯 不然反初服 力穡事田疇', 「七月十日曉吟有感示東皐子」, 前集, 권 3.

구하여 획득하는 것에 있다는 자신의 의지를 거듭 확인하는 하나의
보조 역할로서 제시된 것이었다. 그는 현실적으로도 농사를 지을 준
비가 전혀 되어있지 않았을 뿐 아니라, 농사를 짓겠다는 생각은 애초
부터 그에게는 있지 않았기 때문이다.

　이제 그로 하여금 달사적 삶을 생각하게 만들었던 현실적 욕구와
좌절이 그의 시에 어떻게 나타나 있으며, 현실적 이상의 실현 욕구
이면에 공존했던 달사적 삶에의 지향이 어떤 경로를 거쳐서 불교적
인 無慾의 삶을 지향하는 방향으로 전환되는지를 살피기로 한다.

「오동나무를 읊다(詠桐)」[195]

漠漠陰成幄	넓고 큰 그늘 장막을 이루더니
飄飄葉散圭	나부끼는 잎 종이쪽처럼 흩어지네
本因高鳳植	본래 봉황새 보려고 심었었는데
空有衆禽棲	쓸데없는 뭇새만 깃들고 있네

　이 시는 편차로 보아 백운거사를 자칭하던 20代 중반의 시이다. 「
白雲居士語錄」을 쓸 때의 호방한 기개와 시문에 대한 남다른 자긍심
과는 달리, 이 시에는 자신의 처지에 대한 自嘲가 가을날의 낙엽에서
촉발된 喪失感으로 물들여져 짙게 배어나고 있다. 과거에 급제한 후
관직에 진출하지 못하고 떠도는 자신의 처지를 봉황새와 뭇 새의 대
조를 통하여 극명하게 제시해 놓은 데서 그 상실감은 드러난다.

　시문의 재능에 대하여 스스로 天上仙이 지상에 하강한 사람이라
고 믿고, 시문이 천하에 으뜸이라 더 나은 사람이 없으며, 그러므로

---

195) 全集, 권 1.

萬人이 모두 이를 인정하고 그에 맞는 예우를 해주어야 하며, 국가에 서도 그에 합당한 벼슬을 주어야 한다고 생각했던196) 이규보였다. 그런 그가 관직에 진출하지 못하는 현실의 벽에 부딪쳐, 봉황의 날개를 펼쳐보지도 못하고 뭇 새들과 섞여 있는 자신의 처지를 상심하고 있는 것이다.

관직에 진출하지 못한 울적한 심사는 여러 시에서 표출되고 있다.197) 그 양상은 뜻이 통하는 詩友였던 全履之에게 준 시에서 보인 바, 청백하고 고결한 인품을 지녔거나 뜻과 행실이 뛰어나다고 해서 반드시 현달하는 것이 아니라는 한탄198)에서부터 고결한 인품과 뛰어난 행실에 대한 회의에 이르기까지 다양하다. 그러나 그것은 결국 자신의 재능에 대한 자부와 그 재능이 쓰이지 못하는 현실과의 괴리 에서 오는 고뇌로 귀결된다.

이러한 고뇌는 그 자신이 문학적 재능과 관리로서 요구되는 능력 이 서로 같지 않을 수 있음을 스스로 깨닫기 전에는 해소되지 못하였 다. 문학적 재능이 관리로서의 실무능력 내지 관료 사회에 적용하는 능력과 반드시 일치되는 것은 아니다. 관료가 되기 위한 자격 요건으 로서 요구되었던 문학적 재능은 과거시험을 위한 필요조건일 뿐, 관 료에 임용되고 관료로서의 능력을 발휘하여 현달하게 되기 위한 충 분조건은 아닌 것이다.

---

196) 申用浩, 앞의 책, p.110.

197) 「感興」(全集, 권 8), 「全履之見訪與飮大醉贈之」(全集, 권 11), 「崔大博復和依 韻奉答」(全集, 권 12), 「舟賂說」 「鏡說」(全集, 권 21) 참조.

198) '何者是賢愚 何者是得失 得者未必賢 鼇頭鼠目翔貴秩 失者未必愚 瑰意琦行 樓蓬蓽 吾儕醒眼何足言 如子雄豪取爵不可必 神龍未起連龍昇 左道乘時直道黜' 「全履之見訪與飮大醉贈之」, 全集, 권 11.

따라서 과거 급제 후의 이규보에게 요구되었던 것은 문학적 재능을 내세우는 것이 아니라, 무신정권 하에서 요구되던 실권자와의 대인관계에서의 요령을 얻는 것이 현실적으로 더욱 요긴한 일이었다. 그가 관직에 진출하지 못했던 이유를 능력의 측면에서 보자면, 그의 문제는 문학적 재능의 부족이 아니라 무신 집정자들이 요구하는 그 나름의 능력을 갖추지 못하였던 데에 있었다고 보는 것이 객관적인 설명이 될 것이다.

적어도 이 시를 지을 당시에 이규보는 이점에 대해서는 생각이 미치지 못했던 것으로 보인다. 이러한 사정은 그가 40세 이후에야 관직에 다시 진출하게 되는 사정과 그 이후의 관직 생활에서 보여준 그의 처신으로 보아도 알 수 있는 일이다.199)

요컨대 20·30代 때의 이규보는 관료사회의 일원으로 편입하기에는 자신에게 현실적으로 부족한 점을 돌아보기보다는 문학적 재능에 대한 자부와 그에 따라 상대적으로 커지는 소외감에만 생각이 치우쳐 있었기 때문에 관직에 진출하지 못하는 고뇌도 해소되지 못하였던 것으로 보인다.

이와 관련하여 앞에서 살핀 봉황새의 비유가 들어있는 다음의 시를 보기로 한다.

---

199) 이규보가 관직에 진출하게 되는 결정적 계기는 실권자인 최충헌을 위해「茅亭記」를 지어 올려 인정을 받았던 일이었고, 관직에 진출하고 나서는 예전과 달리 스스로를 검속하여 자신의 처신을 매우 조심하였다. 그는 자신의 문학적 재능 위에 관료 사회에 적응하는 몸가짐과 마음가짐을 갖추고 난 뒤에야 자신이 그토록 원하던 文翰官으로서의 능력을 십분 발휘할 수 있었고, 그것을 바탕으로 재상의 지위에까지 오를 수 있었던 것으로 보아야 할 것이다.

「寓古」[200]

我家種孤桐	우리 집엔 좋은 오동나무 심어
待鳳凰不至	봉황 바랐으나 소식 없기에
斲爲一張琴	베어다 거문고 하나 만들어
彈作古漾水	流水曲 뜯었건만
世無鍾子期	세상에 鍾子期 없으니
誰肯傾其耳	그 누가 귀 기울이리
隣家種桑梣	이웃집엔 뽕나무 심어
養蠶蠶易肥	누에를 치니 잘도 자라
吐得五色線	토해낸 오색실이
織成美人衣	미인의 의상 되어
幸升君子堂	점잖은 宴席에 나가
終宴得相依	끝까지 귀염받네
種桑易取容	뽕나무 심으면 쓰이기도 쉬운데
種桐難爲功	오동나무 심으면 쓰이기 어렵구나
寄語世上人	세상 사람에게 권하노니
種桑莫種桐	뽕나무는 심어도 오동나무는 심지 마소

이 시에는 자신의 원대한 포부를 봉황에 비유하는 것과는 달리, 쓰임새의 크고 작음에 대한 비유로 구체화되어 있다. 자신이 비록 원대한 포부를 가졌다고 하더라도 그것을 알아줄 사람이 없어 쓰이지 못할 바에는, 실무적인 작은 직책이라도 좋으니 그저 쓰이기만이라도 했으면 좋겠다는 관직진출에의 절박한 심경이 토로되어 있다.

이규보는 과거에 급제한지 10년이 지나서야 미관말직인 全州牧司

---

200) 全集, 권 12.

錄에 부임하였으나 1년 여 만인 그 이듬해에는 파직을 당하였다. 그리고 나서 다시 이어진 無冠의 처지를 벗어나 보려고 35세에는 지방에서 일어난 반란군을 진압하는 일에 從軍하기도 하였으나, 아무런 포상도 받지 못한 채 다시 無冠의 처지가 되었다. 그에게는 하루 하루가 자신의 현실적 목표에서 멀어만 가는 혹독한 시련기였다. 이 시는 이 때에 지어진 것으로 보이는데, 자신의 원대한 포부를 접고서라도 관직에 진출하고자 하는 간절한 뜻이 내포되어 있다.

　관직진출에의 간절한 바람은 과거에 급제하고 몇 해 되지 않아서 지은 것으로 보이는 다음의 시에도 보인다.

「유승선께 올립니다(呈柳承宣二首)」[201]

一樹門前李　　문 앞의 오얏나무 하나가
逢春喜漸暄　　봄을 만나 차츰 따뜻함을 기뻐합니다
有心承雨露　　비와 이슬을 받고자 하오니
莫謂久無言　　오래도록 말 없다고 꾸짖지 마소서

出谷鶯猶在　　골짜기서 나온 꾀꼬리 아직 그대로
低徊漸下喬　　나직이 돌면서 차츰 교목에 내립니다
禁林期託柳　　금림의 버들에 의탁하길 기대하오니
願借一長條　　원컨대 긴 가지 하나를 빌려주소서

己酉年(22세) 司馬試에 합격하였을 때의 座主[202]인 承宣 柳公權

---

201) 全集, 권 2. '내가 그 門下에서 進士에 올랐다(予於門下登進士)'는 註가 붙어 있다.
202) 年譜 및 李需가 지은 墓誌銘並書(後集, 卷 終) 참조.

에게 지어 바쳐서 벼슬을 구하는 시이다. 첫 수에서는 자신의 姓이 李氏인 것을 들어서 자신을 오얏나무에 비유하고 있다. 그 오얏나무가 봄을 만나 봄기운을 느끼고 있는 것은 과거에 급제했음을 의미한다. 자신은 세상에 나갈 준비가 되었다 함이다. 비와 이슬을 받고자 한다는 것은 관직진출이라는 꽃을 피우고, 입신행도의 실현이라는 열매를 맺기 위한 기다림을 의미한다.

둘째 수에서도 같은 맥락에서 이해할 수 있다. 골짜기에서 나온 꾀꼬리는 이제 서생의 신분에서 과거에 급제한 신분으로의 변화를 의미한다. 우선 높은 나무에 내려앉은 건 역시 자신의 도를 실현하기 위하여 과거에 급제했음을 의미한다. 관직진출을 위한 모든 준비는 끝이 난 것이다.

그러나 관직진출의 길은 좀처럼 열리지 않았다. 全州牧司錄에서 파면된 후, 그는 또 다시 자신을 뼈저린 고통으로 몰아넣은 무관의 시절을 10년 가까이 겪어야만 했다. 이 길고도 험난했던 시절에 자기 인생의 제 1의 목표였던 功名을 얻지 못한 데서 오는 失意는 이규보로 하여금 자신의 문학적 자질과 재능에 대한 회의를 갖게 한다.

柳公權에 대하여는 이외에도 「是日李學士百全與同年李先輩見訪飮席走筆贈之叙舊」(後集, 권 4)와 「次韻李同年見和來贈二首」(後集, 권 5) 등에 詩註로 언급되어 있다.

「群蟲을 읊다(群蟲詠)」[203]

<누에[蠶]>

吐絲工騁巧	실을 토하여 교묘한 재주를 잘 부리나
作繭反逢煎	고치를 지어 도리어 삶아진다
似黠還似癡	약은 것 같아도 어리석으니
吾於汝獨憐	내 홀로 너를 가엾어한다

여러 곤충을 대상으로 시를 지은 것 중에 누에를 두고 지은 시이
다. 고치를 짓는 그 재주는 참으로 공교로우나, 바로 자신의 재주의
결과물인 고치로 인하여 삶아지는 것이 누에의 일생이다. 자신의 문
학적 재능을 무기 삼아서 세상에 나아가려는 이규보는 이 누에에게
서 자신의 삶을 보고, 누에의 비애를 자신의 것으로 여긴다.

거미와 매미를 두고서 탐심과 청정한 마음으로 나누어 보기도 하
였던[204] 이규보가 자신의 처지를 누에에 비유하여 슬퍼하는 것은 재
능의 양면성에 대한 동병상련이다. 비단을 얻기 위하여는 누에의 고
치 짓는 재주가 꼭 필요하다. 그러나 누에의 입장에서 보면 자신의
재주가 도리어 자신을 삶아지게 하는 비극의 원천이 되는 셈이다. 立
身行道를 위해 과거에 급제하고, 관직에 나아가서는 以文華國의 이
상[205]을 실현하기 위하여 열심히 문학적 재능을 연마했건만 과거에
급제하고서도 관직에 등용되지 못하면 그 뿐, 자신의 재능은 도리어

---

203) 「群蟲詠」 八首, 全集, 권 3.
204) ‘…蛛之性貪 蟬之質淸 規飽之意難盈 吸露之膓何營 以貪汚而逼淸 所不忍於
吾情…’, 「放蟬賦」, 全集, 권 1.
205) 문학으로써 나라를 빛내고 자신의 功名을 드날리고자 하는 생각을 金鎭英은
‘以文華國’으로 표현하였다. (金鎭英, 앞의 책, pp.89~94 참조.)

자신을 옭아매는 굴레가 되어 고통에 빠지게 한다. 자신이 원하던 대로 문관이 되어 文翰의 소임을 다할 수 있는 관직에 등용이 되었더라면 이런 고통은 없었을 것이지만, 앞날을 기약할 수 없는 실직자의 처지에서는 자신을 일으켜 세울 수 있으리라고 기대했던 그 재능의 뛰어남 때문에 오히려 고통을 더욱 심하게 느껴야만 되는 것이다.

이와 같은 문학적 재능에 대한 회의는 그가 자신의 가장 큰 자부처였던 詩作에 대해서조차 심각한 회의를 하게 만든다.

「또 新賃草屋詩에 차운하다(又次新賃草屋詩韻五首)」[206]

<其三>

點點階苔紫	뜰에 이끼는 점점이 자주빛이고
茸茸徑草靑	길에 풀은 우북이 푸르다
殘生浮似夢	보잘것없는 생애 꿈처럼 부질없고
破屋豁於亭	허술한 집은 정자보다 트여 있다
不省空囊倒	빈 주머니 바닥난 것 생각지 않고
猶嫌一日醒	하루라도 술 깨어 있는 것 싫어하네
詩成誰復愛	시를 지었건만 누가 좋아하겠나
自寫枕頭屛	스스로 베갯머리 병풍에 쓴다

이 시에 보이는 정조는 매우 침울하고 自嘲的이다. 과거에 급제해서도 등위는 하위였지만, 자신의 재능에 대한 자부는 누구 못지 않던 그였다. 비록 관직을 얻지는 못하였지만 「東明王篇」과 「開元天寶詠史詩」를 지을 때에는, 호방한 기개와 거창한 대의명분이 있어서[207]

---

206) 全集, 권 10.
207) 李東喆, 앞의 책, p.103.

술에 의지해서나마 자신의 기개와 포부는 꺾이지 않았었다. 그러나 자신의 이상을 실현하기에 현실은 너무도 그로부터 동떨어져 있었고, 그러한 현실의 벽 앞에서 자신의 意氣는 꺾이고 상처받지 않을 수 없었다. 현실에서 초연한 달사적인 태도로 오연히 지내기에 관직진출에 대한 애착은 너무도 컸던 이규보였다.

　재능에 대한 자부가 남달랐던 만큼 기대가 실현되지 못한 현실에 대한 실망감은 크기 마련이어서, 자신의 생애를 돌이켜 브니 꿈속의 일처럼 허황되기만 하다. 여기저기 무너지고 내려앉아 사방이 휭하니 트인 집과 같은 처지가 슬프기만 하다. 이 현달하지 못한 자신의 처지를 시에서는 집 주변의 묘사를 통해서 말하고 있다. 벼슬을 하지 못한 처지인지라 집에는 찾아오는 사람이 없어 뜰에는 이끼가 끼고 길에는 풀만 우북하다. 자신이 현실을 외면하고 속세에서 벗어나 있는 처지라면 그것이 은자의 풍모를 드러나게 하는 것이겠지만, 그런 처지가 아니기에 더욱 쓸쓸해지는 심사를 우북한 풀에 덮인 길과 텅 빈집으로 잘 묘사해 놓았다.

　그런 가운데에서도 그만 둘 수 없는 것은 술 마시는 일과 시 짓는 일이었다. 그러나 이제 주머니에는 술값이 떨어졌고, 시는 지어졌지만 궁색한 사람의 시를 누가 있어 좋아하랴 하는 자격지심마저 일어난다. 그리하여 자기나 보려고 베갯머리의 병풍에나 써볼 뿐이다. 시를 짓지 않은 것은 아니지만, 자신의 최대의 자부심이 자격지심으로 떨어지는 여기서 시인으로서의 지독한 自嘲를 보게 된다.

　관직에 나아가지 못하여 심사는 갈수록 우울해진다. 그럴수록 술과 시에 의지해보려고 하지만 술값은 떨어지고 시에 대해서도 도무지 자신이 서질 않는다. 경제적 궁핍에다가 정신적 압박까지 더해지는 것이다.

문학적 재능에 대한 회의에서 나아가 자신의 작품에 대한 회의에
이르기까지 된 처지에 대한 회의와 자조는 관직이 주어지지 않는 한
쉽게 극복될 수 없는 성질의 것이었다.

이런 갈등 속에서 이규보가 자신의 뜻을 붙여보는 곳이 莊子的 달
관의 세계이다.

> 「北山에서의 雜題(北山雜題九首)」[208]
>
> <其三>
>
> 夢廻山月落　　달 지는 새벽녘에 꿈은 맴돌고
> 吟久野雲歸　　들판의 구름 돌아가는 곳에 늦도록 읊조린다
> 松石今朝是　　자연에 맡긴 오늘 아침이 성정에 맞으니
> 風塵昨日非　　풍진에 매였던 지난날은 어긋남이어라
>
> <其六>
>
> 無心白駒詩　　白駒詩에 마음이 없고
> 寓意黑蝶賦　　黑蝶賦에 뜻을 부쳤네
> 讀罷南華篇　　南華經 읽기를 마치니
> 山中日亭午　　山中의 해가 한낮일세

인용한 두 번째의 시에서 시적 화자가 말하고자 하는 것은 벼슬에
나아갈 마음이 없고[209] 늦도록 들어앉아 책을 읽겠노라는[210] 것이다.

---

208) 全集, 권 5.
209) 白駒詩는 『詩經』 小雅 白駒편을 말한다. 이 詩는 賢者가 타고 온 흰 망아지가
　　 농장의 농작물을 뜯어먹었다는 핑계로 말을 묶어 놓아 떠나가지 못하게 한다는
　　 내용인데, 곧 帝王의 부름에 뜻이 없음을 말한 것이다.

그래서 한낮이 되도록 읽은 책이 『莊子』이다. 그리고 앞의 시에서 시적 화자가 자신의 性情에 맞는 것으로 제시한 것은 소나무와 돌로 대표되는 자연에서의 삶이다. 풍진에 매였던 지난날을 돌이켜서 자연에 몸을 맡기고 성정에 맞게 살고자 하는 바램이 구현된 것이 뒷시의 벼슬에 나아가지 않고 늙도록 책을 읽는 삶이다. 여기에는 유교적 이상을 품고 그 이상의 실현을 위해 기울였던 노력이 아무런 보상을 받지 못했을 때에, 오히려 그에 반대되는 측면에서 보상을 찾음으로써 위안을 받으려는 보상심리가 들어 있다. 그 결과로 찾아진 것이 道家的 은둔이다.

이 시는 이규보가 일찍이 꿈꾸었던 관직에의 진출을 일시적으로 단념하고 天磨山에 寓居하며 白雲居士라 自號하던 시절의 작품이다. 관직을 얻지 못하였다고는 하지만 과거에 급제한 시점에서 그렇게 오래된 시절이 아니고,211) 부친상을 당하기는 하였지만 경제적으로 그리 궁핍한 정도는 아니었다.212) 그로 하여금 관직진출을 단념하게 하고 山林에 은둔하게 한 것은 정치·사회적인 속박213)이라기보

---

210) 黑蝶賦는 흑색의 나비를 읊은 賦로 남조 때의 隱士 沈麟士가 지었다. 그는 여러 사람의 추천을 뿌리치고 늙도록 독서에 힘썼으며, 일찍이 흑접부를 지어 자기의 뜻을 부쳤다.

211) 申用浩, 앞의 책, p.66 참조.

212) 李佑成, 앞의 논문 참조.

213) 이규보가 29세이던 丙辰年에 이의민이 제거되고 최충헌이 집권하였다. 이규보는 최충헌이 집권하면서 家宰인 趙永仁과 相國 任濡·崔詵·崔讜 등 네 大臣에게 求宦하는 시를 지어 바치는 것을 필두로 관직에 나가려는 적극적인 노력을 하였다. (이에 대하여는 全集 7, 「上趙令公永仁幷序」, 「上崔平章讜幷序」, 「上崔樞密」 및 全集 26, 「呈尹郎中威書」, 「上閔上侍湜書」, 그리고 全集 8, 「呈內省諸郎幷序」, 「投李吏部」 참조)
   이에 비하여 이의민 집권기인 20代에는 그런 노력을 기울이지 않은 것으로 보인다.

다는, 富貴貧賤으로 말해지는 현실의 속박이나 제한을 견디지 못하고 정신적 자유를 추구하는 그의 갈망이었다.

비록 관직에 진출하지는 못하였지만 과거에 급제하여 '虛名'이나마 얻은 바가 있었고, 생계를 꾸려갈 만한 농토도 물려받은 것이 있었다. 그러므로 그가 말하는 가난이란 정신세계의 궁핍을 말하는 것이었고, 관직에의 진출을 가로막은 것도 상당부분은 자신의 檢束하지 못하는 放曠한 성격에 원인이 있었던 것은 자신도 알고 있었으므로214) 그것을 고치려고 노력할 일이지 섣불리 山林으로 들어갈 일은 아니었다.

그런데도 천마산으로 들어가 '天地와 宇宙를 좁게 여기며'215) 오연히 현실을 질시하며 지낼 수 있었던 것을 가지고, 그가 은거에 대해 각별한 뜻을 가졌기 때문이라고 보기는 어렵다. 그것은 아무래도 아직 年富力強한 시기였으므로 젊은 날의 호기가 앞선 것으로, 그의 기질적인 측면에서 이해되어야 할 것이다. 이 시기에 그 호방한 기개와 거대한 대의명분을 바탕으로 「東明王篇」과 「詠史詩」같은 작품을 지을 수 있었던 것도 그러한 맥락에서 이해할 수 있다.

이와 함께 사상적인 측면에서 고려되어야 할 것이 이 시에서 보이는 莊子에 바탕을 둔 道家思想이다.216) 천마산에 지내던 시절에 詩僧들과의 贈答詩가 많이 지어졌고 法華經을 외웠다는 사실217)을 보

---

214) 申用浩, 앞의 책, p.74 참조
215) '집에 식량이 자주 떨어져 끼니를 잇지 못해도 거사는 기쁘게 여겼고, 성격이 방광하고 검속할 줄을 모르며 천지와 우주를 좁게 여겼다(家屢空 火食不續 居士自怡怡如也 性放曠無檢 六合爲隘 天地爲窄)', 「白雲居士傳」, 全集, 권 20.
216) 이규보는 만년에 벼슬에서 물러난 뒤로는 『楞嚴經』을 위시한 佛經과 『列子』를 비롯한 道家書에 몰입하였다. 그러나 이 시기에 보이는 사상적 경향은 젊은 날의 것과는 다른 측면에서 이해되어야 한다.

면, 이 시기에 불교 교리에도 많은 지식을 갖추게 되었던 것 같다. 그러나 종교에 관한 지식이 그대로 그 사람의 종교적 성향으로 전환될 수는 없는 일이다. 20代의 젊은 나이에 세상을 보는 이규보의 시각에는 방황기에 賢愚가 뒤바뀐 세상에 대한 원망과 함께, 용렬한 인간들에게 허리를 굽히면서까지 벼슬을 구하지는 않겠다는[218] 오연함이 여전히 남아 있었다. 그런 그로서는 自我에 침잠하는 불교보다는 莊子類의 초월적인 정신세계에 보다 매력을 느꼈던 것으로 보인다.

「白雲居士傳」에서 스스로 밝히고 있는 것처럼, '성격이 放曠하고 檢束할 줄을 모르며 天地와 宇宙를 좁게 여기던' 그에게는, 유한한 공간과 인식의 제한을 초월하는 無何有之鄕에서의 자유로운 정신세계가 현실적 功利의 주변에서 맴도는 자신을 심리적 억압감에서 벗어나게 해주는 정신적 안식처였다. 그리하여 벼슬을 하지 못하는 것이 아니라 고결한 정신세계를 더럽히지 않으려고 벼슬을 하지 않는 것으로 여김으로써 스스로를 달래고, 松石이 어우러진 자연 속에서 책을 읽으며 늙어가겠다는 것으로써 문학적 재능이 쓰이지 못하게 된 처지를 자위하고 있는 것이다.

그러나 벼슬을 하지 않겠다고 하는 것은 어디까지나 자신에게 벼슬이 주어지지 않았기에 하는 말이고, 그에게 벼슬이 주어지지 않는 한 그의 자신과 자신의 재능에 대한 회의는 극복되지 못한다. 그렇기 때문에 여기서 더 나아가 현실에의 초극을 꿈꿔 보기도 한다.

---

217) 「法華經頌止觀贊 幷序」, 全集, 권 19 참조.
218) 申用浩, 앞의 책 p.75 참조.

「北岳에 올라 都城을 바라보다(登北岳望都城)」[219]

絶頂望都城	꼭대기에 올라 도성을 굽어보니
浩浩萬人海	넓고 커서 인해를 이루었네
小屋不容言	조그만 집이야 말해 무엇하랴
大屋正如塊	큰집들도 흙덩이만 하구나
可憐路上人	가엾어라 길 위에 오가는 사람도
蟻奔塵土內	흙먼지 속에 헤매는 개미와 같으니
經營覓何利	대체 무슨 이익 얻겠다고
意各有所掛	그 마음 저마다 속박되나
區區蠻觸間	작디작은 蠻과 觸이 싸우는 사이에
死生哀樂在	生死와 哀樂 서로 교차되니
安得出其中	어찌해야 여기서 초탈해
遊於六合外	저 六合 밖에 노닐어 볼 수 있을까

40代 초반에 지어진 것으로 보이는 이 시에는 자신의 처지에 대한 연민과 상심이 진하게 토로되어 있다. 산 위에서 바라본 도성의 아스라이 멀어진 모습에서, 그리고 한낱 미물에 지나지 않는 개미와 같이 보일 뿐인 사람의 모습에서 시적 화자는 또 다른 차원에서 바라본 자신의 초라한 모습을 본다. 길 위에 분주히 다니는 사람은 그저 흙먼지 속을 헤매는 개미처럼 보이고, 크고 작은 집들은 개미굴의 흙더미처럼 보인다. 바로 그 속에 자신이 살고 있다. 그 모습에는 생사와 우비고뇌로 찌들어 가면서도 눈앞의 이익을 다투는 바로 자신의 모습이 투영되어 있다. 그래서 슬픈 것이다.

여기서 이규보는 '뜻은 본시 六合(宇宙) 밖에 두고 있어서 天地에

얽매이지 않는다. 장차 元氣의 母體와 더불어 無何有鄕에서 노닐리
라'220)던 젊은 날의 원대한 정신적 포부는 간 데 없고 세속에 묻혀
功名과 利益을 찾아 헤매는 자기 자신의 모습을 보고 마음 아파한다.
저 우주 밖에 노닐고 싶어하는 마음이야 아직도 간절하지만, 그 자신
은 저 흙먼지 속을 헤매는 개미가 되어 생사와 희로애락이라는 세속
의 얽매임으로 돌아가지 않으면 안 되는 것이다.

이러한 심정은 세속의 매임으로부터 벗어나 있는 해탈인의 정신경
계와는 대조적이다. 이것은 똑같이 '萬國都城이 개미 둑과 같다'는
비유를 쓰고 있는 淸虛 休靜의 詩221)와 비교된다. 休靜의 시에서처
럼 달빛 속에서 淸虛한 마음으로 끝없이 불어오는 소나므 바람을 맞
으며 누워있는 解脫人과는 달리, 이규보의 처지는 끝나 六合 밖에
뜻을 두고 세속으로부터 초탈해 있을 수는 없는 것이었다.

이규보의 현실적 불우는 쉽게 해소되지 않았다. 과거 급제 후 20년
에 가까운 세월을 無冠으로 지낸 자존심의 손상 못지 않게 그를 괴
롭힌 것은 경제적인 궁핍222)이었다. 그런 그에게 부귀와 명예는 물론
이고 죽고 사는 문제까지 떠나 있는 禪師의 삶은 자기를 돌아보게

---

220) '찬에 이르기를, 뜻은 본시 우주의 밖에 있으니 천지에 얽매이지 않는다. 장차
   원기의 모체와 더불어 無何有之鄕에서 노닐리라(贊曰 志固在六合之外 天地所
   不囿 將與氣母 遊於無何有乎)', 「白雲居士傳」, 全集, 권 20.

221) '萬國都城如蟻垤 千家豪傑若醯鷄 一窓明月淸虛枕 無限松風韻不齊', 「登香爐
   峰」, 西山 休靜, 『淸虛堂集』 권 3. (『韓國佛敎全書』 제 7책, p.701, 동국대학교
   출판부, 1982.)

222) 젊어서는 물질적 곤궁보다는 정신적 궁핍이 문제가 되었지만. 점차로 경제적
   어려움 또한 상당한 고통이었던 것으로 보인다. '쌀을 사느라 옷을 전당잡히며
   신세를 한탄하기도 하고(「옷을 전당잡히는데 느낌이 있어 최종변에게 보이다(典
   衣有感示崔君宗蕃)」, 全集, 권 12), 술을 사느라 옷을 전당잡히며 세속에 대한
   울분을 토로하기도 한다(「全履之見訪與飮大醉贈之」, 全集, 권 11).

하는 거울이 되곤 한다.

「覺月禪師를 방문하여 蘇東坡의 詩韻을 가져 각각 짓다
(訪覺月禪師用東坡詩韻各賦)」[223]

步步行隨入谷雲	걸음걸음 구름 따라 골짜기로 들어가니
自然幽洞辟紅塵	자연스런 깊숙한 골 세상을 멀리했구나
已將蚊雀觀鍾釜	이미 俸祿을 蚊雀처럼 하찮게 여겼고
曾把螻蛤戲搢紳	일찍이 진신을 螻蛤처럼 희롱하였네
俯仰歸來推幻化	부앙과 귀래는 환화로 보았고
死生得喪任天鈞	사생과 득실은 하늘에 맡겼도다
多師雪裏猶賒酒	고맙게도 선사가 눈 속에 술을 사와
借與山中一日春	산중의 하루 봄을 빌려 주누나

世間을 멀리하고 名利를 돌아보지 않는 禪師의 풍모에 찬사를 보
내는 시이다. 1·2구는 깊숙한 골짜기에 있는 절의 모습이다. 시적
화자는 그 깊숙한 곳에 자리잡고 있는 절의 위치에다가 홍진의 속세
로부터 멀리 떨어져 있는 禪師의 정신적 풍모를 대입시켜 놓고 있다.

제 3구에서 제 6구까지는 禪師의 삶이 묘사되어 있다. 선사의 삶
은 자신의 그것과는 정반대의 길을 가고 있다. 자신이 추구해마지 않
는 봉록도 높은 벼슬도 하찮게 여겨 돌아보지 아니하고, 세상에 나아
감과 물러남을 허깨비와 같은 일로 보아 마음을 두지 않으며, 生死와
得失까지도 하늘에 맡기고는 집착하지 않는다.

이런 모습을 대하고서야 賢人이 쓰이지 못하고 올바른 道가 핍박

---

223) 全集, 권 11.

받는 비틀어진 세태에 대한 탄식224)도, 거북・용・난새・봉황 같은 위인이 도마뱀이나 올빼미 같은 소인・악인들에게 조롱을 당하는 賢 愚가 뒤바뀐 세상에 대한 원망225)도, 눈 녹듯이 사라지ㄱ 만다.

그러나 이런 시원함은 禪師의 풍모에 의지하여 일시적으로 누려보 는 物外의 일일뿐이다. 7・8구에 보이는 '겨울날에 잠시 맛보는 하루 의 봄날'은 그러한 자신의 처지를 가리키는 말이다.

다음날 지은 시226)를 보면 이규보는 서울에서 자신이 주간하던 일 이 촉박하여 선사의 만류에도 불구하고 굳이 산을 내려와야 했으며, 흘러내리는 물과 같이 흔들리는 마음으로 세속으로 돌아가야 하는 자신의 처지를 슬퍼하고 있다. 지팡이를 걸어 놓고 산문 밖을 나가지 않는 스님의 입장이 부러운 것도 이 때문이다.227)

이규보는 선사의 淸虛한 삶을 통하여 자신을 돌이켜 보고 山門 밖 을 나가지 않는 선사의 생활을 부러워하기는 하지만, 굳이 세속에 걸 려 있는 일이 아니라 하더라도 속마음은 산 아래로 흘러내리는 물과 같이 서울을 향하고 있었다고 보아야 할 것이다. 이와 마찬가지로 현

---

224) '何者是賢愚 何者是得失 得者未必賢 鼇頭鼠目翔貴秩 失者未必愚 瑰意琦行 棲蓬蓽 吾儕醒醺何足言 如子雄豪取爵不可必 神龍未起連龍昇 左道乘時直道 黜', 「全履之見訪與飲大醉贈之」, 全集, 권 11.

225) '도마뱀은 거북과 용을 조롱하고/ 올빼미는 난새와 봉황을 비웃는다/ 어찌 차 마 내 허리를 굽혀/ 둥글둥글하게 용렬한 사람을 섬기랴(蝘蜓嘲龜龍 鴟鴞笑鸞 鳳 何忍折我腰 突梯事(諛욕)' 「9월 13일에 여사에 손을 모아 놓고 여러 선배에게 보이다(九月十三日會客旅舍示諸先輩)」, 全集, 권 6.

226) 「다음날 선사가 만류하였으나 주간하는 일이 촉박하여 굳이 들아오면서 絶句 한 수를 짓다(明日師挽留迫事幹固還書一絶)」, 全集, 권 11.

227) '고인이 마음 내키는 대로 사는 한가로움 사랑하여/ 지팡이 걸어 놓고 산 밖을 나가지 않네/ 부끄럽구나 내 마음 흔들림 계곡으로 흐르는 물 같아서/ 이리저리 굽어돌아 인간에 이른 것이(高人高臥愛身閑 閑掛枯藤不出山 愧我翻如巖下水 廻斜縈屈到人間)', 「明日師挽留迫事幹固還書一絶」, 全集, 권 1⒈.

실 초극에의 바램이나 선승의 삶에 대한 선망 역시, 功名의 추구라는 현실적 목표가 실현되지 못하였을 때 그것을 위안하는 정도에 그치는 것으로 이해되어야 할 것이다.

한편 일시적인 위안에서 더 나아간 것으로, 無常感에 촉발되어 현실적 명리로부터 벗어나 있고자 하는 성향을 보이는 시가 있다. 우선 앞의 이 시를 지을 때보다 더 젊었던 30代에도 세월의 덧없음에서 느끼는 生에 대한 無常感을 토로하는 시가 있다.

「이날 元興寺에 들어가 친구인 珪師에게 주다
(是日入元興寺見故人珪師贈之)」[228]

憶昔共遊長安中	장안에서 함께 놀던 옛날을 생각하니
算來一十四春風	열 네 해가 되었구려
君時氣壯未三十	그대는 그때 혈기 왕성한 삼십 이전이어서
一身謂可赴飛鴻	날으는 기러기라도 따를 수 있다고 했었네
我亦鬢綠最年少	나 역시 검은머리에 가장 나이 어려
眼電爛爛如王戎	번개처럼 번쩍이는 눈동자 왕융 같았지
別來雲散各何處	이별한 뒤론 구름처럼 흩어져 각각 어느 곳에 있었던가
四海風塵雙轉蓬	사해 풍진에 쌍으로 굴러다니는 쑥대였구려
相逢一笑撫銅狄	서로 만나자 한 번 웃고 銅狄을 어루만지며
迸淚無言意不窮	솟는 눈물에 말못하니 뜻만 무궁하구려
師今已非昔日容	대사는 이미 옛날 얼굴이 아니라
瘦與松頭老鶴同	소나무 위에 늙은 학처럼 여위었네
我亦老大心轉縮	나 역시 늙고 의지 또한 좁아져서

---

228) 全集, 권 6.

無復昔日氣如虹　　다시는 무지개 같은 옛날 기개가 없다오
論情未終各悽惻　　정을 다 토로하지 못하고 각각 슬퍼하여
不覺半峯斜日紅　　산 중턱에 해지는 줄 몰랐네
人生一世須臾爾　　사람으로 태어나 한 평생 사는 것이 잠깐이거니
早謝名利從支公　　일찍 명리를 사절하고 지공을 따르리라

　이 시의 주된 정서는 인생의 덧없음에 대한 슬픔이다. 오랜만에 만
난 젊을 적 친구. 10년 넘게 보지 못하는 사이에, 세월은 두 사람의
몸을 늙게 하고 젊은 날의 기개를 무너뜨려 버렸다. 왕성하던 혈기도,
검은머리에 빛나던 눈동자도 이미 찾을 수 없다. 스님은 스님대로 늙
은 학처럼 야위었으며, 시적 화자 또한 하늘을 찌를 듯하던 기상이
사라졌다. 손을 잡고 마주 서서 세월의 덧없음을 슬퍼하는 두 사람을
지는 해가 물끄러미 바라보고 있다. 세월을 앞질러 변해버린 서로의
모습에, 오랜만에 만난 기쁨보다는 눈물이 앞선다.
　시적 화자는 세월이 흐름에 따라 젊은 시절의 모든 것이 변해버린
덧없음 앞에서, 사람으로 태어나 한 세상을 사는 것이 눈 깜짝할 사
이라는 것을 새삼스레 절감한다. 그리고 세상의 명리를 謝絕하고 더
늦기 전에 佛門에 들어가겠다고 말하고 있다.
　그러나 沙門이 되겠다고 하는 다짐이 실현될 수 없는 것이었던 것
처럼, 그의 名利에 대한 謝絕은 이루어질 수 없는 것이었다. 따지고
보면 이 시를 쓸 때 이규보의 나이는 30代 초반이었다.[229] 그가 만난

---

229) 이규보는 29세이던 丙辰年에 둘째 사위를 따라 尙州에 계시던 어머니를 뵈러
　　여행을 하였고, 이때에 南遊詩 90여 편을 지었다. 5월에 서울을 떠나 고향인 黃
　　驪에 갔고, 6월에 황려를 떠나 8월에 상주에 도착하였다. 이 시는 尙州에 들어가
　　기 전에 지어졌다. 「年譜」 丙辰年條 참조.

珪師는 40代 초반의 나이였을 것이니 초로의 나이라 할 수 있겠지만, 이규보는 한창 젊은 나이였다. 다시 말하면 이 시에서 말하고 있는 자신의 늙음은 생물학적인 나이를 의미한다기보다는, 자신의 나이를 바라보는 마음 상태를 나타낸 것일 뿐이다. 30代의 한창 나이에 마치 인생을 다 살고 난 노인이라도 되는 것처럼 여기고 있는 것은, 아무래도 관직진출이 늦어지는 것에 기인하는 조급증의 반영이라고 보아야 할 것이다. 세월은 덧없이 흐르는데 벼슬길은 자꾸만 늦어지는 것에 대하여 초조해 하는 심사의 일단이 드러나 있는 것이다.

佛門에 들어가겠다는 것도, 이러한 초조감에다가 인생에 대한 무상감이 절실해진 나머지 이렇게 벼슬도 못하고 한 평생을 덧없이 보낼 바에야 절에 들어가 사문으로 지내는 것이 낫겠다는 정도의 푸념으로 보지 않을 수 없다. 이와 마찬가지로 이 시에서 말하는 名利에 대한 사절도, 다음날 지은 「8月 10日 珪公이 그의 院에 題하기를 청하므로 한 수를 짓다」[230]에서 보는 것처럼, 덧없는 부귀와 명예를 뒤쫓는 자신의 삶과 언제나 변치 않는 松竹과 烟月을 향유하고 있는 스님의 삶을 비교하여 은근히 스님의 삶을 보다 가치 있는 것으로 평가하는 정도의 의례적인 말에 지나지 않는 것으로 보인다.

이규보에게 있어서 현실적 불우에 대응하는 정신자세는 현실적 불우의 깊음만큼이나 복잡한 양상을 지닌다. 앞에서 살핀 달관적 자세

---

230) '만 리 창공 외기러기 나는 가을 하늘에/푸른 물결 머리에서 한가히 옛 절을 찾았네/떠들썩한 문 밖에는 수많은 배가 모이고/적적한 바위 모퉁이에는 丈室이 그윽하구나/스님의 부귀는 원에 가득한 소나무와 대나무요/절의 풍류는 강에 비친 연기와 달이라네/숲 아래에서 무엇을 보았나 묻지 말라/부질없는 명예 버리고 물러와 쉬련다(萬里高天斷雁秋 閑尋古刹碧波頭 喧喧門外千帆集 寂寂巖陬丈室幽 滿院松篁僧富貴 一江煙月寺風流 莫言林下何曾見 擺却浮名欲退休)', 「八月十日珪公請題其院爲賦一首」, 全集, 권 6.

나 현실초극에의 바램과 선승의 삶에 대한 선망, 그리고 여기서 살핀
삶에 대한 無常感 등의 복잡한 심사는 벼슬길이 열리면서 대체로 해
소되는 것으로 보이며, 관직 생활을 하는 동안은 현실에 적응하는 방
향으로 전환된다.

　현실의 불우에 기인한 현실 초극에의 바램은 관직에 나아가면서
현실에 적응하는 것으로 전환된다. 그러나 벼슬길에서의 得意가 그
바램의 모든 것을 해결해 주지는 못하였으며, 그것은 관직 생활에서
의 갈등 속에 잠재되어 있다가 無慾의 삶을 지향하는 것으로 나타난
다. 본고에서는 이러한 지향이 名利라는 현실적 욕구의 추구와 그것
이 이루어지지 않는 현실 사이의 괴리에서 오는 갈등에 대처하는 하
나의 방식이었다고 보고, 그것이 불교적 정서와 어떻게 닿아 있는 지
를 살피고자 한다.
　자신의 문학적 재능에 대한 자부와 功名이라는 현실적 욕구 사이
에서 갈등을 겪었던 젊은 날의 이규보는 자신이 현실에 매이면 매일
수록, 자기 외적인 환경에 이끌리고 부려지는 것을 거부하려는 自意
識이 또한 강했던 인물이다.
　그는 「돌의 물음에 답하다(答石問)」[231)]에서

　　" … 사람은 진실로 만물 중에서 신령한 것인데, 어찌 그 몸과 마
　　음을 자유 자재하지 못하고 항상 物에게 부림받는 바가 되고 사람에
　　게 끌린 바가 되어, 물이 혹 유혹하면 거기에 빠져서 헤어나지 못하
　　고, 물이 혹 오지 않으면 우울하여 즐거워하지 않으며, 사람이 좋아

---

231) 後集, 권 11.

하면 지기를 펴고 사람이 배척하면 지기가 꺾이니, 본래의 진상을
잃고 특별한 지조가 없기로는 자네와 같은 것이 없네. 대저 만물 중
에 신령한 것이 참으로 이와 같은가?"232)

하고 자신의 흔들리는 마음을 드러내 보이고 있다. 그는 이 글에서
外物에게 부림을 받고 사람에게 끌림을 당하여 그로부터 몸과 마음
이 자유자재하지 못함을 스스로 한스러워한다. 이에 대하여 外物에
의해 부려지는 것처럼 보이지만, 부려지는 바 없이 부려지는 까닭에
실상을 온전히 할 수 있다고 自答한다.

"나는 안으로는 實相을 온전히 하고 밖으로는 緣境을 끊었기에,
外物에게 부림을 받더라도 外物에 신경을 쓰지 않고, 사람에게 밀침
을 받더라도 사람에게 불만을 갖지 않으며, 움직이지 않을 수 없는
박절한 형편이 닥친 뒤에야 움직이고 부른 뒤에야 가며, 행할 만하
면 행하고 그칠 만하면 그치니, 옳은 것도 옳지 않은 것도 없다. 자
네는 빈 배를 보지 않았는가? 나는 그 빈 배와 같은데, 자네는 어찌
나를 책망하는가?"233)

外物을 따라 흐르기도 하고 머물기도 하며 그 외적인 환경에 자신
을 내맡김으로써 오히려 외적 환경으로부터 벗어나고자 한다. 객관

---

232) '人固靈於物者也 曷不自由其身 自適其性 常爲物所使 常爲人所推 物或有誘
則溺焉而不出 物或不來 則慘然而不樂 人肯則伸焉 人排則屈焉 失本眞 無持操
莫爾若也 夫靈於物者 亦若是乎', 「答石問」, 後集, 권 11.
233) '予則內全實相 外空緣境 爲物所使也 無心於物 爲人所推也 無忤於人 迫而後
動 招而後往 行則行 止則止 無可無不可也 子不見虛舟乎 予類夫是者也 子何詰
哉', 앞의 글.

대상 뿐 아니라 그것을 인식하는 주관까지도 떠남으로써, 안으로는 實相을 온전히 하고 밖으로는 외경을 끊고 자유자재할 수 있기를 바라는 것이 그의 이상이었던 것이다. 이것은 隨緣放曠하며 隨處作主하는 불교적 이상과도 이어져 있다.

그렇기는 하지만 그에게 있어 자유자재의 이상은 자신이 추구하는 바가 획득되어졌을 때에만 가능할 것으로 여겨지는 것이었을 뿐이었다. 그것은 자신의 욕구가 성취되지 못하고 있는 동안에는 벗어날 수 없는 질곡 위에 덧붙여진 또 하나의 굴레였다. 이규보에게 있어 현실적 삶의 포기란 애초에 이루어질 수 없는 기본 전제였던 까닭에 욕구를 일으키는 마음 자체를 놓아버릴 수는 없었던 것이다.

그런 그가 벼슬이라는 현실적 욕구의 충족을 위해 노심초사하는 자신의 모습과 반대되는 방식의 삶으로서 스님의 삶에 눈길을 주는 것은 필연적이라 할 수 있다. 名利로부터 떠나 있는 스님의 청정한 삶의 방식은, 자신을 부려지게 하는 外物인 名利를 거부하는 自意識에 반하여 그것을 추구하지 않을 수 없는 자신을 돌이켜보는 거울이었던 것이다. 그 청정한 삶은 우선 다음과 같이 노래된다.

「8月 10日에 珪公이 그의 院에 題하기를 청하므로 한 수를 짓다 (八月十日珪公請題其院爲賦 一首)」[234]

萬里高天斷雁秋　　만 리 창공 외기러기 나는 가을 하늘에
閑尋古刹碧波頭　　푸른 물결 가에서 옛 절을 한가히 찾았네
喧喧門外千帆集　　떠들썩한 문 밖에는 수많은 배가 모이고
寂寂巖阤丈室幽　　적적한 바위 모퉁이에는 丈室이 그윽하구나

---

234) 全集, 권 6.

滿院松篁僧富貴　스님의 부귀는 절에 가득한 소나무와 대나무요
一江煙月寺風流　절의 풍류는 강에 비친 연기와 달이라네
莫言林下何曾見　숲 아래에서 무엇을 보았나 묻지 말라
擺却浮名欲退休　부질없는 명예 버리고 물러와 쉬련다

이 시는 강가에 호젓하게 자리 잡고 있는 절의 모습과 松竹 烟月에 둘러싸인 분위기를 묘사하고 있다. 하지만 그 속에는 그냥 보아넘기기 쉬운 林下의 일, 즉 스님의 생활이 투영되어 있다.

首・頷聯에서는 가을날 고향을 떠나 천리 밖에서 절을 찾는 시적 화자의 외로운 처지를 무리에서 떠나 있는 외기러기에 비유하고, 절 밖의 떠들썩한 분위기를 시적 화자의 복잡한 심사에, 그리고 시끄러운 세사와는 아무런 상관도 없다는 듯이 한가롭기만 한 옛 절과 고요하기만 한 방장실의 분위기를 스님의 한가롭고 적적한 마음에 비유하였다.

이러한 비유는 頸聯에 와서 스님의 부귀와 풍류에 대한 비유로 전환된다. 스님의 일상이라는 것이 절에 가득한 소나무 아래에서 바람을 쐬고 대나무 숲 사이로 거닐어 보는 것일 뿐이다. 그것을 받쳐주는 풍류 또한 강가에 피어오르는 안개와 그것을 비추는 달빛 정도이다.

그런데 이 松竹과 烟月은 흔히 일컬어지는 歲寒然後의 志操와 太平聖代의 風流와는 결이 다르다. 세간의 복잡한 攀緣에 매이지 않는 松竹간의 한가로움이요, 烟月 속에서의 자재로움이다.

그런 만큼 그것을 누리는 스님의 마음가짐도 또한 다르다. 그것을 누리되 내 것으로 삼겠다는 욕심이 없이 받아들이는 까닭에 그것을

향유함에 한계가 없다. 눈에 들어오는 대로 발 길 닿는 대로 무한히 누릴 수가 있다. 내 것으로 만들겠다고 울타리를 쳐서 그 안에 스스로를 가두는 것과는 다르다. 내 것이라는 욕심을 놓는 그 자리에서 내 것 아님이 없어지는 것이다. 이것이 스님이 松竹과 煙月을 한량 없이 누리되 그것에 부려지지도 매이지도 않고 자유자재할 수 있는 소이이다.

이규보는 이것을 스님의 부귀와 절의 풍류라고 받아들인다. 이렇게 자신이 추구하는 것과는 그 내용과 방향이 질적으로 다른 부귀와 풍류를 누리고 사는 것이 이규보가 보는 스님의 일상사. 즉 林下의 일이다. 조심스러운 시어를 선택하여 스님의 삶을 노래한 이 시에서, 이규보는 덧없는 부귀와 명예를 따르는 자신의 삶과 세월을 떠나 언제나 변치 않는 松竹과 煙月을 부귀와 풍류로 여기며 살아가는 스님의 삶을 비교하면서 스님의 삶을 가치 있는 삶으로 평가하고 있다. 그러면서 자신이 추구하는 부귀명예라는 것이 부질없음을 느끼고 그로부터 물러나 있는 스님과 함께 쉬고 싶어한다.

이규보는 스님의 욕심 없는 삶의 모습을 단촐한 살림살이를 통해서도 느끼고 감격스러워 하기도 하였지만,[235] 실제에 있어서 자신은 먹고사는 일을 해결하느라 그런 무욕의 삶으로 돌아가지 못함을 한탄하는[236] 데에 그치고 만다.

그러나 현실의 불우를 겪으면서 탈속을 선망하였던 것처럼, 현실

---

235) 「外院의 可上人을 찾아서 벽 위에 걸린 古人의 韻으로 짓다(訪外院可上人用壁上古人韻)」, 全集, 권 3, 본고 pp.148~151 참조.

236) ‘사방을 돌아봐도 조그마한 한 몸뿐이니/하루에 먹는 게 결국 얼마나 되나/그런데도 口腹을 채우기 위해/구름 낀 푸른 산에 돌아가지 못하네/環顧六尺身 一日能幾食 尙營口腹謀 未去雲山碧’, 「偶吟二首有感」其二, 全集, 권 8.

에의 욕망을 추구하는 이면에는 언제나 무욕에의 지향이 자리하고 있었다. 스님의 욕심 없는 삶의 모습에 고무되었던 그의 무욕에의 지향은, 만년에 들어서서는 무상감에 의해 촉발된다. 病苦를 겪으면서 쇠약해지는 몸과 함께 삶에 대한 無常을 절감하고, 그에 촉발되어 삶을 되돌아보며 무욕의 삶을 희구하게 되는 것이다.

「약과 음식을 물리치다(退藥與食)」[237]

兒勤進藥猶備應　　자식은 약 들라고 권하나 응하기 싫고
妻勸加飱亦莫聞　　처는 식사 더 권하나 또한 듣지 않는다
養得此身何處用　　이 몸 봉양하여 어디에다 쓸 것인가
聚如漚點散如雲　　물거품처럼 모였다가 구름처럼 흩어질 것을

이 시는 「白樂天의 病中 15首에 화답하여 차운하다」[238]라는 제목 아래 지은 15首 가운데 제 6首인 「'뜸뜨는 것을 그만두다[罷灸]'라는 시는 약과 음식을 물리치는 것으로 대신하다(罷灸以退藥與食代之)」는 시이다. 그 幷序에 보면 자신과 白樂天 사이에 아주 비슷한 점이 많았음을 열거하고, 그런 까닭에 그의 「病中十五首」에 和答하여 지은 것으로 되어 있다. 여기서 이규보는 자신이 시를 좋아하는 것은 이미 병이 되어 어쩔 수 없는 것이라고 하면서, 병이 나면 시를 좋아하는 정도가 두 배나 됨을 걱정하였다. 그런데 『白香山集』後集에서 白樂天이 老境에 지은 시를 보고, 그 역시 병중에 더욱 술을 마시고 시를 짓는 일이 늘었음을 알고는 스스로 위안을 삼았다고 한다. 그리고 白

---

237) 後集, 권 2.
238) 「次韻和白樂天病中十五首 幷序」, 後集, 권 2.

樂天은 뜸을 떠서 병을 이겨보려고 하다가 그것을 그만두었던 모양
인데, 그에 대하여 자신은 병을 낫게 하기 위한 약과 음식을 그만두
는 것으로써 대응하고 있음을 들어 이 시를 지었다.

이 시에서 이규보의 生死에 대한 인식은 다분히 불교적이다. 이 몸
은 四大와 五蘊의 모임으로 이루어진 것이라는 불교적인 인식을 기
반으로 하고 있다.239) 地·水·火·風의 네 가지 기본 요소가 어떤
인연에 의해 모여 몸이 생겨나고 色·受·相·行·識의 五蘊이 조
건 지워지면 이것이 태어남[生]이다. 그리고 그 모였던 인연이 다하
여 四大 五蘊이 흩어지면 이것이 죽음[死]이다. 이것을 詩에서는 生
도 死도 '모였다가 흩어지는 물거품 같은 것이고 구름 같은 것' 이라
고 하고 있다.

형상을 가진 모든 존재는 언제나 일정한 그 자체로서 불변하는 실
체가 없다고 인식하는 것이 불교에서 말하는 無常과 苦와 無我의 출
발점이다. 『法句經(Dhammapāda)』에는 이렇게 표현되어 있다. '모든
조건 지워진 것은 무상하며, 모든 조건 지워진 것은 괴로우며, 모든
법은 無我이다'240)

이와 함께 '열반에 이르는 네 가지 고귀한 진리'인 苦·集·滅·道
의 四聖諦도 苦에 대한 인식을 근간으로 한다. 모든 조건 지워진 것
[諸行]은 무상하기 때문에, 조건 지워진 모든 존재는 苦(Dukkha)라는
것이다. 이 苦는 일반적인 의미에서의 苦(괴로움)란 뜻이 아니라, '무

---

239) 이러한 이해는 노년의 작품인 「病中에(病中丁酉九月)」, 後集, 권 1에서도 보
  인다. 본고 pp.128~131 참조.
240) 法句經과 다음의 苦無常에 대한 이해는 월포라 라후라, 「불타의 가르침」, 앞
  의 책 pp.29~47 참조.

상한 것은 무엇이든지 괴롭다'는 의미에서의 괴로움이다. 一切의 존재는 그것이 그 자체로서 존재하는 것이 아니라 조건에 의해서 생겨나는 無常한 존재인 까닭에, 그 조건이 흩어지면 소멸될 수밖에 없는 한계로 인한 괴로움이 따른다는 것이다.

이 시에서 이규보는 육신의 노쇠에 따르는 병고를 겪으면서 그것에서 육신의 무상함을 보고, 자신이 겪는 괴로움은 병으로 인한 고통에서 오는 것이라기보다는 인간존재의 무상함에서 오는 것이라는 불교적 이해를 바탕으로 하여 病苦에 대처하려고 한다. 육신의 병에 대하여 약과 음식으로 고치려드는 것은 육신을 봉양하는 것인데, 육신을 봉양해본들 그것은 결국 흩어져 없어질 뿐이니 약과 음식을 가지고서 병을 다스리지는 않겠다는 것이다.

평생 동안 온갖 영욕을 다 겪으며[241] 살아 왔다. 이제 육신은 병들었고 나이는 이미 70이 되었으니 病苦는 당연한 일[242]로 받아들여진다. 그렇다고 해서 나고 죽는 일의 근원적 해결을 위해 불교적 수행의 길로 나서겠다는 것은 아니지만, 이규보는 자신이 겪고 있는 병고를 통하여 인생의 무상함을 보고 몸에 대한 집착을 버리고자 한다. 그리하여 자신이 평생을 두고 추구한 바 부귀공명에의 욕심을 버리고 싶어한다.

그가 退任을 하고 난 뒤 伴奉으로 줄어든 수입으로 생계를 꾸려가면서, 표면적으로 그가 걱정한 일은 먹고사는 일과 술 마시는 일[243]

---

241) '骨相難知畫 頭形略似眞 蕭條一隻影 榮辱備嘗身', 「燈前炤影」, 後集, 권 2.
242) '此身微恙何須問 七十衰羸未是災', 「次韻和白樂天病中十五首 中 答閑上人問病以答客問病代之」, 後集, 권 2.
243) 「正月七日受祿」, 後集, 권 2 참조.

의 두 가지 뿐이다. 최소한의 생계와 평생을 함께 한 기호식으로서의 술을 마시는 데 드는 비용만으로 그의 걱정거리는 축소된다. 물론 그가 평생을 떼어놓을 수 없었던 시를 짓는 생각만은 끝내 끊을 수 없었으나,244) 그는 만년에 이르러 世事에 얽힌 이런 저런 욕심에서 벗어나 젊은 시절에 꿈꾸었던 守分知足과 그로부터 오는 욕심 없는 삶을 실현해 보고자 하였다.

나아가 그는 無慾에서 나오는 자신의 淸淨心을 明鏡같은 마음으로 비유하기도 하고, 자신에게는 한 푼의 餘蓄도 없으나 세속의 일에 관심이 적고 만사를 다 떨쳐버리고 나니 道의 맛이 깊어간다고245) 기뻐하기도 하였다. 무욕의 청정한 마음을 수용하고 있는 데 대한 자부는 스스로를 白樂天에 빗대어 在家 出家者로서 祖師의 心印을 이어받고 있다는 자부246)에 까지 이르기도 하였다. 또한 늙은 몸으로서 아무 욕심도 없는 경지를 이익을 다툴 것도 책 읽기에 熱心할 것도 없는 無事客으로 빗대기도 하였다.247)

나이가 들어 병이 깊어가자 重九日이 되어서도 술을 다시지 못함을 슬퍼한다.248) 그리고 73세이던 그 해(庚子年) 「9월 25일에 몽고에 보낼 表狀을 지으면서」249)에서는 '졸렬한 문장 솜씨 임금님의 뜻을

244) 後集, 권 2, 「李侍郎에게 부치다(寄李侍郎需并序)」에서 '퇴직한 후 모든 생각이 사라졌으나 시를 짓는 빚만은 다 갚지 못하고 있는 듯하다(予旣退居百念灰冷, 唯未去詩中餘債)'고 술회하고 있다.
245) '一錢無蓄塵情少 萬事都抛道味深', 「次韻白樂天老來生計詩」, 後集, 권 3.
246) '自始腰抛丞相印 廻看心有祖師燈', 「次韻白樂天在家出家詩」, 後集, 권 3.
247) '公儀抉去嫌爭利 董子休窺爲讀書 罷相閑居無事客 何妨養得葉舒舒', 「家圃六詠 中 葵」, 後集, 권 4.
248) '無賓不飮心何怪 因病停歡意亦平 但愧黃花應笑我 此翁今歲大忘情', 「庚子重九 其一」, 後集, 권 7.
249) 「庚子九月十五日修蒙古所送表狀有作」, 後集, 권 7.

펴지 못하니 / 한가로이 앉아 여생을 보냄만 못하네'[250]라 하여 글 쓰기도 여의치 못한 심경을 피력하면서, 평생의 사업인 글 쓰기도 이젠 그만둘 때가 되었다고 하여 자신의 생애가 얼마 남지 않았음을 직감하고 있다.

이렇게 자신의 생애가 끝나가고 있음을 담담히 맞이하는 그에게는 자신에게 베풀어지는 작은 호의라도 전에 없이 고맙게 받아들이는 면모를 보이는데,[251] 그 가운데에 자신의 욕심 없는 천진함을 그대로 드러내 보인다.

「李侍郞이 화답해 온 桃梨 두 수에 차운하여 다시 네 수로 화답하다 (次韻李侍郞見和桃梨詩二首以四首和之 庚子十月)」[252]

<其三>

知君眞鄭重	그대 정중한 사람임을 알았노니
惠我此圓團	나에게 이 둥근 실과를 주기에
手拭纖毛啖	손으로 가는 솜털을 닦아 먹고
刀裁片月飡	칼로 반달처럼 오려서 먹었노라
實籩同棗設	대그릇에 대추와 함께 담아두니
異味與樝酸	특이한 맛은 산사처럼 시구나
致物何多侈	이 물건 어찌 그리 많이 보냈는고
堪將富貴看	나도 이걸로 부귀를 자처하겠네

---

250) '文拙未宣天子意 不如閑坐度餘生',「경자년 구월 십오일에 蒙古에 보낼 表狀을 지으면서(庚子九月十五日修蒙古所送表狀有作)」, 後集, 권 7.
251) 특히 이 시기에 남에게서 받은 토란, 혼돈, 복숭아, 배, 홍시 등의 선물에 대한 고마움을 전하는 시가 많다.
「次韻李侍郞以詩二首送土卵予以三首答之」·「謝其禪師送細餛飩」·「謝李侍郞送酸梨碧桃」·「謝河郞中送紅柿」, 後集, 권 7.
252) 後集, 권 7.

이규보는 만년에 이런저런 병으로 시달렸는데, 그런 중에 신 과일을 특히 좋아하여 그것으로 입맛을 찾았던 것으로 보인다.253)

이 시는 73세이던 庚子年 10월에 侍郎 李需가 보내온 복숭아와 배를 두고 사례하여 화답한 시이다. 이 시보다 앞서 지은 시에는 李侍郎에게 사례하면서 '보내온 과일이 하도 좋아 아이들이 볼까봐 깊숙이 감춰두고',254) '친구에게도 보여주지 않고 남겨 두었다가 혼자서 먹으련다'255)고 하여 자신이 그 선물에 얼마나 고마워하고 있는지를 천진스레 표현하고 있다.

이 시에서는 과일을 보내준 데 대한 감사의 표시를, 자신이 그것을 얼마나 맛있게 먹었는지를 핍진하게 표현함으로써 대신하고 있다. 3·4구에서 과일을 씻어 칼로 예쁘게 오려낸 모양과, 5·6구에서 그것을 붉은 대추와 섞어서 그릇에 담아 놓은 먹음직스런 모양을 묘사하여 과일의 맛을 시각화해 놓은 것이 그것이다.

3·4구에서는 과일을 하나하나 씻어서 칼로 한 조각씩 오려내어 입에 넣는 모습을 눈에 보는 듯이 묘사하였다. 특히 칼로 오려낸 한 조각 과일의 잘 익은 노란 색깔과 도톰한 크기를 반달의 모양으로 시각화하여 한 조각 씩 입에 넣을 때마다 느끼는 달콤한 맛과 먹는 재미를 도드라지게 표현하였다.

5·6구에서도 마찬가지로 몇 개의 복숭아를 덜어내어 붉은 대추와

---

253) '…投始頻遭病 爲兒反好酸…', 「次韻李侍郎見和桃梨詩二首以四首和之 庚子十月 其四」, 後集, 권 7.
　　'眞他此仙菓 不定似珠團 無脛猶跳至 滋脣使快飡', 「次韻李侍郎復和桃梨詩四首見示以依韻和成六首其末二章一謝摘盡樹上餘桃見寄一謝最後所餉金色大梨云」, 後集, 권 7.
254) '深祕忌兒看 朶雲開璨璨', 「謝李侍郎送酸梨碧桃」, 後集, 권 7.
255) '愛客猶難饋 留爲後日看', 앞의 시.

함께 그릇에 담아 높은 시각적 표현과 과일의 신맛에 대한 미각적 표현을 아울러 표현하여, 과일의 먹음직스러움을 공감각적으로 표현하고 있다. 과일을 보내준 것에 대해 사례하는 시에서 이렇게 공을 들여서 보내준 과일의 맛있음을 표현하고 있는 것은, 과일도 과일이지만 그것을 보내준 성의가 고마워서일 것이다.

그런데 이러한 고마움의 표시는 7・8구에 가서는 그 과일로써 자신의 부귀로 삼겠다는 것으로까지 나아가고 있다. 작은 호의에 대하여 이렇게까지 정성을 들여 시화해 놓은 것은 문학적 수식을 동원한 인사치레라기보다는 노년의 심경을 반영한 것으로 해석해야 할 것이다. 그저 맛있는 정도의 과일을 세상에 다시없는 맛으로 미화하고, 대수롭지 않은 선물을 가지고서 자신의 부귀로 자처하는 것으로 자신의 삶이 그만큼 세상의 물질적 욕심으로부터 멀어져 있음을 은연중에 드러내고 있는 것이다.

3) 정신적 한가로움의 실질

이규보는 현실 속에서 누리지 못했던 정신적 여유를 주로 山寺에서 스님들과 어울리면서 찾았던 경우가 많았다. 비록 일시적인 위안이고 자신의 여유로 삼는 데까지 이어지지는 못하였지만, 山僧들의 한가로움을 통하여 자신의 번뇌를 불교적 정서로써나마 해소하고 있는 경우를 살피기로 한다.

「惠文 長老의 水多寺 八詠에 次韻하다(次韻惠長老水多寺八詠)」[256]

<남쪽 산골의 개울물(南澗)>

潺湲界出翠巖根　　푸른 바위 밑에서 나와 졸졸 흘러내리니
閒裏奔忙靜裏喧　　한가함 속의 바쁨이요 고요함 속의 시끄러움이라
好在琉璃澄碧色　　잘 있거라 맑고 푸른 유리 빛이여
歸來何日洗心煩　　어느 날에나 이곳에 돌아와 마음의 번뇌 씻을꼬

　이 시는 이규보의 法友이기도 했던 惠文 장로가 水多寺의 여덟 가
지 경물을 대상으로 지은 시에 차운한 시이다. 그 중에 수다사의 남
쪽으로 흘러내리는 산골의 개울물을 두고 지은 이 시는, 졸졸거리며
흘러내리는 개울물과 물소리에 시상이 집중되어 있다. 山中에서, 특
히 절에서 한가로운 마음으로 듣게 되는 개울 물소리는 크든 작든 끊
임없이 고른 소리를 내어 주변의 여러 소음들을 수렴한다. 다른 소리
들은 시냇물 소리에 섞여서 하나의 소리로 어우러지기 때문에 듣는
사람의 마음을 가라앉게 해준다. 작다고 해서 다른 소리에 묻힐 만큼
주변이 시끄러운 것도 아니고, 크다고 해서 주위를 소란스럽게 할 만
큼은 아닌 것이 산골의 작은 개울 물소리이다.
　시인은 이 점을 두고 '한가함 속의 바쁨이요, 고요함 속의 시끄러
움'이라고 하여 그 소리의 특성을 잘 지적하고 있다. 조용히 흐르는
물이 소리를 내지 않아서 한가로이 머물러 있는가 싶어 자세히 들어
보면, 그 소리에는 크지는 않지만 졸졸졸 소리를 내며 쉼 없이 흐르
는 움직임이 내재해 있다. 또한 사방이 고요하여 적막 속에 모든 생
명이 숨을 죽이고 있는가 하면, 적막 사이로 들려오는 돌소리에는 여

---

256) 全集, 권 2.

러 소리들이 수렴되어 있어서 문득 생명의 활기를 느끼게 해주는 졸 졸거림의 약동성이 내재되어 있는 것이다. 이 움직임과 약동성을 시 에서는 '바쁨'과 '시끄러움'으로 표현하고 있다.

이 표현에는 움직임(動)과 고요함(靜)에 대한 시인의 관점이 반영 되어 있다. 흐르지 않는 듯 가만히 흘러내리는 가느다란 물줄기를 통 해서, 시인은 개울물에서 얻는 한가로움을 더욱 부각시켜서 '한가로 움 속의 바쁨'을 보고 있다. 이것은 靜中有動의 관점이 반영된 것이 다. 가늘게 들려오는 작은 물소리의 존재를 통해서, 시인은 주변의 고요함을 더욱 두드러지게 하여 '고요함 속의 시끄러움'을 보고 있다. 이것은 動中有靜의 관점이 반영된 것이다. 이렇게 靜中動, 動中靜의 관점257)을 가지고서 바깥의 번거로움에 물들지 않고 마음의 고요한 상태를 유지하고자 하는 것이 이규보가 생각하는 번뇌를 씻는 妙方 인 것이다.

다만 여기에는 개울물 소리에 의해 번뇌가 씻겨진 투명한 마음 상 태를 절에 와서 찾아보고 싶다는 희망만이 표출되어 있을 뿐, 그러한 투명한 마음을 자신의 경지로 수용하고 있음을 반영하고 있지는 않 다는 점에 주의를 요한다. 그렇다고는 하더라도 山寺 주변을 흐르는 개울의 물소리에서까지 그런 정신경계를 추구하는 시인의 의식이 남 다름을 알게 한다. 우리는 시인의 의식이 山寺라는 공간에라도 의지

---

257) 이에 대하여는 陳允吉 저 一指 옮김, 「王維의 自然詩와 禪思想」, 『中國文學 과 禪』(민족사, 1992), pp.63~98 참조.
　　이 글에서 저자는 '寫景詩'라고 평가되는 왕유의 자연시와 그 속에 포함되어 있는 禪思想을 분석하고 있다. 그는 불교가 主觀的唯心主義라는 관점에서 불교 의 空을 물질세계의 존재부정이라고 파악하고, 動과 靜의 자연현상에 내재해 있 는 불변의 본질에 대한 禪的 理解의 관점에서 왕유의 시를 분석하였다.

하여 마음의 번뇌를 해소하고자 하는 불교적 정서에 닿아 있음을 알게 되는 것이다.

그런데 이 시에서와 같이 산골에 흐르는 개울물의 고요하면서도 쉼 없는 흐름에 마음을 맡겨 마음의 번뇌를 씻고자 했던 이규보에게서, 번뇌에서 벗어나 정신적인 한가로움을 누릴 수 있게 하는 중요한 촉매가 된 것이 茶이다. 다음의 시는 이규보가 단순히 차를 마시는 일에서뿐만 아니라, 차를 달이는 과정 자체를 번뇌에서 벗어나는 길로 인식하고 있다는 점에서 茶에 초점을 맞추어 분석해 본다.

> 「天和寺에서 놀며 茶를 마시고 東坡의 詩韻으로 시를 짓다
> (遊天和寺飮茶用東坡詩韻)」[258]
>
> 一筇穿破綠苔錢   지팡이로 한 번 쳐서 동전만한 구멍을 내니
> 驚起溪邊彩鴨眠   시냇가에 졸던 오리 놀라 깨어난다.
> 賴有點茶三昧手   차 달이는 오묘한 솜씨에 힘입어
> 半甌雪液洗煩煎   눈 같은 진액 반 그릇으로 들끓는 번뇌를 씻어낸다.

이 시는 전반부와 후반부가 같은 구성으로 되어 있다. 한겨울에 차 끓일 물을 받으려고 얼어 있는 우물을 지팡이로 내려치는 소리에 졸던 오리가 놀라서 깨어난다. 여기서 시적 화자가 얼음을 깨뜨리는 것과 오리가 졸음에서 깨어나는 것은 다같이 覺醒의 의미로 쓰였다. 또한 얼음과 졸음의 이미지도 각성과 번뇌의 이미지로서 한가지이다. 얼음 깨뜨리는 소리에 졸음에서 깨어나 맑은 정신으로 돌아온다는 전반부의 내용은 후반부에서 똑같은 의미로 반복된다. 차를 달이는

---

258) 全集, 권 3.

오묘한 솜씨로 들끓는 번뇌를 씻어내는 것이다.

그런데 이 시는 한두 잔의 차로 마음의 번뇌를 씻는다는 효용의 측면 이외에, 차를 달이는 과정 자체에 의미가 부여되어 있다. 그것은 끓인 물로 차를 우려내는 솜씨를 '三昧에서 나오는 솜씨'라고 하는 데서 알 수 있다. 이 말은 제대로 달여진 차 맛도 맛이겠지만, 그 훌륭한 맛이 나오도록 물을 끓이고 차를 우려내는 과정을 염두에 둔 말이다. 제대로 차를 우려내는 데에는, 찻물을 준비하는 데에서 차를 마시는 데 이르기까지 茶禪一如로 일컬어지는 마음의 여유와 안정이 필수적이라는 점을 시사하고 있는 것이다.

차를 달이는 과정은 1·2구에서 찻물을 길으러 가서 벌어지는 정경을 묘사하는 것으로 시작되고 있다. 차의 맛과 향은 차도 차이지만 어떤 물을 어떻게 쓰느냐에 달려 있는 까닭에 이른바 '西出東流水'까지는 아니더라도, 우물에 가서 생수를 길어오고 준비하는 것도 그 물을 끓여서 찻물을 우려내는 솜씨와 아울러 三昧境으로 들어가는 중요한 과정이다. 차를 달이는 과정 자체가 차를 우려내는 솜씨와 함께 三昧의 경지에 이르는 중요한 일부가 되는 것이다. 이렇게 삼매에서 얻어진 한두 잔의 차로 번뇌의 들끓음을 씻어내는 것, 이것이 이규보가 생각하는 차를 통하여 번뇌를 해소하는 방법이다. 이로써 본다면 이규보는 스님들과 교유하면서 한 잔의 차와 함께 번뇌에서 물러날 수 있는 상당한 정도의 정신적 안정도 누릴 줄 알았다고 할 수 있겠다.

이규보는 차와 관련된 여러 편의 시를 지었는데, 절에서뿐만 아니라 일상생활에서도 차를 즐겨서 '三昧에서 나오는 솜씨가 이미 익숙하다'259)고 하여 자주 차를 즐겼음을 시사하고 있다.

茶와 관련된 몇 편의 시260)를 근거로 추정하면 그가 술을 마시는 분위기와 차를 마시는 분위기를 구별하고 있으며, 그에 따라 그 효용도 다르게 생각하고 있었음을 알 수 있다. 그에게 있어 현실적 불우에서 오는 울분을 푸는 것이 술이었던 반면에, 현실에서 한 걸음 물러서서 내면적 성찰을 하는데 차를 벗삼았던 것으로 보인다. 이러한 생각은 아마도 앞의 시에서처럼 맑은 물이나 그윽한 차 맛이 주는 이미지가, 흐린 이미지의 술보다는 격조 있는 것으로 느껴졌기 때문일 것이다.

그가 정신적 여유로서 추구한 한가로움의 실질은 마음의 여유를 가지고서 이른바 '일삼음이 없는 無事人'의 한가로운 정신경계를 누리는 것으로 노래된다.

「北山에서의 雜題(北山雜題)」261)

<其一>

得道已無事　　도를 얻고 나니 아무 일 삼을 것이 없음이라
經律亦蹄筌　　부처님 말씀도 계율도 또한 방편이다.
我不作羯磨　　나는 戒行을 따지지 아니하고
山僧且安眠　　산승은 그저 편안히 잠이나 잔다.

이 시에 나타나 있는 산승과 시적 화자는 절을 지키고 있는 주인

---

259) '三昧手已熟', 「남쪽 지방 사람이 보낸 鐵甁을 얻어서 차를 끓여보다(得南人所餉鐵甁試茶)」, 全集 권 3.
260) 「得南人所餉鐵甁試茶」, 全集 권 3.
　　「謝人贈茶磨」, 全集, 권 14.
　　「謝逸庵居士鄭君奮寄茶」, 全集, 권 18.
261) 全集, 권 5.

과 절에 찾아온 객의 관계로 되어 있지만, 주인은 주인대로 객은 객대로 서로 걸림이 없는 관계로 나타나 있다. 이러한 관계가 설정될 수 있는 것은 양자가 모두 자기가 처한 입장만을 고집하지 않음으로써, 서로의 입장이 동시에 원융하게 긍정되기 때문이다. 이것이 이 시에서 말하는 '일삼는 바 없는' 사람의 行裏이다.

시적 화자는 도를 얻고 난 뒤의 경지를 다름 아닌, 어떤 것도 일삼는 바 없이 그대로 걸림 없이 수용하는 경지라고 한다. 그 자리에서 보자면 부처님께서 평생 동안 설하신 經藏이나 行으로 보이신 律藏은 모두가 마음을 깨달으라고 보이신 방편일 뿐이다. 그런 까닭에 진실로 도를 터득한 사람이라면, 경장도 율장도 이제는 아무 관계없이 그저 일삼을 바 없이 無爲而作으로 지내게 되는 것이다. 마치 물고기를 잡고 난 뒤에는 물고기를 잡는데 없어서는 안 되었던 통발을 잊어버리는 것처럼, 강을 건너고 난 뒤에는 강을 건너는데 없어서는 안 되었던 뗏목을 잊어버리는 것처럼, 진실로 도를 터득한 사람이라면 도를 터득하는 데 반드시 필요했던 經律을 잊어버리고 거기에 집착함이 없이 그저 깨달은 경지를 수용해나갈 뿐이라는 말이다. 이것은 바로 禪家에서 말하는 '絶學無爲 閑道人'[262]의 行裏이다.

시에 노래된 이러한 표현을 두고, 그것이 그대로 시인 이규보의 정신경계에 다름이 아니라고 할 수는 없다. 그러나 우리는 여기서 이규보가 20代의 젊은 나이에 자신의 정신경계로서, 禪家에서 말하는 無事閑道人의 그것을 설정하고 있었음을 알 수 있다. 그의 시에서 이와 같은 정신경계를 바탕으로 그것이 체득된 삶의 모습을 반영하고

---

262) 註 179 참조.

있는 작품은 찾아지지 않는다. 다만 이와 비슷한 마음의 여유를 가지고서 한가로움을 수용하고 있음을 노년의 시에서 살필 수 있다.

「草堂에서의 即事(草堂即事)」263)

嬌娘撲蝶翩翩落　　귀여운 계집아이 나비를 때리니 파르르 떨어지고
稚子黏蟬軋軋鳴　　어린 사내녀석 매미를 잡으니 요란하게 울어댄다.
一卷殘書和睡讀　　읽다 남은 책을 졸면서 읽노라니
依稀漸作寢中聲　　어렴풋한 사이에 잠꼬대로 변해가네.

　노년의 여유로운 마음에서 누리게 되는 한가로움을 삶의 숨결이 묻어 있는 일상의 시어로 잘 표현해 놓고 있다. 書窓 밖으로는 집안의 아이들이 나비를 잡는다고 따라다니고, 끈끈이로 매미를 잡아 울어대는 매미 소리에 야단스럽다. 노경의 시적 화자는 그런 모습을 창 너머로 사이한 채 무심히 책장을 넘기다 졸고 있다. 손자손녀들의 활발한 모습과 노인의 일 없는 모습의 대비는 서로에게 방해가 되지 않고 어우러지는 마음의 조화로운 상태를 더욱 두드러지게 하고, 노인의 한가로움에는 바깥의 시끄러움에 장애되지 않는 넉넉한 마음이 투영되어 있다.
　이규보는 이 조화로운 마음의 상태에 대하여 '마음이 공적하니 만물의 소리는 본래 없는 것'264)이라고 하여 공적한 마음으로부터 비롯된 것이라고 진단한 바 있다. 마음이 공적한 까닭에 외계의 일체 사물에게서 장애를 받을 것이 없다는 것이다. 이러한 마음의 상태는 마

---

263) 後集, 권 1.
264) '心空萬物本無聲', 「寄尙書 退食齋의 八詠에 대해. 中 燕默堂」, 全集, 권 1.

음이 공적한 까닭에 외계의 物이 공적하고, 따라서 장애를 일으키는 객관세계도 空하고, 장애를 받아들이는 주체도 空하다는 불교적 유심주의를 수용한 것으로 이해할 수도 있을 법하다.

그러나 이규보에게 있어 마음의 한가로운 경계는 불교적 사유에 기반하고 있다기보다는 「다시 西郊 草堂에 놀다」[265)에 보이는 것처럼 여유로운 마음에서 기인한다고 보는 것이 타당하다. 좋은 농토와 자신의 수고를 대신하여 농사를 지어줄 일꾼들, 그리고 종과 수레까지 소유하고 있는 地主의 입장에서 풍요로운 시골에 다니러 와서 마음이 넉넉해질 때 외계의 급격한 변화(마른번개와 천둥소리)에도 여유 있게 대처하는[266) 한가로움이 생겨나는 것이다.

이러한 한가로움은 인용시에서와 같이 일 없는 한가로움으로 나타나는 경우와 그렇지 않은 경우가 혼재되어 있다. 「풀이 우거지다」[267)에서는 '兀然無事坐하니 春來草自靑'[268)이라는 禪的 無事人의 경계를 따르고 있는가 하면, 「담장이 무너졌는데도 수리하지 않다」[269)에서는 세상일 뿐 아니라 자신의 일에서까지 손을 놓은 노년의 일 없는 경지를 나타내기도 하였다. 반면에 「아이들을 물리치고 혼자 앉아서」[270)에서처럼 아이들의 시끄러움으로 고요히 앉아 생각을 맑히

---

265) '初日映短霞 長風卷宿霧 四望喜新晴 傍林聊散步 造物固難料 陰雲忽紛布 電火挈金蛇 雷公屢馮怒 兒童報我來 入郭及未雨 我言天地內 浮生信如寓 彼此無眞宅 隨意且相住 何必戀洛塵 局促首歸路 換酒傾一壺 胸膈無細故 頹然臥前榮 萬木蒼煙暮', 「復遊西郊草堂」全集, 권 2.

266) '陰雲忽紛布 電火挈金蛇 雷公屢馮怒 兒童報我來 入郭及未雨 我言天地內 浮生信如寓 彼此無眞宅 隨意且相住 何必戀洛塵 局促首歸路', 앞의 시.

267) 「草沒」後集, 권 3.

268) '吾有一言 絶慮忘緣 兀然無事坐 春來草自靑'『禪家龜鑑』(앞의 책) p.37 참조.

269) '有人勸我理家莊 四壁呀通便不防 數集壽中何計活 不如閑坐吸淸觴', 「墻頹不理」, 後集, 권 6.

려는 데 장애를 받아서 '물같이 고요한 마음이 흔들리는' 경계를 나타내기도 한다. 이것으로 보아 이규보가 흔들리지 않는 마음의 경계를 수용하여 언제나 한가로움을 유지할 수 있었다고 보기는 어렵다.

여기서 다시 그의 젊은 시절에 지은 시로 돌아가서 그가 누리고자 하는 한가로움의 실질이 무엇인지를 살피기로 한다.

「저물녁에 절에 당도하여 술 한 잔을 마시고 나서 皮日休의 시를 차운하여 각자 짓다(日晚到寺小酌用皮日休詩韻各賦)」271)

碧瓦鱗差出樹端   줄지어 늘어선 푸른 기와 나무 끝으로 내보이고
洞門人靜立蒼官   인적 없는 입구에는 소나무만 서 있네
滿林白雪猿跳破   눈 쌓인 숲 속에 원숭이는 뛰놀고
半壁紅暉鳥喚殘   벽에 걸린 노을에 새 소리는 잦아든다.
香爐冷堆山室寂   고요한 승방엔 향불 꺼진 재가 싸늘하고
磬聲淸斷石窓寒   차가운 창가에 풍경소리만 맑아라
我狂漸息堪禪縛   나의 狂氣가 차차로 사라지면 禪을 닦을 만도 하니
莫作當年獵將看   당년의 사냥꾼으로 여기지 말아주오.

이 시는 相公인 趙永仁에게 벼슬을 구하는 시272)의 앞에 있는 것으로 보아, 과거 급제 후 7~8년 동안을 벼슬을 제수 받지 못한 상태로 지내던 시절의 작품이다. 이 시기의 다른 작품에서처럼 사찰은 술자리와 연관되어 있으면서도, 고요하고 한가로운 공간으로 설정되어

270) '靜坐欲澄慮 兒孫鬧亂侵 須防投瓦礫 痛我水觀心', 「屛兒孫獨坐」, 後集, 권 2.
271) 全集, 권 7.
272) 「거듭 令公 趙永仁에게 올리는 詩(重上趙令公)」, 全集 권 7.

있다. 그러나 이 시에는 시적 화자의 한가로운 마음 상태보다는, 한 가로움을 얻지 못한 '狂氣'에 시달리는 모습이 고요하기만 한 僧房과 비교되어 더욱 두드러져 있다.

1·2구에는 멀리서 바라본 사찰 경내의 원경이 그려진다. 나무 끝으로 보이는 기와 지붕은 저녁나절의 파르스름한 이내 속에 푸른빛을 띠고 있어서 더욱 어스름한 분위기를 자아내고, 먼발치에서 바라보는 사찰 입구에는 사람의 자취라고는 보이지 않고 푸른 소나무만 서 있다. 오랜 세월을 속세와 떨어져서 어슴푸레한 저녁나절의 정적만큼이나 고요함을 간직하고 있는 그윽한 공간이다.

3·4구에서는 이 그윽함 속으로 찾아드는 시적 화자의 모습이 대조적으로 그려진다. 그것은 쌓인 눈 속을 뛰는 원숭이처럼 곤궁하고, 산새들이 둥지로 돌아간 뒤의 적막감만큼이나 기운 없는 이미지로 나타나 있다. 풍진에 시달려 소득 없이 바쁘기만 한 시인의 뒷모습이기도 하다.

시인은 '狂氣'에 시달리기 때문에 그렇게 된 것이라고 하고 있는데, 그 '광기'는 절에 들어와 절의 분위기에 동화되면서 점차로 사라진다. 향불이 다 타고난 뒤에 쌓여 있는 차가운 재는 승방이 일체의 번뇌가 사라진 공간임을 의미하는 소재로 쓰였고, 서늘한 기운이 어려 있는 창가에 맑게 들려오는 풍경소리는 고요한 승방 안에서 禪을 익히고 있는 禪客의 맑은 기운이다. 앞에서 제시된 그윽한 공간으로서의 사찰은, 이제 그윽하고도 맑은 공간이 된다. 이 고요하고 맑은 공간에서 시적 화자의 '狂氣'는 점차로 가라앉아 사그라진다.

젊은 시절 이규보가 겪은 불우와 그에 따르는 번뇌는 술로써 달랠 수 있는 것이 아니었고, 그렇다고 절에 가서 한적한 분위기에 젖어

'광기'를 달랜다고 해서 쉽게 사라질 정도의 것도 아니었다 그렇기는 하더라도 오히려 그런 번뇌에의 시달림이 이규보로 하여금 '광기'로부터 벗어나 있는 한가로운 처소로서의 사찰을 찾게 하고, 속박을 벗어난 禪客으로서의 삶을 꿈꾸게 하였던 측면도 있었던 것으로 볼 수 있다. 절에서 느끼는 그윽하고 맑은 기운에 힘입어 얼마만큼이라도 그 번뇌를 정화시킬 수 있었고, 그것이 힘들었던 젊은 시절의 불우와 맞서서 견딜 수 있게 해준 힘의 일부가 되었으리라고 보는 것이다.

그러나 사찰이라는 공간을 통하여 느끼는 잠시의 한가로움 속에서도, 그를 끝내 바쁘게 만들었던 것은 시를 짓는 것에 대한 집착이었다. 그의 번뇌와 광기를 쉬게 할 수 없었던 또 다른 요인이 바로 詩였던 것이다. 다음의 시에는 그에 대한 갈등이 나타나 있다.

「그 이튿날에 또 朴仁範의 詩를 차운하여 각자 짓다
(明日又用朴仁範詩韻各賦)」273)

洞深煙霧碧淒迷	깊은 골짜기에 짙은 안개 차기도 한데
其奈無情日又西	무정한 해는 또 기울어 가누나
厭雪寒麞爭穴燥	추위에 지친 노루는 따스한 곳을 찾아대고
避風幽鳥擇枝低	바람에 쫓긴 산새는 낮은 가지로 내려앉는다.
走藤遇曲難成杖	내뻗은 등덩굴은 구부러져 지팡이 감이 못되고
臥木因高偶作梯	누운 나무는 높아서 그대로 사다리 되었네
不識空門閑氣味	모를레라 절간에서의 한가로움이란 무엇인지
到山煩覓壁間題	산에 와서도 그저 벽에 붙은 시만 바삐 찾누나

273) 全集, 권 7.

일상생활에서 詩를 짓는 일을 떼어놓을 수 없는 것은, 그의 생애에서 관직에 진출하는 일을 떼 놓고 생각할 수 없는 것만큼이나 불가분의 일이었다. 이규보는 시 짓는 일을 스스로 고질병으로 생각하여 '詩癖'274)이라 하기도 하고, 나아가서는 불교에서 말하는 '마구니'의 장난이라 여겨 '詩魔'275)라고 하기도 하여 그로부터 벗어나고자 하는 소회를 피력하기도 하였다. 그러나 그것은 결국 그의 생활에서 시 짓는 일을 떼어놓을 수 없다는 자기고백이었다.

이렇게 평생을 함께 한 시 짓는 일은 한편으로는 자신의 한가로움을 방해하는 것이기도 하였다. 그래서 이 시에서처럼 한가로움을 찾아 절에 와서도 벽에 붙은 시를 찾아 부질없이 바쁘기만 한 자신의 모습을 되돌아보고 스스로를 한탄하는 것이다. 이것은 또한 일 없는 사람이 되기는 고사하고 일부러라도 시를 찾아내어 일을 벌이는 자신에 대한 어쩔 수 없는 자기연민이다.

이규보로 하여금 세간의 번뇌에서 벗어나지 못하게 하는 것이 그를 집요하게 따라다니던 현실의 불우였던 것처럼, 자신의 마음을 쉬지 못하게 하는 것은 시에 대한 끝없는 열정이었다. 그 열정은 자신의 '心肝을 깎는 일'276)이었다. 그리고 그 열정이 자신을 수고롭게 하면 할수록 한편으로는 그 고뇌로부터 벗어나 있는 사람을 부러워하기도 하였다. 그 선망의 대상은 현실에서보다는 세간을 떠나 있는 스

---

274) '年已涉縱心 位亦登台司 始可放雕篆 胡爲不能辭 朝吟類蜻蜓 暮嘯如鳶鴟 無奈有魔者 夙夜潛相隨 一着不暫捨 使我至於斯 日日剝心肝 汁出幾篇詩 滋膏與脂液 不復留膚肌 骨立苦吟哦 此狀良可嗤 亦無驚人語 足爲千載貽 撫掌自大笑 笑罷復吟之 生死必由是 此病醫難醫', 「詩癖」, 後集, 권 1.

275) '…人猶是焉 厥初 質樸無文 淳厚正直 及溺之於詩 妖其說怪其辭 舞物眩人 可駭也 此非他故 職魔之由 吾以是 敢數其罪而驅之…', 「驅詩魔文」, 全集, 권 20.

276) '日日剝心肝 汁出幾篇詩', 「詩癖」, 後集, 권 1.

님들이었다. 그들의 생활은 '향불을 피우는 일 외에 아무 하는 일 없이 지내는'277) 無事人의 그것으로 그려지고, 이규보는 이 일삼는 바 없는 한가로운 일상을 '격조가 높은 것'278)으로 여긴다.

　시 짓는 일, 즉 일 삼는 것을 좋아하는 好事의 번거로움은 현실에서는 관직에 진출하지 못하는 자신에 대한 고뇌로 이어지고, 그리하여 현실의 불우가 그를 핍박할수록 세간을 벗어나 있는 스님의 한가로운 자취에 눈길을 주게 된다.

　　「봄날에 山寺를 찾다(春日訪山寺)」279)

　　　風和日暖鳥聲喧　　화창한 봄날 새들의 지저귐도 생기 넘치는데
　　　垂柳陰中半掩門　　드리워진 버들 그늘 속에 절문은 반쯤 닫혀 있네
　　　滿地落花僧醉臥　　땅에 가득 떨어진 꽃 속엔 스님이 취하여 누웠으니
　　　山家猶帶太平痕　　절간에는 그래도 태평스런 자취가 그대로일레

　추운 겨울을 보내고 맞은 봄에 만물이 생동한다. 이 시에는 그 생동감이 새소리로 나타나 있다. 따뜻한 봄을 반기는 새들의 활기찬 지저귐이다. 산 속의 추운 겨울 내내 움추려들었던 산새들이 물 만난 물고기처럼 활발발해져 그 소리가 기운차다. 陽氣가 가득한 버드나무도 봄기운의 전령사답게 실같은 가지를 늘어뜨리고 봄을 맞아 푸르름을 더해간다. 그런데도 절만은 문이 반쯤 닫힌 채이다. 시절의

---

277) '除却燒香無一事', 「또 옛사람의 詩韻을 次韻하여 走筆로 쓰다(又用古人詩韻走筆書壁上)」, 全集, 권 7.

278) '霽天寒碧月分明 十二蓮花滴瀝聲 除却燒香無一事 始知禪格高大生', 「又用古人詩韻走筆書壁上」, 全集, 권 7.

279) 全集, 권 14.

변화에는 아랑곳없이 영겁의 세월을 지키고 있는 것만 같은 절간의 모습이다. 시적 화자는 그 변함 없는 모습에서 무상한 변화의 흐름 속에 서 있는 자신의 모습을 돌아본다.

그런 그의 눈에 들어온 것이 봄을 즐기고 있는 스님이다. 무상한 세월의 변화를 등지고 있는 것 같은 절간에서, 바로 그 무상한 변화의 극치인 꽃을 즐기고 있는 스님. 봄날의 넘치는 생기 앞에서, 그에 동화된 스님은 春興을 어쩌지 못해 땅에 가득 떨어진 꽃 속에 취하여 누워 있다. 산새들의 활기찬 지저귐, 나날이 푸른빛을 더해 가는 버드나무의 新綠, 이렇게 숲 속을 가득 채우고 있는 봄날의 기운에 취하여 만사를 잊고 누운 것이리라. 이것이 시적 화자의 눈에 들어온 스님의 한가로운 모습이다.

시인은 그 봄날 山寺의 한가로움이 마냥 부럽기만 하다. 스님의 태평스런 모습에서 그 일 없는 한가로움을 감득하고, 그것에 주어지는 눈길을 거두지 못하고 서 있는 것이다.

산사를 찾아가서 만나는 한가로움은 이규보로 하여금 현실의 번거로움을 버리게 하는 데까지 이르지는 못하였으므로, 끝내 그에 대한 동경에 그쳤을 뿐이라 할 것이다. 그러나 세속을 떠나 있는 沙門의 山中 생활을 통하여 자신의 번뇌를 정화하는 경험으로서의 의미는 분명하다 하겠다. 이런 까닭에 그의 발길은 자주 山寺를 찾았고, 그 분위기에 동화되었다. 그리하여 때로는 그대로 절에 머물러서 서울로 돌아가기를 싫어하는 마음으로 나타나기도 하였다.[280]

---

280) '여기서 서울이 몇 걸음이나 되랴만 / 숲 속에 한가히 앉으니 그만 일어나기 싫어(此去都城無幾步 / 倚林閑坐尙慵興', 「여름날 개국사의 스님을 찾아갔다가 만나지 못하고 못가에서 짓다(夏日開國寺尋僧不遇池上作)」, 全集 권 14.

다음의 시에서처럼 한가로운 나머지 일상으로 여기는 차 마시는 일조차도 잊고 있는 스님을 보면서, 자신도 그러한 無事의 경지를 흠모하기도 한다.

「九品寺에서 놀다가 날이 저물다(遊九品寺迫晚)」[281]

山險馬猶蹶	산 길 험하니 말도 비척거리고
路長人易疲	길은 멀어서 사람을 지치게 하네
驚鼯潛入草	놀란 날다람쥐 풀섶으로 들어가고
宿鳥已安枝	새는 벌써 가지에 깃들었네
虛閣秋來早	텅 비어 있는 누각엔 이른 가을이 닥쳐 있고
危峯月上遲	높다란 봉우리엔 느지막히 달 떠오른다
僧閑無一事	스님은 한가로와 일 삼는 일 하나 없어
除却點茶時	차 마시는 것조차 잊고 있네

1·2구에서 제시된 험하고 먼 산길은 세간과 출세간의 간격에 대한 시적 화자의 심리적 거리를 의미한다. 절에 가는 길이 멀다기 보다는 그곳에 눌러 앉아 돌아가기가 싫어서 '몇 걸음 되지 않는'[282] 서울이 멀게만 느껴진다. 이 거리감에는 산사의 한적함에 매료되어 있는 시적 화자의 내면이 투영되어 있다. 그만큼 서울에서의 일은 번거롭게 느껴지고, 그로부터 훌쩍 떠나 있는 山寺는 한가로움의 장소로 여겨지고 있는 것이다. 집으로 돌아가기가 싫을 만큼 세속의 일은 험난하고 멀게만 느껴진다.

---

281) 全集, 권 14.
282) '此去都城無幾步', 「여름날 개국사의 스님을 찾아갔다가 만나지 못하고 못가에서 짓다(夏日開國寺尋僧不遇池上作」, 全集 권 14.

이런 시적 화자를 더욱 山中에 머무르고 싶게 만드는 것은 山中의 한적함을 자신의 삶으로 수용하고 있는 스님의 한가로움이다. 시적 화자는 이른바 '주리면 먹고 곤하면 자는' 無事閑道人의 행리를 차 마시는 일상의 일조차 하지 않고 있는 스님의 모습에서 발견한다. 늦은 여름날 山中이라서 일찍 찾아온 가을 같은 저녁에 스님은 저녁 공양을 마치고 아무 일 없이 그저 있을 뿐인데, 시적 화자는 바로 그 모습에서 자신이 누리지 못하는 한가로움의 참모습을 보는 것이다.

이러한 山僧의 일 없는 경지에 걸맞는 산중의 분위기로 역할을 하고 있는 것이 경련에 그려지고 있는 四時의 변환과 떠오르는 달의 모습이다. 계절의 순환은 쉼이 없어 산중에는 이미 가을이 와 있고, 높은 산으로 둘러싸인 절에는 산이 높은 만큼 달은 늦게 뜬다. 때가 되면 가을이 찾아오고 달은 떠오른다. 텅 빈 누각에는 일 없는 스님이 그 달을 마주하고 한가로이 앉아 있다. 봉우리 위로 떠오르는 달과 아무 일 없이 한가로운 스님. 시인은 아무 상관도 없을 것 같은 이 두 가지 객관적 대상의 드러나지 않는 照應으로부터 禪的인 의미를 감지해 낸다.

이규보의 시에는 자신이 찾아간 사찰의 분위기에서나 스님과의 만남에서 이런 禪的인 의미를 감지해내고 그것을 시화한 예가 몇 편이 있어 눈에 띈다. 예를 들면, '마음은 달같이 맑고 기골은 학과 같이 희니 / 묵묵히 묘한 경지로 들어가 오롯한 천성을 기른다'[283]거나, '연꽃도 쓰지 않을 것을 괜시리 물시계를 만들었구나 / 주리면 먹고 곤하면 눕는 것이 일과인 것을'[284]이나, '노승의 일상사야 번잡하게

---

283) '心似月淸肌似鶴 惜惜入妙養天全', 「天壽寺偶書回文其一」, 全集, 권 3.
284) '不用蓮花空作漏 飢飱困臥是朝昏', 「訪聆首座夜臥方丈次聆公韻其二」, 全集,

물을 것이 있으랴 / 길손이 이르면 청담을 나누고 객이 떠나면 조는 것을'285) 이라고 하는 것들이 그것이다.

그 禪的인 의미라 함은 放下着에서 오는 妙用으로 이해될 수 있다. 禪家에서 말해지는 '兀然無事坐하니 春來草自靑'이 그것이다. 이 말은 세월이 가거나 오거나 아무 일 삼는 바 없이 그저 오롯이 앉아 있을 뿐인 수행자의 모습과, 봄이 오면 누가 애쓰지 않아도 봄기운을 타고 풀은 절로 푸르러지는 두 가지의 모습으로 妙用의 경지를 표현한 말이다. 자연은 겉으로 보기에 아무 일도 하지 않는 것 같아도, 봄날의 기운은 천지사방에 두루 미치지 않는 곳이 없어서 봄 풀을 길러낸다. 마찬가지로 禪 수행자는 벽을 향하여 아무 일 없이 앉아 있는 것 같지만, 어디에도 매이지 않는 마음으로 물을 길으나 괭나무를 하나 그 일거일동에 신통묘용의 경계를 수용하고 있는 것이다. 그렇기 때문에 한가로이 지낸다고 하는 것이 아무 일도 하지 않고 무위도식하는 삶이 아니라, 그 안에 자아와의 치열한 만남을 통하여 무한한 신통묘용을 간직한 일상으로서의 의미를 지닐 수 있는 것이다.

시인은 차 마시는 것도 잊고 있는 스님의 한가한 자태에서 바로 그런 한가로움을 감지하고, 마음으로나마 그 경지를 함께 해보는 것이다. 그렇다고는 하더라도 그것을 확대 해석하여 이규보가 신통묘용의 한가로움을 언제나 자신의 경지로 수용하였다고 볼 수는 없는 일이다.

다음의 시에는 한편으로는 그런 한가로움을 추구하면서도, 다른 한편으로는 끝내 시 짓는 '일'을 놓지 못하는 자신의 모습을 바라보

권 2.

285) '老僧日用何煩問 客至淸談客去眠', 「訪外院可上人用壁上古人韻」, 全集, 권 3.

는 데서 오는 기꺼움과 안타까움의 시선이 함께 들어 있다.

「山中에서(山中)」[286]

趨世尙難休	바쁜 속세에서야 쉬기도 어려웠지만
到山何憚阻	산에 와서야 무슨 걸림 있으랴
半日僧窓閑	한나절이 되어서도 僧窓은 한가롭고
足償南北步	이리저리 거닐어 볼만도 하여라
日落巖雲屯	해질 녘의 바위엔 구름이 모이고
霧蒸山雨霽	안개 짙은 산에는 비가 개인다
靜裏不妨吟	이렇게 고요한 데서 한 번 읊어 보는 것도 좋으리
詩成卽是偈	시가 지어지면 그대로 偈頌인 것을.

　세속의 번거로운 마음을 잠시 접어두고 찾은 山寺는 한나절이 되어서도 마냥 한가롭기만 하다. 세속에서야 이런저런 일에 걸려서 쉬어 볼 엄두를 내지 못하던 시적 화자도 거리낄 것 없이 편안한 마음으로 이리저리 거닐어 본다. 경련에서는 절을 찾은 객으로서 주인인 스님들에 대하여 거리낌없는 마음이 바위와 구름, 산과 비의 관계로 비유되어 있다. 승가에서 '白雲靑山'이라 하여 절에 머물러서 宗務에 관계된 일을 보는 쪽을 靑山이라 하고, 일정하게 머물지 아니하고 잠시 머물러 수행하는 雲水客을 白雲이라 하는 것과 같은 맥락이다.

　시적 화자는 구름이 모이나 흩어지나 아무런 걸림 없이 자리를 지키고 있는 바위와, 비가 내리면 내리는 대로 비에 젖고 비가 개이면 개이는 대로 햇빛을 받아들이는 산에서 저대로 自在하는 마음을 본

---

286) 全集, 권 12.

다. 그러나 막상 시적 화자 자신은 바위나 산처럼 무심할 수가 없다. 세속의 번거로움을 뒤로하고 모처럼 맛보는 한가롭고 고요한 분위기에 시적 흥취가 일어남을 어쩔 수 없는 것이다. 그렇지만 한편으로는 고요하고 한적한 승창의 맛을 말하면서도 자신은 그 한가한 멋에 동화되지 못한다. 그리하여 '봄 게으름이 어느새 버릇이 되어 / 싯구를 얻고도 굳이 써 놓지는 않는'287) 한가로움을 누리지 못한다. 시적 화자는 그런 자신에게도 일삼기 좋아하는 사람의 好事趣味가 있음을 수긍하고, 스스로에게도 열적고 스님들에게도 미안하여 기송을 짓는다고 변명을 해본다. 흥취에 겨워 짓는 시가 아니라 한가르운 승창의 맛에 어우러진 게송을 짓는 것이라고. 그러나 끝내 감출 수 없는 것은 시를 짓고 싶어 하는 그 마음이다.

---

287) '春慵渾作癖 得句不須書'「和塊居空館」, 全集, 권 7.

V. 이규보 불교관련시의 평가와
불교문학사적 의의

1. 이규보 불교관련시의 평가

1) 불교계에 대한 이규보의 입장

武臣執權 이후 佛敎界의 변화양상에 관련하여 주목되는 것은 기존의 문벌체제와 결탁된 불교계에 대한 자각·반성운동의 성격을 띤 信仰結社가 전개되었다는 점이다. 결사 운동의 가장 대표적인 것으로 뒤에 崔忠獻에 의해 修禪社로 賜額된 定慧結社가 있고, 다른 한 축으로서 白蓮結社가 있다. 정혜결사는 조계종 계열인 知訥(1158~1210)에 의해 주도되어 무신정권과 주로 관련을 맺었고, 백련결사는 천태종 계열인 了世(1163~1245)에 의해 주도되어 기층 민중과 주로 관련을 맺었다. 이들 양대 결사는 개경을 중심으로 한 기존 불교의 타락상과 모순에 대한 비판운동이라는 점에서 불교개혁운동이라고 그 성격을 규정할 수 있다.288)

---

288) 蔡尙植, 「高麗後期 佛敎史의 展開樣相과 그 傾向」, 『고려중후기불교사론』, 민족사, 1992. p.246.

이규보는 이들 결사운동을 주도하였던 인물들과 비슷한 시대를 살았다. 그러나 시를 통해서 많은 승려와 교분을 유지하였던 데 비하여, 정치적 입장을 고려해야만 하는 승려들과의 교분은 두드러지지 않는다. 특히 修禪社의 경우 고려 왕실과 최충헌 계열의 적극적인 지원에 힘입어 크게 성장하였고, 특히 1219년(고종 6년) 이후 崔瑀의 집정기에 중앙으로부터의 적극적인 지원을 받았다는 점을 고려한다면, 결사운동에 대한 이규보의 관심이 두드러지지 않았다는 좀은 특이한 일이다. 더구나 실권자인 崔瑀가 수선사 2세로서 결사운동을 이끌었던 慧諶(1178~1234)과는 적극적인 관계를 맺고 있었다는 점에 비추어 본다면 더욱 그러하다.[289] 또한 최우는 1232년 강화도로 천도를 한 이후 그곳에 자신의 願堂으로 禪源寺를 건립하고 역대의 수선사 主法者들로 하여금 선원사를 수선사의 별원으로 삼아 주석하게 하였고, 그 선원사는 大藏經 조판의 본원이었다.[290]

최씨 정권 하에서 적극으로 仕宦期[291]를 영위했던 이규보가 그것도 다름 아닌 최우의 불교 시책에 대하여 자신의 입장을 개진하지 않았다는 점은 어떻게 이해될 수 있을 것인가? 이점은 이규보의 불교계에 대한 인식의 일단을 알아보는 데 하나의 실마리가 된다. 먼저 생각할 수 있는 것은 자신에게 직접적으로 주어진 일이 아닌 것에 대한 거리 두기의 일환이었을 것으로 볼 수 있다. 일찍이 放曠無檢한

---

289) 이규보는 眞覺國師 慧諶의 碑銘을 짓기는 하였으나, 혜심과는 이렇다 할 교분이 없었던 것으로 보인다.

290) 대장경 조판에 관련하여는 <大藏刻板君臣祈告文>, 全集, 권 25. 참조

291) 申用浩는 이규보가 直翰林院으로 權補된 40세부터 致仕하던 70세까지를 그의 仕宦期로 보고, 이전의 放曠無檢함을 버리고 臣僚社會에 적응하고자 노력했던 시기로 파악하였다.
　　申用浩, 앞의 책, pp.80~88 참조.

태도로 인하여 자신의 탁월한 文才에도 불구하고 환로 진출에 적지
않은 좌절을 경험한 바 있던 이규보는 스스로 적임이라고 자부했던
文翰의 所任과 직접적으로 관련되지 않은 일에는 적극적으로 입장을
개진하지 않았던 것으로 보인다.

　이러한 사정은 그가 翰林院 재직 시에 지은 佛道疏나, 詰院에서
지은 釋道疏(특히 道場疏)를 살펴보아도 잘 드러난다. 불도소는 임금
을 대신하여 지은 것이고, 석도소의 경우는 집정자인 최씨 부자를 대
신하여 지은 것이 많다. 그 내용은 주로 사직의 영원한 안녕을 기원
하고, 그때 그때 발생한 재앙의 소멸을 기원하기 위하여 베풀어지는
儀式에서 임금이 기원의 대상인 부처에게 아뢰는 글이다.292) 그런데
이규보는 자신의 직책상 부여된 책무로서 각각의 儀式에 맞는 불교
적 용어를 택하여 疏文을 짓기는 하였으되, 그의 前 시대에 이미 그
폐단이 지적 받은 바 되었고, 자신의 당대에 국내외적인 사정으로 어
려운 경제사정에 비추어 과도하게 베풀어졌거나, 혹은 지식인의 입
장에서 보아 마땅히 비판해야 할 법한 불교 행사에 대하여서도 그것
이 왕이나 실권자에 관련된 일이라면 자신의 견해를 일절 내비치지
않았던 것으로 파악된다.

　불교계에 대한 일정한 거리 두기로 생각할 수 있는 이규보의 이러
한 태도는 한편으로, 이미 상당한 정도로 폐단을 드러내고 있던 불교
계의 타락상과 모순293)에 대해서도 적극적인 견해를 표명하지 않았

---

292) 佛道疏와 釋道疏는 이규보가 직책상 임금을 대신하여 의례문의 형식에 맞추
　　어 썼을 뿐이어서 그의 불교에 관한 인식을 알아보기에 적절치 못하다는 측면도
　　있다.
293) 고려불교의 병폐에 대하여 이종익은 호국·기복·미신·우상불교로서 가지는
　　정법불교에 배치되는 측면과 명리도생의 형식불교가 가지는 수행을 도외시하는

다는 점에서도 그대로 드러난다. 이에 비추어 본다면 그의 글에서 불
교의 교리에 관해서나 불교계가 처해 있던 현실에 대해서 언급한 것
을 찾아보기 어려운 사정은 어느 정도 이해할 수 있는 것이고, 이러
한 연유로 이규보에 관한 허다한 기존의 연구 실적에서도 불교에 관
련된 연구는 상대적으로 소외되었던 것이다.

그러나 이규보가 비록 적극적으로 불교 또는 불교계에 대한 인식
의 정도를 드러내지 않았다 하더라도, 그는 자신이 무인집권기를 지
배계급의 일원으로 살았다는 것 때문에라도 불교계를 바라보는 그의
시각은 고려시대의 불교나 문학을 통사적으로 조망하는 입장에서 충
분히 고려될만한 의의를 지닌다 할 것이다.

자료적인 한계가 있음에도 불구하고 이규보가 당대의 불교계에 대
해서 가졌던 인식을 살필 수 있는 자료가 없다고 볼 수는 없다. 게다
가 자료상의 한계가 이규보가 처했던 정치적 입지에 기인하는 것이
고 보면, 그의 불교계에 대한 인식이 투영되어 있는 불교관련시의 연
구가 그의 인식을 밝히는 데 더욱 요긴한 역할을 할 수 있을 것이다.

이규보가 자신이 벼슬에서 물러난 말년의 생활로서 설정하였던 것
을 보면, 젊어서의 자유분방했던 사상적 편력이 평생의 벼슬생활에
서 오는 현실적 제약으로 말미암아 매우 절제된 사유로서 老莊的인
사유와 佛敎的인 그것으로 수렴되고 있음을 보여준다.[294] 자신이 평

측면, 그리고 궁정·도시불교로서 가지는 민중으로부터 괴리된 측면을 지적하고
있다.(李鍾益, 「고려의 불교철학」, 『한국철학연구』 상, 한국철학회, 동명사, 1977,
p.436.)
　　이러한 병폐는 교계와 선계에 공통되는 일이었으므로 지눌과 요세의 결사운
동은 이러한 병폐에 대한 각성을 촉구한 것이고, 비슷한 시대를 살았던 이규보가
이러한 폐단에 대해서 몰랐을 리는 없다고 본다.
294) 申用浩, 앞의 논문, pp.91~93 참조.

생을 좋아했던 詩·琴·酒를 버리지 못한 한편으로, 楞嚴經을 비롯한 불경을 암송하는 것으로 내생을 위한 淨業을 닦겠다는 속내를 피력하고 있는 것이다. 물론 佛敎 이외에 老莊에의 침잠도 함께 하고 있으므로295) 순수하게 불교적이라고만 할 수는 없을 것이지만, 그렇다고 하더라도 자신의 인생을 마무리하는 시점에서 불경을 읽고 불교적인 수행을 통한 삶을 지향하였던 데에는 불교적인 것에 대한 평소의 의식이 작용하였던 것으로 보아 큰 무리가 없을 것이다.

2) 이규보 불교관련시의 불교문학적 특질

이규보의 불교관련 詩文에서 불교계를 바라보는 그의 시각은 주로 자신의 정치적 입장에 의해 제한되어 있다. 그의 佛敎關聯詩에서는 그것이 불교계에 대한 '거리두기'로 나타나며, 이로 인하여 불교관련시의 주제는 정신적 한가로움의 추구라는 극히 개인적인 성향을 띠게 됨과 동시에 종교적 지향의 결여로 귀결된다. 이에 대하여 본고는 이규보의 불교관련시가 불교적 사유를 근거로 하고 있음에도, 본격적인 佛敎詩로서 평가를 받기에는 일정한 한계가 있음을 지적한 바 있다.

이제 본고에서 다루고 있는 詩文을 대상으로 이규보 佛敎關聯詩의 주제를 개괄하고, 그것이 불교문학적으로 어떻게 연관되어 있는지를 살피기로 한다. 주제의 범주는 불교시 일반의 입장에서 논의될

---

295) 이규보는 유교에 대해서도 마찬가지로 궁극의 이치는 근원이 같다는 생각을 하고 있었다. 後集, 권 6, <南軒答客> 참조.
  이 점은 또한 앞에서 언급한 바와 같이 그의 불교인식이 지니는 시대사적 위상과도 관련이 있다고 할 것이다.

만한 것으로 제한하여 크게 네 가지로 나누었다. 각각에 해당하는 시
문을 열거하면 다음과 같다.

(1) 佛敎의 敎理에 대한 지식과 관련된 詩文

① 불교 관련 지식을 素材로 삼은 詩文

　　醉後亂藁大言示文長老 (全集, 권 14), 數珠偈 (全集, 권 19), 心
　　偈 (全集, 권 19), 團扇銘 (全集, 권 19), 天人相勝說 (全集, 권
　　21), 送璨首座還本寺序 (全集, 21), 妙法蓮華經心幷三十七品讚
　　頌書 (全集, 21), 醫王寺始創阿羅漢殿記 (全集, 권 24), 開天寺
　　靑石塔記銘 (全集, 권 24), 王輪寺丈六金像靈驗收拾記 (全集,
　　권 25), 次韻李學士復和內字韻詩見寄 (後集, 권 4), 目翳偶吟
　　(後集, 권 5), 庚子三月日李學士病中大設筵 (後集, 권 6), 昏焦
　　(後集, 권 7), 戲贈春州守姜壯元乞炭(後集, 권 7), 次韻李侍郎以
　　詩二首送土卵予以三首答之 (後集, 권 7)

② 佛敎 經典을 언급하고 있는 詩文

　　＊ 불교 경전 중에는 특히 노년에 관심을 가진 楞嚴經이 그 출현
　　　 빈도에 있어 우위를 차지한다. 이에 대하여는 항목 ‘(4) 불교
　　　 적 신앙과 관련된 시’에서 다룬다.

　　＊ 楞嚴經을 제외한 각각의 불교 경전과 그에 해당하는 대표적
　　　 시문을 열거하면 다음과 같다.

　　＊ 大藏經 … 大藏刻板君臣祈告文 (全集, 권 25)

　　　　　　　　靈通寺修補大藏被覽疏 (全集, 권 41)

　　＊ 般若經 … 大安寺同前牓 (全集, 권 25)

　　＊ 華嚴經 … 華嚴律章疏講習結社文 (全集, 권 25)

　　＊ 法華經 … 法華經頌止觀贊幷序 (全集, 권 19)

　　　　　　　　妙法蓮華經心幷三十七品贊頌序 (全集, 권 21)

　　　　* 圓覺經 ··· 歸正寺住持行圓覺法會疏 (全集, 권 41)

　　　　* 楞伽經 ··· 南軒戱作二首幷序 (後集, 권 2)

　　　　* 六祖壇經 ··· 昌福寺談禪牓 (全集, 권 25)

　　　　* 俱舍論 ··· 靈通寺修補大藏被覽疏 (全集, 41)

　　　　* 大智度論 ··· 大安寺同前牓 (全集, 권 25)

③ 名과 實相에 대한 인식

　　長尺銘 (全集, 권 19)

④ 出處에 관한 二重의 인식

　　送李史館赴官巨濟序 (全集, 21), 送同年盧生還田居序 (全集,
　　21), 止止軒記 (全集, 권 23)

⑤ 불교와 관련된 비판 의식

　　達摩大師像讚 (全集, 권 19), 問上堂偈 (全集, 권 19), 送宗上人
　　南遊序 (全集, 권 21), 論日嚴師 (全集, 권 22), 論四時饗先事略
　　言 (全集, 권22), 妙香山普賢寺堂主毗盧遮那如來丈示塑像記
　　(全集, 권 24), 袞中笑其五女色 (後集, 권 2), 次韻李平章虔州八
　　景詩中烟寺暮鍾 (後集, 권6), 次韻英禪者見寄 (後集, 권 8)

⑥ 談禪牓

　　昌福寺談禪牓 (全集, 권 25), 大安寺同前牓 (全集, 권 25), 西普
　　通寺行同前牓 (全集, 권 25)

⑦ 碑銘

　　故華藏寺住持追封靜覺國師碑銘 (全集, 권 35)
　　曹溪山第二世住持贈諡眞覺國師碑銘幷序 (全集, 권 35)

(2) 佛敎的 思惟를 主題로 한 詩

① 無事人의 한가로움

　　遊九品寺迫晩 (全集, 권 14), 夏日開國寺尋僧不遇池上作 (全

集, 권 14), 絶句三首 (全集, 16), 草堂卽景 (後集, 권 1)

② 無常感의 吐露

題李花 (全集, 권 14), 九日 (全集, 권 16), 聞同年韓𤲽密薨 (全集, 권 18), 病中 (後集, 권 1), 次韻和白樂天病中十五首中罷炙以退藥與食代之 (後集, 권 2), 書所感 (後集, 권 3)

③ 現象界의 일을 夢中事로 보는 인식

寓古 (全集, 권 14), 病中作示友人 (全集, 권 16), 三月二十日南軒偶吟 (後集, 권 3), 閏四月十一日夢遊仙作 (後集, 권 3), 自嘲 (後集, 권 4), 白雲小說

④ 晚年에 佛敎로 기울어진 생각의 단편들

贈四度門生及第 (後集, 권 4), 坐客李學士李亞卿見和卽席復次韻 (後集, 권 4), 五月十七日四門生等和前詩來貺置酒與飮卽席復和二首贈之 (後集, 권 4), 捫虱三首 (後集, 권 4), 始斷五辛有作 (後集, 권 5), 斷牛肉 (後集, 권 6)

(3) 佛敎的 情緖의 詩化

山夕詠井中月 (後集, 권 1), 山中春雨 (全集, 권 2), 山寺詠月 (全集, 권 12), 訪應首座方丈 (全集, 권 13), 與寮友諸君遊明月寺 (全集, 권 15), 月師方丈畵簇二詠 (全集, 권 2), 淵首座方丈觀鄭得恭所畵魚簇子 (全集, 권 13), 遊魚 (全集, 권13) 次韻丁秘監和前所寄詩以墨竹影子親訪見贈 (後集, 권 5)

(4) 佛敎的 信仰生活과 관련된 詩

① 楞嚴經 關聯詩

有乞退心有作 (後集, 권 1), 三月二十日南軒偶吟 (後集, 권 3), 十月十四日看楞嚴傍置琴彈之因有作 (後集, 5), 看經終又作 (後

集, 권 5), 誦楞嚴經初卷偶得詩寄示其僧統 (後集, 권 5), 次韻其
公見和 (後集, 권 5), 僧統又和復答之 (後集, 권 5), 復用前所寄
詩韻寄其僧統幷序 (後集, 권 5), 次韻李相國和籠字韻詩見寄
(後集, 권 5), 臥誦楞嚴有作二首 (後集, 권 5), 誦楞嚴經第六卷
有作 (後集, 권 6), 南軒答客 (後集, 권 6), 明日學士又和寄次韻
奉答 (後集, 권 6), 七月初二日浴家池 (後集, 권 6), 誦楞嚴偶題
(後集, 권 7), 次韻空空上人贈朴少年五十韻 (後集, 권 9), 又傷
目病 (後集, 권 9), 夢與美人戲覺而題之 (後集, 권 9)

② 白樂天 次韻詩

次韻白樂天老來生計詩 (後集, 권 3), 次韻白樂天負春詩 (後集,
권 3), 次韻白樂天春日閑居 (後集, 권 3), 次韻白樂天在家出家
詩 (後集, 권 3)

이규보 불교관련시 전반의 주제 형성에 기여하는 題材로서 가장
두드러지는 것은 그의 불교 교리에 대한 지식이다. 그는 자신이 접한
불교의 경전을 바탕으로 한[296) 해박한 지식을 갖추었으며, 나아가 선
종에 대해서도 그에 상응할만한 이해와 안목을 갖추었던 것으로 파
악된다.

불교 경전에 대한 다양한 언급은『東國李相國集』전반을 통하여
확인된다. 그 중에서도 젊은 시절에 天壽寺의 智覺 禪師에게서 배웠
다고 말한 바 있는 法華經과 致仕 이후에 특히 가까이 해서 외운 바
있는 楞嚴經에 대해서는 남다른 안목과 애호를 지녔던 것으로 보이

---

296) 노평규는 이규보가 보았을 佛經으로『法華經』・『大品般若經』・『僧祇律』・『金
光明經』・『仁王般若經』・『大莊嚴論』・『華嚴經』・『圓覺經』・『楞伽經』・『楞嚴
經』등을 들고 있다. (노평규, 앞의 책, p.102)

고, 그것을 素材로 많은 시를 남겼다.

그의 불교관련시에서 불교에 대한 지식은 시기적으로 젊은 시절에서 노년에 이르기까지 폭넓게 반영되고 있으며, 그가 평생 동안 교제를 이어간 승려들과의 詩를 통한 교제를 가능하게 한 매개로서도 작용하였다. 따라서 불교관련 지식은 불교관련시의 대부분을 차지하는 詩僧과의 贈答詩와 사찰 탐방에 관련된 시에서도 주된 素材로 활용되고 있다.

이규보는 불교적 소재의 활용에서 나아가 객관대상에 대한 직관적 통찰에서 비롯된 사물의 본질적 이해를 추구함으로써 불교의 교리에 근거하는 불교적 사유와 불교적 정서를 詩化하는 데 탁월한 솜씨를 발휘하였다. 객관 대상에 대한 통속적인 이해를 넘어서 그 대상이 지니고 있는 실제의 정상을 직관적으로 파악하는 의식의 성향은 實相에 대한 본질적 이해를 추구하는 佛教的 直觀과 이어져 있다.

이규보의 불교관련시에 투영된 불교적 사유와 정서가 가지는 이러한 특질은 禪的인 直觀과도 연관되어 있다는 점에서 불교시로서의 가능성을 확인해주고 있다 할 것이다. 본고에서는 이러한 성과를 空思想의 詩的 受容이라는 측면에서 평가한 바 있다.

그런데 이규보의 불교관련시에는 이러한 詩的 성취와는 상반되는 다른 특질이 공존하고 있는 점이 주목된다. 그는 노년에 楞嚴經을 읽고 외우는 것으로 來生을 위한 淨業을 닦는 수행으로 삼아 불교적 신앙생활을 하였다. 그런 까닭으로 楞嚴經을 소재로 하는 詩들이 致仕 이후의 만년에 집중적으로 지어졌다. 이 楞嚴經 關聯詩에 언급되고 있는 敎理에 대한 해박한 이해의 한편에는 지적인 관심의 한계를 벗어나지 못하는 儒者로서의 立地가 동시에 자리하고 있음을 알 수 있다. 본고에서 지적하고 있는 '종교적 지향의 결여'가 그것이다. 이러한 측면은 이규보가 자신의 사상적 입지를 유교적 가치관에 두어 자신을 儒者로서 자임하는 인식이 깊었던 데에서 비롯되었고, 이것은 불교에 대한 지적 관심을 사상적 사유 기반으로 전환시키지 못한 한계로서 시에 반영되어 나타난다. 결국 楞嚴經 關聯詩에 보이는 이규보의 불교에 대한 지식과 신앙적 관심은 종교적으로 기울었던 노년의 불교적 성향에서 더 나아가 종교적으로 승화되는 데까지 이르지는 못하였다.

전반적으로 이규보의 불교관련시는 불교적 주제의 형상화라는 측면에서는 불교적 소재에서 본질적 의미를 포착하여 詩化하는 데 있어 상당한 성과를 거두었다 할 것이다. 이러한 성과는 그의 詠物詩에서 보인 바와 같이 객관대상에서 사물의 본질을 통찰해내는 시적 안목을 바탕으로 이루어졌다고 본다. 시인으로서의 통찰력과 그것을 시화해내는 시적 안목은 또한 이규보가 불교인이 아닌 在家 文士로서 승려의 작품과는 구별되는 불교시를 창작해내는 원천이 되었다는 점에서 在家 文士의 불교문학으로서 일정한 의의를 찾을 수 있을 것이다. 다만 이러한 통찰력과 안목을 바탕으로 한 불교적 사유 내지 불교적 정서가 불교관련시 전반에 적용되는 핵심정서로 자리잡고 있지 못하다는 점은 지적할 수 있다.

2. 불교문학사적 의의

1) 이규보 불교관련시의 시대적 위상

고려시대에는 왕이 즉위하면 스스로 보살계를 받기도 하였고 여러 사찰에 행차를 하였으며 百座會를 비롯한 각종의 도량(道場)을 개설하여 매우 많은 수의 승려들에게 공양을 베풂으로써 숭불군주를 자처하였다.297) 국왕이 지나치게 불교를 좋아하여 백성의 괴로움을 헤아리지 못하는 일에 대하여 成宗 代에 이미 崔承老가 時務 28條를 올린 일이 있다. 그는 특히 前王인 光宗 때의 불교관련 행사의 지나침을 지적하여 비판하고, 나아가 나라를 다스리는 근원으로서 儒敎를 시행할 것을 주장하였다. 그러나 국왕이 불교를 숭상하는 관행은 무신집권기를 겪으면서도 지속되었으며, 고려조 전 시대를 통하여 그로 인한 폐해 또한 극심한 지경에 이르기까지 하였음은 주지의 사실이다. 그럼에도 불교는 건국 초부터 국가적인 종교였던 까닭에 불교의 사회적 지위는 확고하였으며, 國敎로서 가지는 정치 사회적 역할 또한 역기능 못지 않게 상당부분을 점하고 있었음도 간과할 수는 없는 사실이다. 따라서 고려시대의 사상사에서 불교가 차지하는 비중은 매우 컸다고 보지 않을 수 없다.

이러한 상황에서 고려시대 문인들의 불교에 대한 수용 양상은 최승로의 경우에서처럼 비판적인 수용도 있었지만 이미 귀족사회에 일반화되었던 불교를 개인적 신앙의 차원 이상으로 받아들이는 경향이 있었음은 『高麗史』 곳곳에서 독실한 숭불가로서 입전된 문인들이 있

---

297) 이에 대하여는 鎌田茂雄 저, 신현숙 역, 『한국불교사』, 민족사, 1988. pp.123~158 참조.

음을 통하여 확인된다. 그 중에서 직위가 높았던 관료문인으로서 불교신자가 있었음을 보여주는 예로는 예종 5년(1110) 7월에 죽은 門下侍郞平章事 李顗(1042~1110)의 경우가 대표적이다. 그는 성품이 조용하고 욕심이 없었으며 불교를 좋아하여 스스로 金剛居士라고 불렀다 한다.[298] 그에 대한 고려사의 평에서 알 수 있는 것처럼 그의 숭불은 매우 개인적이었고 관직 생활을 영위하는 가운데 수용된 것이어서 자신의 사회활동에 배치되지 않은 경우이다.

이에 비하여 고려시대 재가불자의 불교신앙에서 중요한 한 흐름인 居士佛敎를 열었고 불교계에 상당한 영향을 끼친 인물은 淸平居士 李資玄(1061~1125)이다. 이자현은 앞에 언급한 이오와 함께 고려 중기의 문벌귀족 출신이면서도 在家佛子인 居士로서 청평산에 은거한 이래 불교적인 수행과 생활로 일관하였다. 본고의 논의와 관련하여 이자현의 거사적 삶이 주목되는 것은 그의 삶이 보여준 高踏的이고 個我的인 자세이다. 그는 자신의 부친이 지은 청평산의 普賢院을 文殊院이라고 개명함으로써 자신의 뜻이 대중에의 교화보다는 개인적인 수행에 있음을 표방하였고, 실제로 그곳에 은둔하여 37년 간(1089~1125)을 머물면서 禪 수행과 교리의 연구에 전념함으로써 그의 불교적 성격이 고답적이었음을 보여주고 있다.[299]

그리고 이자현과 가장 가까이 지냈으면서 다른 취향을 보인 사람으로 郭輿(1058~1130)를 들 수 있다. 이자현과 곽여는 과거에 함께

---

298) 『高麗史』 권95, 「列傳」 제8. 「李子淵傳 附 李顗傳」 참조.
　　거사불교에 관해서는 崔柄憲, 「高麗中期 李資玄의 禪과 居士佛敎의 性格」, 『고려중후기 불교사론』, 민족사, 1992. 참조.
299) 崔柄憲, 앞의 논문, pp.194~210 참조.

급제한 同年友로서 다같이 벼슬을 버리고 處士의 길을 택하였지
만300) 이자현은 철저히 佛敎的인 생활을 하였고 곽여는 도한 철저히
道家的 생활을 하였다.301) 이 두 사람의 행보는 고려 중기 귀족사회
의 사상적 흐름에 불교적인 신행과 궤를 같이 하는 道家的 自然主義
가 자리하고 있었음을 보여주는 것이다.

이와 함께 이자현은 禪宗의 所依經典으로서 『楞嚴經』을 특히 중
시하여 왕명으로 능엄경을 강의하기도 하였고 僧俗 간에 널리 유포
시킴으로써 후대에 큰 영향을 끼쳤다는 점도 특기할만ᄒ다.

무신집권기를 겪으면서 13세기의 불교계에 나타난 가장 큰 변화는
무신정권에 의해서 개경의 문벌귀족과 결탁한 교종세력이 약화되었
다는 점이다.302) 이러한 외적인 변화의 동인과 함께 불교계 내에서도
기존의 폐단에 대한 반성으로 불교개혁운동이 전개되었고, 이에 대
하여 무신정권은 적극적으로 관계를 갖고자 하여 개혁운동은 結社運
動으로 자리를 잡고 지방세력과 기층민중을 대상으로 확대되었다.
12세기까지 귀족사회에 일반화된 불교신앙이 개인적인 성향을 띤 것
이라면, 13세기에 전개된 결사운동은 사회적이고 적극적인 성격을
띤 것으로 요약된다.

이규보는 불교계의 이러한 변화의 중간시기를 무신집권기의 관료
로서 살았다. 그는 관료로서 의식적이든 아니든 자신의 정치적 입장

300) 당시 사람들은 이 두 사람이 同年으로서 處士의 길을 택한 것을 두고 處士榜
이라 불렀다 한다. 『補閑集』 권 상, 太康九年癸亥榜條 참조.
301)『破閑集』 권 중, 處士郭興條 참조.『高麗史』 권97, 列傳 제 10, 郭尙傳附 郭興
傳 참조.
302) 許興植,「13세기 고려 불교계의 새로운 경향」,『고려중후기불교사론』, 민족사,
1992. p.97.

을 고려하여 불교계와의 관계를 유지하였다고 볼 수 있다. 그러나 결국 그의 불교적 사유를 기반으로 하는 불교인식은 이자현으로 대표되는 고려 전기의 은둔적·고답적인 거사불교와 고려 후기의 사회적·실천적인 결사불교와의 사이에 나타나는 중간적인 성격을 띠고 있다는 점에서 이규보 불교인식의 좌표를 설정할 수 있을 것이다. 그 것을 잠정적으로 말한다면 은둔적이기보다는 현실을 지향하였고, 현실 지향적이기는 하나 불교인식을 사회의식으로 전환시키는 데까지는 나아가지 못하였다고 할 수 있을 것이다.[303]

2) 불교문학사적 의의

한국의 불교문학은 불교의 전래와 함께 경전의 연구를 통한 論疏類의 저술과 偈頌類에서 형식적 기원을 찾아야 할 것이다. 원래 불교 경전에 들어 있던 운문 형식의 게송은 佛法에 관련된 내용을 전달하는 데 목적이 있는 것이지만, 점차로 서정시로서의 측면이 보태어졌고 형식면에 있어서도 한시의 정형성에 근접하면서 불교시 발생의 원형이 되었다.

승려에 의하여 지어진 불교시[304]는 6C 후반 고구려 定法師의 「詠孤石」, 7C 신라 元曉(617~686)·蛇福·義湘(625~702)의 게송, 8C 在唐 新羅僧인 薛瑤(?~693)·慧超(704~787)·無相(680~756)·地藏

---

303) 여기서 말하는 중간적 성격은 대개 ①문벌출신이 아닌 신진사인 ②도가사상을 기반으로 하는 불교적 소양의 함양 ③성리학 도입 이전의 유교적 소양의 함양이라는 정도로 규정할 수 있으리라 생각하지만, 이에 대한 고찰은 별도의 과제로 넘긴다.

304) 고려 후기까지의 불교시의 개관은 박재금, 앞의 논문, pp.5~40 참조.

(?~803)의 서정적인 詩들로 모습을 드러내기 시작하였다

고려 전기에 均如(923~973)는 40권 華嚴經의 普賢行願品에 들어 있는 普賢菩薩의 열 가지 行願을 詩化한 「普賢十種願往歌」 11首를 지어 화엄사상의 요체를 문학화 하는 데 있어 漢詩의 형식과 내용에 더욱 접근하였다.

이어서 大覺國師 義天(1055~1101)은 최초의 승려 시문집인 「大覺國師文集」을 남겨 佛家의 漢詩를 살피는 중요한 자료를 제공하였는데, 그의 詩는305) 佛法 중흥이라는 주제의식을 중심으로 자연과 서정에 기댄 인간적 정서의 발로로서 고려 후기 禪宗界 禪僧들의 禪詩와는 차별화된 敎宗界 승려의 詩世界를 보여주고 있다.

義天의 시대에 이르기까지 남겨진 불교시 자료는 그 니용이 불교적인 것으로만 국한되지는 않았으나, 그 작가층이 승려라는 점에서 주목된 것이었다. 그러던 것이 고려 중기 불교문화의 성숙과 더불어 불교적 사상과 신앙에 심취했던 인물들이 등장하여 李資玄(1061~1125)의 경우와 같이 불교적 사유의 세계를 추구하는 居士佛敎의 흐름이 형성되었고 그들에 의한 詩가 논의의 대상이 되었다.

『破閑集』과 『補閑集』에 따르면 義天의 제자인 無碍智國師 戒膺과 慧素, 大鑑國師 坦然(1070~1159), 龜山 曇秀 禪師 등은 文士들과 詩를 통하여 교유한 '詩僧'들로서 무신 집권기 이전의 詩壇에서 한 축을 담당하였고, 「白雲小說」에서의 '山人之格'이라는 李奎報의 평과 『補閑集』에서의 崔滋의 언급을 미루어 보면 詩僧들의 '山人體'라는 詩世界에 대한 평가가 주목되고 있었음을 알 수 있다.

---

305) 崔翰述, 『大覺國師 義天의 詩世界』, 계명대학교 석사 학위 논문, 1985.

義天과 그 제자들이 詩僧들의 문학적 기반을 닦았다면, 무신집권기에는 詩僧들의 활동이 더욱 활발해져서 李仁老·陳澕·李奎報·崔滋 등이 당대 문인들과 교유하면서 문학적으로 성숙해진 詩를 산출해냈다. 이 시기의 詩僧으로는 李仁老의 空門友이면서 李奎報의 詩友인 足庵 宗聆·李奎報의 주요 詩友인 惠文 禪師(?~1235)가 두드러지고, 『破閑集』과 『補閑集』에는 寥一·正思·無己·空空·覺訓·慧諶 등의 詩가 언급되고 있다.

敎宗界와 禪宗界의 승려들에 의해 주도되던 고려 전기 불교시는 무신집권기에 禪宗의 입지가 강화되는 분위기와 함께 禪的인 경향을 띠기 시작하였다. 특히 普照國師 知訥을 계승하여 한국 선종의 기반을 확고히 한 無衣子 慧諶(1178~1234)은 法語集인 『曹溪眞覺國師語錄』과 시집인 『無衣子詩集』에서 문학적 취향을 보인 偈頌과 다양한 창작시를 남겼고, 『禪門拈頌』의 편찬을 통하여 승려들의 불교시를 禪詩로 전환시켜 놓았다.

慧諶에 의해 전환된 승려 불교시의 禪的인 경향은 麗末의 三師로 일컬어지는 白雲 景閑(1298~1375)·太古 普愚(1301~1382)·懶翁 慧勤(1320~1377)의 어록에 실린 拈頌類의 다양한 偈頌과 名號頌으로 이어져 禪詩로 개화되었고, 禪詩는 조선시대의 禪僧들에게로 계승되어 불교문학의 대표 장르가 되었다. 慧諶과 같은 시대를 살아간 李奎報의 불교관련시가 당대의 불교 문화를 배경으로 慧諶의 禪詩가 승려에 의해 창작된 불교시의 흐름을 禪詩로 전환시켰던 것에 비견될 만큼의 영향을 끼쳤다고 볼 수는 없으며, 따라서 그의 불교관련시가 가지는 문학사적 위상도 제한적일 수밖에 없다.

李奎報 시대의 문학 담당층은 고려 전기 문벌귀족 출신과 새로이

등장한 新進士大夫의 두 축으로 구성되었다. 귀족 출신 문사들은 무
신집권으로 몰락과 재임용의 과정을 겪으면서 竹林高會를 비롯한 詩
社를 통하여 활로를 모색하였고, 신진사인들은 무신집권층의 통제
속에서 문학적 재능을 바탕으로 立身을 모색하였다.

　李奎報 불교관련시의 불교문학사적 위상은 儒佛이 공존했던 시대
에 신진사인으로서 스스로를 儒者로 자임하는 의식이 강했던 文臣의
문학에 수용된 불교적 주제의 측면에서 그 자리가 찾아진다. 본고에
서는 李奎報 불교관련시의 주제를 번거로운 世緣에서 한 걸음 물러
나서 일정한 거리를 두고 자신의 삶을 객관적으로 바라보고자 했던
시인으로서의 정신적 고뇌와 그에 대한 해소라고 파악하였다.

　그의 불교관련시에서 이러한 주제를 실현하는 공간으로 설정된 곳
이 사찰이다. 현실에서 얻을 수 없는 심리적 위안을 얻는 장소로서
사찰이라는 공간이 설정되었다는 것은 전통적으로 自然을 歸去來의
공간으로 설정하고 있는 漢詩의 불교적 변형이라 할 것이다.

　이규보는 유자로서 불교 경전에 대한 폭넓은 지식과 깊이 있는 이
해를 바탕으로 불교적 주제를 자신의 시에 수용하여 불교적 사유와
정서를 근간으로 하는 불교관련시를 지었다. 그의 불교관련시는 승
려에 의한 불교시가 禪的 깨달음을 주제로 하는 禪詩로 전환되던 시
기와 때를 같이 하면서 불교시 일반으로서의 佛敎的 抒情詩와 禪詩
로서의 悟道詩로 대표될 불교시의 한 축을 불교인이 아닌 일반 文士
로서 담당하였다는 점에 불교문학사적 의의가 있다 할 것이다.

VI. 결 론

　　본고에서 수행한 논의는 이규보의 불교관련시가 가지는 불교적 주제의 몇 가지 국면들이 불교시 일반의 특질과 어떻게 관련을 가질 수 있는 지에 관한 것이었다.

　　이규보 불교관련시의 주제는 불교적 정서의 발현과 정신적 한가로움의 추구로 요약된다.

　　① '佛敎的 情緖의 發現'이라는 주제는 空思想의 詩的 受容이라는 측면에서 불교적 사유가 반영된 것이었다. 이 점은 이규보의 불교관련시가 불교시의 관점에서 다루어질 수 있는 근거이지만, 그의 시에 있어서 불교적 사유가 詩 전반을 일관하는 주된 사유라고 할 수는 없다. 그럼에도 이규보가 젊은 시절에 지은 몇 편의 시는 흔한 불교적 소재를 가지고서 그 속의 본질을 포착하여 불교적 사유라는 사상성을 문학적으로 형상화하는 시적 성과를 거두고 있다는 점에서 주목할 만하다.

　　② '精神的 한가로움의 追求'라는 주제는 이규보의 시에서 두 가지의 지향으로 나타난 것이었다. 하나는 과거에 급제하고서도 관직을 얻지 못하던 시기에 표출된 것으로 자신의 문학적 재능에 대한 자부

와 관직진출에 대한 기대 사이의 어긋남에서 비롯된 현실에 대한 불만과 울분의 해소였고, 다른 하나는 관직에 나아가서 현실적 世事의 번거로움에 부딪칠 때 스스로 위안을 찾던 불교적 침잠에의 선망이었다. 정신적 한가로움의 추구는 불교적 사유와 정서를 바탕으로 현실의 번거로움에서 한 걸음 물러나 삶을 객관적으로 바라보고자 했던 시인으로서의 정신적 고뇌와 그에 대한 해소로서 이규보의 불교관련시에 일관되어 있다.

이규보의 불교관련시는 위의 두 가지 주제를 형상화함에 있어 주로 자신이 사찰에서 접했던 山中의 경물과 분위기, 또는 승려와의 교제로부터 불교적 의미를 감지해내고 그것을 시화하는 데 성공한 것으로 평가할 수 있다. 이러한 특질은 그가 詠物詩를 짓는 데서 보여준 객관대상으로부터 사물의 본질을 통찰해내는 시적 안목과 상통되는 점이다.

이런 점으로 본다면 이규보가 致仕 이후의 노년에 이르러 楞嚴經의 암송으로 대표되는 불교적 신앙생활을 소재로 시를 짓고 白樂天의 好佛的 성향에 공감하여 次韻詩를 지었던 작품 경향을 보였음에도, 그의 불교관련시가 본격적인 불교시로서 자리잡지 못한 것은 아쉬운 점이다.

본고에서 이규보의 불교관련시가 불교시로서 다루어지기 위해서 갖추어야 할 보편적 주제로 설정한 것은 佛敎的 思惟를 근간으로 한다는 思想性과, 그것이 佛敎的 情緒로 표현되어야 한다는 文學性, 그리고 이 두 가지가 궁극적으로는 佛敎的 解脫을 지향하는 宗敎性으로 연관되어야 한다는 것이었다.

이규보는 앞의 두 가지, 즉 사상성과 문학성에 있어서는 자신의 불교관련 지식에 기반한 직관적인 안목과 그것을 시화하는 능력으로 상당한 성취를 이루었지만, 이 두 가지가 궁극적으로 지향해야 할 종교성의 측면에서는 그에 상응할 만한 성과를 거두지 못하였다.

본고는 그 주된 요인이 이규보가 자신의 입지를 在家佛子로서 보다는 儒者로서 인식하였음에 있다고 보았다. 그로 인하여 그의 불교관련시에는 젊은 시절에 보여준 불교적 사상성의 문학적 형상화에 상응하는 종교적 지향이 갖추어질 수 없었고, 그에 따라 불교적 정서가 불교관련시 전반에 일관되는 핵심 정서로 자리잡을 수 없었던 것이다.

결국 불교적 정서의 발현과 정신적 한가로움의 추구라는 두 가지의 주제는 이규보에게 현실일 수는 없었고, 현실의 불우가 심할수록 그 현실로부터 벗어날 수 없다는 자기고백적인 바램일 수밖에 없었다. 그러한 한계는 그의 현실적, 정치적 입지에 주된 이유가 있겠지만, 기본적으로는 그의 현실주의적 성향에 기인하는 것이었다. 그의 이러한 측면이 불교관련시에 반영된 것이 시의 주제에 나타나는 정신지향의 한계이다. 이규보에게 있어 입신행도라는 유교적 이상은 그가 관직에서 물러난 만년에도 여전히 우선시되는 것이었다. 그런 그가 불교관련시에서 보여주는 불교적 사유와 정서는 유교적 이상이 획득될 때에는 언제든지 외면될 수 있는 태생적 한계를 지닌 것으로 파악된다. 이것은 이규보가 불교적 사유를 통하여 종교적 구원을 염원하고 종교적 신앙으로 실천하지 않았던 데에서 그 이유를 찾을 수 있을 것이다.

본고는 이규보가 불교적 신앙이나 수행에 근거하여 삶을 영위한 불교인이 아니라 유교적인 입신주의에 충실했던 관료지식인으로서,

동시에 불교적인 문화를 거리낌 없이 수용한 시대를 살아간 문인으로서 불교적 사유와 정서를 담고 있는 시문을 남겼다는 점을 근거로 그의 佛敎關聯詩가 佛敎詩 일반을 이해하는 데 어떤 기능을 할 수 있는 지를 염두에 두고 논의를 진행하였다. 이규보의 불교관련시는 불교시의 관점에서 보더라도 佛敎的 抒情詩로서 그 문학적 성과를 평가할만 하였지만, 그것을 불교시로서 논의하는 과정에서 문제가 된 것은 불교시에 대한 개념과 장르의 구분에 대한 이론적 근거가 없었다는 점이었다. 논자로서는 불교관련시의 논의를 통하여 불교시에의 이론적 접근이 가능하지 않을까 하는 기대가 없었던 것은 아니었지만, 이론의 부재에서 오는 혼선을 피하지는 못하였다.

이 문제에서 벗어나 불교시 일반의 이론적 토대를 마련하기 위해서는 고려시대 전반의 불교관련시에 대하여 불교적 사유와 불교적 정서에 관한 고찰이 이루어져야 할 것이다. 불교적 정서의 측면에서는 佛敎的 抒情詩로서의 가능성과, 불교적 사유의 측면에서는 禪的 思惟로 귀결되는 禪詩로서의 가능성에 대한 立論이 그것이다. 이 두 가지의 과제와 함께 불교시에 반영된 고려시대 문인들의 불교인식에 대한 연구가 수행될 때에야 이 글은 본래 의도했던 바 佛敎詩의 詩意識과 詩的 特質에 관한 연구로서 의의를 지닐 수 있을 것이다. 후속 과제로 남긴다.

제2부

이규보의 불교인식과 시

이규보의 백낙천 차운시
- 불교인식을 중심으로 -

1. 머리말

　『東國李相國集』에 보면 李奎報는 致仕를 전후한 시기에 이르러 불교에 대한 관심의 정도가 애호를 넘어서 종교적 지향으로까지 나아가고 있음을 알 수 있다. 이규보는 젊은 시절부터 詩作을 위한 준비로서 儒・佛・道를 비롯한 다양한 사상을 수용하는 데 노력을 기울였고, 그를 바탕으로 자신의 뚜렷한 견해를 세우고 있었음을 자부하기도 하였다. 불교에 대해서도 비슷한 경향을 보여서 각별히 종교적인 관심에까지 이르지는 않았지만 불교 경전 전반에 다한 식견과 이해에 대하여는 남다른 자부를 가지고 있었고, 그것은 평생 동안 이어진 불교계 인사들과의 교유뿐만 아니라 평생 동안 자신의 自負處로 삼았던 文翰의 직무를 수행함에 있어서도 상당한 밑받침이 되었음을 알 수 있다.

　그런 그가 나이 칠십에 이르러 퇴임을 앞두고 자신의 여생을 '두강주를 마시고 가야금을 타며, 白樂天集을 읽고, 楞嚴經을 읽어서 淨業을 닦으리라'[1]고 밝힌 바 있다. 이 네 가지 중에서 그가 白樂天을 주목하고 애호한 것은 스스로 밝힌 대로[2] 백낙천의 생애와 시에 대한 동질감을 찾은 데서 비롯되었고, 노년의 그는 자신의 지향대로 『白樂天集』을 애독하며 그에 화답해서 시를 짓기도 하고 次韻詩를 지어 자신의 소회가 백낙천의 그것과 닮아 있음을 노래하곤 하였다.

본고에서는 이규보가 노년에 지은 白樂天 次韻詩를 대상으로 하되, 주로 佛敎에 대한 인식에 있어서도 백낙천의 그것과 상통되고 있음을 이규보 자신이 특이하고 대견하게 여긴 점에 주목하여 그의 불교인식을 살피고자 한다. 노년의 이규보는 詩에 대한 취향에 있어서나 생애의 측면에서 백낙천과 비슷함을 자주 언급하였는데, 노년에 보인 이러한 경향은 자신의 시에 대한 자부이기도 하였던 것으로 이해할 수 있다. 그 중에서도 차운시에 보이는 불교인식의 일단은 禪의 전성기를 살았던 백낙천에 대해서 불교문화의 난숙기를 살았던 이규보가 보여준 불교적 대응이라는 점에서 일정한 의미가 있으리라 생각한다.

2. 청·장년기의 시에 나타난 불교인식의 추이

선행 연구에서 이규보의 생애를 구분하는 것은 관점의 차이에 따

---

1) '쇠잔한 이내 몸 벼슬에서 물러나/허리에 찬 印綬를 풀고자 하네/한가히 집으로 물러가/무엇으로 나날을 보낼까 하니/때로는 가야금을 타며/연달아 두강주를 마시리/무엇으로 때묻은 흉금 씻어낼까/백낙천의 시를 펴보리/무엇으로 수양을 할까/능엄경을 외우네(我欲乞殘身 得解腰間綬 退閑一室中日用宜何取 時弄伽倻琴連斟杜康酒 何以祛塵襟 樂天詩在手 何以修淨業 楞嚴經在口', 「사직할 생각이 있어서 짓다(有乞退心有作)」, 後集, 권 1.
2) 「次韻和白樂天病中十五首 幷序」, 『東國李相國集』 後集, 권 2 참조. (이하에서 『東國李相國集』 소재 작품은 全集과 後集으로 略記한다.)

라 몇 가지로 나뉘고 있다.3) 그런데 이규보는 젊어서 다양한 사상을 치우침 없이 섭렵하였고, 치사를 전후한 노년기에 종교적 관심을 가지고 불교를 애호하기 전까지는 그의 出仕여부에 관계없이 불교에 대해서 일정한 거리를 두는 자세로 일관한 것으로 파악된다.4)

본고에서는 이러한 점을 고려하여 불교인식과 관련된 이규보의 생애를 靑年期·壯年期·老年期로 구분하였다. 靑年期는 10代에 여러 번 과거에 낙방을 경험하고 급제한(22세) 뒤에도 관직에 나아가지는 못하였으나 자신의 문학적 재능에 대한 자부로 현실에 대한 기대를 저버리지 않았던 시기이다. 壯年期는 문학적 재능에의 자부에도 불구하고 관직에 나아가지 못하였거나, 미관말직에 나아가서도 적응하지 못한 채 나이만 늘어감에 따라 현실적 번뇌에 시달리던 시기이다. 이 시기는 대략 30代부터 40代 초반까지에 해당하는데, 그의 현실적 고뇌란 관직에 진출하지 못하는데 기인하였던 까닭에 40세 이후에 관직에 나아가게 되면서 그것은 자연히 해소되었다.

그리고 관직에 진출한 뒤에도 불교계와의 교류는 끊어지지 않았지만, 그의 仕宦期인 40代에서 60代 후반까지는 최씨 집권의 신하로서의 직분에 충실하여 현실과의 갈등에서 야기되는 내면의식을 표출하기 보다는 釋道疏나 佛道疏 같은 실용문에 자신의 불교적 소양을 적

---

3) 金鎭英은 이규보의 생애를 修學期, 不遇期, 榮達期로 나누었고, 申用浩는 修學期, 求宦期, 仕宦期, 致仕期로 나누고 있다. 이 밖의 여러 견해에 대하여는 申用浩, 『李奎報의 意識世界와 文學論硏究』,국학자료원, 1990, pp.61~62 참조.

4) 拙稿 『李奎報 佛敎關聯詩의 主題 硏究』, 고려대학교 박사학위논문, 2004, pp.176~179 참조. 과거 급제 후 대략 20년간 무관의 시절을 보내야했고, 관직에 진출하여 치사하기 전까지 30여년 동안은 최씨 정권의 사람이었던 관계로 불교에 대한 의례적인 글을 쓰는 데 있어서도 자신의 의사를 적극적으로 개진하지 않은 것으로 보인다.

용하는 데 치중하였다. 그런 까닭에 이 시기의 이규보는 자신의 불교 내지는 불교계에 대한 인식을 시나 문으로 드러내는 대신 일정한 거리를 유지하였다. 따라서 이 시기는 주로 山寺를 찾아서 자신과는 삶의 지향이 다른 산승들의 일상을 노래하면서 자신의 불교적 지향을 우회적으로 표명하는 정도에 그치고 있다.

그에게 있어 불교인식이 적극적으로 표출되기 시작하는 시기는 그의 노년기이다. 老年期는 71세에 致仕하기 전후의 시기이다. 자신의 인생을 돌아보고 마감을 준비하는 이 시기에는 평생의 애호인 詩・琴・酒에다가 佛敎에 대한 애호가 표면화되고 나아가서는 신앙의 단계에까지 이르러 불교에 대한 인식을 가장 많이 드러내고 있는데, 이에 대하여는 장을 바꿔 백낙천의 차운시에서 살피기로 한다.

1) 청년기 : 비종교적 관점에서의 불교사상의 수용

이규보는 자신의 입지를 입신출세에 두었고 적어도 詩에 관한 한 남다른 자부와 그에 상응할 만한 재능을 지니고 있었다. 그러한 자부심은 20代를 전후한 시기에 지은 시에 반영되어 있다. 이 시기의 이규보는 과거에 급제하고 나서도 관직을 얻지 못하는 현실에 대한 갈등을 드러내기보다는 세상을 한 걸음 물러서서 바라보는 오연함으로 현실적 불우를 외면하고 있다.

또한 이 시기에는 현실적 불우가 직접적으로 그를 괴롭히는 데 이르지도 않았던 까닭에 그 불우와 고뇌를 객관적으로 바라볼 수 있었던 시기이기도 하다. 이러한 사정은 그가 산사를 찾아 山僧들과 교유하면서 지은 시에 정신적 한가로움의 정서로 나타나 있다. 현실문제에 대한 갈등을 드러내놓고 토로하기보다는 불교적 사유로 우회하여 위안과 여유를 찾고 있는 것이다.

「北山에 놀다(遊北山)」[5]

重峯複嶺翠磨空	겹겹이 둘러싸인 봉우리와 고갯길은 하늘에 닿아 푸르르고
路入招提一線通	길은 한 줄기로 山寺에 잇닿아 있다.
信步從教巾墊雨	발길 닿는 대로 걸으면서 두건일랑 비에 젖든 말든
閑吟不覺笠欹風	한가로이 읊조리노라니 갓이 바람에 기울어도 모른다
山花染出燕脂爛	산꽃은 물이라도 들여낸 듯 연지처럼 타오르고
野燒橫來漢幟紅	들불은 들판을 가로질러 한나라 깃발처럼 붉다
三尺樵童吹葦笛	나무하는 어린아이 불어대는 갈피리 소리에
太平都在此聲中	천하의 일 없는 태평스러움이 모두 들어 있어라.

첩첩한 산중, 하늘에 닿을 듯 높은 산과 고갯마루. 산과 길은 이렇듯 험하지만 산사에 찾아가는 길은 다만 한 줄기 뿐이라, 그저 길을 따라 가기만 하면 절에 도착하기 마련이어서 아무 번거로울 일이 없다. 山寺에 찾아가는 마음도 그 길만큼이나 번잡하지 않고 한가로워서 마음에 아무 부담이 없는 것으로 표현되어 있다. 시인은 그 한가로움에 흠뻑 젖어, 내리는 비에도 부는 바람에도 아랑곳하지 않는다. 그저 발길 닿는 대로 걷고 흥에 겨운 대로 노래하며 길을 간다.

절에 가는 길의 풍광에 대한 묘사는 시인의 한가로운 정서와 아울

---

5) 全集, 권 3.

러, 흐드러진 봄날의 넘치는 생명감으로 어우러진 내면상태를 형상
화하는 데 부족함이 없다. 시인은 이런 정경이 바로 어떤 내적 갈등
도 없이 含哺鼓腹하는 태평성대의 이상이라고 인식하고 있으며, 그
것을 초동의 피리소리에 의탁하여 제시하고 있다. 특히 尾聯의 상투
적인 표현은 시인이 현실 정치에 기대하는 이상적인 기대치의 반영
으로 해석할 수 있다.

연보에 따르면 이 시는 과거에서 여러 번의 낙방 끝에 급제를 하
였던 일과, 司馬試에 급제한 이듬해엔 禮部試에서 同進士라는 낮은
등급으로 급제한 것을 탐탁히 여기지 않았던 일로 아버지의 꾸중을
들었던 일, 그리고 그 이후 부친상을 겪고 나서 天磨山에 寓居하던
시절에 지어진 작품이다.[6) 이 사이에 이규보는 과거를 둘러싸고 자
신의 재능에 대한 자부로부터 비롯되는 갈등을 겪기는 하였지만, 그
래도 급제 후 거의 20년에 이르는 동안 관직에 진출하지 못하였던 30
代 후반에 비하면 자신의 재능에 대한 자긍심이 월등히 앞서 있었던
시절이어서 현실적인 世事에서 오는 갈등이 두드러지지는 않았던 것
으로 보인다.

이 시에서도 그런 갈등은 산사에 가는 길에 느끼는 한가로움과 도
도한 시적 흥취, 그리고 충만한 생명력으로 승화되는 한편 태평성대
로 표명되는 정치적 이상에 대한 기대에 의해 다독거려져서 갈등의
측면이 두드러지게 표출되지 않고 있음을 알 수 있다.

---

6) 연보에 따르면 14세에 文憲公徒가 되어 誠明齋에서 공부를 하며 夏課를 통하
   여 詩才를 드러냈으나, 16세부터 20세에 이르기까지 司馬試에 합격하지 못하다
   가 22세에야 비로소 첫째로 뽑혔다. 이듬해인 23세에 禮部試에 응시하여 同進士
   에 뽑혔는데, 이규보는 그 科第가 낮은 것을 못마땅히 여겨 사양하려 하였다가
   아버지의 꾸지람을 받았다. 24세에 부친상을 당하여 천마산에 우거하였다.

이와 비슷한 시기에 지어진 시에서 그가 정신적 여유로서 추구한 한가로움의 실질은 마음의 여유를 가지고서 이른바 '일삼음이 없는 無事人'의 불교적 정신경계를 누리는 것으로 노래된다.

「北山에서의 雜題(北山雜題)」[7)

<其一>

得道已無事	도를 얻고 나니 아무 일 삼을 것이 없음이라
經律亦蹄筌	부처님 말씀도 계율도 또한 방편이다.
我不作羯磨	나는 戒行을 따지지 아니하고
山僧且安眠	산승은 그저 편안히 잠이나 잔다.

이 시에 나타나 있는 산승과 시적 화자는 절을 지키그 있는 주인과 절에 찾아온 객의 관계로 되어 있지만, 주인은 주인대로 객은 객대로 서로 걸림이 없는 관계로 나타나 있다. 이러한 관계가 설정될 수 있는 것은 양자가 모두 자기가 처한 입장만을 고집하지 않음으로써, 서로의 입장이 동시에 원융하게 긍정되기 때문이다. 이것이 이 시에서 말하는 '일삼는 바 없는 사람'의 行裏이다.

시적 화자는 도를 얻고 난 뒤의 경지를 다름 아닌, 어떤 것도 일삼는 바 없이 그대로 걸림 없이 수용하는 경지라고 한다. 그 자리에서 보자면 부처님께서 평생 동안 설하신 經藏이나 行으로 보이신 律藏은 모두가 마음을 깨달으라고 보이신 방편일 뿐이다. 그런 까닭에 진실로 도를 터득한 사람이라면, 경장도 율장도 이제는 아무 관계없이 그저 일삼을 바 없이 無爲而作으로 지내게 되는 것이다. 마치 물고

---

7) 全集, 권 5.

기를 잡고 난 뒤에는 물고기를 잡는데 없어서는 안 되었던 통발을 잊어버리는 것처럼, 강을 건너고 난 뒤에는 강을 건너는데 없어서는 안 되었던 뗏목을 잊어버리는 것처럼, 진실로 도를 터득한 사람이라면 도를 터득하는 데 반드시 필요했던 經律을 잊어버리고 거기에 집착함이 없이 그저 깨달은 경지를 수용해나갈 뿐이라는 말이다. 이것은 바로 禪家에서 말하는 '絶學無爲閑道人'[8]의 行裏이다.

시에 노래된 이러한 표현을 두고, 그것이 그대로 시인 이규보의 정신경계에 다름이 아니라고 할 수는 없다. 그러나 우리는 여기서 이규보가 젊은 나이에 자신의 정신경계로서, 禪家에서 말하는 無爲閑道人의 그것을 설정하고 있었음은 말할 수 있다고 본다.[9]

정신적 여유에 기반하고 있는 이러한 한가로움은 과거에 급제한 뒤 20여 년이나 지나 나이 40세에 이르도록 변변한 관직이 주어지지 않는 데 이르러서는 생계문제와 자존심에 걸려서 상당한 갈등으로

---

8) '君不見 絶學無爲閑道人 不除妄想不求眞', 『證道歌』. 이에 대한 이해는 拙稿, 『太古 普愚 悟道詩의 硏究』, 고려대 석사논문, 1994. pp.79~81 참조.

9) 그런데 그의 시에서 이와 같은 정신경계를 바탕으로 그것이 체득된 삶의 모습을 반영하고 있는 작품은 찾아지지 않는다. 이규보에게 있어 마음의 한가로운 경계는 불교적 사유에 기반하고 있다기보다는 「다시 西郊 草堂에 놀다」('初日映短霞 長風卷宿霧 四望喜新晴 傍林聊散步 造物固難料 陰雲忽紛布 電火掣金蛇 雷公屢憑怒 兒童報我來 入郭及未雨 我言天地內 浮生信如寓 彼此無眞宅 隨意且相住 何必戀洛塵 局促首歸路 換酒傾一壺 胸膈無細故 頹然臥前榮 萬木蒼煙暮', 「復遊西郊草堂」全集, 권 2)에 보이는 것처럼 여유로운 마음에서 기인한다고 보는 것이 타당하다. 좋은 농토와 자신의 수고를 대신하여 농사를 지어줄 일꾼들, 그리고 종과 수레까지 소유하고 있는 地主의 입장에서 풍요로운 시골에 다니러 와서 마음이 넉넉해질 때 외계의 급격한 변화(마른번개와 천둥소리)에도 여유 있게 대처하는('陰雲忽紛布 電火掣金蛇 雷公屢憑怒 兒童報我來 入郭及未雨 我言天地內 浮生信如寓 彼此無眞宅 隨意且相住 何必戀洛塵 局促首歸路', 앞의 시.) 한가로움이 생겨나는 것이다. 이에 대하여는 다른 논문에서 상술하고자 한다.

표출된다.

2) 장년기 : 현실적 고뇌의 해소

「北嶽에 올라 都城을 바라보다(登北嶽望都城)」[10]

絶頂望都城　　꼭대기에 올라 도성을 굽어보니
浩浩萬人海　　넓고 커서 인해를 이루었네
小屋不容言　　조그만 집이야 말해 무엇하랴
大屋正如塊　　큰집들도 흙덩이만 하구나
可憐路上人　　가엾어라 길 위에 오가는 사람도
蟻奔塵土內　　흙먼지 속에 헤매는 개미와 같으니
經營覓何利　　대체 무슨 이익 얻겠다고
意各有所掛　　그 마음 저마다 속박되나
區區蠻觸間　　작디작은 蠻과 觸이 싸우는 사이에
死生哀樂在　　生死와 哀樂 서로 교차되니
安得出其中　　어찌해야 여기서 초탈해
遊於六合外　　저 六合 밖에 노닐어 볼 수 있을까

　40代 초반에 지어진 것으로 보이는 이 시에는 자신의 처지에 대한 연민과 상심이 진하게 토로되어 있다. 산 위에서 바라본 도성의 아스라이 멀어진 모습에서, 그리고 한낱 미물에 지나지 않는 개미와 같이 보일 뿐인 사람의 모습에서 시적 화자는 또 다른 차원에서 바라본 자신의 초라한 모습을 본다. 길 위에 분주히 다니는 사람은 그저 흙먼

---

10) 全集, 권 12.

지 속을 헤매는 개미처럼 보이고, 크고 작은 집들은 개미굴의 흙더미
처럼 보인다. 바로 그 속에 자신이 살고 있다. 그 모습에는 생사와 우
비고뇌로 찌들어 가면서도 눈앞의 이익을 다투는 바로 자신의 모습
이 투영되어 있다. 그래서 슬픈 것이다.

여기서 이규보는 '뜻은 본시 六合(宇宙) 밖에 두고 있어서 天地에
얽매이지 않는다. 장차 元氣의 母體와 더불어 無何有鄕에서 노닐리
라'[11]던 젊은 날의 원대한 정신적 포부는 간 데 없고 세속에 묻혀 功
名과 利益을 찾아 헤매는 자기 자신의 모습을 보고 마음 아파한다.
저 우주 밖에 노닐고 싶어하는 마음이야 여전히 간절하지만, 그 자신
은 저 흙먼지 속을 헤매는 개미가 되어 생사와 희로애락이라는 세속
의 얽매임으로 돌아가지 않으면 안 되는 것이다.

이러한 심정은 세속의 매임으로부터 벗어나 있는 해탈인의 정신경
계와는 대조적이다. 이것은 똑같이 '萬國都城이 개미 둑과 같다' 는
비유를 쓰고 있는 淸虛 休靜의 詩[12]와 비교된다. 休靜의 시에서처럼
달빛 속에서 淸虛한 마음으로 끝없이 불어오는 소나무 바람을 맞으
며 누워있는 解脫人과는 달리, 이규보의 처지는 끝내 六合 밖에 뜻
을 두고 세속으로부터 초탈해 있을 수는 없는 것이었다.

이규보의 현실적 불우는 쉽게 해소되지 않았다. 과거 급제 후 20년
에 가까운 세월을 無冠으로 지낸 자존심의 손상 못지 않게 그를 괴

---

11) '찬에 이르기를, 뜻은 본시 우주의 밖에 있으니 천지에 얽매이지 않는다. 장차
   원기의 모체와 더불어 無何有之鄕에서 노닐리라(贊曰 志固在六合之外 天地所
   不囿 將與氣母 遊於無何有乎)', 「白雲居士傳」, 全集, 권 20.
12) '萬國都城如蟻垤 千家豪傑若醯鷄 一窓明月淸虛枕 無限松風韻不齊', 「登香爐
   峰」, 西山 休靜, 『淸虛堂集』 권 3. (『韓國佛敎全書』 제 7책, p.701, 동국대학교
   출판부, 1982.)

롭힌 것은 경제적인 궁핍13)이었다. 그런 그에게 부귀와 명예는 물론
이고 죽고 사는 문제까지 떠나 있는 禪師의 삶은 자기를 돌아보게
하는 거울이 되곤 한다.

「覺月禪師를 방문하여 蘇東坡의 詩韻을 가져 각각 짓다
(訪覺月禪師用東坡詩韻各賦)」14)

步步行隨入谷雲	걸음걸음 구름 따라 골짜기로 들어가니
自然幽洞辟紅塵	자연스런 깊숙한 골 세상을 멀리했구나
已將蚊雀觀鍾釜	이미 俸祿을 蚊雀처럼 하찮게 여겼고
曾把螟蛉戲搢紳	일찍이 벼슬을 螟蛉처럼 희롱하였네
俯仰歸來推幻化	부귀와 빈천은 허깨비 놀음으로 보았고
死生得喪任天鈞	死生과 得失은 하늘에 맡겼도다
多師雪裏猶賒酒	고맙게도 선사가 눈 속에 술을 사와
借與山中一日春	산중의 하루 봄날을 빌려 주누나

　世間을 멀리하고 名利를 돌아보지 않는 禪師의 풍모에 찬사를 보
내는 시이다. 1·2구는 깊숙한 골짜기에 있는 절의 모습이다. 시적
화자는 그 깊숙한 곳에 자리잡고 있는 절의 위치에다가 홍진의 속세
로부터 멀리 떨어져 있는 禪師의 정신적 풍모를 대입시켜 놓고 있다.
　제 3구에서 제 6구까지는 禪師의 삶이 묘사되어 있다. 선사의 삶

---

13) 젊어서는 물질적 곤궁보다는 정신적 궁핍이 문제가 되었지만, 점차로 경제적
어려움 또한 상당한 고통이었던 것으로 보인다. '쌀을 사느라 옷을 전당잡히며
신세를 한탄하기도 하고(「옷을 전당잡히는데 느낌이 있어 최종번에게 보이다(典
衣有感示崔君宗藩」, 全集, 권 12), 술을 사느라 옷을 전당잡히며 세속에 대한
울분을 토로하기도 한다(「全履之見訪與飲大醉贈之」, 全集, 권 11).
14) 全集, 권 11.

은 자신의 그것과는 정반대의 길을 가고 있다. 자신이 추구해마지 않
는 봉록도 높은 벼슬도 하찮게 여겨 돌아보지 아니하고, 세상에 나아
감과 물러남을 허깨비의 놀음과 같은 일로 보아 마음을 두지 않으며,
生死와 得失까지도 하늘에 맡기고는 집착하지 않는다.

이런 모습을 대하고서야 賢人이 쓰이지 못하고 올바른 道가 핍박
받는 비틀어진 세태에 대한 탄식15)도, 거북·용·난새·봉황 같은
위인이 도마뱀이나 올빼미 같은 소인·악인들에게 조롱을 당하는
賢愚가 뒤바뀐 세상에 대한 원망16)도 눈 녹듯이 사라지지 않을 수
없다.

그러나 이런 시원함은 禪師의 풍모에 의지하여 일시적으로 누려보
는 物外의 일일뿐이다. 7·8구에 보이는 '겨울날에 잠시 맛보는 하루
의 봄날'은 그러한 자신의 처지를 가리키는 말이다.

다음날 지은 시17)을 보면 이규보는 서울에서 자신이 주간하던 일
이 촉박하여 선사의 만류에도 불구하고 굳이 산을 내려와야 했으며,
흘러내리는 물과 같이 흔들리는 마음으로 세속으로 돌아가야 하는
자신의 처지를 슬퍼하고 있다. 지팡이를 걸어 놓고 산문 밖을 나가지
않는 스님의 입장이 부러운 것도 이 때문이다.18)

---

15) '何者是賢愚 何者是得失 得者未必賢 麕頭鼠目翔貴秩 失者未必愚 瑰意琦行棲
蓬蓽 吾儕醒醺何足言 如子雄豪取爵不可必 神龍未起誰龍昇 左道乘時直道黜',
『全履之見訪與飮大醉贈之』, 全集, 권 11.
16) '도마뱀은 거북과 용을 조롱하고/ 올빼미는 난새와 봉황을 비웃는다/ 어찌 차마
내 허리를 굽혀/ 둥글둥글하게 용렬한 사람을 섬기랴(螾蜓嘲龜龍 鴟鴉笑鸞鳳
何忍折我腰 突梯事傝侜)'『9월 13일에 여사에 손을 모아 놓고 여러 선배에게 보
이다(九月十三日會客旅舍示諸先輩)』, 全集, 권 6.
17) 『다음날 선사가 만류하였으나 주간하는 일이 촉박하여 굳이 돌아오면서 絶句
한 수를 짓다(明日師挽留迫事幹固還書一絶)』, 全集, 권 11.
18) '고인이 마음 내키는 대로 사는 한가로움 사랑하여/ 지팡이 걸어 놓고 산 밖을

　이규보는 선사의 淸虛한 삶을 통하여 자신을 돌이켜 보고 山門 밖을 나가지 않는 선사의 생활을 부러워하기는 하지만, 굳이 세속에 걸려 있는 일이 아니라 하더라도 속마음은 산 아래로 흘러내리는 물과 같이 서울을 향하고 있었다고 보아야 할 것이다. 이와 마찬가지로 현실 초극에의 바램이나 선승의 삶에 대한 선망 역시, 功名의 추구라는 현실적 목표가 실현되지 못하였을 때 그것을 위안하는 정도에 그치는 것으로 이해되어야 할 것이다.

　자신의 문학적 재능에 대한 자부와 功名이라는 현실적 욕구 사이에서 갈등을 겪었던 젊은 날의 이규보는 자신이 현실에 매이면 매일수록, 자기 외적인 환경에 이끌리고 부려지는 것을 거부하려는 自意識이 또한 강했던 인물이다.

　그는 「돌의 물음에 답하다(答石問)」19)에서

　　" … 사람은 진실로 만물 중에서 신령한 것인데, 어찌 그 몸과 마음을 자유 자재하지 못하고 항상 外物에게 부림받는 바가 되고 사람에게 끌린 바가 되어, 外物이 혹 유혹하면 거기에 빠져서 헤어나지 못하고 外物이 혹 오지 않으면 우울하여 즐거워하지 않으며, 사람이 좋아하면 지기를 펴고 사람이 배척하면 지기가 꺾이니, 본래의 진상을 잃고 특별한 지조가 없기로는 자네와 같은 것이 없네. 대저 만물 중에 신령한 것이 참으로 이와 같은가?"20)

────────────

나가지 않네/ 부끄럽구나 내 마음 흔들림 계곡으로 흐르는 물 같아서/ 이리저리 굽어돌아 인간에 이른 것이(高人高臥愛身閑 閑掛枯藤不出山 愧我翻如巖下水 廻斜縈屈到人間)', 「明日師挽留迫事幹固還書一絶」, 全集, 권 11.
19) 後集, 권 11
20) '人固靈於物者也 曷不自由其身 自適其性 常爲物所使 常爲人所推 物或有誘 則溺焉而不出 物或不來 則慘然而不樂 人肯則伸焉 人排則屈焉 失本眞 無持操

하고 자신의 흔들리는 마음을 드러내 보이고 있다. 그는 이 글에서
外物에게 부림을 받고 사람에게 끌림을 당하여 그로부터 몸과 마음
이 자유자재하지 못함을 스스로 한스러워한다. 이에 대하여 外物에
의해 부려지는 것처럼 보이지만, 부려지는 바 없이 부려지는 까닭에
실상을 온전히 할 수 있다고 自答한다.

> "나는 안으로는 實相을 온전히 하고 밖으로는 緣境을 끊었기에,
> 외물에게 부림을 받더라도 외물에 신경을 쓰지 않고, 사람에게 밀침
> 을 받더라도 사람에게 불만을 갖지 않으며, 움직이지 않을 수 없는
> 박절한 형편이 닥친 뒤에야 움직이고 부른 뒤에야 가며, 행할 만하
> 면 행하고 그칠 만하면 그치니, 옳은 것도 옳지 않은 것도 없다. 자
> 네는 빈배를 보지 않았는가? 나는 그 빈배와 같은데, 자네는 어찌
> 나를 책망하는가?"[21]

외물을 따라 흐르기도 하고 머물기도 하며 그 외적인 환경에 자신
을 내맡김으로써 오히려 외적 환경으로부터 벗어나고자 한다. 객관
대상 뿐 아니라 그것을 인식하는 주관까지도 떠남으로써, 안으로는
實相을 온전히 하고 밖으로는 외경을 끊고 자유자재할 수 있기를 바
라는 것이 그의 이상이었던 것이다. 이것은 隨緣放曠하고 隨處作主
하는 불교적 이상과도 이어져 있다.

그렇기는 하지만 그에게 있어 자유자재의 이상은 자신이 추구하는

莫爾若也 夫靈於物者 亦若是乎', 「答石問」, 後集, 권 11.

21) '予則內全實相 外空緣境 爲物所使也 無心於物 爲人所推也 無忤於人 迫而後
動 招而後往 行則行 止則止 無可無不可也 子不見虛舟乎 予類夫是者也 子何詰
哉', 앞의 글.

바가 획득되어졌을 때에만 가능할 것으로 여겨지는 것이었을 뿐이었다. 그것은 자신의 욕구가 성취되지 못하고 있는 동안에는 벗어날 수 없는 질곡 위에 덧붙여진 또 하나의 굴레였다. 이규보에게 있어 현실적 삶의 포기란 애초에 이루어질 수 없는 기본 전제였던 까닭에 욕구를 일으키는 마음 자체를 놓아버릴 수는 없었던 것이다.

　그런 그가 벼슬이라는 현실적 욕구의 충족을 위해 노심초사하는 자신의 모습과 반대되는 방식의 삶으로서 스님의 삶에 눈길을 주는 것은 필연적이라 할 수 있다. 名利로부터 떠나 있는 스님의 청정한 삶의 방식은, 자신을 부려지게 하는 外物인 名利를 거부하는 自意識에 반하여 그것을 추구하지 않을 수 없는 자신을 돌이켜보는 거울이었던 것이다. 그 청정한 삶은 우선 다음과 같이 노래된다.

「8月 10日에 珪公이 그의 院에 題하기를 청하므로 한 수를 짓다 (八月十日珪公請題其院爲賦 一首)」[22]

萬里高天斷雁秋　만 리 창공 외기러기 나는 가을 하늘에
閑尋古刹碧波頭　푸른 물결 가에서 옛 절을 한가히 찾았네
喧喧門外千帆集　떠들썩한 문 밖에는 수많은 배가 도이고
寂寂巖陬丈室幽　적적한 바위 모퉁이에는 丈室이 그윽하구나
滿院松篁僧富貴　스님의 부귀는 절에 가득한 소나무와 대나무요
一江煙月寺風流　절의 풍류는 강에 비친 연기와 달이라네
莫言林下何曾見　숲 아래에서 무엇을 보았나 묻지 달라
擺却浮名欲退休　부질없는 명예 버리고 물러와 쉬련다

---

22) 全集, 권 6.

이 시는 강가에 호젓하게 자리잡고 있는 절의 모습과 松竹烟月에 둘러싸인 분위기를 묘사하고 있다. 하지만 그 속에는 그냥 보아 넘기기 쉬운 林下의 일, 즉 스님의 생활이 투영되어 있다.

首·頷聯에서는 가을날 고향을 떠나 천리 밖에서 절을 찾는 시적 화자의 외로운 처지를 무리에서 떠나 있는 외기러기에 비유하고, 절 밖의 떠들썩한 분위기를 시적 화자의 복잡한 심사에, 그리고 시끄러운 세사와는 아무런 상관도 없다는 듯이 한가롭기만 한 옛 절과 고요하기만 한 방장실의 분위기를 스님의 한가롭고 적적한 마음에 비유하였다.

이러한 비유는 頸聯에 와서 스님의 부귀와 풍류에 대한 비유로 전환된다. 스님의 일상이라는 것이 절에 가득한 소나무 아래에서 바람을 쐬고 대나무 숲 사이로 거닐어 보는 것일 뿐이다. 그것을 받쳐주는 풍류 또한 강가에 피어오르는 안개와 그것을 비추는 달빛 정도이다.

그런데 이 松竹과 烟月은 흔히 일컬어지는 歲寒然後의 志操와 太平聖代의 風流와는 결이 다르다. 세간의 복잡한 攀緣에 매이지 않는 松竹간의 한가로움이요, 烟月 속에서의 자재로움이다. 송죽과 연월 속에서 그것을 누리되 내 것으로 삼겠다는 욕심이 없이 받아들이는 까닭에 그것을 향유함에 한계가 없다. 눈에 들어오는 대로 발 길 닿는 대로 무한히 누릴 수가 있다. 내 것으로 만들겠다고 울타리를 쳐서 그 안에 스스로를 가두는 것과는 다르다. 내 것이라는 욕심을 놓는 그 자리에서 내 것 아님이 없어지는 것이다. 이것이 스님이 松竹과 烟月을 누리되 그것에 부려지지도 매이지도 않고 자유자재할 수 있는 소이이다.

이규보는 이것을 스님의 부귀와 절의 풍류라고 받아들인다. 이렇게 자신이 추구하는 것과는 그 내용과 방향이 질적으로 다른 부귀와 풍류를 누리고 사는 것이 이규보가 보는 스님의 일상사이다. 조심스러운 시어를 선택하여 스님의 삶을 노래한 이 시에서, 이규보는 덧없는 부귀와 명예를 따르는 자신의 삶과 세월을 떠나 언제나 변치 않는 松竹과 烟月을 부귀와 풍류로 여기며 살아가는 스님의 삶을 비교하면서 스님의 삶을 가치 있는 삶으로 평가하고 있다. 그러면서 자신이 추구하는 부귀명예라는 것이 부질없음을 느끼고 그로부터 물러나 있는 스님과 함께 쉬고 싶어한다.

이렇게 장년기의 이규보는 산사를 찾아서 자신과는 지향이 다른 스님들의 삶을 보면서 탈속을 선망하기도 하고, 스님의 욕심 없는 삶의 모습을 단출한 살림살이를 접하여 감격스러워 하기도 하면서,[23] 자신의 현실적 고뇌를 해소하였던 것으로 보인다. 이러한 성향은 노년에 이르러서는 불교에 대한 적극적인 관심의 표명으로 전환되어 나타난다.

3. 노년의 '백낙천 차운시'에 보이는 불교인식

『東國李相國集』後集의 편차를 근거로 하여 살펴보면 이규보의 '白樂天 次韻詩'는 주로 퇴임을 전후한 시기에 지어졌음을 알 수 있다. 이 시기는 이규보의 불교에 대한 애호의 측면에서 보자면 능엄경

---

23) 「外院의 可上人을 찾아서 벽 위에 걸린 古人의 韻으로 짓다(訪外院可上人用壁上古人韻)」, 全集, 권 3.

을 암송하고 그에 따르는 몇 가지의 종교적 계율을 실천함으로써 불교에 대한 애호가 신앙의 단계로 나아가기 전의 시기이기도 하다. 다시 말하면 치사 전후로부터 몇 년간에 해당하는 노년기의 시에는 불교인식의 정도가 단계적인 추이를 보이고 있는 것이다. 이 장에서는 이규보가 능엄경을 암송하고 불교의 계율을 생활화하는 것을 내용으로 하는 시들이 지어지는 시기에 앞서는 단계로서 '白樂天 次韻詩'가 집중적으로 지어졌음에 착안하여 차운시에 보이는 불교인식을 살피기로 한다.

1) 노년에 보인 불교에의 공감과 불교적 지향

이규보가 『白樂天集』을 즐겨 읽고 차운시를 지은 것은 일차적으로 자신의 시에 대한 기호의 정도와 노년의 생활양태가 백낙천의 그것과 비슷하다는 점에서 촉발된 것이다. 그 동질감은 백낙천의 불교애호에 대한 공감으로도 나타나 이규보가 가졌던 불교인식을 알 수 있게 하는 자료가 되기도 한다.

불교적 가치관에 대한 공감은 퇴임을 염두에 두기 시작한 만년에 이르러 지은 시에 두드러진다. 그는 자신이 바라던 대로 재상의 자리에 올라서 명예롭고 순조롭게 관직 생활을 마무리할 수 있었다. 墓誌 관련 글에서 보이는 것처럼 致仕 이후에도 주요 외교문서를 작성할 만큼 신망이 두터웠고, 그에 대한 자부도 남달랐던 그이다.

그런 그가 인생을 마감하는 삶으로 희망한 것은 시·술·거문고에 대한 애호와 함께 楞伽經·楞嚴經으로 대표되는 불교 경전에의 탐닉이다.24) 이규보는 자신을 長老 내지는 居士라고 자칭하여 노년의

생활이 불교적 삶에 근거하고 있음을 표방하였고, 실제의 생활에서
도 자신의 집을 南軒이라 하고 불경을 읽으면서 자신을 南軒 長老라
고 자칭하였다.[25] 불교 경전을 읽는 데 있어서도 지적 욕구의 충족이
라기 보다는 來生을 위해 淨業을 닦는 것으로 인식함으로써 젊어서
와는 달리 자신이 불교에 대해 종교적으로 접근하고 있음을 드러내
었다.

　　노경의 이규보가 지은 '白樂天 次韻詩'에서 불교에 대한 종교적
지향은 다음의 시에서 찾아진다.

> 「백낙천의 '老來生計' 詩에 차운하다(次韻白樂天老來生計詩)」[26]
>
> | 殘身不省老侵尋 | 약한 몸에 늙음이 닥쳐옴을 생각 않고 |
> |---|---|
> | 度日唯知覓句吟 | 날마다 詩句나 찾아 읊조릴 뿐이로세 |
> | 但有忘憂盈甕酒 | 근심 잊게 하는 술만 독에 가득하던 |
> | 何思遺子滿籯金 | 무엇하러 자손에게 남겨줄 재산을 걱정하리 |
> | 一錢無蓄塵情少 | 한 푼도 여축이 없으니 세속 일 관심 적고 |
> | 萬事都抛道味深 | 만사 떨쳐 버리니 도의 맛이 깊어가네 |
> | 誰謂吾生無長物 | 누가 내 인생에 좋은 것 없다는가 |
> | 本來明鏡在中心 | 본래의 맑은 거울 마음속에 들어 있네 |

---

24) 註1) 참조. 덧붙여 말한다면, 이규보가 노경에 읽은 책으로는 불경 외에 『列子』
　　의 다른 이름인 『冲虛經』으로 말해지는 道家書도 들어 있다(「南軒戱作 二首幷
　　序」, 後集, 권 2). 그러나 능엄경을 외운 일에 비추어 본다면 그에 대한 언급 내
　　지 기록들은 불교 경전에 비해 상대적으로 적은 편이다.

25) '予常居室偏之南軒 澹如也 因自號南軒居士 或自稱南軒長老云', 「南軒戱作 二
　　首幷序」, 後集, 권 2.

26) 後集, 권 3.

이규보는 70세이던 丁酉年 12月 29日에 乞退表를 允許받아 門下
平章으로 致仕하였다. 노령이었던 까닭에 그 이전부터 물러날 뜻을
표명하였는데, 이 시기에 학사인 李百全과 주고받은 시에는 능엄경
에 관한 언급이 자주 보이고 그와 함께 白樂天의 시에 차운한 시가
자주 지어진 것도 이 시기이다.

이 시에서 말하는 이규보 자신의 老年의 생활이란, 시를 지으면서
육신의 노쇠를 잊고 술을 마시면서 세속 일의 근심을 잊는 것이다.
그렇다고 술타령 시타령이나 하겠다는 것이 아니라, 세속적인 관심
사로부터 벗어나 도의 세계에 놀면서 노년을 보내겠다는 의지의 표
명이다. '이미 衲衣를 걸쳐 長老가 되었으니 꿈속 같은 세상 일은 다
시 말씀 마오'[27]에서 말하고 있는 것처럼, 南軒長老를 자칭하여 불교
에 뜻을 두고 이제까지 현실의 문제에 노심초사하던 삶에서 벗어나
새로운 삶을 지향하겠다는 것이다. 그것은 마음 속에 본래부터 존재
하는 맑은 거울, 즉 불교에서 말하는 자성의 진여광명을 찾는 것으로
제시되어 있다. 이 시에서 우리는 이규보가 적극적으로 불교에 뜻을
두고 불교적인 수행까지 언급하는 老年의 불교에 대한 지향을 살필
수 있다.

다음의 시에서는 우리의 마음이 깃들어 있는 육신과 육신에 의지
해 있는 마음에 대한 불교적 인식을 찾을 수 있다.

---

27) '已著衲衣爲長老 夢中宰相莫重論', 「삼월 이십일 남헌에서 우연히 읊다(三月二
十日南軒偶吟)」, 後集, 권 3.

「또 백낙천의 심신문답에 화답하다(又和樂天心身問答)」[28]

<마음이 몸에게 묻다(心問身)>

世路煩君久擾然　세상 길이 그대 번거롭혀 오래 시끄러웠지만

從今但許醉兼眠　이제부터는 취하고 자는 것만 허락하겠네

如何先我多衰弱　어찌하여 나보다도 먼저 훨씬 쇠약해졌나

我壯猶如始冠年　나는 튼튼하기가 스무 살 때나 같은데

<몸이 마음에게 답하다(身報心)>

多幸如今作爾宮　이제 그대의 집이 된 걸 다행으로 여기나

知應捨去六天中　그대는 날 버리고 하늘로 갈 것이네

凌煙閣上如圖像　능연각에 초상이라도 그려질 것 같으면

我獨留眞自擅功　나만 홀로 모습 남겨 생전 공로 차지하리

<마음이 다시 몸에게 답하다(心重答身)>

人行底處不爲家　사람 가는 곳 어디인들 집이 되지 않으리요

所宅殘頹棄者多　살던 집 무너지면 모두가 버린다네

兜率天中吾若去　도솔천으로 내가 만약 가게 된다면

古宮雖在奈如何　옛 집이 있다 한들 무엇하겠나

　마음과 몸 사이의 문답으로 전개된 위의 시에서 몸은 마음이 의탁하여 잠시 머무는 집으로 비유되어 있다. 나그네가 날이 저물면 여관에서 묵지만 날이 밝으면 그 집에는 아무런 미련도 없이 떠나가듯이 사람이 죽은 뒤에 남는 육신이란 주인이 떠난 빈집과 같이 버려

---

28) 後集, 권 2.
　白樂天의 원작은 「自戲三絶句」이다. 이규보는 작은 제목인 <心問身>, <身報心>, <心重答身>과 문답 형식만을 취했을 뿐 내용상의 연관은 없다.

지고 말 것이니 집(육신)에 집착해서는 안된다는 의미를 내포하고 있다. 『法句經』 「生死品」을 비롯한 여러 불경에서 흔히 인용되는 비유를 그대로 원용한 이 시에 보이는 心身에 대한 생각은 다음의 시에서 佛敎的 生死觀으로 심화되어 나타난다.

「약과 음식을 물리치다(退藥與食)」[29]

> 兒勤進藥猶慵應　　자식은 약 들라고 권하나 응하기 싫고
> 妻勸加飡亦莫聞　　처는 식사 더 권하나 또한 듣지 않는다
> 養得此身何處用　　이 몸 봉양하여 어디에다 쓸 것인가
> 聚如漚點散如雲　　물거품처럼 모였다가 구름처럼 흩어질 것을

이 시는 「白樂天의 病中 15首에 화답하여 차운하다」[30]라는 제목 아래 지은 15首 가운데 제 6首인 「'뜸뜨기를 그만두다[罷灸]'라는 시는 약과 음식을 물리치는 것으로 대신하다(罷灸以退藥與食代之)」는 시이다. 그 幷序에 보면 자신과 白樂天 사이에 아주 비슷한 점이 많았음을 열거하고, 그런 까닭에 그의 「病中十五首」에 和答하기 위하여 지은 것으로 되어 있다. 여기서 이규보는 자신이 시를 좋아하는 것은 이미 병이 되어 어쩔 수 없는 것이라고 하면서, 병이 나면 시를 좋아하는 정도가 두 배나 됨을 걱정하였다. 그런데 『白香山集』 後集에서 白樂天이 老境에 지은 시를 보고, 그 역시 병중에 더욱 술을 마시고 시를 짓는 일이 늘었음을 알고는 스스로 위안을 삼았다고 한다. 그리고 白樂天은 뜸을 떠서 병을 이겨보려고 하다가 그것을 그만두

---

29) 後集, 권 2.
30) 「次韻和白樂天病中十五首 幷序」, 後集, 권 2.

었던 모양인데, 그에 대하여 자신은 병을 낫게 하기 위한 약과 음식을 그만두는 것으로써 대응하고 있음을 들어 이 시를 지었다.

이 시에서 이규보의 生死에 대한 인식은 다분히 불교적이다. 이 몸은 四大와 五蘊의 모임으로 이루어진 것이라는 불교적인 인식을 기반으로 하고 있다.[31) 地·水·火·風의 네 가지 기본 요소가 어떤 인연에 의해 모여 몸이 생겨나고 色·受·相·行·識의 五蘊이 조건 지워지면 이것이 태어남[生]이다. 그리고 그 모였던 인연이 다하여 四大 五蘊이 흩어지면 이것이 죽음[死]이다. 이것을 詩에서는 生도 死도 '모였다가 흩어지는 물거품 같은 것이고 구름 같은 것'이라고 하고 있다.

형상을 가진 모든 존재는 언제나 일정한 그 자체로서 불변하는 실체가 없다고 인식하는 것이 불교에서 말하는 無常과 苦와 無我의 출발점이다. 『法句經(Dhammapāda)』에는 이렇게 표현되어 있다. '모든 조건 지워진 것은 무상하며, 모든 조건 지워진 것은 괴로우며, 모든 법은 無我이다'[32)

이와 함께 '열반에 이르는 네 가지 고귀한 진리'인 苦·集·滅·道의 사성제도 苦에 대한 인식을 근간으로 한다. 모든 조건 지워진 것(諸行)은 무상하기 때문에, 조건 지워진 모든 존재는 苦(Dukkha)라는 것이다. 이 苦는 일반적인 의미에서의 苦(괴로움)란 뜻이 아니라, '무상한 것은 무엇이든지 괴롭다'는 의미에서의 괴로움이다. 一切의 존

---

31) 이러한 이해는 노년의 작품인 「病中에(病中丁酉九月)」, 後集, 권 1에서도 보인다.

32) 法句經과 다음의 苦·無常에 대한 이해는 월포라 라후라, 「붓타의 가르침」, 『현대사회와 불교』, 이재창 외, 한길사, 1981, pp.29~47 참조.

재는 그것이 그 자체로서 존재하는 것이 아니라 조건에 의해서 생겨나는 無常한 존재인 까닭에, 그 조건이 흩어지면 소멸될 수밖에 없는 한계로 인한 괴로움이 따른다는 것이다.

이 시에서 이규보는 육신의 노쇠에 따르는 병고를 겪으면서 그것에서 육신의 무상함을 보고, 자신이 겪는 괴로움은 병으로 인한 고통에서 오는 것이라기보다는 인간존재의 무상함에서 오는 것이라는 불교적 이해를 바탕으로 하여 病苦에 대처하려고 한다. 육신의 병에 대하여 약과 음식으로 고치려드는 것은 육신을 봉양하는 것인데, 육신을 봉양해본들 그것은 결국 흩어져 없어질 뿐이니 약과 음식을 가지고서 병을 다스리지는 않겠다는 것이다.

평생 동안 온갖 영욕을 겪으며[33] 살아 왔다. 이제 육신은 병들었고 나이는 이미 70이 되었으니 病苦는 당연한 일[34]로 받아들인다. 그렇다고 해서 나고 죽는 일의 근원적 해결을 위해 불교적 수행의 길로 나서겠다는 것은 아니지만, 이규보는 자신이 겪고 있는 병고를 통하여 인생의 무상함을 보고 몸에 대한 집착을 버리고자 한다. 그리하여 자신이 평생을 두고 추구한 바 부귀공명에의 욕심을 버리고 싶어한다.

나아가 그는 노년의 욕심 없는 삶[35]에서 나오는 자신의 淸淨心을

---

33) ‘骨相難知畫 頭形略似眞 蕭條一隻影 榮辱備嘗身’,「燈前炤影」, 後集, 권 2.

34) ‘此身微恙何須問 七十衰贏未是災’,「次韻和白樂天病中十五首 中 答閑上人問病以答客問病代之」, 後集, 권 2.

35) 그가 退任을 하고 난 뒤 伴奉으로 줄어든 수입으로 생계를 꾸려가면서, 표면적으로 그가 걱정한 일은 먹고사는 일과 술 마시는 일(「正月七日受祿」, 後集, 권 2 참조.)의 두 가지 뿐이다. 최소한의 생계와 평생을 함께 한 기호식으로서의 술을 마시는 데 드는 비용만으로 그의 걱정거리는 축소된다. 물론 그가 평생을 떼어놓을 수 없었던 시를 짓는 생각만은 끝내 끊을 수 없었으나(後集, 권 2,「李侍

明鏡같은 마음으로 비유하기도 하고, 자신에게는 한 푼의 餘蓄도 없으나 세속의 일에 관심이 적고 만사를 다 떨쳐버리고 나니 道의 맛이 깊어간다고36) 기뻐하기도 하였다. 무욕의 청정한 마음을 수용하고 있는 데 대한 자부는 스스로를 白樂天에 빗대어 在家 出家者로서 祖師의 心印을 이어받고 있다는 자부37)에 까지 이르기도 한다. 또한 늙은 몸으로서 아무 욕심도 없는 경지를 이익을 다툴 것도 책 읽기에 專心할 것도 없는 無事客으로 빗대기도 하였다.38)

2) '백낙천 차운시'의 종교적 지향과 그 한계

이규보가 살았던 시대는 불교문화가 가장 성숙해 있었던 시대인만큼 불교 교리에 대한 기본적 인식은 보편화되어 있었다고 할 수 있다. 이규보 역시 젊어서부터 법화경을 비롯한 대승경전에 상당한 이해를 얻고 있음을 그의 시를 통해서 알 수 있고, 관직에 진출하여 쓴 佛道疏·釋道疏를 비롯한 불교 관련 글을 보면 의례적인 내용이기는 하지만 禪에 대한 이해 또한 남못지 않았음을 알 수 있다.

『東國李相國集』의 편차에 따르면 퇴임을 전후하여 白樂天集을 애독하던 시기가 지나면 그의 관심은 楞嚴經으로 집중되고 있다. 능엄

郎에게 부치다(寄李侍郎需幷序)」에서 '퇴직한 후 모든 생각이 사라졌으나 시를 짓는 빚만은 다 갚지 못하고 있는 듯하다(予旣退居百念灰冷, 唯未去詩中餘債)'고 술회하고 있다.), 그는 만년에 이르러 世事에 얽힌 이런 저런 욕심에서 벗어나 젊은 시절에 꿈꾸었던 守分知足과 그로부터 오는 욕심 없는 삶을 실현해 보고자 하였다.

36) '一錢無蓄塵情少 萬事都抛道味深', 「次韻白樂天老來生計詩」, 後集, 권 3.
37) '自始腰抛丞相印 廻看心有祖師燈', 「次韻白樂天在家出家詩」, 後集, 권 3.
38) '公儀挼去嫌爭利 董子休窺爲讀書 罷相閑居無事客 何妨養得葉舒舒', 「家圃六詠 中 葵」, 後集, 권 4.

경을 읽기 시작한 이규보는 경전을 외우는 것으로 일을 삼고 나아가
서는 능엄경에 언급된 몇 가지 계율을 실천함으로써 그의 불교에 대
한 관심이 적극적인 수행의 단계로 나아가고 있음을 보여준다.

이러한 경향은 육신의 노쇠에 따라 병고를 겪게 되고, 세월의 흐름
에 따라 친구들의 죽음을 접하게 되면서 인생에 대한 무상을 절감하
여 더욱 심화되었다. 젊어서는 관직에 진출하지 못하는 현실적 고뇌
를 산사를 찾아 시를 짓는 것으로 달랬던 것이 그가 취한 불교적 대
응이었다면, 육신의 노쇠 앞에서 불교적 내세관을 수용하고 그에 따
라 불교적 계율과 수행에 관심을 기울였던 것 또한 노년의 그가 취한
불교적 대응이라 할 것이다.

그러나 노년에 이르러 개인적으로는 불교에 침잠하고 불교에 대해
적극적인 관심을 갖게 되었다고는 하지만, 자신의 현실적 처지를 온
전히 바꿀 수 있는 것은 아니었다. 수행에 대한 의욕과 재가자로서의
처지 사이에서 고민하게 될 때 둘 사이의 입장을 조화시키는 대안이
在家出家이다. 이규보는 <白樂天集>에서 「在家出家」시를 보고 자
신의 처지를 전제로 하여 재가자로서의 수행에 대한 소회를 시로써
밝히고 있다.

우리는 이 시에서 이규보의 종교적 지향을 알아볼 중요한 단서를
만나게 된다. 이 점을 염두에 두고 다음의 시를 보기로 한다.

「白樂天의 '在家出家' 詩에 차운하다(次韻白樂天在家出家詩)」[39]

端坐觀空萬慮澄 단정히 앉아 空을 관찰하니 온갖 생각 맑아지고

---

39) 後集, 권 3.

老禪肌骨髮惟仍　머리만 길렀을 뿐 늙은 선승의 모습일레
在家未礙先成佛　집에 있어도 부처되기 거리낄 것 없는데
披毳何須要作僧　무엇하러 毳衲 입고 중노릇을 하랴
自始腰抛丞相印　허리의 政丞印을 버렸을 적부터
廻看心有祖師燈　돌이켜보면 마음엔 조사의 등불 켜져 있었네
箇中一段堪嘲事　그런 중에 한 가지 웃지 않을 수 없는 일은
妻置杯呼忽錯應　술상 차렸다는 아내의 소리엔 나도 모르게 대답
　　　　　　　　함이라오

　70세 겨울에 비로소 정식으로 관직에서 물러난 이규보는 71세가
된 이듬해에는 늙음을 의식한 듯 오는 봄을 반가워하고 가는 봄을 아
쉬워하는 시를 많이 짓고 있음이 눈에 띈다.[40] 이 시는 봄을 제재로
하는 시의 다음 부분에 위치하고 있는데, 봄에 대한 상심을 노래했던
것과는 달리 종교적 열정으로 노년의 의기소침에서 벗어나 禪修行을
통한 맑은 정신의 획득에서 오는 건강함을 바탕으로 하고 있다. 그리
고 그 정신적 건강함은 在家者로서 '端坐觀空'하여 佛祖의 法燈을
이을 수도 있으리라는 당당함으로 이어진다. 시의 결말 부분인 미련
에서 자신의 在家出家者로서의 면모를 술상을 반기는 해학적인 태
도로 설정함으로써 수행자로서의 相을 넘어선 참된 수행을 하고 있
다는 과시로 맺고 있는 것도 이 건강함과 당당함에 닿아있다. 이 시
의 이해와 관련하여 특히 눈에 띄는 것은 시의 미련에 보이는 해학적
설정이다.
　그런데 이 설정의 전후사정을 살펴보면 그저 해학적이라고 만은

---

[40] 後集 권 3은 戊戌年이라는 註가 붙어 있고, 앞부분에는 봄을 제재로 한 시가
많이 실려 있다. 무술년은 1238년으로 이규보가 71세이던 해이다.

할 수 없는, 시인의 종교적 지향에 대해 시사하는 바가 있음을 알게
된다. 시의 전반부에서 시적 화자는 자신의 노년 생활이 머리만 길렀
을 뿐, 외모에 있어서나 내면의 정신세계에 있어서나 출가한 禪僧의
경지와 다름이 없다는 자부심을 내비친다. 이러한 자부심은 재상의
직책에서 물러났을 때에 이미 마음속에는 祖師의 法燈이 켜져 있었
다는 데까지 이르고 있다. 관직에 매어 있을 때야 어쩔 수 없었지만,
그로부터 벗어난 뒤에는 마음속으로는 이미 조사의 경지와 다르지
않았음에 대한 자부이다. 그렇기 때문에 在家의 입장으로서도 마음
이 청정할 것 같으면 成佛에 거리낄 것이 없고, 따라서 군이 가사를
입고 머리를 깎아 出家라는 형식을 갖춰야만 成佛할 수 있다고 고집
할 것이 없다고 말하는 것이다.

  도를 이루는 데 있어 출가와 재가를 분별하는 分別心을 여의는
것[41]이 수행의 본질이라면, 재가자이든 출가자이든 수행자라는 생각
[相]에서 벗어나야 비로소 '應無所住 而生其心'[42]하는 깨달은 이의
참된 마음씀에 이를 수 있을 것이다. 출가자는 자신이 출가자라는 相
에 매여서 자신이 추구하는 바 수행의 본질이 규범이라는 형식 안에
서의 수행에 갇혀서는 안 될 것이고, 재가자 또한 재가자라는 相에
매여서 생계를 책임지는 삶이 청정한 본래의 마음을 드러내는 본분
사를 수행하는 데 장애가 되어서는 안된다는 것이다. 이것이 외적 조
건에 매이지 않는 참된 수행으로서의 재가 수행이 가져야 할 본모습

---

41) 불교에서 말하는 分別心이 재가와 출가를 분별하는 마음으로 한정되어 있는
   것은 물론 아니다. 분별심을 여읜다고 하는 것은 금강경에서 말하는 我相·人
   相·衆生相·壽者相을 여의는 것이다. 여기서는 출가와 재가를 분별하는 것 또
   한 분별심이라는 의미로 써 본 것이다.
42) 『金剛經』, 莊嚴淨土分 第十.

이다.

이 시의 首·頷·頸聯에 대해 이와 같은 이해를 한다면, 尾聯에서 그려지고 있는 상황에 대한 이해는 이규보의 종교적 지향을 살피는 데 있어 상당한 의미를 갖는다. 이규보는 시적 화자의 입을 빌어 이렇게 말한다. "그런 중에 한 가지 웃지 않을 수 없는 일은 / 술상을 차렸다는 아내의 말에 나도 모르게 대답함이라오"

가부좌를 하고 단정히 앉아 禪定에 들어 있는 모습과 술을 반기는 모습은 얼핏보기에 매우 이질적이어서 당황스럽기까지 하지만, 이 반전에서 오는 신선함은 술을 좋아하는 사람이라면 누구나 미소를 짓게 하기에 충분하다. 그런 만큼 친근한 생활 주변의 일상사를 가지고서 절실하게 속내를 표현하는 훌륭한 솜씨를 발휘했다고 할 수 있다. 또한 앞부분에서 祖師의 傳燈 문제까지 언급하며 재가와 출가가 다르지 않음을 말하던 무거운 주제를 친근한 일상사를 들어서 가볍게 처리하면서도 자신의 재가출가에 대한 입장을 분명하게 제시하는 방법은 자못 禪的이기까지 하다.

이에 대하여 강석근은 자신의 본성대로 상황에 순응하 나가는 것이 道人의 본모습이라는 점을 들어 '嗜好的인 일상사의 굴레에서 초탈하기가 쉽지 않다는 자기 고백적 내용'이라는 이동철의 견해를 비판적으로 지적하고, 이규보가 反常合道의 경지를 통하여 그의 정신적 경지가 탈속과 자재로 이어져 있음을 보여주는 대목이라고 평가하였다.[43] 이동철의 견해는 기호적 일상사에 대한 친근한 이해를 얻고 있다는 점에서, 강석근의 평가는 禪的인 이해에 접근하였다는 점

---

43) 姜錫瑾, 『이규보의 불교시』, 이회문화사, 2002, p.136.

에서 의의가 있다 하겠다. 그러나 전자의 경우는 수행에서 겪게 되는 일상사의 의미를 간과하였고, 후자의 평가에는 이규보를 분별심도 번뇌도 일으키지 않는 도인으로 설정해놓고 시를 이해하려는 의도가 전제되어 있음을 지적할 수 있다.

　술상에 대한 반가움의 무의식적인 탄로는 시적 화자가 시의 앞부분에서 보여준 노년의 정신적 경지와 상반되는 듯이 보인다. 不飮酒의 계율을 말하지 않더라도 술에 대해 오히려 간절하게 생각하고 있는 속내를 들켜버린 것 같은 내용을 시의 결말로 삼은 까닭은 무엇이며, 그것은 어떻게 이해될 수 있을까? 그 의미를 파악하기 위해서 이 시의 창작동인이 된 백낙천의 「在家出家」시를 참고하도록 한다.

「몸은 집에 두고 (마음으로) 출가하다(在家出家)」[44]

衣食支分婚嫁畢	먹고사는 일이며 아이들 혼사를 다 해결했으니
從今家事不相仍	이제부터는 집안 일을 상관하지 않으리
夜眠身是投林鳥	잠들 때에는 숲에 깃드는 새와 같은 몸이고
朝飯心同乞食僧	아침을 먹으면서는 걸식하는 스님과 같은 마음이니
淸呿數聲松下鶴	학의 울음소리는 소나무 아래에 청아하고
寒光一點竹間燈	한줄기 불빛은 대나무 숲 사이로 맑아라
中宵入定跏趺坐	한밤중에는 결가부좌하고 禪定에 들어
女喚妻呼多不應	딸아이며 아내가 불러도 대답할 줄 모른다.

　이 시를 통해 먼저 알 수 있는 것은, 이규보 시의 尾聯에 실려 있

---

44) 朱金城 箋校, 『白居易集箋校』 4책, 35권, 상해고적출판사, 1998, pp.2426~2427.

는 시적 상황이 백낙천 시의 미련에 상응하여 이루어졌다는 점이다. 두 사람은 재가자의 수행이 가지는 단면을 식구들과의 교감하는 방식으로 표현하려고 한다는 점에서 공통점을 보이고 있다. 그것이 백낙천의 시에는 밤늦도록 선정에 들어서 식구들과 어울리지 않는 것으로 나타나 있다.

백낙천의 입장은 재가자로서 수행에 몰두해 있는 모습을 수행자 본연의 모습으로 보는 것이다. 이것으로 본다면, 몸이 집에 있다 하더라도 수행만 제대로 한다면 있는 곳이 그대로 도량이라 출가자와 다름이 없다고 생각하는 것이 백낙천의 재가출가에 대한 생각인 것으로 파악된다. 그러나 이규보는 이 점에 대하여 견해를 달리한다. 몸이 집에 있다고는 하나 식구들과의 교감이 허용되지 않는다면, 그것은 집을 떠나 절에 있는 것과 다르지 않다. 따라서 재가자로서의 수행이 가지는 의미는 그만큼 줄어드는 것이다.

이규보는 이점에 대하여 자신의 재가출가에 대한 인식이 백낙천의 그것과 다른 점이 있음을 나타내기 위하여 미련의 발상을 백낙천과 비슷하게 하되, 그 실질은 의도적으로 다르게 설정한 것으로 보인다. 백낙천의 경우와 달리 재가수행자로서 집안식구 중에서도 특히 아내와 자연스럽게 주고받는 일상을 통해서 차별성을 부각시키고, 나아가 자신의 술상을 반기는 태도가 수행을 이유 삼아서 외면하는 것보다 재가수행자 본연의 모습에 가까운 것이라는 점을 은연중에 강조하고 있는 것이다.

이렇게 본다면, 이규보의 「次韻白樂天在家出家詩」는 일상생활에서 느끼는 일상의 굴레에 대한 고백이라고 하기에는 무거운 주제가 되고, 脫俗과 自在의 정신경지를 보여주는 것이라고 하기에는 차운

시로서 재가출가의 문제를 재미있게 표현해 본 정도의 가벼운 주제
가 된다. 이러한 측면은 이 시가 재가출가라는 주제가 가지는 의미의
경중보다는, 오히려 이규보의 불교적 수행에 대한 성향 또는 의식의
정도에 초점이 맞추어져 있는 시라는 것을 의미한다. 그리고 이러한
관점에서 양인의 시를 비교함으로써 이규보의 시가 가지는 종교적
성향을 살필 수 있게 하는 근거가 된다.

　백낙천의 시에서 재가수행자의 요건으로 지목하고 있는 것은 생계
문제의 해결과 자녀의 혼사문제를 마치는 것으로 제시되어 있다. 在
家者로서 家事에 대한 기본적 의무를 마친 뒤에 비로소 재가자로서
의 수행이 가능하다고 생각하는 것이다. 이점에 있어서는 이규보도
마찬가지이다. 이규보는 歸田園과 관련하여 젊어서부터 늘 위의 두
가지 문제가 해결되면 관직을 그만두고(혹은 관직에 나아가지 않고) 전
원으로 돌아가겠다는 말을 하곤 하였다. 그는 끝내 관직을 그만둘 수
없었고, 재가자로서의 수행을 생각해 볼 수 있게 된 것도 이 시에서
보는 것처럼 관직에서 물러난 후에야 가능한 일이었다.

　어떻든 가정사에 대한 기본적인 책무를 마치고 난 뒤에야 재가자
로서의 수행이 온전해질 수 있다고 보는 점에 있어서는, 두 사람이
비슷한 생각을 가졌던 것으로 볼 수 있다. 그런데 재가 수행을 말하
면서 가정사에 대한 책임 문제를 전제하는 것은, 달리 보면, 재가자
로서 수행에만 전념할 수 없었음에 대한 고백이다. 이 점에서 백낙천
은 수행에 대하여 보다 적극적인 의지를 가졌고(다시 말하면 家事를
돌보지 않을 수 있게 된 뒤에는 가사는 잊은 채 수행에만 몰두했을 것이라
는 말이다), 그에 따라 재가자로서 겪는 갈등도 심했었다는 사정이 시
에 반영된 것으로 보인다.

　재가출가라는 주제로 시를 지으면서 그에게 가장 먼저 떠오르는 문제는 무엇보다도 家事에 대한 책임이었을 것이라는 점은 가정사에 대한 고민으로 시상을 일으켰다는 점에서 알 수 있는 일이다. 그리고 그것이 해결된 후 고민으로부터 벗어나 수행에만 전념하고 있는 모습으로 시를 마무리하고 있는 것도 그에 대한 근거가 될 수 있을 것이다. 재가출가의 문제에 대하여 백낙천이 실질적인 고민을 전제했다는 것은, 그만큼 그가 실질적으로 재가수행의 문제를 고민했었다는 점을 반영하는 것이다. 따라서 백낙천 시의 미련어 나타나 있는 수행의 모습은 위선적이라거나 현실로부터 괴리된 수행자의 왜곡된 모습이 아니라, 수행에 대한 갈구 끝에 얻어진 수행생활이 그만큼 값지고 간절한 것이었음을 의미하는 것으로 이해되어야 한다. 그는 자신에게 주어진 이 값지고 간절한 수행을 '딸이며 아내가 불러도 대답할 줄 모르는' 禪定의 깊이로써 표현해 놓은 것이다.

　이에 비하여 이규보의 시는 차운시라는 점을 감안한다고 하더라도 자신의 재가자로서의 입장과 재가수행의 실질에 대해서보다는, 수행의 겉모습에 초점이 맞추어져 있음이 두드러진다. 시의 앞부분에서 '머리만 길렀을 뿐 모습은 그대로 선승'이라고 하는 것은, '在家出家' 문제에서 재가자로서 겪게 되는 갈등이 상대적으로 도외시되었다는 점에서 그의 시적 발상이 겉모습에 기인하고 있음을 보여준다. 그런 시적 발상 뒤에 곧바로 몸은 집에 있지만 그 실질에서 뿐 아니라 외형상으로도 자신은 출가자와 다르지 않다고 말한다. 이것도 이규보가 젊은 시절 이래로 기회 있을 때마다 언급해 온 가정사에 대한 책임 문제에 비추어 본다면 평소에 고민했던 정도가 그렇게 절실하지 않았던 것으로 추정하게 하는 근거가 된다.

　　결국 이 시를 통하여 추정해 볼 수 있는 것은 이규보의 종교적 지향이 그렇게 철저한 것은 아니었다는 점이다. 비록 불교에 뜻을 두어 자신을 거사로 자인하고, 불교적 수행을 통하여 노년의 삶을 종교적으로 마무리하려 하였지만, 그는 백낙천의 경우처럼 수행에만 전념할 수는 없었고 마찬가지로 정신적 입지에 있어서도 평생을 지탱해 온 유가적 지향으로부터 불교적 지향으로 완전히 전환될 수는 없었음을 술에 관한 이야기로 마무리된 결말을 통하여 암시하고 있다고 보아야 할 것이다.

　　이러한 의식의 일단은 그가 재가수행의 가장 중요한 부분으로 삼았던 楞嚴經을 읽는 태도에서도 비슷하게 나타난다.

「佛經 읽기를 마치고 다시 짓다(看經終又作)」[45]

讀終經一卷	佛經 한 권 읽기를 마침은
猶似出齋時	齋戒를 마친 때와 같아라
始可親觴酌	이제야 술을 마실 수 있게 되었는데
斟來何大遲	어이 이리 술상이 더디 오는고

　　불교 경전 읽는 것을 재계하듯이 생각하여 경전을 읽는 동안에는 술을 입에 대지 않는다. 읽기를 마치고서야 술을 마신다는 것이다. 이 시에는 불경을 읽는 마음가짐 못지 않게 술에 대한 애호가 비슷한 정도로 나타나 있다. 이 시에서 말하는 경전이란 이규보가 치사 후에 읽고 외우는데 힘쓴 楞嚴經을 말한다. 그는 능엄경을 읽기 시작한 뒤로 불교에서 꺼리는 음식인 五辛菜와 육식을 끊기도 하였는

---

45) 後集, 권 5.

데,[46] 이 시는 그에 앞서 더 일반적인 계율로서 五戒의 하나인 不飮
酒戒를 불경 읽는 동안이나마 지키려고 노력하였음을 브여준다.

노년에 이르러 淨業을 닦는 방법으로 능엄경을 읽었던 이규보가
그에 관련된 계율도 함께 지키려고 하였을 것은 예상할 수 있는 일
이다. 그런데 워낙 술을 좋아했던 그에게 불음주계는 상당한 걸림이
되었을 것이고, 경전을 읽는 마음가짐이 엄숙하면 할수톡 술에 대한
생각도 더욱 간절해졌던 모양이다. 이 시에는 이규보 자신이 불경을
읽으면서 노년을 보내고 있다는 사실보다도, 경전 읽기만 마치면 조
바심치며 술을 찾곤 하던 노년의 모습을 누구나 공감할 수 있도록
잘 그려 놓고 있다.

술에 대한 어쩔 수 없는 이끌림은 다른 시에서 언급하고 있는 '前
習' 또는 '前塵'[47]이다. 이것은 수행에 장애가 되기도 하고 마땅히 배
척되어야 할 대상이지만, 이규보에게는 음주가 배척해야 할 수행의
장애물로서보다는 수행의 한편에서 동행해야 할 자신의 일부라는 사
실을 말하고 있는 것으로 보인다. 淨業을 닦고자 했던 노년의 이규보
가 평생을 즐겨온 술에 대한 애호를 끊임없이 자신의 시에 반영하고
있다는 사실은 그의 시에서 불교에 대한 종교적 지향을 억누르고자
하는 의식이 작용한 것으로 보아야 할 것이다.

그러나 그의 종교적 지향을 보다 근본적으로 억누르는 것은 자신을

---

46) 「처음으로 五辛을 끊고서 짓다(始斷五辛有作)」(後集, 권 5) 및 「쇠고기를 끊다
(斷牛肉 幷序)」(後集, 권 6) 참조.

47) '……一門超出妙蓮花 喜君近者得冥會 元明本覺若廓開 對境前塵從此退', 「이학
사가 다시 內字 운의 시를 화답하여 부쳐준 것에 화답하다(次韻李學士復和內字
韻詩見寄)」(후집, 권 4) 및 '三者皆前塵 明暗互欺眞 前塵却斷遣 慧眼自然新',
「눈이 흐려져서 우연히 읊다(目翳偶吟)」(後集, 권 5) 참조.

儒者로 인식하는 그의 의식이 더욱 본질적이었던 것으로 파악된다.

「南軒에서 客에게 答하다(南軒答客)」[48]

<前略>

我言男兒者	나는 이렇게 말했네 사나이란
各有懷抱存	제각기 포부가 있는 것이기에
士方顯仕時	선비가 높은 벼슬에 오르면
經緯以人文	人倫과 制度로 다스리고
詩書與禮樂	詩書와 禮樂으로
輔相千載君	千載의 임금을 輔弼하다가
旣老退閑居	늙으면 물러나와 한가히 살면서
有或事琴樽	거문고나 술을 즐길 수도 있는데
此輩吾敢望	내야 감히 이런 이를 따를 수 있으랴
無功補毫分	털끝만한 공도 없는 몸으로
琴樽已非分	거문고나 술은 이미 분에 맞지 않으니
事佛有何痕	부처님 섬긴 것이 무슨 흠이랴
況復儒與釋	더더구나 儒道와 佛道는
理極同一源	궁극의 이치는 하나이거니
誰駁又誰純	어느 것이 잡되고 어느 것이 순정하단 말인가
咄哉渠所論	괴이하다 네 말이

儒者인 자신이 佛經을 외우는 일에 대한 변명으로 지어진 시이다. 불경을 외우는 일에 대하여 자신의 입장을 밝히려 했다는 것은, 그만 큼 자신을 유자로서 자임하는 의식이 깊었음을 반영한다고 볼 수 있

---

48) 後集, 권 6.

다. 그 변명의 개요는 儒道와 佛道가 궁극의 이치는 하나인 까닭에, 궁극에 있어서는 잡박하고 순정함을 따질 것이 없다는 것이다. 이 점은 앞의 「次韻白樂天在家出家詩」에서 보이는 재가자로서의 치우친 수행에 대한 예리한 비판과 재가수행에 대한 인식의 정도에 비추어 본다면 뜻밖의 대응이라 할 만큼 지극히 평범하고도 일반적인 견해이다.

그런데 우리는 이 시가 능엄경에 대한 공부가 단순한 讀經의 정도를 넘어서 楞嚴經 전 10권 가운데 제 6권까지를 외우고 난 뒤의 시점에[49] 쓰여졌음을 유의할 필요가 있다. 이규보는 능엄경으로 대표되는 불경을 암송하는 일에 남다른 노력을 기울였다. 그런데도 유가의 도가 불가의 그것과 다르지 않다는 자신의 가치관에 근거하여 끝내 유자로서의 입지를 버릴 수는 없었음을 이 시는 보여주고 있다. 결국 이규보가 노년에 불교에 기울었다고는 하나 불교에만 침잠할 수 없었던 근본적 이유는 기본적으로 자신을 儒者로 자임하는 인식이 깊었던 데에 원인이 있다고 해야 할 것이다.

이규보는 三寶에 귀의하고 도솔천에 往生하기를 발원한 백낙천의 경우[50]와 같이 불교의 來世觀에 입각하여 불교에 적극적으로 귀의

---

49) 『東國李相國後集』의 편차 상 이 시의 앞에 다음의 시가 있다. '일권부터 육권까지 유창하게 외었는데/ 나머지도 어디 있는지 외고야 말리라/ 마음속에 담아두지 못하고 죽는다면/ 저승에서야 어디서 책을 구하랴 (從初至六誦如流 餘復何存了却休 若不貯心歸去也 泉臺何處紙中求)', 「능엄경을 제 육권까지 외고 짓다(誦楞第六卷有作)」, 後集, 권 6.

50) 谷響, 「詩人白居易的佛教生活」, 唐大圓·姚寶賢 等著 『佛教文學短論』, 臺灣, 大乘文化出版社, 1981, p.222 참조.
　　白樂天의 생애와 시에 대하여는 金在乘, 『白樂天詩 研究』, 박사논문, 서울대, 1985. 참조.

하였다고는 할 수 없다. 그가 여러 시문에서 스스로 밝히고 있는 것처럼, 끝내 자신의 유자적 입지를 벗어 놓을 수 없었던 것은 분명하다. 그가 관직에서 물러난 노년의 생활에서 坐禪을 하고 誦經을 하는 등의 불교적 취향을 보인 바 있지만, 그것이 그의 종교적 신앙과 열정으로써 잘 온축되어 詩에 반영되었다고 보기에는 그의 신앙과 시에 투영된 종교적 지향이 너무 취약하다고 보아야 할 것이다.

4. 맺음말

이상에서 이규보가 노년에 지은 '白樂天 次韻詩'를 대상으로 종교적 지향과 그 한계에 대해 이규보의 불교인식과 관련하여 살펴보았다.

이규보가 불교문화가 가장 무르익었던 시대를 살았다는 점을 감안한다 하더라도 평생을 유자로 살았던 그의 시를 불교시의 관점에서 논의한다는 것은 매우 제한적일 수밖에 없다. 이규보가 젊은 시절부터 불교사상에도 관심을 가졌던 것은 사실이지만 그것은 다양한 사상의 섭렵의 일환이었을 뿐이고, 불교계와도 끊임없이 교유를 하였지만 자신의 정치적 입지를 고려하여 일정한 거리를 두지 않을 수 없었기 때문이다. 그렇기 때문에 청장년기의 시에는 산사를 찾아 스님들과 교유하면서 불교적 정서를 노래하는 가운데 우회적으로 자신의 현실적 고뇌를 해소하는 경향이 보일 뿐, 불교적 색채가 두드러지지는 않은 것으로 보인다.

퇴임을 전후한 노년에 이르러 이규보는 자신의 생활상이 백낙천의 그것과 비슷하다는 점에서 동질감을 느끼고 백낙천의 시에 대한 각별한 애호를 보였다. 특히 일상생활에서 坐禪과 誦經을 생활화했던 백낙천과 불교에의 공감을 함께 하는 차운시를 통하여 자신의 불교에 대한 애호를 종교적 지향으로까지 심화시켰다. 본고에서는 이러한 경향을 『東國李相國集』에서 이규보가 보여준 불교인식의 흐름에 비추어 그의 '白樂天 次韻詩'가 능엄경 독송으로 이행되기 전의 불교적 인식을 담고 있는 것으로 파악하였다.

한편으로는 그의 생애에 있어 노년기에 접한 불교가 그의 사상 전반을 바꿔놓을 수는 없었기 때문에 백낙천 차운시에 담겨 있는 이규보의 불교에 대한 종교적 지향에는 일정한 한계가 있는 것도 사실이다. 평생을 유자로 살아온 그가 내생을 위한 종교적 구원으로서 불교에 기울어졌던 것은 당시의 불교 문화적 토양 속에서 자연스러운 일로 이해할 만하다고 하겠으나, 그는 끝내 유자적 입지에서 벗어날 수 없었고 스스로를 유자로 자임하는 인식이 강했던 까닭에 그의 시에 투영된 종교적 지향도 그만큼 취약하다고 보아야 할 것이다. 그가 만년에 보여준 불교적 사유와 신앙에 대한 취향은 젊은 시절 현실과의 갈등을 겪으면서 그것을 초극하고자 하여 모색되었던 歸田園 의식만큼이나 한정되어 있기 때문에 그것이 이규보 시의 근간이 된다고 보기는 어렵다.

이규보의 불교인식은 청년기와 장년기, 그리고 노년기의 세 시기로 나누어 살필 수 있다. 청년기에는 자신의 재능에 대한 자부와 그것을 알아주지 않는 현실에서 오는 갈등을 달관적 외면으로 포장하는 가운데 불교인식이 숨어 있고, 장년기에는 관료로서 불교계와 일정한 거리를 두면서 산승들과의 교유를 통하여 자신의 불교적 정서

를 통하여 자신의 불교적 정서를 노래하는 가운데 불교인식을 우회적으로 드러냈다. 이에 비하여 致仕를 전후한 시기로부터의 노년기에는 불교인식이 적극적으로 표출되었고, 그 시발점이 白樂天의 시에 次韻하는 형식으로 노년의 소회를 노래한 시들이다.

이규보 시문학의 전체적인 구도 속에서 불교에 대한 이규보의 관심과 인식이 어떻게 변모되었으며, 그것이 그의 시를 통하여 어떻게 형상화되었는지를 이해하는 일은 이규보 문학 전체에서 그의 불교관련시가 가지는 의미를 구명하는 데 주요 관건이 될 것이다. 그리하여 이규보의 다양한 사유체계 안에서 불교인식의 위상과 실질이 어떠한지가 전체적으로 조망되어야 할 것이다. 이 과제를 위해 본고에서는 그 단서로서 우선 이규보의 백낙천 차운시에 보이는 불교인식을 살펴보았다. 차후에『東國李相國集』전편을 대상으로 이규보의 불교인식을 알아보는 연구의 디딤돌이 되기를 기대한다.

이규보의 시에 나타난 불교인식의 추이

1. 머리말

이규보 시의 본령이 佛教詩에 있지 않음에도 불교시의 측면에서 그의 시가 논의되는 것은 다음의 세 가지 이유에서 비롯된다. 즉, 그가 불교문화의 난숙기를 살았다는 점과, 「釋道疏」를 비롯한 실용문에 보이는 불교관련 지식의 해박함, 그리고 특히 그의 만년에 보여준 불교적 삶에의 지향에 기인하는 것이다.

이규보의 佛教認識은 만년의 시에서 주로 나타나는데, 그것은 대개 두 가지로 정리된다. 하나는 白樂天 次韻詩에 나타나는 불교에 대한 호의와 공감이다. 다른 하나는 楞嚴經을 암송하고 불교의 계율을 수행하는 데까지 나아간 불교적 삶에의 경도이다.

본고는 이규보의 불교관련시를 세 시기-과거에 급제한 이후로부터 관직에 나아가기 이전, 관직에 진출해서 퇴임하기 전, 그리고 致仕 이후의 시기-로 나누어 분석하고, 그의 불교인식이 삶의 궤적을 따라 어떤 추이를 보이고 있는가를 살피고자 한다. 그리고 그의 불교인식이 지니는 종교적 지향의 한계에도 주목하여 무신집권이라는 정치적 제약 속에서 관료지식인으로서의 삶을 영위했던 이규보의 불교

인식을 조명하고자 한다.

이러한 논의를 통하여 이규보가 불교관련시를 짓고 만년에 불교적 수행을 했다는 점이 지나치게 확대 해석 되어 불교적 주제의 시가 禪詩로까지 과장되는 것을 경계하고, 한 시인이 살았던 불교문화의 토양 위에서 형성된 불교인식에 근거한 불교시를 살피는 토대가 될 수 있기를 기대한다.

2. 청·장년기의 시에 보이는 불교인식의 편린

1) 청년기 : 장자적 달관과 탈속적 지향

이규보는 22세의 나이에 처음으로 司馬試에 급제하고서도 상당한 세월을 관직에 진출하지 못한 채 실의의 나날을 보내야 했다. 23세에 禮部試에 급제해서도 등위는 하위였지만, 자신의 재능에 대한 자부는 누구 못지않던 그였다. 또 한동안 관직을 얻지는 못하였지만 「東明王篇」과 「開元天寶詠史詩」를 지을 때에는, 호방한 기개와 거창한 대의명분이 있어서[51] 술에 의지해서나마 자신의 기개와 포부는 꺾이지 않았었다. 그러나 자신의 이상을 실현하기에 현실은 너무도 그로부터 동떨어져 있었고, 그러한 현실의 벽 앞에서 자신의 意氣는 꺾이고 상처받지 않을 수 없었다.

재능에 대한 자부가 남달랐던 만큼 기대가 실현되지 못한 현실에 대한 실망감은 크기 마련이어서, 그가 자신의 가장 큰 자부처였던 詩作에 대해서조차 심각한 회의에 빠지기도 하였다.[52] 관직진출에 대

---

51) 李東喆, 『李奎報 詩의 主題 研究』, 국학자료원, 1990, p.103.

한 애착이 너무도 컸던 이규보에게 이러한 회의와 갈등은 관직이 주
어지지 않는 한 쉽게 극복될 수 없는 성질의 것이었다.

이런 갈등 속에서 이규보가 자신의 뜻을 붙여보는 곳이 莊子的 달
관의 세계이다.

<其三>
夢廻山月落　　　달 지는 새벽녘에 꿈은 맴돌고
吟久野雲歸　　　들판의 구름 돌아가는 곳에 늦도록 읊조린다
松石今朝是　　　자연에 맡긴 오늘 아침이 성정에 맞으니
風塵昨日非　　　풍진에 매였던 지난날은 어긋남이어라
<其六>
無心白駒詩　　　白駒詩에 마음이 없고
寓意黑蝶賦　　　黑蝶賦에 뜻을 부쳤네
讀罷南華篇　　　南華經 읽기를 마치니
山中日亭午　　　山中의 해가 한 낮일세[53]

인용한 두 번째의 시에서 시적 화자가 말하고자 하는 것은 벼슬에
나아갈 마음이 없고[54] 늙도록 들어앉아 책을 읽겠노라는[55] 것이다.

---

52) '點點階苔紫 茸茸徑草青 殘生浮似夢 破屋谽於亭 不省空囊倒 猶嫌一日醒 詩
成誰復愛 自寫枕頭屏', 「又次新賃草屋詩韻五首」<其三>, 『東國李相國集』, 全
集, 권10. (이하 『東國李相國集』 소재의 시문은 全集 또는 後集으로 略記하고
卷數만 표기한다.)
53) 「北山에서의 雜題(北山雜題九首)」, 全集, 권5.
54) 白駒詩는 『詩經』 小雅 白駒편을 말한다. 이 詩는 賢者가 타고 온 흰 망아지가
농장의 농작물을 뜯어먹었다는 핑계로 말을 묶어 놓아 떠나가지 못하게 한다는
내용인데, 곧 帝王의 부름에 뜻이 없음을 말한 것이다.
55) 黑蝶賦는 흑색의 나비를 읊은 賦로 남조 때의 隱士 沈麟士가 지었다. 그는 여
러 사람의 추천을 뿌리치고 늙도록 독서에 힘썼으며, 일찍이 흑접부를 지어 자기

그래서 한낮이 되도록 읽은 책이 『莊子』이다. 여기에는 유교적 이상을 품고 그 이상의 실현을 위해 기울였던 노력이 아무런 보상을 받지 못했을 때에, 오히려 그에 반대되는 측면에서 보상을 찾음으로써 위안을 받으려는 보상심리가 들어 있다. 그 결과로 찾아진 것이 道家的 은둔이다.

이 시는 이규보가 일찍이 꿈꾸었던 관직에의 진출을 일시적으로 단념하고 天磨山에 寓居하며 白雲居士라 自號하던 시절의 작품이다. 관직을 얻지 못하였다고는 하지만 과거에 급제한 시점에서 그렇게 오래된 시절이 아니고,[56] 부친상을 당하기는 하였지만 경제적으로 그리 궁핍한 정도는 아니었다.[57]

비록 관직에 진출하지는 못하였으나 과거에 급제하여 '虛名'이나마 얻은 바가 있었고, 생계를 꾸려갈 만한 농토도 물려받은 것이 있었다. 그런데도 천마산으로 들어가 '天地와 宇宙를 좁게 여기며'[58] 오연히 현실을 질시하며 지낼 수 있었던 것을 가지고, 그가 은거에 대해 각별한 뜻을 가졌기 때문이라고 보기는 어렵다. 그것은 아무래도 아직 年富力强한 시기였으므로 젊은 날의 호기가 앞선 것으로, 그의 기질적인 측면에서 이해되어야 할 것이다. 이 시기에 그 호방한 기개와 거대한 대의명분을 바탕으로 「東明王篇」과 「詠史詩」 같은 작품을 지을 수 있었던 것도 그러한 맥락에서 이해할 수 있다. 그로

의 뜻을 부쳤다.

56) 申用浩, 『李奎報 詩의 意識世界와 文學論』, 국학자료원, 1990, p.66 참조.

57) 李佑成, 「高麗中期의 民族敍事詩」, 『論文集』7, 성균관대, 1962 참조.

58) '집에 식량이 자주 떨어져 끼니를 잇지 못해도 거사는 기쁘게 여겼고, 성격이 방광하고 검속할 줄을 모르며 천지와 우주를 좁게 여겼다(家屢空 火食不續 居士自怡怡如也 性放曠無檢 六合爲隘 天地爲窄)', 「白雲居士傳」, 全集, 권20.

하여금 관직진출을 단념하게 하고 山林에 은둔하게 한 것은 정치사
회적인 속박[59]이라기보다는, 富貴貧賤으로 말해지는 현실의 속박이
나 제한을 견디지 못하고 정신적 자유를 추구하는 그의 갈망이었다.

　이와 함께 사상적인 측면에서 고려되어야 할 것이 이 시에서 보이
는 莊子에 바탕을 둔 道家思想이다.[60] 천마산에 지내던 시절에 詩僧
들과의 贈答詩가 많이 지어졌고 法華經을 외웠다는 사실[61]을 보면,
이 시기에 불교 교리에도 많은 지식을 갖추게 되었던 것 같다. 그러
나 20代의 방황기에 賢愚가 뒤바뀐 세상에 대한 원망과, 용렬한 인간
들에게 허리를 굽히면서까지 벼슬을 구하지는 않겠다는[62] 오연함이
남아 있던 이규보는 自我에 침잠하는 불교보다는 莊子類의 초월적
인 정신세계에 보다 매력을 느꼈던 것으로 보인다. 「白雲居士傳」에
서 스스로 밝히고 있는 것처럼, '성격이 放曠하고 檢束할 줄을 모르
며 天地와 宇宙를 좁게 여기던' 그에게는, 유한한 공간과 인식의 제
한을 초월하는 無何有之鄕에서의 자유로운 정신세계가 현실적 功利
의 주변에서 맴도는 자신을 심리적 억압감에서 벗어나게 해주는 정

---

59) 이규보가 29세이던 丙辰年에 이의민이 제거되고 최충헌이 집권하였다. 이규보
　는 최충헌이 집권하면서 家宰인 趙永仁과 相國 任濡·崔詵·崔讜 등 네 大臣에
　게 求宦하는 시를 지어 바치는 것을 필두로 관직에 나가려는 적극적인 노력을
　하였다(이에 대하여는 全集 7, 「上趙令公永仁幷序」, 「上崔平章讜幷序」, 「上崔
　樞密」 및 全集 26, 「呈尹郎中威書」, 「上閔上侍湜書」, 그리고 全集 8, 「呈內省諸
　郎幷序」, 「投李吏部」 참조).
　　이에 비하여 이의민 집권기인 20代에는 그런 노력을 기울이지 않은 것으로 보
　인다.
60) 이규보는 만년에 벼슬에서 물러난 뒤로는 『楞嚴經』을 위시한 佛經과 『列子』를
　비롯한 道家書에 몰입하였다. 그러나 이 시기에 보이는 사상적 경향은 젊은 날
　의 것과는 다른 측면에서 이해되어야 한다.
61) 「法華經頌止觀贊 幷序」, 全集, 권19 참조.
62) 申用浩, 앞의 책 p.75 참조.

신적 안식처였다. 그리하여 벼슬을 하지 못하는 것이 아니라 고결한
정신세계를 더럽히지 않으려고 벼슬을 하지 않는 것으로 여김으로써
스스로를 달래고, 松石이 어우러진 자연 속에서 책을 읽으며 늙어가
겠다는 장자적 달관에 기대어 자신의 문학적 재능이 쓰이지 못하게
된 처지를 자위하고 있는 것이다.

　한편 자신의 재능에 대한 남다른 자부심과 재능이 인정받지 못하
는 현실과의 괴리에서 오는 상실감을 달래려는 이규보에게 눈길이
간 것은 그에게 脫俗으로 비쳐지는 공간으로서의 寺刹이었던 것으로
보인다. 이규보의 시에 있어서 사찰이라는 공간은 물론 玄談을 주고
받고 불교의 교리, 혹은 禪理에 대한 法談을 주고받는 장소이기는
하다. 그런데 이규보의 시 전반에서 불교적 정서가 표출되는 계기로
서 山寺에서 베풀어지는 술자리가 차지하는 비중은 너무도 두드러져
서 얼핏 보기에 종교적 공간으로서의 사찰이라는 일반적인 인식과
크게 동떨어져 있는 것으로 보이기까지 한다. 사찰에서 술을 빚는 것
을 국법으로 금한 일이 있을 정도이니[63] 사찰에서의 술자리가 그만
큼 일상적이기는 하였을 터이지만, 이규보의 불교적 정서의 표출에
관련하여 보자면 그러한 주변 사정으로만 이해하고 넘어가서는 안될
측면이 있다.

　그가 무슨 까닭에 탈속적인 삶에 뜻을 두게 되었는지에 대하여는
다음의 시에 단서가 보인다.

---

63)「佛恩寺의 雲公을 찾아갔다가 절에서 술 마심을 國令으로 금한다는 말을 듣고
　(訪佛恩寺雲公聞國令禁僧家飮)」, 全集, 권7.

俯仰頻驚歲屢更	문득문득 세월의 **빠름**에 놀라나니
十年猶是一書生	십 년토록 나는 여전히 한 書生이어라.
偶來古寺尋陳迹	우연히 옛 절에 와서 묵은 자취 찾다가
情却對高僧話舊	고승을 마주하여 옛정을 나누네
半壁夕陽飛鳥影	반쯤 석양이 비낀 담장엔 둥지로 돌아가는 새 그림자
滿山秋月冷猿聲	가을달이 가득한 산엔 잔나비 소리 구슬퍼라
幽懷壹鬱殊難寫	겹겹이 쌓인 근심 다 풀기 어려워
時下中庭信步行	뜰에 내려가 발 가는 대로 거닐어도 보건만[64]

남다른 재능에 대한 자부심도 세월의 흐름 앞에서는 어쩔 수 없었다고 고백이라도 하는 듯이, 이 시에는 그 세월 속에서 겹겹이 쌓인 근심을 풀지 못하고 이리저리 배회하는 시적 자아의 방황이 배어 있다. 자부심이 컸던 만큼 포부가 실현되지 못하는 데에 대한 실망은 더욱 커져가고, 세월의 흐름은 더욱 **빠르게** 느껴져서 초조해져만 간다. 이렇게 현실의 벽에 부딪쳐 우울해 하는 모습은 저녁나절에 둥지로 돌아가는 새의 날개짓과, 달빛만 가득한 가을 산에 적막감을 더해주는 잔나비 우는 소리에 잘 투영되어 있다. 때가 되면 돌아갈 곳이 있는 새에게서 느끼는 부러움은 마땅한 지위를 얻지 못하고 있는 자신의 처지에 대한 연민이다. 그리고 그 연민은 적막한 달밤에 온 산을 울어대는 원숭이 소리에도 실려 있다.

뜻은 학처럼 높았으나 과거에 급제한 후 십 년이 지나도록 얻은 것이라고는 뜬 이름뿐인[65] 자신의 우울한 심사를 달래려고 찾은 곳

---

64) 「거듭 北山에서 놀 때 지은 두 수(重遊北山二首)」<其一>, 全集, 권1.
65) 같은 시, <其二> 참조.

이 山寺이다. 그러나 산중의 분위기는 그 우울의 정도만 깊게 해줄
뿐이고, 스님과 주고받는 情談으로도 회포를 풀 길이 없어 이리저리
배회해볼 뿐이다.

이렇게 해소되지 않는 방황에 대하여, 이규보는 그 원인을 과거에
급제하고도 관직을 얻지 못하는 데 있는 것으로 한정시켜 놓고 있는
것으로 보인다. 특히 山寺를 찾았을 때 관직에 대해 느끼는 감회는,
벼슬길에 나아가 태평성대를 보익하는 儒者로서의 정치적 이상이라
기보다는 관직을 얻는다는 것도 결국은 생계를 해결하자는 것이라는
정도로만 의미를 부여하고 있다.66)

다음의 시에는 그 방황에서 오는 회의를 짙게 토로하고 있다.

得僅毫氂喪似崖	얻은 것은 털끝만 하고 잃은 것은 산더미 같아
十年檻籠困徘徊	십 년 세월을 우리에 갇혀 곤궁히 지내왔구나
如今逸鶴知誰繫	날지 못하고 있는 학을 뉘라서 거두어줄까
粗慰驚猿遲我廻	그나마 놀란 원숭이가 내 돌아오기를 기다리는 것에서 위안을 삼네
塵世舊顔風拂盡	속진에 더럽힌 얼굴을 바람에 씻어내고
煙溪新隱月迎來	좋은 경치에 숨으려니 달도 반기는 듯
山僧莫問還山意	산으로 돌아온 뜻 스님은 묻지 마오
寸草浮名安用哉	보잘것없는 뜬 이름을 어디에 쓰랴67)

20代에 白雲居士를 자처하며 天磨山에 우거하던 시절의 작품이
다. 1·2구에서는 과거에 급제하고서도 십 년 세월이 지나도록 벼슬

---

66) 「우연히 산중에 노닐다가 石壁에 쓰다(偶遊山中書壁上)」, 全集, 권5 참조.
67) 「거듭 北山에서 놀 때 지은 두 수(重遊北山二首)」<其二>, 全集, 권1.

을 얻지 못하고 塵世를 배회하는 시적 화자의 현실에 대한 회의가
과장되게 토로되어 있다. 이 과장된 표현에서 시적 화자가 名利와
得失의 세계에서 겪는 고뇌가 잘 드러난다. 뜻은 학처럼 높고 능력
에 대한 자부 또한 남달랐으나 그에 걸맞는 벼슬이 주어지지 않았던
그에게, 벼슬은 오히려 자신을 가두는 굴레가 되어 자신을 더욱 옭아
매었다. 그 속에서 얻은 것이라고는 과거급제자라는 虛名 뿐, 그에
따라야 할 어떤 실익도 얻지 못한 불우에서 오는 자탄이 짙게 배어
있다.

3·4구에서는 그러한 불우가 쉽게 끝나지 않을 것임을 자신이 익
히 잘 알고 있다는 사실과 함께, 그로부터 오는 고뇌와 슬픔을 자연
에게서 위안 받고 싶어하는 바램이 비유적으로 나타나 있다. 세간에
서야 아무도 자기를 알아주지 않았지만 그래도 자연에서는 자기를
기다려주는 원숭이가 있다는 사실로 인해서 그나마 위안을 받는다.
이것은 자신이 현실로부터 외면을 당할 때, 그 세속이 아닌 자연으로
더불어 위안을 찾고 그 속에서 머물고자 했던 탈속 지향이 그의 내면
에 늘 자리하고 있었음을 암시하는 것으로 해석된다.

5·6구에서는 속진에 찌든 俗氣를 탈속의 세계에서 불어오는 바람
으로 말끔히 씻어내고 세속을 떠나려는 시적 화자와, 그를 반겨주는
달이 등장한다. 시인은 이 탈속의 맑은 세계를 상징하는 달을 내세워,
시적 화자가 기꺼이 몸을 맡길 수 있는 곳이 山中으로 대표되는 탈
속의 세계임을 암시하고 있다.

결국 이 시에서 말하고 있는 것은 名利의 세계에서 살고 있는 시
인 자신이 그 名利를 얻지 못하였을 때 갖게 되는 탈속에의 지향이
다. 명리로 구축된 세계에서 명리를 추구하여 획득하였을 때, 그 세

계는 물고기가 만난 바다와 같이 자신의 뜻을 무한히 펼칠 수 있는
기회의 세계로 의미지워 진다. 그러나 그 명리를 아무리 추구해도 그
것이 얻어지지 않을 때, 명리로 구축된 세계는 오히려 자신을 구속하
는 굴레가 되어 속박하게 되고 자신은 우리 안에 갇힌 짐승처럼 끝내
그로부터 벗어나지 못하게 된다. 이러한 때를 당하여 이규보는 '窮途
哭'68)을 불러보기도 하지만 그것으로는 상처받은 마음을 달랠 수 없
다. 그리하여 자신이 그토록 추구해마지 않던 名利를, 이번에는 도리
어 아무 데도 쓸 곳이 없는 것으로 치부해버리기에 이르른다. 이렇게
되면 名利로부터 상처받은 자신을 달랠 수 있는 곳이라고는 명리로
부터 벗어나 있는 세계, 곧 탈속의 세계 밖에 남지 않게 된다.

그러나 이렇게 명리에 의하여 왜곡된 탈속지향은, 자신이 추구하
는 명리가 획득될 때에는 언제든지 무너져 내릴 태생적 한계를 스스
로 가지게 된다. 종교적 구원을 향한 탈속과는 달리, 그것은 名利의
세계에서 명리를 매개로 하여 명리의 획득 가능성 여부에 따라 외면
될 수 있는 가상적인 탈속지향일 뿐이기 때문이다.

2) 장년기 : 정신적 고뇌에서의 일시적 벗어남

이규보는 과거에 급제한지 10년이 지나서야 미관말직인 全州牧司
錄에 부임하였으나 1년 여 만인 그 이듬해에는 파직을 당하고 만다.
그리고 나서 다시 이어진 無冠의 처지를 벗어나보려고 35세에는 지
방에서 일어난 반란군을 진압하는 일에 從軍하였으나, 아무런 포상

---

68) '十年痛哭窮途淚 與爾朱脣血孰多', 「달밤에 자규가 우는 소리를 듣다(月夜聞子
規)」, 全集, 권6.
  '得坎乘流渾是夢 阮公何必哭途窮', 「다시 화답하다(復和)」, 全集, 권8.

도 받지 못한 채 다시 無冠의 처지가 되었다. 그에게는 하루하루가
자신의 현실적 목표에서 멀어만 가는 혹독한 시련기였다.

기회가 있으면 관직에 나아가고자 하는 뜻을 담은 시를 지어 當路
者에게 보내기도 하였지만 소득이 없었고,69) 오히려 깊은 마음의 상
처만을 얻어 자신의 문학적 자질에 대한 회의까지도 하 보았지만,70)
그 회의는 극복될 수 없었다. 그렇기 때문에 여기서 더 나아가 현실
에의 초극을 꿈꿔 보기도 한다.

絶頂望都城	꼭대기에 올라 도성을 굽어보니
浩浩萬人海	넓고 커서 인해를 이루었네
小屋不容言	조그만 집이야 말해 무엇하랴
大屋正如塊	큰집들도 흙덩이만 하구나
可憐路上人	가엾어라 길 위에 오가는 사람도
蟻奔塵土內	흙먼지 속에 헤매는 개미와 같으니
經營覓何利	대체 무슨 이익 얻겠다고
意各有所掛	그 마음 저마다 속박되나
區區蠻觸間	작디작은 만과 촉이 싸우는 사이에
死生哀樂在	생사와 애락 서로 교차되니
安得出其中	어찌해야 여기서 초탈해
遊於六合外	저 육합 밖에 노닐어 볼 수 있을까71)

40代 초반에 지어진 것으로 보이는 이 시에는, 자신의 처지에 대한

---

69) 「유승선께 올립니다(呈柳承宣二首)」, 全集, 권2. '내가 그 門下에서 進士에 올
랐다(予於門下登進士)'는 註가 붙어 있다.
70) <누에[蠶]>, 「群蟲詠」 八首, 全集, 권3.
71) 「北岳에 올라 都城을 바라보다(登北岳望都城)」, 全集, 권12.

연민과 상심이 진하게 토로되어 있다. 산 위에서 바라본 도성의 아스
라이 멀어진 모습에서, 시적 화자는 또 다른 차원에서 바라본 자신의
초라한 모습을 본다. 길 위에 분주히 다니는 사람은 그저 흙먼지 속
을 헤매는 개미처럼 보이고, 크고 작은 집들은 개미굴의 흙더미처럼
보인다. 바로 그 속에 자신이 살고 있다. 그 모습에는 생사와 우비고
뇌로 찌들어 가면서도 눈앞의 이익을 다투는 바로 자신의 모습이 투
영되어 있다. 그래서 슬픈 것이다.

여기서 이규보는 '뜻은 본시 六合(宇宙) 밖에 두고 있어서 天地에
얽매이지 않는다. 장차 元氣의 母體와 더불어 無何有鄕에서 노닐리
라'[72]던 젊은 날의 원대한 정신적 포부는 간 데 없고 세속에 묻혀 功
名과 利益을 찾아 헤매는 자기 자신의 모습을 보고 마음 아파한다.
저 우주 밖에 노닐고 싶어하는 마음이야 아직도 간절하지만, 그 자신
은 저 흙먼지 속을 헤매는 개미가 되어 생사와 희로애락이라는 세속
의 얽매임으로 돌아가지 않으면 안 되는 것이다.

이러한 심정은 세속의 매임으로부터 벗어나 있는 해탈인의 정신경
계와는 대조적이다. 이것은 똑같이 '萬國都城이 개미 둑과 같다' 는
비유를 쓰고 있는 淸虛 休靜의 詩[73]와 비교된다. 휴정의 시에서처럼
달빛 속에서 청허한 마음으로 끝없이 불어오는 소나무 바람을 맞으
며 누워 있는 해탈인과는 달리, 이규보의 처지는 끝내 六合 밖에 뜻
을 두고 세속으로부터 초탈해 있을 수는 없는 것이었다.

---

72) '찬에 이르기를, 뜻은 본시 우주의 밖에 있으니 천지에 얽매이지 않는다. 장차
   원기의 모체와 더불어 無何有之鄕에서 노닐리라(贊曰 志固在六合之外 天地所
   不囿 將與氣母 遊於無何有乎)', 「白雲居士傳」, 全集, 권20.
73) '萬國都城如蟻垤 千家豪傑若醯鷄 一窓明月淸虛枕 無限松風韻不齊' 淸虛 休
   靜, 『淸虛堂集』 권 3.(『韓國佛敎全書』 제 7책, p.701, 동국대학교 출판부, 1982.)

이규보의 현실적 불우는 쉽게 해소되지 않았다. 과거 급제 후 20년에 가까운 세월을 無冠으로 지낸 자존심의 손상 못지않게 그를 괴롭힌 것은 경제적인 궁핍74)이었다. 그런 그에게 부귀와 명예는 물론이고 죽고 사는 문제까지 떠나 있는 禪師의 삶은 자기를 돌아보게 하는 거울이 되곤 하였다. 이런 그의 내면에는 정신적 고뇌로부터 일시적으로나마 벗어나고자 하는 바람이 담기게 된다.

步步行隨入谷雲	걸음걸음 구름 따라 골짜기로 들어가니
自然幽洞辟紅塵	자연스런 깊숙한 골 세상을 멀리헸구나
已將蚊雀觀鍾釜	이미 俸祿을 蚊雀처럼 하찮게 여겼고
曾把螟蛉戱縉紳	일찍이 벼슬을 螟蛉처럼 희롱하였네
俯仰歸來推幻化	부앙과 귀래는 환화로 보았고
死生得喪任天鈞	사생과 득실은 하늘에 맡겼도다
多師雪裏猶賒酒	고맙게도 선사가 눈 속에 술을 사와
借與山中一日春	산중의 하루 봄을 빌려 주누나75)

世間을 멀리하고 名利를 돌아보지 않는 禪師의 풍모에 찬사를 보내는 시이다. 1 · 2구는 깊숙한 골짜기에 있는 절의 모습이다. 시적 화자는 그 깊숙한 곳에 자리잡고 있는 절의 위치에다가 홍진의 속세로부터 멀리 떨어져 있는 禪師의 정신적 풍모를 대입시켜 놓고 있다.

---

74) 젊어서는 물질적 곤궁보다는 정신적 궁핍이 문제가 되었지만, 점차로 경제적 어려움 또한 상당한 고통이었던 것으로 보인다. '쌀을 사느라 옷을 전당잡히며 신세를 한탄하기도 하고(「옷을 전당잡히는데 느낌이 있어 최종번에게 보이다(典衣有感示崔君宗蕃)」, 全集, 권12), 술을 사느라 옷을 전당잡히며 세속에 대한 울분을 토로하기도 한다(「全履之見訪與飮大醉贈之」, 全集, 권11).

75) 「覺月禪師를 방문하여 蘇東坡의 詩韻을 가져 각각 짓다(訪覺月禪師用東坡詩韻各賦)」, 全集, 권11.

제 3구에서 제 6구까지는 선사의 삶이 묘사되어 있다. 선사의 삶은 자신의 그것과는 정반대의 길을 가고 있다. 자신이 추구해마지 않는 봉록도 높은 벼슬도 하찮게 여겨 돌아보지 아니하고, 세상에 나아감과 물러남을 허깨비와 같은 일로 보아 마음을 두지 않으며, 生死와 得失까지도 하늘에 맡기고는 집착하지 않는다.

이런 모습을 대하고서야 賢人이 쓰이지 못하고 올바른 道가 핍박받는 비틀어진 세태에 대한 탄식76)도, 거북·용·난새·봉황 같은 위인이 도마뱀이나 올빼미 같은 소인·악인들에게 조롱을 당하는 賢愚가 뒤바뀐 세상에 대한 원망77)도, 눈 녹듯이 사라지고 만다.

그러나 이런 시원함은 禪師의 풍모에 의지하여 일시적으로 누려보는 物外의 일일 뿐이다. 7·8구에 보이는 '겨울날에 잠시 맛보는 하루의 봄날'은 그러한 자신의 처지를 가리키는 말이다.

다음날 지은 시78)를 보면 이규보는 서울에서 자신이 주간하던 일이 촉박하여 선사의 만류에도 불구하고 굳이 산을 내려와야 했으며, 흘러내리는 물과 같이 흔들리는 마음으로 세속으로 돌아가야 하는 자신의 처지를 슬퍼하고 있다. 지팡이를 걸어 놓고 산문 밖을 나가지 않는 스님의 입장이 부러운 것도 이 때문이다.79)

---

76) '何者是賢愚 何者是得失 得者未必賢 鼈頭鼠目翔貴秩 失者未必愚 瑰意琦行棲蓬蓽 吾儕醒酲何足言 如子雄豪取爵不可必 神龍未起遁龍昇 左道乘時直道蹕', 「全履之見訪與飮大醉贈之」, 全集, 권11.

77) '도마뱀은 거북과 용을 조롱하고/ 올빼미는 난새와 봉황을 비웃는다/ 어찌 차마 내 허리를 굽혀/ 둥글둥글하게 용렬한 사람을 섬기랴(蝘蜓嘲龜龍 鴟鴞笑鸞鳳 何忍折我腰 突梯事傭욕)' 「9월 13일에 여사에 손을 모아 놓고 여러 선배에게 보이다(九月十三日會客旅舍示諸先輩)」, 全集, 권6.

78) 「다음날 선사가 만류하였으나 주간하는 일이 촉박하여 굳이 돌아오면서 絶句 한 수를 짓다(明日師挽留迫事幹固還書一絶)」, 全集, 권11.

79) '고인이 마음 내키는 대로 사는 한가로움 사랑하여/ 지팡이 걸어 놓고 산 밖을

이규보에게 出仕는 늦어졌지만, 벼슬길이 열린 뒤로는 자신의 문
학적 재능을 바탕으로 비교적 순탄한 관직 생활이 이어졌다. 그러나
出仕 이후 노년의 致仕에 이르기까지는 비록 得意의 시절이기는 하
였지만, 영욕의 정치현실을 헤쳐 나가면서 현실적인 고뇌로부터 자
유로울 수만은 없었다. 그 번거로운 世緣으로부터 한 걸음 물러나서
일정한 거리를 두고 자신의 삶을 객관적으로 바라보고자 했던 시인
으로서의 정신적 고뇌와 그에 대한 해소가 장년기의 시에 보이는 하
나의 경향이 된다. 이렇게 현실로부터의 '거리두기'라는 방법을 통한
고뇌의 해소는 주로 山寺를 찾아가는 것으로 詩에 반영되어 있으며,
그 경우에 山寺는 그의 정신적 고뇌가 해소되는 공간으로서 설정되
어 있음을 알 수 있다.

달리 보면 그의 시에 정신적 한가로움을 추구하는 시가 주로 山寺
를 배경으로 하여 하나의 흐름으로 형성되어 있다는 것은, 그가 그만
큼 한가롭지 못한 일상에 시달리고 있었다는 반증이기도 한 것이다.

자신이 추구하는 바 삶의 지향과 삶의 실제와의 괴리에 대한 고뇌
를 다음의 글에서 살필 수 있다.

    대저 浮屠 중에 한번 청산에 들어가면 나물 먹고 물 마시며 일생
    을 마치도록 紅塵을 밟지 않는 자가 있는데, 이는 실로 스님의 직분
    이 그래야 하는 것이다. 그러나 大道로써 본다면 역시 孤立獨行하
    여 일세의 細節을 지키는 데 불과할 뿐이니, 어찌 족히 논하랴?
    達人은 그렇지 않고 능히 物과 함께 어울리되 물에 물들지 아니

나가지 않네/ 부끄럽구나 내 마음 흔들림 계곡으로 흐르는 물 같아서/ 이리저리
굽이돌아 인간에 이른 것이(高人高臥愛身閑 閑掛枯藤不出山 愧我翻如巖下水
廻斜縈屈到人間)', 「明日師挽留迫事幹固還書一絶」, 全集, 권11.

하고, 능히 세상과 함께 살아가되 세상에 집착하지 아니한다. 그러므로 그 높은 행실에 손상되지 않고 또한 慈液이 사람들에게 두루 미치는 것이다.

우리 스님의 행세하는 것은 이 방법을 따라서 王宮·帝殿에 나아가 설법하는 것도 사양하지 않고, 相門·侯邸에 찾아가서 시주를 받는 일도 거절하지 않으며, 또한 우리 무리와 함께 詩社에 드나들고 술자리에 참석하여 자유자재로 노니는데 가함도 불가함도 없으니 참으로 達者라고 할 만하다. …(중략)…

그런데 지금 스님은 산수가 淸幽한 곳에 좋은 절을 얻어, 손에는 지팡이 하나를 들고 머리에는 굴갓 하나를 얹고서 마치 한가한 구름이 산봉우리로 돌아가듯이 가볍게 떠나가니, 세상 일에 골몰한 우리와 같은 무리들이 어찌 마음속으로 부러워하지 아니하랴? 그러나 나도 역시 늙었으니, 또한 어찌 세상을 영원히 떠나 백운 청산의 사이에서 스님을 모시지 않게 되겠는가? 전송의 자리에 시를 지어 작별하는 자가 있으므로 늙은 居士는 서문을 쓰는 바이다.[80]

이 글에서 璨 首座는 出世間의 沙門임에도 世間에 처하여서는 王宮의 설법에서 酒席에 이르기까지 可함도 不可함도 없이 出出世間的 풍모를 보여준 인물이다. 그러다가도 세속을 뒤로하고 山으로 돌

---

80) '夫浮屠者有一入靑山 草喫泉吸 竟一生不迹紅塵者 是誠髡首被緇者之所職然也 然以大道觀之 此亦孤立獨行 守一世之細節耳 又安足導哉 達則不爾 能與物推移而不染於物 能與世舒卷而不滯於世 故不傷高行 而其滋液之及人也亦周矣 吾師之行乎世 遵此道也 赴經筵於王宮帝殿 不辭也 受檀施於相門侯邸 不拒也 亦與吾輩 入詩社參酒場 遊戲自在 無可無不可 眞可謂達者也 …… 今也得名籃於山水淸幽之地 手一節頂一笠 飄飄若閑雲之返岫 則汨汨如我輩 得無羨乎心耶 雖然 僕亦老矣 亦豈不能瀟然長往 陪杖屨於白雲靑嶂之側耶 餞席有賦詩以寵者 老居士以序也',「本寺로 돌아가는 璨首座를 전송하는 序(送璨首座還本寺序)」, 全集, 권21.

아감에 있어서는 마치 매인 데 없는 구름처럼 미련을 두는 일도 집착하는 일도 없이 초연히 출세간의 본분으로 돌아간다. 이것이 '세상일에 골몰한 세속인의 입장에서 마음속으로 부러워하지 않을 수 없는' 삶의 방식이다.

이규보는 이 出出世間的 삶을 살고 있는 인물의 표본으로 沙門인 璨首座를 지목하고, 그의 삶을 자신의 탈속적인 삶의 전범으로 삼고 부러워하고 있다. 璨首座는 '산에도 머물지 않고 하늘에도 매이지 않는 구름'81)처럼 어디에 미련을 남기는 일도 집착을 하는 일도 없이, 속세를 떠나 그대로 山中으로 돌아갈 수 있는 삶의 태도를 견지하고 언제든 실천하고 있기 때문이다.

불교식으로 말하자면 隨處作主하고 處染常淨하는 大乘的인 삶의 전형이다. 그럴 수 있었기에 찬 수좌는 사문으로서의 高行을 상하지 아니하고 세상 사람에게 두루 慈液을 미칠 수 있었다. 한번 청산에 들어가면 나물 먹고 물 마시며 평생토록 홍진을 밟지 않는다고 하는 沙門의 일면적 모습에만 매이지 않고, 下化衆生하는 大乘的 理想의 구현자로 제시된 것이 찬 수좌의 삶이다.

이 글에서 이규보는 자신이 꿈꾸는 달사적 삶의 면모가 찬 수좌라는 禪僧에게서 구현되고 있음을 보고, 그 점을 칭송하며 부러워하고 있다. 그러한 선망은 그의 시에서 탈속적인 삶에 대한 선망으로 나타난다. 그는 끝내 세속을 아무 미련 없이 떠날 수는 없었다. 그러나 山

---

81) '대저 구름이란 것는 한가롭게 떠서 산에도 머물지 않고, 하늘에도 매이지 않으며, 나부끼면서 동서로 떠다녀도 그 형적은 구애받은 바가 없다.(夫雲之爲物也 溶溶焉洩洩焉 不滯於山不繫於天 飄飄乎東西 形迹無所拘也)'「白雲居士語錄」, 全集, 권20.

寺를 방문하고 돌아갈 때마다 그의 내면에는 '풍경의 아름다움을 사랑하여 / 말에서 내려 다시 머뭇거리고 서성이며'[82] 세속으로 돌아가는 길을 못내 아쉬워하는 마음이 자리하고 있었다. 그런 까닭에 불교의 출세간적 삶의 방식을 수용하고 있는 스님들의 삶을 보면서 생각 속에서 만이라도 자신이 바라던 탈속적인 삶에의 이상을 심정적으로나마 느껴보고자 했을 것이다. 그리고 그를 통하여 현실에서 시달리는 삶에 위안을 찾고자 했던 것으로 보인다. 이러한 희망은 벼슬길이 열리기 전 뿐만 아니라 관직에 진출한 이후에도 끊임없이 내면의식의 일부로서 표출되고 있으며, 이것은 그의 시에 보이는 하나의 경향이다.

이규보는 山中의 절에서 탈속의 공간을 보고, 스님의 생활에서 탈속인의 삶을 본다. 그런 가운데에도 山僧의 일상사뿐만 아니라 本分事까지도 자신의 생활로 삼아보고 싶어 하는 탈속에의 지향은 그것을 실현하지 못하게 하는 현실의 벽이 높았기 때문에 그만큼 쉽게 포기할 수 없는 것이기도 하였다. 그런 그가 주목하게 되는 것이 山僧들의 세속을 벗어난 생활상이다.

方丈蕭然古樹邊　　고목나무 옆 한적한 方丈室
一龕燈火一爐煙　　감실엔 등잔 하나 향로 하나
老僧日用何須問　　노승의 일상사야 물어볼 것 있으랴
客至淸談客去眠　　객이 오면 얘기 나누고 객이 가면 조는 것을[83]

---

82) '爲憐風景好 下馬更低徊', 「遊竹州萬善寺次板上諸學士詩韻其二」, 全集, 권10.
83) 「外院의 可上人을 찾아서 벽 위에 걸린 古人의 韻으로 짓다(訪外院可上人用壁上古人韻)」, 全集, 권3.

老僧의 일상사가 찾아오는 객이 있으면 상대가 되어 淸談을 나누고, 그마저도 없으면 앉아서 졸고 있을 뿐 아무 일도 없고 무엇인가를 일삼아 하지도 않는 것으로 제시되어 있다. 이규보가 聆 首座를 방문하여 그의 방장실에서 접한 '배고프면 밥 먹고 피곤하면 눕는'84) 禪僧의 일상 그대로이다.

이 표현은 禪家에서 '絶學無爲 閑道人'의 일 마친 경계를 표현하는 말이다. 여기서는 山僧의 일상사를 나타내는 말로 그대로 빌려 쓰고 있다. 이 말이 본래 의미하는 바는 화두를 참구하는 禪修行者가 화두를 打破하고 난 뒤에 자기의 眞如自性을 수용하는 일상의 모습으로서, 일상생활 내면의 정신경계이다. 마음의 본래면목이 드러나기 전에는 밝히고자 하는 화두만을 생각하고 의심하여 참구하는 것이 선수행자 본연의 일상이다. 그러나 화두가 타파되어 本地風光85)이 드러나면 自身의 本來面目과 山河大地 萬象森羅의 본래면목이 둘이 아니어서 밥을 먹으나 잠을 자나 일체처 일체시에 본래면목이 현현되어 있다고 한다. 깨닫기 전에는 화두를 참구하는 가운데 밥을 먹고 잠을 잤지만, 깨닫고 난 뒤에는 밥을 먹을 때는 그저 밥을 먹을 뿐이고, 잠을 잘 때에는 그저 잠을 잘 뿐으로 아무 분별망상이 없는 그 속에 깨달음의 경지를 그대로 수용하고 있는 것이다.

이 시에는 산승의 걸림 없는 삶에 대한 자신의 놀라움이 매우 간결하면서도 강도 있는 필치로 그려져 있다. 가진 것 없는 살림살이와 하는 바 없이 수행되고 있는 일상이 그것이다. 세속인에게는 세속인

---

84) '不用蓮花空作漏 飢飡困臥是朝昏', 「訪聆首座夜臥方丈次聆公韻二首」, 全集, 권2.
85) 本地風光은 本來面目과 같은 의미로 쓰이는 용어이다.

의 일과가 있고, 출세간의 세계라 해도 그에 따르는 그 나름의 일과
가 있기 마련이다. 그런데 世緣에 매여 바쁘기만 하던 客의 눈에 들
어온 산승의 살림살이와 일상은 그에게 너무도 신선하다. 절을 찾아
온 객은 일상의 바쁜 일과와 그에 따르는 반연으로 겪게 되는 정신적
인 부담으로 시달리던 처지이다. 그런 그가 그 절의 가장 어른 스님
이 기거하는 方丈室에 들렀을 때, 그의 눈에 들어오는 것이라고는 등
잔 하나와 향로 하나뿐이다. 이 無所有의 삶에서, 객은 몸은 부자이
지만 마음은 가난한 자신의 정신적 '살림살이'를 돌아본다. 온갖 번뇌
와 망상으로 조금도 쉴 틈이 없이 온갖 생각들을 쌓아 놓고 있지만,
돌아보면 그것은 다 남에게 보이기 위한 것일 뿐 진실로 자신에게 소
용될만한 것이라고는 없다. 또한 치성하는 번뇌망상도 진실로 본연
의 자기 자신과 짝하여 자신의 본모습을 찾는데 도움이 될 만한 생각
이라고는 없다. 이것이 날마다 바쁘지만 자기 자신에게는 아무 소득
도 없는 세상사이다.

산승의 살림살이는 어둠을 밝히는 등잔과 마음을 가라앉히는 향로
일 뿐이지만, 텅 빈 마음의 여유는 텅 빈 그 자체로서 번뇌로 꽉 차
있는 세속인의 마음을 비우게 해주고 있는 것이다.

3. 노년기의 불교인식

1) 백낙천 차운시 : 불교적 삶에의 동경

이규보는 70이 넘은 나이에 관직에서 물러나면서 불교에 더욱 관
심을 보임으로써 젊어서보다는 좀 더 종교적인 성향이 심화된다. 그

는 자신이 바라던 대로 재상의 자리에 올라서 명예롭고 순조롭게 관직 생활을 마무리할 수 있었다. 墓誌관련 글에서 보이는 것처럼 致仕 이후에도 주요 외교문서를 작성할 만큼 신망이 두터웠고, 그에 대한 자부도 남달랐던 그이다.

그런 그가 인생을 마감하는 삶으로 희망한 것은 시·술·거문고에 대한 애호와 함께 楞伽經·楞嚴經으로 대표되는 불교 경전에의 탐닉이다.86) 불교 경전을 읽는 데 있어서도 지적욕구의 충족이라기보다는 來生을 위해 淨業을 닦는 것으로 인식함으로써 젊어서와는 달리 자신이 불교에 대해 종교적으로 접근하고 있음을 드러내었다.

또한 시에 있어서도 불교에 대한 이해와 신앙심을 지녔던 시인으로서 唐의 白樂天을 전범으로 삼아 그의 시집인 『白樂天集』을 즐겨 읽고, 많은 次韻詩를 지으면서 불교에 대한 호의에 공감을 표시하였다.

殘身不省老侵尋　약한 몸에 늙음이 닥쳐옴을 생각 않고
度日唯知覓句吟　날마다 시구나 찾아 읊조릴 뿐이로세
但有忘憂盈甕酒　근심 잊게 하는 술만 독에 가득하면

---

86) '쇠잔한 이내 몸 벼슬에서 물러나/허리에 찬 印綬를 풀고자 하니/한가히 집으로 물러가/무엇으로 나날을 보낼까 하니/때로는 가야금을 타며/연달아 두강주를 마시리/무엇으로 때묻은 흉금 씻어낼까/백낙천의 시를 펴보리/무엇으로 수양을 할까/능엄경을 외우네(我欲乞殘身 得解腰間綬 退閑一室中日用宜何取 時弄伽倻琴連斟杜康酒 何以祛塵襟 樂天詩在手 何以修淨業 楞嚴經在口', 「사직할 생각이 있어서 짓다(有乞退心有作)」, 後集, 권1.
이규보가 노경에 읽은 책으로는 『列子』의 다른 이름인 『冲虛經』으로 말해지는 道家書도 들어 있다(「南軒戱作 二首幷序」, 後集, 권2). 그러나 능엄경을 외운 일에 비추어 본다면 그에 대한 언급 내지 기록들은 불교 경전에 비해 상대적으로 적은 편이다.

何思遺子滿籝金   무엇하러 자손에게 남겨줄 재산을 걱정하리
一錢無蓄塵情少   한 푼도 여축이 없으니 세속 일 관심 적고
萬事都抛道味深   만사 떨쳐 버리니 도의 맛이 깊어가네
誰謂吾生無長物   누가 내 인생에 좋은 것 없다는가
本來明鏡在中心   본래의 맑은 거울 마음속에 들어 있네[87]

이규보는 70세이던 丁酉年 12月 29日에 乞退表를 允許받아 門下
平章으로 致仕하였다. 노령이었던 까닭에 그 이전부터 물러날 뜻을
표명하였는데, 이 시기에 학사인 李百全과 주고받은 시에는 능엄경
에 관한 언급이 자주 보이고 그와 함께 白樂天의 시에 차운한 시가
자주 지어진 것도 이 시기이다.

이 시에서 말하는 이규보 자신의 老年의 생활이란, 시를 지으면서
육신의 노쇠를 잊고 술을 마시면서 세속 일의 근심을 잊는 것이다.
세속적인 관심사로부터 벗어나 도의 세계에 놀면서 노년을 보내겠다
는 의지의 표명이다. '이미 衲衣를 걸쳐 長老가 되었으니 꿈속 같은
세상 일은 다시 말씀 마오'[88]에서 말하고 있는 것처럼, 남헌장로를
자칭하여 불교에 뜻을 두고 이제까지 현실의 문제에 노심초사하던
삶에서 벗어나 새로운 삶을 지향하겠다는 것이다. 그것은 마음속에
본래부터 존재하는 맑은 거울, 즉 불교에서 말하는 자성의 진여광명
을 찾는 것으로 제시되어 있다.

그런데 노년에 이르러 불교에 대해 적극적인 관심을 갖게 되었다
고는 하지만, 자신의 현실적 처지를 온전히 바꿀 수 있는 것은 아니

---

87) 「백낙천의 '老來生計' 詩에 차운하다(次韻白樂天老來生計詩)」, 後集, 권3.
88) '已著衲衣爲長老 夢中宰相莫重論', 「삼월 이십일 남헌에서 우연히 읊다(三月二
    十日南軒偶吟)」, 後集, 권3.

다. 수행에 대한 의욕과 재가자로서의 처지 사이에서 고민하게 될 때
둘 사이의 입장을 조화시키는 대안이 在家出家이다. 이규보는 <白樂
天集>에서 「在家出家」시를 보고 자신의 처지를 전제로 하여 재가자
로서의 수행에 대한 소회를 시로써 밝히고 있다.

우리는 이 시에서 이규보의 종교적 지향을 알아볼 중요한 단서를
만나게 된다. 이 점을 염두에 두고 시를 보기로 한다.

端坐觀空萬慮澄	단정히 앉아 空을 관찰하니 온갖 생각 맑아지고
老禪肌骨髮惟仍	머리만 길렀을 뿐 늙은 선승의 모습일레
在家未礙先成佛	집에 있어도 부처되기 거리낄 것 없는데
披毳何須要作僧	무엇하러 毳裟 입고 중노릇을 하랴
自始腰抛丞相印	허리의 政丞印을 버렸을 적부터
廻看心有祖師燈	돌이켜보면 마음엔 조사의 등불 켜져 있었네
箇中一段堪嘲事	그런 중에 한 가지 웃지 않을 수 없는 일은
妻置杯呼忽錯應	술상 차렸다는 아내의 소리엔 나도 모르게 대답 함이라오[89]

70세 겨울에 비로소 정식으로 관직에서 물러난 이규보는 71세가
된 이듬해에는 늙음을 의식한 듯 오는 봄을 반가워하고 가는 봄을
아쉬워하는 시를 많이 짓고 있음이 눈에 띈다.[90] 이 시는 봄을 제재
로 하는 시의 다음 부분에 위치하고 있는데, 봄에 대한 상심을 노래
했던 것과는 달리 종교적 열정으로 노년의 의기소침에서 벗어나 禪

---

89) 「白樂天의 '在家出家' 詩에 차운하다(次韻白樂天在家出家詩)」, 後集, 권3.
90) 後集 권3은 戊戌年이라는 註가 붙어 있고, 앞부분에는 봄을 제재로 한 시가 많
 이 실려 있다. 무술년은 1238년으로 이규보가 71세이던 해이다.

修行을 통한 맑은 정신의 획득에서 오는 건강함을 바탕으로 하고 있다. 그리고 그 정신적 건강함은 在家者로서 '端坐觀空'하여 佛祖의 法燈을 이을 수도 있으리라는 당당함으로 이어진다. 시의 결말 부분인 미련에서 자신의 재가출가자로서의 면모를 술상을 반기는 해학적인 태도로 설정함으로써, 자신이 수행자로서의 相을 넘어선 참된 수행을 하고 있다는 과시로 맺고 있는 것도 이 건강함과 당당함에 닿아 있다.

이 시의 이해와 관련하여 특히 눈에 띄는 것은 시의 미련에 보이는 해학적 설정이다. 그런데 이 설정의 전후사정을 살펴보면 그저 해학적이라고 만은 할 수 없는, 시인의 종교적 지향에 대해 시사하는 바가 있음을 알게 된다. 시의 전반부에서 시적 화자는 자신의 노년생활이 머리만 길렀을 뿐, 외모에 있어서나 내면의 정신세계에 있어서나 출가한 선승의 경지와 다름이 없다는 자부심을 내비친다. 이러한 자부심은 재상의 직책에서 물러났을 때에 이미 마음 속에는 조사의 法燈이 켜져 있었다는 데까지 이르고 있다. 관직에 매어 있을 때야 어쩔 수 없었지만, 그로부터 벗어난 뒤에는 마음 속으로는 이미 조사의 경지와 다르지 않았음에 대한 자부이다. 그렇기 때문에 '재가의 입장으로서도 마음이 청정할 것 같으면 成佛에 거리낄 것이 없고, 따라서 굳이 가사를 입고 머리를 깎아 出家라는 형식을 갖춰야만 成佛할 수 있다고 고집할 것이 없다는 것이다.

首·頷·頸聯에 대해 이와 같은 이해를 한다면, 尾聯에서 그려지고 있는 상황에 대한 이해는 이규보의 종교적 지향을 살피는 데 있어 상당한 의미를 갖는다. 이규보는 시적 화자의 입을 빌어 이렇게 말한다. "그런 중에 한 가지 웃지 않을 수 없는 일은 / 술상을 차렸다는 아내의 말에 나도 모르게 대답함이라오"

가부좌를 하고 단정히 앉아 선정에 들어 있는 모습과 술을 반기는 모습은 얼핏 보기에 매우 이질적이어서 당황스럽기까지 하지만, 이 반전에서 오는 신선함은 술을 좋아하는 사람이라면 누구나 미소를 짓게 하기에 충분하다. 그런 만큼 친근한 생활 주변의 일상사를 가지고서 절실하게 속내를 표현하는 훌륭한 솜씨를 발휘했다고 할 수 있다. 또한 앞부분에서 祖師의 傳燈 문제까지 언급하며 재가와 출가가 다르지 않음을 말하던 무거운 주제를 친근한 일상사를 들어서 가볍게 처리하면서도 자신의 재가출가에 대한 입장을 분명하게 제시하는 방법은 자못 禪的이기까지 하다.

2) 楞嚴經에의 경도 : 불교적 삶에의 경도

이규보가 현직에서 물러난 70세를 전후한 시기에 특별히 관심을 기울인 것이 楞嚴經 암송이다. 능엄경은 고려 중기 거사불교의 흐름을 연 李資玄에 의해 널리 유포되어 僧俗 간에 많이 읽혀진[91] 禪宗系 불경으로, 선수행의 실제적인 내용을 주로 하고 있는 경전이다. 이규보가 무슨 연유로 능엄경을 외는 일로 자신의 수행을 삼았는지를 알 수 있는 자료는 없다. 그러나 그는 실제로 전 10권 중 제 6권까지를 외우고 기꺼워하는 시[92]를 남기고 있으며, 노년에는 능엄경을 중심으로 한 불교적 취향을 보이는 시를 많이 지었다. 그런데 이러한

---

91) 趙明濟, 『高麗後期 戒環解 楞嚴經의 盛行과 思想史的 意義』, 부산대학교 석사
   학위논문, 1987, pp.17~26 참조.
92) '從初至六誦如流 餘復何存了却休 若不貯心歸去也 泉臺何處紙中求', 「楞嚴經
   제6권까지를 외고 짓다(誦楞嚴第六卷有作)」, 後集, 권6.

경향은 그가 불교적 사유에 관심을 기울였다는 점 이외에도, 그가 來生에 대한 관심을 드러냈다는 점에서 그의 불교관련시와 관련하여 특별한 의미를 지닌다. 淨業을 닦는다는 것은 그에게 來生에 대한 의식이 분명히 자리하고 있음을 시사하는 것이기 때문이다.

그는 젊어서부터 儒・佛・仙의 다양한 사상을 폭넓게 수용하였고 그것을 바탕으로 達士的 삶을 영위하고자 하였지만, 來生에 관련한 의식을 드러내 보인 일은 없다. 그리고 스님들과의 교유를 통하여 많은 시를 주고받았지만, 내생에 관한 생각을 수용하거나 반영한 시를 짓지는 않았다. 그런 그가 능엄경을 외워 정업을 닦겠다고 하는 것은, 그가 이제까지와는 달리 來世를 염두에 두고 종교적 구원을 의식하게 되었음을 시사하는 것이다.

이규보에게 있어 선에 대한 이해와 그를 통한 자아 탐구에의 관심은 주로 만년의 楞嚴經 암송에 관련한 시에 나타난다. 그러나 젊은 시절이라고 해서 그런 관심이 상대적으로 적었던 것도 아니다. 다만 그는 일찍부터 다양한 사상에 관심을 기울였고 어디에 매이기를 싫어하는 성격의 소유자였던 까닭에 불교에 있어서도 禪 修行보다는 학문적인 敎學의 측면에 관심이 기울었던 것으로 보인다. 그리고 불교 교리를 통한 자아 탐구에의 관심도 젊어서부터의 일이며, 그것은 대개의 경우 스님과의 교류를 통하여 촉발되었던 것으로 나타난다.

咄咄浮生隙駟馳	아아! 너무도 빨리 지나는 덧없는 인생이여!
病於杯酒老於詩	술에 병들고 시에 늙어가는 것을
誰將明鏡來相照	누가 밝은 거울로 나를 비춰주려나
珠在皮膚自不知	구슬이 살갗에 박혀 있음을 스스로는 모르나니[93]

이 시는『東國李相國集』전집 권 1에 실려 있는 것으로 보아, 일 단 젊은 시절의 작품으로 추정된다. 이 시를 주고받은 璨 首座와의 교분도 젊은 시절부터 장년의 시기까지 이어진 것으로 보인다.94)

이 시의 전반부에 제시된 苦는 일반적인 것이기는 하나 이 시의 전반적인 기조가 불교적인 사유에 바탕을 두고 있다는 점을 지적할 수 있는 단서가 된다. 짧은 인생의 덧없음에다가 病·老에 따르는 苦 를 제시한 것은 불교에서 말하는 生老病死의 苦에 다름 아니다.

이 괴로움(苦)에 대한 인식은 불교의 苦(Dukkha)에 관한 인식과 상 통한다. '무상한 것은 무엇이든 괴롭다'는 의미에서의 '괴로움[苦]'이 다. '일체는 모두가 괴롭다'는 불교의 가르침은 그 苦로부터의 벗어남 인 해탈을 촉구하는 의미로서 설해진 것이다. 불교에서 말하는 因果 論이란 그 결과에 대한 원인을 설명하는 것이기도 하지만, 결과를 있 는 그대로 인식하고 결과가 있게 한 원인을 찾아서 제거함으로써 그 런 결과가 거듭해서 존재하는 일이 없게 하는 데에 적극적인 의의가 있다. 三法印의 하나인 '一切皆苦'의 苦에 대한 인식도 일체가 苦이 기 때문에 인생이 고통스럽고 괴로운 것 이외에는 아무 것도 아니라 고 말하려는 데 뜻이 있는 것이 아니다. 석가모니는 앞의 언명에서 일체가 苦라 할 때, 苦라는 것은 무엇을 의미하며[苦], 그것의 원인이 무엇이며[集], 그것은 어떻게 소멸되는 것이며[滅], 그것의 소멸, 즉 열반(해탈)에 이르는 길이 무엇인가[道]를 제시한다. 일체가 苦라는

---

93)「璨師의 韻에 次하다(次韻璨師)」,全集, 권1.
94) 찬 수좌와의 교분은 20代에 천마산에 우거하던 시절(全集, 권1의「龜山寺璨師 方丈十五夜玩月以詩律輪君一百籌爲韻予得律字」,「次韻璨師」)부터 장년기 시 절(全集, 권21의「送璨首座還本寺序」)까지의 시문에 나타난다.

것에서 그치지 아니하고 그로부터 벗어나는 열반의 길을 제시하고
안내하는 것이다.

이 시의 전반부에 제시된 苦에 대한 불교적 인식은 후반부에서 '苦
로부터의 벗어남'으로 전환되어 있다. 그리고 그것은 대승불교적이고
禪的인 이해를 바탕으로 하고 있다. 3·4 구의 표면적인 진술은 '지
금은 모르고 있지만 구슬은 이미 살에 박혀 있으므로, 누군가 밝은
거울로 비춰주기만 한다면 그것이 본래 자기에게 갖추어져 있음을
알게 될 것이다'라는 것이다. 이 구슬은 중생이 본래로 가지고 있는
佛性이요 眞如自性을 의미하는 말이다.

이 구슬의 비유는 선종에서 도를 證得함(깨달음)은 수행의 漸次와
는 별개라는 의미로 楞嚴經에 실린 비유[95]를 인용하여 쓰였고, 이와
같은 비유는 능엄경보다 성립시기가 앞서는 法華經[96]에도 실려 있
는 비유이다.

이러한 이해를 바탕으로 노년의 이규보는 능엄경에 경도된 한 시
기를 보낸 것으로 보인다. 그는 능엄경을 암송하는데 매우 열심이어
서 이불에 누워서도 선정을 경험하고 있다고 술회하는 정도에 이르
렀고,[97] 그에 따라 불교적 계율까지도 일상생활에서 실천하려는 의

---

95) '譬如有人 於自衣中 繫如意珠 不自覺知 窮露他方 乞食馳走 雖實貧窮 珠不曾
失 忽有智者 指示其珠 所願從心 致大饒富 方悟神珠 非從外得', 般刺密諦 譯
『大佛頂如來密因修證了義諸菩薩萬行首楞嚴經』卷第四(李耘虛, 『능엄경 주해』,
동국역경원, 1993, p.168에서 재인용).

96) 『法華經』, 五百弟子授記品.

97) 이 시기에는 능엄경에 관련된 시들이 집중적으로 나타난다. 그 중에는 능엄경
을 암송하게 되었다는 자부에 그치지 않고 자신이 종교적 체험을 하고 있음을
기꺼워하는 시들이 눈에 뜨인다. 이 시기의 시들을 예로 들면 다음과 같다.
有乞退心有作(後集, 권1), 三月二十日南軒偶吟(後集, 권3), 十月十四日看楞嚴
傍置琴彈之因有作(後集, 권5), 看經終又作(後集, 권5), 誦楞嚴經初卷偶得詩寄示

지를 표명하기도 하였다.[98]

  그러나 이규보는 끝내 자신이 儒者인 것을 포기할 수는 없었던 것
으로 보인다. 비록 불교에 뜻을 두어 자신을 거사로 자인하고, 불교
적 수행을 통하여 노년의 삶을 종교적으로 마무리하려 하였지만, 그
의 입장은 수행에만 전념할 수는 없었다. 그는 이러한 자신의 처지를
그가 재가수행의 가장 중요한 부분으로 삼았던 능엄경을 읽는 태도
에 실어서 나타내기도 하였다.

> 讀終經一卷   불경 한 권 읽기를 마침은
> 猶似出齋時   재계를 마친 때와 같아라
> 始可親觴酌   이제야 술을 마실 수 있게 되었는데
> 酌來何大遲   어이 이리 술상이 더디 오는고[99]

  불교 경전 읽는 것을 재계하듯이 생각하여 경전을 읽는 동안에는
술을 입에 대지 않는다. 읽기를 마치고서야 술을 마신다는 것이다.
이 시에는 불경을 읽는 마음가짐 못지 않게 술에 대한 애호가 비슷한

  其僧統(後集, 권5), 次韻其公見和(後集, 권5), 僧統又和復答之(後集, 권5), 復用
  前所寄詩韻寄其僧統竝書(後集, 권5), 次韻李相國和종字韻詩見寄(後集, 권5), 臥
  誦楞嚴有作二首(後集, 권5), 誦楞嚴經第六卷有作(後集, 권6), 南軒客答(後集,
  권6), 明日學士又和寄次韻奉答(後集, 권6), 七月初二日浴家池(後集, 권6), 誦楞
  嚴偶題(後集, 권7), 次韻空空上人贈朴少年五十韻(後集, 권9), 又傷目病(後集,
  권9), 夢與美人覺而題之(後集, 권9).
98) 이규보가 만년에 불교적 생활로 기울어진 생각의 단편들을 드러내 보인 작품들
  은 다음과 같다.
    贈四度門生及第(後集, 권1), 坐客李學士李亞卿見和卽席부次韻(後集, 권4), 五
  月十七日四門生等和前詩來脫置酒與飮卽席부화二首贈之(後集, 권4), 捫虱三首
  (後集, 권4), 始斷五辛有作(後集, 권5) 斷牛肉(後集, 권5)
99)「佛經 읽기를 마치고 다시 짓다(看經終又作)」, 後集, 권5.

정도로 나타나 있다. 이 시에서 말하는 경전이란 이규보가 치사 후에 읽고 외우는데 힘쓴 능엄경을 말한다. 그는 능엄경을 읽기 시작한 뒤로 불교에서 꺼리는 음식인 五辛菜와 육식을 끊기도 하였는데,[100] 이 시는 그에 앞서 더 일반적인 계율로서 五戒의 하나인 不飮酒戒를 불경 읽는 동안이나마 지키려고 노력하였음을 보여준다. 노년에 이르러 淨業을 닦는 방법으로 능엄경을 읽었던 이규보가 그에 관련된 계율도 함께 지키려고 하였을 것은 예상할 수 있는 일이다. 그런데 워낙 술을 좋아했던 그에게 불음주계는 상당한 걸림이 되었을 것이고, 경전을 읽는 마음가짐이 엄숙하면 할수록 술에 대한 생각도 더욱 간절해져서 경전 읽기만 마치면 술을 찾곤 하던 노년의 모습이 잘 그려져 있다.

술에 대한 어쩔 수 없는 이끌림은 다른 시에서 언급하고 있는 '前習' 또는 '前塵'[101]이다. 이것은 수행에 장애가 되기도 하고 마땅히 배척되어야 할 대상이지만, 이규보에게는 음주가 배척해야 할 수행의 장애물로서보다는 수행의 한편에서 동행해야 할 자신의 일부라는 사실을 말하고 있는 것으로 보인다. 淨業을 닦고자 했던 노년의 이규보가 평생을 즐겨온 술에 대한 애호를 끊임없이 자신의 시에 반영하고 있다는 사실은 그의 시에서 불교에 대한 종교적 지향을 억누르고자 하는 의식이 작용한 것으로 보아야 할 것이다.

---

100) 「처음으로 五辛을 끊고서 짓다(始斷五辛有作)」(後集, 권5) 및 「쇠고기를 끊다 (斷牛肉 幷序)」(後集, 권6) 참조.

101) '……一門超出妙蓮花 喜君近者得冥會 元明本覺若廓開 對境前塵從此退', 「이학사가 다시 內字 운의 시를 화답하여 부쳐준 것에 화답하다(次韻李學士復和內字韻詩見寄)」(후집, 권4) 및 '三者皆前塵 明暗互欺眞 前塵却斷遣 慧眼自然新', 「눈이 흐려져서 우연히 읊다(目翳偶吟)」(後集, 권5) 참조.

그러나 그의 종교적 지향을 보다 근본적으로 억누르는 것은 자신을 儒者로 인식하는 그의 의식이 더욱 본질적이었던 것으로 파악된다.

3) 종교적 지향의 한계 : 유자의식의 견지

我昨於南軒	내 어제 남헌에서
晏起日已暾	일어나니 벌써 아침 해가 솟았더구려
盥嗽執經卷	세수를 마친 다음 佛經을 들고
方向手中翻	책장을 막 뒤적이는데
客有枝木冠	枝木冠을 쓴 객이
謂我仍有言	나를 보고 하는 말이
以正不以雜	잡되지 않고 바름으로 하는 것이
君子義所敦	군자의 돈독한 의인데
而此浮屠法	이런 佛法을
奚爲於丘門	어찌 孔門에서 하는가 하기에
我言男兒者	나는 이렇게 말했네 사나이란
各有懷抱存	제각기 포부가 있는 것이기에
士方顯仕時	선비가 높은 벼슬에 오르면
經緯以人文	人倫과 制度로 다스리고
詩書與禮樂	詩書와 禮樂으로
輔相千載君	천재의 임금을 輔弼하다가
旣老退閑居	늙으면 물러나와 한가히 살면서
有或事琴樽	거문고나 술을 즐길 수도 있는데
此輩吾敢望	내야 감히 이런 이를 따를 수 있으랴
無功補毫分	털끝만한 공도 없는 몸으로
琴樽已非分	거문고 술은 이미 분에 맞지 않으니

事佛有何痕	부처님 섬긴 것이 무슨 흠이랴
況復儒與釋	더더구나 儒道와 佛道는
理極同一源	궁극의 이치는 하나이거니
誰駁又誰純	어느 것이 잡되고 어느 것이 순정하단 말인가
咄哉渠所論	괴이하다 네 말이[102]

  儒者인 자신이 佛經을 외우는 일에 대한 변명으로 지어진 시이다. 불경을 외우는 일에 대하여 자신의 입장을 밝히려 했다는 것은, 그만큼 자신을 유자로서 자임하는 의식이 깊었음을 반영한다고 볼 수 있다. 그 변명의 개요는 儒道와 佛道가 궁극의 이치는 하나인 까닭에, 궁극에 있어서는 잡박하고 순정함을 따질 것이 없다는 것이다. 지극히 평범하고도 일반적인 견해이다.

  그런데 우리는 이 시가 능엄경에 대한 공부가 독경의 정도를 넘어서 능엄경 전 10권 가운데 제 6권까지를 외우고 난 뒤의 시점에[103] 쓰여졌음을 유의할 필요가 있다. 결국 이규보가 노년에 불교에 기울었다고는 하나 불교에만 침잠할 수 없었던 근본적 이유는 기본적으로 자신을 儒者로 자임하는 인식이 깊었던 데에 원인이 있다고 해야 할 것이다. 이러한 인식은 그가 73세이던 庚子年(1240년)에 쓴 다음의 시와 並序에 절실하게 드러나 있다.

---

102) 「南軒에서 客에게 答하다(南軒答客)」, 後集, 권6.
103) 『東國李相國後集』의 편차 상 이 시의 앞에 다음의 시가 있다. '일권부터 육권까지 유창하게 외었는데/ 나머지도 어디 있는지 외고야 말리라/ 마음속에 담아두지 못하고 죽는다면/ 저승에서야 어디서 책을 구하랴(從初至六誦如流 餘復何存了却休 若不貯心歸去也 泉臺何處紙中求)', 「능엄경을 제 육권까지 외고 짓다(誦楞第六卷有作)」, 後集, 권6.

나는 들으니, 儒門의 先賢들이 十二徒를 만들어 徒마다 齋를 설
치하고 그 문도가 많건 적건 간에 늘 여름에 한 차례씩 모여 課業을
익히며 그 명칭을 夏天都會라 하였다 하는데, 요즈음에는 국가가 다
난하기 때문에 이 풍습이 거의 없어졌다. 그런데 지금 우리 재에서
夏課를 이루게 되었다 하니 이 얼마나 기쁜 일인가. 다른 재에서는
비록 이와 같이 못한다 하더라도 이는 곧 儒風이 다시 일어날 조짐
이라, 다른 재도 이 때문에 흥기될 것이니 다시 무엇을 걱정하랴?
이는 모두가 尙書學士가 지도하고 이끈 덕택이다. 이 어찌 경사가
아니랴? 삼가 古詩를 지어 보낸다.

自卜新京今幾年	새 서울을 선택한 지 이제 몇 해던가
吾徒舊範危墜地	우리들의 옛 법도 떨어지는 위기였네
賴予不死餘喘存	내 죽지 않고 남은 목숨 보전하여
得聞夏課群學子	학자들 모여들어 夏課함을 듣게 됐네
遙知林林白面生	알겠노라 많고 많은 그 서생들
夫子影前成拜起	공자님 영전에 배례하리
有川能似歸法無	흐르는 시냇물이 있으니
想見冠童浴沂水	기수에 멱 감는 관동들을 보는 듯
有如霖雨彌數旬	장맛비가 오랫동안 지리하게 내리다가
忽見晴陽出明婿	갠 하늘 햇빛을 보는 것 같고
又如嘉穀垂欲枯	좋은 곡식 싹이 거의 말라죽다가
一朝沐雨得生意	하루아침 비에 젖어 소생하듯
細思此是君之力	생각하니 이 모두 그대의 노력이라
感古喜今還抆淚	감격하고 기쁜 맘에 눈물 흐르네
我今已歷三事聯	내 이미 잇달아 三公을 거쳤는데
子亦幸登丞相位	그대 또한 다행히 승상에 올랐구려
原其所自此其根	근원을 따진다면 이것이 바로 근본이라

根若不牢安所恃	근원이 허술하면 어느 곳에 의지하랴
君知體莫重於斯	그대 몸 이에 더 중할 수 없거니
公卿縉紳多出是	공경과 진신들이 여기서 배출되네
鄕猶有校家有塾	고을엔 학교 있고 사가엔 서당이라
況可國中無是事	서울에 이것이 없어서야 될 것인가
勸公更礪成人心	學行을 갖추는 마음 힘쓰길 또 다시 권하노니
激起後生毋少弛	후생 격려함을 조금도 게을리 말게
我於此時雖就木	내 이때 이미 죽었다 하더라도
地下猶能抃舞喜	지하에서 오히려 춤추며 기뻐하리104)

　　고려 문종 이후 開京에는 崔冲의 九齋를 모방하여 11인의 儒臣들
이 私學을 열어 가르쳤는데, 이 11인의 生徒에 최충의 文憲公徒를
합하여 일컬은 것이 十二公徒이다. 이 시의 並序에 따르면 강화도에
천도한 이래 십이공도의 학풍이 거의 없어지게 되었다가, 尙書學士
들이 주동이 되어 그 전통을 되살리려는 노력이 있었음을 알 수 있
다. 이 시는 그 일환으로 夏課를 다시 시작하게 되었다는 소식을 듣
고 기뻐하여 지은 시이다.

　　夏課는 과거에 대비하기 위하여 여름에 한 차례씩 모여 詩賦를 익
히는 공부105)를 말하고, 齋는 이규보가 어려서 공부했던 誠明齋인
듯하다.106) 이규보는 이 소식을 듣고 儒風이 다시 일어날 조짐이라

---

104) 「學士 金敞에게(寄金學士敞, 並序)」, 後集, 권7.
105) 「김학사가 화답해 온 夏課詩에 차운하다(次韻金學士見和夏課詩)」(後集, 권7)
　　의 주에 '夏課는 과거에 대비한 詩賦를 익히는 공부이다(夏課習赴擧詩賦)'라 하
　　고 있다.
　　　夏課에 관련된 시는 <歸法寺川邊>, 「憶舊京三詠」(後集, 권1)이 있다.
106) 年譜, 辛丑年 條(1181년, 공의 나이 14세).
　　'이해에 비로소 文憲公徒가 되어 誠明齋에 들어가 학업을 익혔다. 해마다 夏

여기고 죽지 않고 오래 살아서 이런 기쁜 소식을 듣게 되었노라고 감격하고는, 죽어서라도 춤을 출 일이라고 기뻐하고 있다.

이규보는 70을 넘긴 고령으로 불교에 뜻을 두고 능엄경을 외우는 한편으로 五辛菜와 肉食을 금하는 등의 계율을 지키면서 불교에서 말하는 淨業을 닦았다. 노년의 시에는 그의 종교적 지향을 담고 있는 시가 지어진 것은 앞에서 살핀 대로이다. 그러나 그가 來生을 위한 淨業으로서 불교에 뜻을 두었다고는 하더라도, 한편으로는 자신이 끝내 儒者일 수밖에 없음을 비슷한 시기에 지은 이 시에서 잘 보여주고 있다.

평생을 유자로 살아온 그가 내생을 위한 종교적 구원으로서 불교에 기울어졌던 것은 당시의 불교 문화적 토양 속에서 자연스러운 일이라 할 것이다. 문제는 그의 사상적 지향과 詩 작품에 불교가 어떻게 수용되어 나타나는가 하는 점이다. 이점을 살피기 위하여 먼저 전제되어야 할 것은 이규보가 불교와의 관계를 그의 사상 전반에서가 아니라, 시 속에서 파악하되 그 반영된 불교의 영향이 어떠하였는지를 살피는 것으로 제한해야 한다는 것이다. 그의 생애에 있어 노년기에 접한 불교가 그의 사상 전반을 바꿔놓을 수는 없었을 것이기 때문이다.

이규보 스스로가 여러 시문에서 밝히고 있는 것처럼, 끝내 자신의 유자적 입지를 벗어 놓을 수 없었던 것은 분명하다. 그가 관직에서

課 때면 先達들이 諸生을 모아 놓고 정한 시간 안에 韻을 내어 詩를 짓도록 했는데 이 명칭을 急作이라 하였다. 공이 계속 일등으로 뽑히므로 모든 선비가 비로소 공을 뛰어나게 여겼다(是年始籍文憲公徒 誠明齋隷業 每夏課 先達輩會諸生 刻燭占韻賦詩 名曰急作 公連中膀頭 諸儒始奇之)'

물러난 노년의 생활에서 좌선을 하고 誦經을 하는 등의 불교적 취향을 보인 바 있지만, 그것이 그의 종교적 신앙과 열정으로써 잘 온축되어 시 작품에 반영되었다고 보기에는 그의 신앙과 시 작품에 투영된 종교적 지향이 너무 취약하다.

그것은 대체로 이규보가 生死 문제에 대하여 전적으로 불교적인 이해로만 접근하지 않았던 데서 기인한다고 보아야 할 것이다. 삶을 객관적으로 이해하여 진정한 해탈을 얻고자 한다면, 삶에 있어서의 즐거움뿐만 아니라 괴로움과 슬픔, 그러한 즐거움과 괴로움에서 벗어남에 관한 이해를 얻는 것이 불교적인 방법이다. 이규보는 이에 대한 관심을 기울이지 않았던 것이다.

이러한 사실은 그의 불교적 지향이 종교성으로까지 나아갈 만큼 투철하지 못하였다는 것을 의미한다. 그 이유는 아무래도 자신을 유자로서 자부하는 의식이 그만큼 강하였던 데에서 찾아야 할 것이다.

4. 불교인식의 추이와 특징

이규보의 불교 인식은 그가 관료로서의 삶을 지향했다는 점에서 그의 생애와 관련하여 파악되어야 할 것이다.

이규보의 생애는 유교적 입신주의로 일관되어 삶의 지향이 유가적 입신행도라는 현실적 목표에 집중되었고, 전체적으로 보아 자신이 목표했던 바에서 크게 벗어나지 않은 삶을 영위하였다. 그런 그가 시를 통하여 불교와 관련된 내면의식을 표출한 것은 생애의 전환점이 되었던 세 시기, 즉 과거 급제 후 관직에 나아가지 못하던 시기와 仕

宦期와 致仕 이후의 시기로 나누어 생각할 수 있다.

그 첫 번째 시기에는 과거급제에 비해서 그의 出仕는 매우 늦은 편이었던 까닭에, 젊은 시절에는 자신의 재능에 대한 자부와는 달리 그에 상응하다고 여길만한 벼슬이 주어지지 않는 것에 대한 불만과 그로 인한 방황이 주로 표출되었다. 이 시기에 寺刹은 그에게 있어 독서와 사색의 공간이기보다는 근심을 풀기 위해 찾아가는 공간이 되며, 그것이 계기가 되어 法華經을 비롯한 불교 경전을 공부하기도 하였다. 현실의 불우에서 오는 고뇌와 불교적 사유의 만남이 있었기에 불교 교리를 근거로 空思想의 시적 승화라는 문학적 성취도 이룰 수 있었다고 본다.

두 번째 시기인 出仕 이후 노년의 致仕에 이르기까지는 得意의 시절이었다. 그러나 영욕의 정치현실을 헤쳐 나가면서 현실적인 고뇌로부터 자유로울 수만은 없었다. 그 번거로운 世緣으로부터 한 걸음 물러나서 일정한 거리를 두고 자신의 삶을 객관적으로 바라보고자 했던 시인으로서의 정신적 고뇌와 그에 대한 해소는 불교관련시 주제의 한 축이 된다. 현실로부터의 '거리두기'라는 이 고뇌 해소의 방법은 주로 山寺를 찾아가는 것으로 詩에 반영되어 있으며, 그 경우에 山寺는 그의 정신적 고뇌가 해소되는 공간으로서 설정되어 있기도 하다. 한편 관료로서의 직무와 관련하여 지은 談禪法會文·佛道疏·釋道疏에 보이는 것처럼 불교에 대한 지식의 해박함에도 불구하고 자신의 견해를 내비치지 않는 것으로 일관하는 것에서도 그 속내를 살필 수 있다.

세 번째 시기인 致仕 이후에는 명예롭게 관직 생활을 마무리하고 난 노년의 여유로운 정서를 바탕으로 백낙천의 시에 차운하는 시와

楞嚴經을 외우면서 지은 시를 통하여 자신의 불교인식을 시화하였다. 이 시기에는 불교 경전에의 탐닉을 來生을 위해 淨業을 닦는 것으로 인식함으로써 불교에 대한 종교적 지향을 드러내었다.

이규보는 불교 경전이나 禪語錄에 두루 채용되고 있는 불교 교리를 원용하여 해탈에의 지향을 시화하기도 하였고, 白樂天 次韻詩에서 보인 것처럼 재가자의 처지에서 불교적 수행에 대하여 가지는 소회와 함께 자신의 종교적 지향을 드러내기도 하였다. 이를 통해서 알 수 있는 그의 불교에 대한 인식은 그가 비록 노년에 이르러 불교에 대해 적극적인 관심을 가졌지만, 자신의 정신적 입지가 평생을 지탱해온 유가적 지향으로부터 불교적 지향으로 완전히 전환될 수는 없었다는 점이었다.

이것은 대체로 이규보가 生死 문제에 대하여 전적으로 불교적인 이해로만 접근하지 않았던 데서 기인한다고 보아야 할 것이다. 노년에 이르러, 그것도 관직의 부담으로부터 벗어난 뒤에야 접한 楞嚴經의 경우에는 젊어서 접했던 法華經의 경우와는 달리 그가 어떤 연유로 능엄경을 공부하였으며 그로부터 신앙적으로나 사상적으로 어떤 영향을 받았는지에 대한 언급은 뚜렷이 나타나지 않는다. 능엄경에 관해 의견을 주고받은 사람은 學士인 李百全이었는데, 그를 통해서 능엄경도 법화경의 경우와 같이 경전을 '외우는 일'에 더 큰 관심이 있었던 것으로 생각될 정도이다.107)

---

107) 이규보는 능엄경을 6권까지 외우고 난 뒤에 지은 시(「誦楞嚴經第六卷有作」)를 비롯하여 많은 작품에서 능엄경을 외운 일을 언급하고 있다. 물론 경을 외우는 일은 쉽지 않은 일이고, 실제로 많은 공을 들였던지 꿈속에서까지 능엄경에 관련된 정신경계를 경험하기도 하였다. 그러나 이규보의 관심은 지식에 관한 욕구의 측면이 종교적 지향보다는 더욱 강했던 것으로 보인다. '지식에 대한 욕구'

이러한 사실은 그의 불교적 지향이 종교성으로까지 나아갈 만큼 투철하지 못하였다는 것을 의미한다. 결국 이규보의 불교관련시에 나타난 불교에 대한 지식의 정도와 그것을 시화하는 데에서 보여준 문학적 성취에 비하여, 그의 불교 인식은 종교적 지향의 한계로 인하여 시세계의 주된 흐름을 형성하는 데까지 나아가지 못하였다고 할 것이다. 그러한 한계는 그의 현실적, 정치적 입지에 주된 이유가 있겠지만, 기본적으로는 그의 현실주의적 성향에 기인하는 것이었다. 이규보에게 있어 立身行道라는 儒敎的 理想은 그가 관직에서 물러난 만년에도 여전히 우선시되는 것이었다. 그런 그에게 불교적 사유와 정서를 근간으로 하여 형성되었던 불교 인식은 그가 자신을 유자로서 인식하는 한, 유교적 이상이 획득될 때에는 언제든지 외면될 수 있는 태생적 한계를 지닌 것으로 파악된다. 이것은 이규보가 불교적 사유를 통하여 종교적 구원을 염원하고 종교적 신앙으로 실천하지 않았던 데에 근원적인 이유가 있다 할 것이다.

5. 맺음말

이상에서 이규보의 불교에 대한 지식과 불교적 사유를 바탕으로 한 시를 중심으로 하여 그의 불교 인식의 추이를 살펴보았다. 이규보의 불교 인식은 주로 젊어서의 法華經과 노년의 楞嚴經을 비롯한 경전에 바탕을 둔 것이고, 일시적이기는 하지만 致仕 이후에 보여준 불교적 수행을 실천하는 과정에서 지은 시에 나타나 있다.

의 측면은 김경수도 지적하고 있다(金慶洙, 앞의 책, pp.200~201 참조).

이규보의 불교 인식은 그가 만년에 능엄경을 암기하던 시기에 불교적 취향에서 그치지 않고, 불교의 계율을 지키고 선을 수행하는 데까지 이르러 가장 고조되고 구체적으로 드러났다. 그러나 본고는 그가 보여준 불교에 대한 신앙에도 불구하고, 종교적 지향의 한계로 인하여 불교 인식은 儒者로서의 의식에 선행될 수 없는 것으로 파악하였다.

불교 인식의 추이는 대략 생애의 전환점이 되었던 세 시기, 즉 과거 급제 후 관직에 나아가지 못하던 시기와 仕宦期와 致仕 이후의 시기로 나누어 생각할 수 있다. 젊은 시절에는 자신의 재능에 대한 자부와는 달리 그에 상응하다고 여길만한 벼슬이 주어지지 않는 것에 대한 불만과 그로 인한 방황이 주로 표출되었다. 出仕 이후 노년의 致仕에 이르기까지는 번거로운 世緣으로부터 한 걸음 물러나서 일정한 거리를 두고 자신의 삶을 객관적으로 바라보고자 했던 데에 나타나 있다. 致仕 이후에는 명예롭게 관직 생활을 마무리하고 난 노년의 여유로운 정서를 바탕으로 백낙천의 시에 차운하는 시와 楞嚴經을 외우면서 지은 시를 통하여 자신의 불교인식을 시화하였다.

이상의 논의는 이규보의 불교에 대한 인식의 형성에 관련된 정치사회적 배경에 대한 이해와, 이규보의 불교 인식이 이규보 문학 전반에 어떻게 반영되어 있는가에 대한 심도 있는 논의를 필요로 한다. 이 두 가지에 대한 이해가 바탕이 될 때 고려시대 관료문인들의 불교 관련시에 대한 문학적 이해가 깊어질 수 있기 때문이다.

참고문헌

〈資料〉

李奎報 :『東國李相國集 I』, 韓國文集叢刊1, 民族文化推進會, 1993.
_____ :『東國李相國集 II』, 韓國文集叢刊2, 民族文化推進會, 1993.
       『東國李相國集』, 1~7권, 고전국역총서, 166~172권, 민족문화추진회, 1978.
徐居正 :『東文選』,『東人詩話』
李仁老 :『破閑集』
崔　滋 :『補閑集』
許　筠 :『惺叟詩話』
洪萬宗 :『小華詩評』,『詩話叢林』
       『高麗史』,『高麗史節要』,『益齋亂藁』,『櫟翁稗說』,『碧巖錄』,『古尊宿語錄』,『六祖法寶壇經』
한글대장경, 김성구(月雲) 번역 :『禪門拈頌集』, 1~5권, 동국역경원, 1994.
한글대장경, 송성수 번역 :『宗鏡錄』, 1~4권, 동국역경원, 1994.
한글대장경,『傳燈錄』, 1~3권, 동국역경원, 1994.
한글대장경,『祖堂集』, 1~2권, 동국역경원, 1994.
覺訓 :『海東高僧傳』, 동국역경원, 1994.
      『國譯 新增東國輿地勝覽』, 민족문화추진회, 1985.
      『韓國佛敎全書』, 4~6권, 동국대학교 출판부, 1982.
知訥 저, 金達鎭 역주 :『普照國師全集』, 고려원, 1992.
慧諶 저, 金達鎭 역주 :『眞覺國師語錄』, 세계사, 1993.
冲止 저, 秦星圭 번역 :『圓鑑國師集』, 아세아문화사, 1988.
冲止 저, 李鍾燦 역주 :『圓鑑國師歌頌』,『韓國古典文學全集』, 10권, 고려대학교 민족문화연구소, 1993.

李仁老 저, 柳在泳 역주 : 『破閑集』, 일지사, 1978.

林椿 저, 秦星奎 역주 : 『西河集』, 일지사, 1984.

李奎報 저, 류재영 역주 : 『백운소설연구』, 원광대학교 출판국, 1989.

崔滋 저, 朴性奎 역주 : 『補閑集』, 계명대학교 출판부, 1984.

　　　　　　　『리규보 작품 선집』,(1~2), 국립문학예술서적출판사, 1959.

『初雕大藏經調査硏究』 : 재단법인 성보문화재단, 1988.

〈著書〉

姜錫瑾 : 『韓國佛敎詩硏究』, 이회, 2002.

高翊晉 : 『韓國의 撰述佛書의 硏究』, 민족사, 1987.

고형곤 : 『禪의 世界』, 삼영사, 1976.

권기호 : 『禪詩의 世界』, 경북대학교 출판부, 1991.

김건곤 : 『이제현의 삶과 문학』, 이회, 1996.

金卿東외 역주 : 『白居易 한적시선』, 성균관대 출판부, 2003.

金慶洙 : 『李奎報詩文學硏究』,아세아문화사, 1986.

＿＿＿＿ : 『이규보시어색인』, 이회문화사, 2000.

金慶洙·秦星圭 編 : 『國譯 動安居士集』,

김광식 : 『高麗武人政權과 佛敎界』, 民族社, 1995.

김동욱 : 『高麗後期 士大夫文學의 硏究』, 상명여자대학교 출판부, 1991.

金錫夏 : 『韓國文學의 樂園思想연구』, 일신사, 1973.

金承鎬 : 『韓國 僧傳文學의 硏究』, 民族社, 1992.

김열규·신동욱 편 : 『李奎報硏究』, 새문사, 1986.

김영태 : 『한국불교사상사론』, 民族社, 1992.

김영태 : 『한국불교고전명저의 세계』, 民族社, 1994.

金雲學 : 『佛敎文學의 理論』, 일지사, 1990.

김종진 : 『불교가사의 연행과 전승』, 이회, 2002.

金宗吉 : 『시에 대하여』, 민음사, 1986.

＿＿＿＿ : 『시를 어떻게 읽을 것인가』, 고려대 出版部, 1998.

김진영 : 『이규보문학연구』, 집문당, 1984.

김진영·차충환 편역 : 『白雲居士 李奎報 詩集』, 민속원, 1997.

金忠烈 : 『고려유학사』, 고려대 出版部, 1987.

金台俊 저, 金性彦 校註 : 『校註朝鮮漢文學史』, 태학사, 1994.

金興圭 : 『문학과 역사적 인간』, 창작과 비평사, 1980.

다무라시로 외 저, 이영자 옮김 : 『천태법화의 사상』, 民族社, 1990.

唐大圓 外 저 : 『佛敎文學短論』, 大乘文化出版社, 1981.

동국대학교 한국문학연구소 : 『시와 불교의 만남』, 동국역경원, 1989.

동국대학교 한국문학연구소 : 『한국불교문학연구』, 동국대 출판부, 1988.

杜松柏 : 『禪與詩』, 弘道書局, 1969.

노계현 : 『麗蒙外交史』, 갑인출판사, 1993.

柳田聖山 저, 서경수·이원하 역 : 『선사상』, 한국불교연구원, 1991

柳田聖山 저, 안영길·추만호 역 : 『선의 사상과 역사』, 민족사, 1989.

막스칼텐마르크 저, 장원철 역 : 『노자와 도교』, 까치, 1993.

文璇奎 : 『韓國漢文學』, 태학사, 1996.

민족문화추진회 편역 : 『李奎報 詩選集』, 도서출판 솔, 1997.

梶山雄一·上山春平 저, 정호영 역 : 『空의 논리』, 민족사, 1989.

민병수 外 : 『사찰, 누정 그리고 한시』, 태학사, 2001.

朴三洙 역주 : 『詩佛 王維의 詩 』, 세계사, 1993.

朴性奎 : 『李奎報硏究』, 계명대학교 출판부, 1982.

_____ : 『東人詩話』, 집문당, 1984.

_____ : 『高麗後期 士大夫文學 硏究』, 고려대출판부, 2003.

朴龍雲 : 『高麗時代史』, 일지사, 1993.

박철희 편 : 『서정주』, 서강대 출판부, 1995.

박희병 : 『한국의 생태사상』, 돌베개, 1999.

卞鍾鉉 : 『高麗朝漢詩硏究』, 태학사, 1994.

裵奎範 : 『조선조 불가문학 연구』, 보고사, 2001.

_____ : 『불가 시문학론』, 집문당, 2003.

佛經書堂훈문회 편 : 『삼대화상연구논문집』, 도서출판 佛泉, 1996.

불교사학회 편 : 『高麗中後期 佛敎史論』, 민족사, 1992.

불교학회 편 : 『高麗後期佛敎展開史의 硏究』, 民族社, 1986.

徐首生 : 『高麗朝漢文學硏究』, 형설출판사, 1971.

서윤길 : 『高麗密敎思想史硏究』, 불광출판부, 1993.

석지현 : 『禪詩』, 현암사, 1975.

성락훈 : 『韓國儒敎思想史』, 한국문화사대계, IV, 고려대학교, 1978.

성 철 : 『信心銘·證道歌 講說』, 장경각, 1986.

小尾郊一 저, 윤수영 번역 : 『中國文學 속의 自然觀』, 강원대학교출판부, 1988.

손정인 : 『고려중기의 한시연구』, 문창사, 1998.

송준호 評譯 : 『韓國名家漢詩選1』, 문헌과 해석사, 1999.

송 혁 : 『韓國佛敎詩文學論』, 동국대학교출판부, 1986.

스스끼 다이세즈 저, 동봉 옮김 : 『禪의 진수』, 고려원, 1993.

스스끼 다이세즈 저, 신현숙 번역 : 『禪이란 무엇인가』, 을유문화사, 1986.

申用浩 : 『李奎報詩의 意識世界와 文學論硏究』, 국학자료원, 1990.

沈慶昊 : 『한국한시의 이해』, 태학사, 2000.

심호택 : 『고려중기 문학론 연구』, 계명대학교 한국학연구원, 1991.

安秉直 편 : 『韓龍雲』, 한길사, 1979.

안계현 : 『한국불교사연구』, 동화출판공사, 1982.

安井廣濟 저, 김성환 역 : 『중관사상 연구』, 홍법원, 1989.

양혜남 지음, 김철수 옮김 : 『中觀哲學』, 경서원, 1995.

呂運弼 : 『李穡의 詩文學硏究』, 태학사, 1995.

驪州李氏文順公派大宗會 편 : 『文順公白雲李奎報』, 1990.

永嘉玄覺 저 최동호 外 역 : 『禪宗永嘉集』, 세계사, 1996.

오대혁 : 『원효 설화의 미학』, 불교춘추사, 1999.

劉永奉 : 『고려문학의 탐색』, 이회문화사, 2001.

尹絲淳·高翊晋 편 : 『한국의 사상』, 열음사, 1984.

殷貞姬 역주 : 『元曉의 大乘起信論 소·별기』, 일지사, 1991.

이가원 : 『韓國漢文學史』, 보성문화사, 1983.

이가원 : 『朝鮮文學史』(上, 中, 下), 태학사, 1995~1997.

이기백·민현구 : 『史料로 본 韓國文學史(고려편)』, 일지사, 1984.

이난영 편 : 『韓國金石文追補』, 아세아문화사, 1976.

李東喆 : 『李奎報 詩의 主題硏究』, 국학자료원, 1990.

이동철 : 『白雲 李奎報 詩의 硏究』, 국학자료원, 1994.

이동철 : 『李奎報·林椿詩의 硏究』, 형설출판사, 1995.

李東歡 外 : 『한국문학연구입문』, 지식산업사, 1982.

李淼편 : 『禪詩一百首』, 中華書局, 1992.

이병주 : 『韓國漢文의 理解』, 민음사, 1987.

이병주 : 『杜甫 - 詩와 삶』, 민음사, 1993.

이병주·이종찬 外 : 『韓國漢文學史』, 반도출판사, 1991.

이상보 外 : 『불교문학연구입문』 (율문, 언어편), 동화출판공사, 1991.

이상섭 : 『문학연구방법』, 탐구당, 1980.

李演載 : 『高麗詩와 神仙思想의 理解』, 아세아문화사, 1989.

이영자 : 『韓國天台思想의 展開』, 民族社, 1988.

이원섭 : 『선의 세계』, 도서출판 호영, 1992.

이원섭·최순열 엮음 : 『現代文學과 禪詩』, 불지사, 1992.

이원섭 外 편 : 『한국문학과 선시』, 불지사, 1993.

李耘虛 譯註 : 『首楞嚴經』『佛敎의 哲理와 修行의 完成』, 동국역경원, 1993.

이종건 : 『徐居正 詩文學 研究』, 개문사, 1989.

이종찬 : 『韓國의 禪詩(高麗篇)』, 이우출판사, 1985.

이종찬 : 『韓國佛家詩文學史論』, 불광출판사, 1993.

이종찬 : 『韓國禪詩의 理論과 實際』, 이회문화출판사, 2001.

이중표 : 『아함의 중도체계』, 불광출판부, 1991.

李晋吾 : 『한국불교문학의 연구』, 민족사, 1997.

이형기 外 : 『불교문학이란 무엇인가』, 동화출판공사, 1991.

李興雨 : 『空性의 피안길』, 동화문화사, 1980.

印權煥 : 『高麗時代 佛敎詩의 研究』, 고려대학교 민족문화연구소, 1983.

印權煥 : 『한국불교문학연구』, 고려대학교출판부, 1999.

임기중 : 『불교가사독해사전』, 이회, 2002.

入矢義高 저, 신규탁 번역 : 『禪과 文學』, 장경각, 1993.

장휘옥 : 『海東高僧傳 研究』, 民族社, 1991.

정효일 外 : 『고전비평용어사전』, 태학사, 1998.

조동일 : 『韓國文學思想史試論』, 지식산업사, 1978.

조동일 : 『우리문학통사』 2권, 지식산업사, 1994.

조동일 : 『한국문학사와 철학사』, 지식산업사, 1996.

조명기 : 『고려 대각국사와 천태사상』, 동국문화사, 1964.

조지훈 : 『詩의 原理』, 현대문학, 1993.

陳允吉 저, 一指 옮김 : 『中國文學과 禪』, 民族社, 1992.

蔡尙植 : 『高麗後期佛教史研究』, 일조각, 1991.

崔喆·安大會 역주 : 『譯註 均如傳』, 새문사, 1986.

최동호 : 『한용운』, 건국대 출판부, 2001

貝塚茂樹 저, 김석근 역 : 『諸子百家』, 까치, 1989

平田精耕 저, 림경왕 역 : 『禪語經典』上·下, 大展出版社有限公司, 1990.

河岡震 : 『이규보의 문학이론과 작품세계』, 세종출판사, 2001.

하인리히두몰린 저, 박희순 역, : 『禪과 깨달음』, 고려원, 1988.

河政承 : 『고려조 한시의 품격연구』, 다운샘, 2002.

한기두 : 『한국불교사상연구』, 일지사, 1982.

_____ : 『韓國禪思想研究』, 일지사, 1993.

한국철학회 편 : 『한국철학 연구』, 동명사, 1978.

허경진 편역 : 『白雲 李奎報 詩選』, 평민사, 1986.

홍기삼 : 『불교문학연구』, 집문당, 1977.

홍윤식 外 : 『불교문학연구입문』(산문, 민속), 동화출판공사, 1991.

홍정식 : 『法華經要解』, 대한불교천태종, 1986.

〈論文〉

姜健基 : 「지눌의 정혜결사」, 『한국불교문화사상사』, 가산 이지관스님 華甲논문집, 1992.

姜錫瑾 : 「이규보 선시의 문학적 위상」, 『국어국문학』 123집, 1999.

金承龍 : 「좌주·문생을 통한 고려후기 한시 연구」, 고려대학교 박사학위논문, 2001.

_____ : 「고려무신집권기 漢詩의 미적 특질 및 그 이론적 모색에 대한 연구」, 고려대학교 석사학위논문, 1991.

金時鄴 : 「李奎報의 現實認識과 農民詩」, 『대동문화연구』 제12집, 성균관대학교 대동문화연구원, 1978.

金貞淑 : 「李奎報의 佛教關聯詩 研究」, 고려대학교 교육대학원 석사논문, 1996.

金在乘 : 「白樂天 詩 研究」, 서울대학교 박사학위 논문, 1985.

金鎭熱 : 「首楞嚴經研究」, 동국대학교 대학원 박사학위 논문, 1991.

김진영 : 「李仁老의 현실관과 문학사상」, 『관악어문연구』 4집, 1979.

金賢子 : 「한국선시의 감각과 공간구조」, 오세영 외 『구조와 분석 I, 詩』, 도서출

판 窓, 1993.

金興圭 : 「님의 所在와 진정한 歷史」, 『문학과 역사적 인간』, 창작과 비평사, 1980.

魯平奎 : 「李奎報 哲學思想硏究-高麗時代儒佛道交涉과 關聯하여-」, 성균관대학교 박사논문, 1991.

柳浩珍 : 「李穡 詩의 硏究」, 고려대학교 박사학위논문, 1999.

朴性奎 : 「李奎報詩小考-그의 抗蒙意識을 中心으로」, 『白江徐首生博士華甲記念論叢』, 1981.

_____ : 「『破閑集』고」, 『어문논집』 19·20호, 안암어문학회, 1977.

「陳澕論」, 『어문논집』 24·25호, 안암어문학회, 1985.

朴三洙 : 「王維詩 硏究」, 성균관대학교 박사학위 논문, 1995.

朴浣植 : 「李奎報의 禪詩硏究」, 전주우석대학교 대학원 석사논문, 1992.

朴菖熙 : 「李奎報의 本質에 관한 硏究」, 『외대사학』 1~3, 한국외국어대학교 사학연구소, 1987~1990.

박창희 : 「李奎報의 文學觀」, 『고전비평연구1』, 태학사, 1997.

裵奎範 : 「壬難期의 佛家文學硏究」, 경희대학교 대학원 박사논문, 1998.

白禎喜 : 「李奎報 詞의 硏究」, 성신여자대학교 대학교 박사논문, 1996.

徐景洙 : 「高麗의 居士佛敎」, 『韓國佛敎思想史』, 『박길진박사회갑기념논문집』, 1975.

宋龍恩 : 「李奎報文學硏究」, 전북대학교 대학원 석사논문, 1996.

申斗榮 : 「李穡의 佛敎詩 硏究」, 단국대학교 대학원 석사논문, 1985.

申永順 : 「李奎報의 佛敎詩 硏究」, 숙명여자대학교 교육대학원 석사논문, 1992.

안영훈 : 「高麗末 士大夫 文學硏究」, 『高凰論集』, 경희대학교 대학원, 18집, 1996.

尹榮玉 : 「蒙古影響時代의 高麗詩歌」, 『東洋文化』, 영남대학교 동양문화연구소, 1979.

李楠福 : 「高麗後期 士大夫階層의 成立과 座主·門生에 대한 考察」, 성균관대학교 대학원 석사논문, 1979.

李 萬 : 「談禪法會에 關한 硏究」, 『韓國佛敎學』 10집, 1985.

李丙翼 : 「李奎報의 佛敎信仰硏究」, 교원대학교 대학원 석사논문, 1994.

李相夏 : 「高麗朝 佛家의 佛敎詩에 대하여」, 『漢文學硏究』 8집, 계명한문학회, 1992.

李演載 : 「題詠에 나타난 佛敎思想 考察」, 『우리문학연구』 4집, 우리문학연구회,

1981.

李鍾君 : 「懶翁 禪師의 詩世界」, 부산대학교 교육대학원 석사논문, 1989.

李鍾君 : 「懶翁和尙의 三歌 硏究」, 부산대학교 대학원 박사논문, 1996

李鍾默 : 「高麗時代 寺刹題詠詩의 作法과 文藝美」, 『韓國漢詩作家硏究』 2집, 태
학사, 1996.

李晉吾 : 「한국불교문학의 연구」, 民族社, 1997.

전형대 : 「李奎報의 漢詩」, 『이규보연구』, 새문社, 1986.

정원표 : 「麗末 士大夫의 佛敎詩 硏究」, 『국문학과 불교』, 한국고전문학연구회편,
성철사상연구원, 1997.

정재철 : 「牧隱 李穡 詩의 硏究」, 고려대학교 박사학위 논문, 1996.

鄭濟奎 : 「李奎報의 佛敎理解와 首楞嚴經 信仰」, 『동양고전연구』 제7집, 1997.

趙明濟 : 「高麗後期 戒環解 楞嚴經의 盛行과 思想史的 意義」, 부산대학교대학원
석사논문, 1987.

조명제 : 「牧隱 李穡의 佛敎認識」, 『韓國文化硏究』 6집, 부산대학교 한국문화연
구소, 1993.

趙胤實 : 「李奎報의 禪詩硏究」, 성심여자대학교 대학원, 석사논문, 1984.

曹佐鎬 : 「白樂天 硏究 - 특히 詩·禪 一致의 先驗的 役割을 중심으로」, 『白性郁
博士頌壽記念佛敎學論文集』, 백성욱박사송수기념사업회, 불기4392.

周甲辰 : 「牧隱 李穡의 佛敎詩考」, 『동악한문학논집』 8집, 1996.

朱慶烈 : 「高麗中期 自然詩 硏究」, 고려대학교 박사학위논문, 2004.

朱浩贊 : 「太古 普愚 悟道詩의 硏究」, 고려대학교 석사학위논문, 1994.

秦星圭 : 「高麗後期 眞覺國師慧諶의 硏究」, 중앙대학교 대학원 박사논문, 1986.

진성규 : 「眞覺國師 慧諶의 現實認識 - 無衣子 詩集을 중심으로」, 『又仁金龍德
博士정년기념사학논총』, 1988.

崔光範 : 「高麗末 漢詩 風格 硏究」, 고려대학교 박사학위논문, 2003.

崔柄憲 : 「高麗中期 李資玄의 禪과 居士佛敎의 性格」, 『高麗中期佛敎史論』, 民
族社, 1992.

河岡震 : 「李奎報의 現實指向的 文學世界硏究」, 부산대학교 대학원 박사논문,
1999.

許興植 : 「高麗中期 禪宗의 復興과 看話禪의 展開」, 『규장각』 6집, 1982.

洪善杓 : 「李奎報의 繪畫觀」, 『美術資料』 39호, 국립중앙박물관, 1987.

찾아보기

주호찬(朱浩贊)

충남 예산 생
고려대학교 한문학과, 고려대학교 대학원 석사 및 박사 졸업
문학박사
고려대학교 한자한문연구소 연구교수

저 · 역서
『고려말 오도송 연구』(보고사, 2006)
『한글대장경 根本說-切有部鼻奈耶』(동국역경원, 1995)
『한글대장경 根本說-切有部鼻奈耶藥事』(동국역경원, 1996)
『한글대장경 彌沙塞羯磨本』(동국역경원, 1998)

whoami-jk@hanmail.net

이규보의 불교인식과 시

2006년 11월 15일 초판 발행

지은이 주호찬
펴낸이 김홍국
펴낸곳 도서출판 **보고사**

등록 1990년 12월(제6-0429)
주소 서울시 성북구 보문동 7가 11번지
편집부 922-5120~1, 영업부 922-2246, 팩스 922-6990
홈페이지 www.bogosabooks.co.kr
메일 kanapub3@chol.com

ⓒ 주호찬, 2006
ISBN 89-8433-473-1 (93810)
정가 16,000원

▶잘못된 책은 교환하여 드립니다.